Matching Souls

RIA RADTKE

MATCHIG SOULS

ACONITE INSTITUTE

SAGA Egmont

VG WORT
NEU START KULTUR
Die Beauftragte der Bundesregierung für Kultur und Medien

Dieser Roman wurde im Rahmen des Stipendienprogramms der VG Wort
in NEUSTART KULTUR der Beauftragten der Bundesregierung
für Kultur und Medien gefördert.

Originalausgabe

im Vertrieb bei Egmont Verlagsgesellschaften mbH

Covergestaltung: Paulina Ochnio
Coverabbildungen: Shutterstock
Satz aus der Minion Pro: Karol Kinal
Druck und Bindung Mazowieckie Centrum Poligrafii, Marki

ISBN 978-3-98750-041-1

SAGA Egmont www.saga-books.com

Dieser Titel erscheint auch als E-Book und Hörbuch.

Ich glaube, wenn der Tod unsere Augen schließt, werden wir in einem Lichte stehen, von welchem unser Sonnenlicht nur der Schatten ist.

Arthur Schopenhauer

Für Sandra und Katrin. Ihr wisst, warum <3

Playlist

Thin – Aquilo
Complete Mess – 5 Seconds of Summer
Fall Into Me – Forest Blakk
I Get to Love You – Ruelle
Rescue – James Bay
Dawning of Spring – Anson Seabra
Bleed You Still – Greyson Chance
If The World Was Ending – JP Saxe (feat. Julia Michaelis)
Wait for You – Tom Walker
River – Bishop Briggs
Work Song – Hozier
Breathe Life – Jack Garratt
Bones – Josh Record
Love Is Fire – Freya Ridings
Hey Jude – The Beatles

PROLOG

Edinburgh, 18. Dezember 1590

Er starrt mich selbst durch das Leichentuch hindurch an. Da ist Hohn in seinem Blick, den ich nicht sehen, aber spüren kann. Hinter dem kleinen vergitterten Fenster liegt seine verhüllte Gestalt und wartet. Auf den Tod, auf ein neues Leben, auf mich.

Ich schlinge die mageren Finger um die Stäbe und beobachte ihn. Das Salz brennt auf meiner Haut und vom Gift sind meine Sinne träge, trotzdem prickelt mein Körper erwartungsvoll. Bis zuletzt warst du zu stolz, um mir zu geben, was ich wollte, *murmle ich in mich hinein.* Und trotzdem wirst du mir bald dienen – mit Haut und Haaren, mit Fleisch und Blut.

Stimmen dringen vom Gebäude gedämpft in den Hof und lassen mich zusammenzucken. Eilig verberge ich mein Gesicht unter der Kapuze, drücke mich an die efeubewachsene Mauer und lausche. Mein schwaches Herz pocht mit aller verbliebener Kraft gegen meinen Brustkorb. Mit der Angst steigen Bilder in mir auf, die ich schon so lange vergessen will: ein Junge in einem der Stadthäuser Edinburghs, die sich halb verfallen gegen den Flodden Wall drücken; überfüllt, schmutzig und dunkel. Stroh auf dem Boden, Flöhe in den Laken, Doktoren mit spitzen Masken und Leichen, die niemand abholt. Sie verfolgen mich wie ein Fluch. Aber ich werde nie wieder krank sein und ich werde niemals hilflos dahinsiechen wie meine Eltern und Geschwister.

„Bald", flüstere ich mir selbst zu, als spräche ich mit einem ungeduldigen Kind. „Bald ist es so weit."

Einer gestohlenen Leiche rennt man nicht hinterher, wenn sie verschwindet. Nicht einmal, wenn sie plötzlich wieder zu laufen beginnt.

Die Stimmen verklingen und ich mache mich bereit, noch ein letztes Mal meine Kräfte zu sammeln, um in das private Sezierzimmer zu gelangen. Aber noch bevor ich die Augen geschlossen habe, zerschneidet ein klirrendes Geräusch die Stille des Abends: Das Gitter ist fort und eine Gestalt lässt sich aus dem Fenster in den Hof fallen; sie trägt nur ein Leichenhemd und hat sich ein Gefäß unter den Arm geklemmt. Er.

Ich erstarre und will ihm folgen, doch meine Beine versagen. Das Gift hat sie taub gemacht und es wird dauern, bis die Wirkung nachlässt.

Da läuft mein neues Leben davon.

Bis er verschwunden ist, sehe ich ihm nach, dann drehe ich mich zu dem jetzt offenen Fenster um. Es führt in das Reich des Mediziners – Labor, anatomische Sammlung, Seziersaal. Und alles unter der Leitung eines Mannes, durch dessen Hände jede Woche Dutzende Leichen gehen. Ich brauche so schnell wie möglich Ersatz, denn ich habe keine Zeit mehr – vielleicht muss ich für eine vorübergehende Lösung einen Kompromiss eingehen. Ein paar Jahre sollten reichen, um die Wundärzte der Stadt zu beobachten und von ihnen zu lernen. Aber dann …

Neuer Mut keimt in meiner Brust und ich atme auf. Meine Geschichte ist noch nicht zu Ende.

Edinburgh, im Winter 2016

Die Bäume stehen am Straßenrand Spalier, wie um mir Mut zuzusprechen, aber helfen können sie mir nicht. Je weiter wir gen Norden fahren, desto kälter wird es. Ich kenne diese Gegend gut. Fast drei Stunden lang sieht man nichts als die zerklüftete Küste und das endlose Meer.

Vor ein paar Monaten fand ich das alles noch aufregend, ich wollte unbedingt wissen, wohin mein Vater so heimlich aufbricht. Unbemerkt, wie ein Detektiv auf geheimer Mission, bin ich in den Kofferraum geklettert. Er war so wütend, als er mich entdeckt hat, und ich glaube, er will mich bestrafen, indem wir wieder und wieder hierher zurückkehren.

Als die belebten Straßen Edinburghs in Sicht kommen, würde ich am liebsten die Autotür aufreißen und flüchten, von der Fernstraße in ein Wohngebiet, in einen Hinterhof oder in eine der engen Gassen. Irgendwohin. Stattdessen sitze ich stumm neben meinem Vater und beobachte, wie die Landschaft an mir vorbeizieht. Es hat etwas Beruhigendes, sich selbst nicht zu rühren, während die Umgebung in Bewegung ist. So werde ich es machen: die Luft anhalten und warten, bis alles vorbeigeht. Dieser Ausflug oder das ganze Leben.

In der Ferne zieht sich die Forth Bridge wie ein feines Spinnennetz über das Meer. Ansonsten gibt es hier nichts. Nur das endlose Grau des Himmels, das sich in den wogenden Wassermassen spiegelt. Wir steigen aus und ich friere. Nicht, weil die Hand meines Vaters kühl in meiner liegt, und nicht, weil der Wind an meiner dünnen Sommerjacke zerrt. Sondern von innen heraus.

In der Ferne erspähe ich die Villa: Herrschaftlich thront sie über dem Wasser wie ein Märchenschloss. Aber die Zeit der Märchen ist längst vorbei. Immer, wenn die Sonne das alte Gemäuer in weiches Licht taucht, denke ich an die glücklichen Tage zurück, die ich hier verbracht habe. Erinnerungen aus einem ganz anderen Leben. Jetzt ist die Villa zu einer Fata Morgana geschrumpft, sichtbar am Horizont und doch unerreichbar für mich.

Mein Vater festigt seinen Griff und zerrt mich am Arm weiter. Ich wehre mich nicht, denn es macht ohnehin keinen Unterschied. Wir steigen die Stufen hinab, die versteckt hinter Büschen und Geröll in die Höhle führen. Man findet sie nur, wenn man danach sucht. Und in der Einöde der Lowlands sucht niemand nach ihnen, niemand außer uns.

Unter der Erde ist es wärmer, weil kein Wind weht. Vielleicht auch, weil wir uns der Hölle nähern. Wenn es eine Hölle gibt, dann stelle ich sie mir jedenfalls so vor: Treppen und Wege und Bänke und kleine Tische – alles in den Stein gehauen von Zwergenhänden, wie es scheint. Aber keiner ist jemals dort. Es gibt nur uns und das Grauen, das in den düsteren Winkeln lauert.

Wie immer sagt mein Vater kein Wort. Das ist auch nicht nötig, denn unsere Besuche laufen stets nach dem gleichen Muster ab: Wir kommen allein her, wenn meine Mutter verreist und mein Bruder mit Freunden aus der Schule verabredet oder beim Debattierclub ist. Nie verraten wir irgendjemandem, wo wir hingehen. Was sollten wir auch sagen? Für diesen schrecklichen Ort gibt es keine Worte.

Je länger wir durch die verzweigten Gänge irren, desto dunkler wird es und desto näher scheinen die Wände zu kommen. Immer tiefer steigen wir in das Höhlenlabyrinth hinab. *Das ist das letzte Mal*, sage ich mir bei jedem Schritt. *Du wirst nie wieder hierherkommen. Wenn du nur noch heute überstehst, hast du es geschafft. Danach läufst du weg, weit weg.*

Ich werde kaum etwas vermissen, nur meinen großen Bruder, mit dem ich fast alles teilen kann. Aber vielleicht kommt man irgendwann in ein Alter, in dem man keine Brüder mehr braucht. Und auch keine Eltern. Überhaupt niemanden. Dann kann einen auch niemand verletzen.

Mit dieser Überlegung fasse ich einen Entschluss. Ich denke an alles Schöne in meinem Leben, an die aufregenden ersten Jahre meiner Kindheit und an meinen Bruder. Ich versuche sogar, mir auszumalen, was vielleicht noch vor mir liegt: Ich werde fremde Länder bereisen, Bösewichte bezwingen und Jungfrauen retten – vielleicht nicht ganz so wie in Kyrils Abenteuerromanen, aber doch irgendwie gleich.

All diese Gedanken schließe ich in mir ein wie einen Schatz, dann verriegle ich die Tür zur Schatzkammer, werfe den Schlüssel in einen tiefen Graben und errichte Stein für Stein eine Mauer um mein Schloss. Schließlich eine zweite, die noch höher ist, und immer so weiter. Die Stimmen können mir nichts anhaben, genauso wenig wie die kalten Hände, die sich aus dem Schatten nach mir ausstrecken. Das Schweigen meines Vaters trifft mich nicht und auch nicht dessen zielstrebiger Gang. Alles, was mich ausmacht, habe ich gut versteckt. Ich bin gar nicht mehr hier.

Aurel Ironmonger ist tot, also können ihm die Geister auch nichts anhaben.

Fremde Träume

AUREL

Sieben Jahre später

Meine Finger zittern, als ich die silbrig glänzende, verkorkte Phiole aus dem Regal nehme. Andere Leute verbringen ihre Abende mit Netflix oder, wenn sie auf charmante Weise altmodisch sind, mit einem Buch.

Auch ich verliere mich in einer anderen Welt, in einem Leben, das nicht mir gehört. Nur, dass ich das wortwörtlich tue: Ich kann mich in die Erinnerungen anderer Leute flüchten.

Ich atme die feuchte, heiße Luft des Tepidariums tief ein. Exotische Duftnoten nach Vanille und Geranium füllen mein Bewusstsein, aber für mich beschwören sie den Gestank von Unrat und Kohlerauch hinauf. Den bestialischen Odem, der Edinburghs Straßen füllte, bevor eine moderne Kanalisation gebaut wurde. Und obwohl das ausladende, mit Palmen und Orchideen bepflanzte Gewächshaus fast vollständig aus Glas besteht, hat es etwas Dunkles, Bedrückendes an sich.

Bibliothek der Seelen nenne ich diesen Raum, wenn ich mich sentimental fühlte. Die Bezeichnung ist nicht ganz korrekt, denn auch, wenn mir hier fremde Seelen begegnen, sammle ich eigentlich bloß Erinnerungen. Ich kenne jemanden, der mir das unter die Nase reiben würde und der überhaupt mein ganzes Leben in einer verlassenen, aus der Zeit gefallenen Villa ziemlich schwülstig fände. Aber immer, wenn ich mir sein Lächeln ausmale – ein bisschen schiefer, ein bisschen zurückhaltender als meines –, wünsche ich mir, eine Seele würde doch nur aus Erinnerungen bestehen. Denn dann wäre er hier. In meinem *Animarium.*

Ich vertreibe den unverbesserlichen Klugscheißer aus meinen Gedanken und taumele mit der Phiole zurück zu der Sitzgruppe aus Weidengeflecht vor der Fensterfront. Mit einer flirrenden Staubwolke falle ich in das Kissen. Dann ziehe ich mein Handy aus der Hosentasche und stelle den Wecker so ein, dass er in zehn Minuten klingelt. Vielleicht ist das nicht genug, aber gestern waren es neun und allein die zweistellige Zahl jagt mir einen eisigen Schauer über den Rücken.

Es ist ein sonniger Vormittag, einer der ersten im neuen Jahr, und damit genau das richtige für Gamma, den ich so genannt habe, weil er Nummer drei in meiner Sammlung ist. Aber der schlanke Buchstabe des griechischen Alphabets passt auch sonst gut zu dem ausgezehrten, blassen Mann.

Ein letztes Mal gleitet mein Blick durch die vertraute Umgebung, bleibt an lieb gewonnenen Gegenständen hängen, wie um sich festzuhalten: ein Foto von Mum, Kyril und mir hinter beschlagenem Glas. Ein fast völlig zerlesener Brief von Linda in einer gläsernen Schatulle auf dem Pflanztisch.

Ich bin Aurel Ironmonger, sage ich mir stumm, *neunzehn Jahre alt, ich lebe in Prenbogle Hall, und ich werde immer noch ganz genau derselbe sein, wenn ich zurückkehre*. Dann ziehe ich den Korken aus der Phiole. Und bin in einer anderen Zeit; bin jemand anderes und durchlebe seine Erinnerungen.

Die fremden Gefühle ergießen sich über mich wie im Rausch. In der Stille schmecke, rieche, ertaste ich sie, noch bevor ich die Augen öffne, und wie immer, wenn ich in eine Erinnerung eintauche, sind meine Sinne wund. Erst wund und dann taub. Als auch die Taubheit allmählich nachlässt, schärfen sie sich wieder. Und dann überrollt mich der Schmerz: Ich schmecke bittere Galle auf meiner Zunge und mein Körper krampft, sehnt sich nach der wohltuenden Wärme des Laudanums, die meine Wirbelsäule hinabströmen und scheinbar bis in jeden Knochen sickern würde. Beißender Rauchgeruch steigt mir in die Nase.

Ich öffne die Augen, aber die Zeit läuft viel zu schnell. Also zwinge ich die Millisekunden, sich auszudehnen, und versuche, die Umgebung so zu betrachten, als wäre ich zum ersten Mal hier: eine einfache Wohnstube mit glimmenden Kohlen im Kamin. Ich sitze an dem Schreibpult in der Ecke des Zimmers und betrachte meine Hände. Sie sind mager, so wie alles an mir. Selbst der schlichte Stuhl wirkt unter meiner knochigen Gestalt wie ein Thron. Nicht nur mein Körper ist ausgehungert; obwohl ich es mir eigentlich nicht leisten kann, lebe ich allein, seit ich meine Anstellung verloren habe. Das Opium macht die Einsamkeit erträglicher. Und es macht mich menschlicher – stiehlt meine Gabe, die mir ohnehin schon immer verhasst war. All das Leid, all den Tod, habe ich mit Tinte und Feder auf Papier gebannt.

Meine Gedichte – wild beschriebene lose Blätter – stapeln sich zwischen ungeöffneten Briefen auf dem Tisch. Sie sind in

Gälisch verfasst und jetzt, wo das siebzehnte Jahrhundert vor der Tür steht, interessiert sich niemand mehr dafür. Als Poet habe ich Nöte, die ich als Dienstbote nicht kannte. Trotzdem möchte ich mein Gedeih und Verderb nie wieder in die Hände eines Herren legen. Wenn man erst einmal in den Besitz eines Menschen übergegangen ist, ist man seiner Willkür ausgeliefert und diesen Gedanken erträgt mein freiheitsliebender Geist nicht länger.

Ich stehe auf, werfe den Mantel über und trete auf die ungeteerte Straße hinaus. Die Apotheke hat noch geöffnet, und vielleicht kann ich meine Taschenuhr für eine Flasche Laudanum verpfänden. Der Apotheker kennt mich gut. Er verkauft mir das Gift, und er warnt mich vor seinen Tücken, obwohl es dafür längst zu spät ist. Als ich sein Geschäft verlasse und um die Ecke biege, ist es dunkel; der Wind hat die Laterne vor dem Haus des Apothekers ausgeblasen. Ich schlage den Kragen meines abgewetzten Mantels hoch und ziehe den Kopf ein, aber ich friere noch immer. Mit zitternden Fingern umklammere ich das kostbare Fläschchen in meiner Tasche, dann ziehe ich es heraus und trinke einen Schluck der bitteren Flüssigkeit – bald wird mir wärmer sein.

Da ertönen Schritte hinter mir und die Kälte weicht einer dunklen Vorahnung, die sich mit jedem Herzschlag steigert, bis ich nur noch animalische Angst verspüre. Der Anchor Close ist schmal und dunkel, die Stufen rutschig unter meinem Tritt. Hinter mir werden die Schritte schneller, und ich renne, aber ich weiß, dass ich ein leichtes Opfer bin, zu schwach, um rechtzeitig die Sicherheit meiner Wohnung zu erreichen. Ich schließe die Augen und male mir meine Stube bis ins Detail aus: die kalten Kohlen, das Papier, die Gedichte. Nichts geschieht, mein Geist ist zu zerstreut, um die Bilder wirklich heraufzubeschwören, das Opium hat ihn über die Jahre träge gemacht.

Jemand packt mich von hinten, umklammert mich so fest, dass ich mich nicht rühren kann, und stülpt mir einen Sack über den Kopf. Mein Angreifer überwältigt mich mit sonderbarer Sanftheit. Ich liege am Boden, in all dem Unrat, und kann nichts mehr sehen. Die kratzige Jute drückt sich an meinen Mund und meine Nase. Ich muss husten, aber ich bekomme keine Luft – jemand sitzt auf meinem Brustkorb. Panik flutet mein Bewusstsein und die Gedanken überschlagen sich. Aber gleichzeitig bin ich ganz ruhig. *Derselbe, derselbe, derselbe.*

Ich habe keine Ahnung, wo dieses eine Wort herkommt, doch ich klammere mich daran. Es ist mein Anker.

Und dann ist es vorbei. Ich spüre keinen Schmerz mehr, dafür eine Sehnsucht, die ich nur allzu gut kenne. Hier will ich nicht mehr sein, ich möchte nach Hause. Dieser Wunsch wird immer stärker, gerade weil ich weiß, dass er unerfüllbar ist. Jemand hebt mich hoch, lädt mich in einen Karren, bringt mich weg. Als ich endlich wieder etwas sehen kann, bemerke ich holzvertäfelte Decken, verziert mit Schnitzereien, darunter Ränge wie im Theater. Und über mir das Gesicht eines fremden Mannes. Er nimmt ein Skalpell zur Hand. *Mo Chreach.*

Ich bin am Leben, will ich ihm entgegenschreien. *Blut fließt durch meine Adern, mein Herz schlägt und mein Körper ist noch warm.*

Die Stimme von Paul McCartney erlöst mich und holt mich zurück. *Hey Jude, don't make it bad …* Sie gehört nicht in diese

Zeit und ich sollte nicht wissen, wie der Song weitergeht. Wer Jude ist, oder die Beatles. Erst recht nicht, dass mein Bruder dieses Lied auf voller Lautstärke abgespielt hat, wenn sich unsere Eltern wieder einmal stritten. Aber das tue ich. Und im nächsten Moment bin ich zurück in der Gegenwart und in meinem eigenen Leben.

Seelenpflaster
RUNA

Statt mich darüber zu freuen, wieder zu Hause zu sein, fühle ich mich fremd an dem Ort meiner Kindheit.

Hätte ich gewusst, dass nichts mehr dasselbe sein würde, wenn ich vom *Aconite Institute* nach Flat Holm zurückkehre, hätte ich mich vor zwei Monaten vielleicht doch von der Insel verabschiedet. Von meiner Heimat und von meinem alten Leben. Die Wellen branden zwar wie immer an die Küste – ihr gleichmäßiges Rauschen dringt durch die Fenster des Cottages in mein Zimmer –, dennoch ist etwas anders. Ich lausche auf die eigentümliche Melodie der Insel und auf das auf- und abschwellende Möwengeschrei im Wind.

Es dauert eine Weile, bis ich verstehe, dass ich es bin, die sich verändert hat.

Ich sehe zu Kyril, der in meinem Bett schläft. Sein Brustkorb hebt und senkt sich in gleichmäßigem Rhythmus. Wie immer muss ich gegen den Drang ankämpfen, ihn zu wecken. Einerseits könnte ich ewig hier sitzen und ihn beobachten, andererseits jagt mir die Einsamkeit Angst ein. Und diese Angst macht mich schwach, sie stiehlt mir Kraft, die ich nicht habe und doch brauche, um sie mit Menschen in Not zu teilen. Mit Menschen, die sonst *sterben*. Kaum zu fassen, dass es inzwischen alltäglich für mich geworden ist, den Rufen Sterbender zu folgen und ihre Seelen ins Jenseits zu geleiten, obwohl mein Leben vor wenigen Monaten noch verhältnismäßig normal war. Aber ich habe mich mit meinen Pflichten als Schattenspringerin abgefunden, so wie man sich wohl irgendwann mit allem Unvermeidlichen abfindet. Oder vielleicht hat schlicht Kyrils Verantwortungsbewusstsein auf mich abgefärbt.

Zitternd streiche ich ihm eine dunkelblonde Locke aus der Stirn. Meine zerstochenen Fingerkuppen sind rau, trotzdem lasse ich die Hand an seiner Wange ruhen. Der Dreitagebart macht ihn älter, genau wie die Schatten unter seinen Augen, die entweder den kurzen Nächten oder der neuen Verantwortung als Warden geschuldet sein müssen. Vielleicht auch beidem.

Bei seinem Anblick zieht sich mein Brustkorb schmerzhaft zusammen, und Sehnsucht überrollt mich in einer stürmischen Welle. Nach diesem trostlosen Winter, dem einsamen Weihnachtsfest und den langen, dunklen Tagen wünsche ich mir sehnlichst den Frühling und den Sommer herbei. Ich möchte nur für eine Nacht vergessen können. Neben Kyril aufwachen und ohne Angst liegenbleiben. Das Morgengrauen verschlafen, bis die Sonnenstrahlen durch die Vorhänge fallen und wärmend über unsere bloßen Körper tanzen.

Ich ziehe meine Hand zurück und Kyril schlägt die Augen auf. „Guten Morgen, Fawn", murmelt er verschlafen und lächelt schief. Ein einzelner Schmetterling torkelt mit schwerfälligem

Flügelschlag durch meinen Bauch. Dann klärt sich Kyrils verschleierter Blick plötzlich und sein Lächeln erstarrt. „Was ist los?"

Ich schlucke meine wirren Gedanken hinunter. Reflexartig schüttle ich den Kopf. *Nichts. Alles.*

„Ist das etwa der Moment, in dem du dich fragst, wie der nervige Typ in dein Bett kommt?"

Kyril kennt die Dämonen, die mich nachts heimsuchen. Zumindest die meisten. Und er versucht unermüdlich, sie zu vertreiben. „Als wir uns das erste Mal begegnet sind, hast du nicht gerade ein Geheimnis daraus gemacht, wie wenig du von mir hältst. Weißt du noch? Zum Glück hast du deine Meinung bald geändert."

Ich erinnere mich nicht. Aber das könnte ich ihm niemals sagen.

„Nicht *so* bald", flüstere ich, lasse mich von Kyril unter die Bettdecke ziehen und versuche, die Tatsache zu ignorieren, dass jede unserer gemeinsamen Sekunden gestohlene Zeit ist. Wenn ich bei ihm bin, will ich einfach glücklich sein.

Auch wenn ich kaum noch weiß, wie sich das anfühlt.

*

Lang kann ich nicht geschlafen haben, als ich von einem vertrauten Ziehen geweckt werde. Ruckartig stehe ich auf. Die kalte Luft des zugigen Zimmers umfängt mich und lässt mich Kyrils warmen Körper erst recht vermissen. Ich schaue zurück und es versetzt mir einen Stich, zu wissen, dass er wahrscheinlich nicht mehr da sein wird, wenn ich zurückkehre. Aber das ist unser

Los, meines wie seines. Bestimmt warten auch auf ihn heute Nacht noch Menschen, die nach ihm rufen, damit er ihre Seelen hinübergeleitet, wenn ihre letzte Stunde geschlagen hat. Eilig ziehe ich mich an, öffne die Nachttischschublade und nehme eine zierliche gehäkelte Puppe heraus. Eine Spirit Doll. Noch ist sie anonym, hat weder einen Namen noch eine Geschichte. Aber das wird sich heute Nacht ändern. Neben der Puppe stecke ich mein kleines Nähetui ein, mehr brauche ich nicht. Ich trete aus dem Lichtkegel des Mondes, der ins Zimmer scheint, dann gebe ich dem drängenden Gefühl nach.

Ich lande in einer Gasse hinter einem Pub, in einer der heruntergekommeneren Gegenden von Cardiff. Ein Mädchen liegt vor mir auf dem Boden. Sie ist jung, vielleicht so alt wie ich. Trotz der kühlen Nacht trägt sie nur ein Kleid. Ich beuge mich zu ihr hinunter. Ihr Atem riecht nach Alkohol, wahrscheinlich war sie feiern. Was dann passiert ist, weiß ich nicht, aber es ist jetzt auch nicht wichtig. Blut sickert aus einer Wunde am Kopf durch ihr helles Haar und läuft ihre Schläfe hinunter. Mir wird übel, aber ich verdränge das Unwohlsein, blende es aus, genau wie alle anderen Gefühle.

Als meine Knie auf das feuchte Kopfsteinpflaster prallen, spüre ich keinen Schmerz. „Shh. Ich will dir helfen."

Ich glaube, sie versteht mich instinktiv. Das tun sie eigentlich immer, die meisten halten mich für einen Engel oder so. Wenn sie wüssten.

Ich nehme die Schere aus dem Nähetui und ziehe die Einmalhandschuhe an. Jede Faser meines Körpers drängt mich, das Mädchen zu berühren. Aber ich darf nicht nachgeben, denn das wäre ihr Todesurteil.

Nachdem ich eine der verklebten Haarsträhnen abgeschnitten habe, betrachte ich das Mädchen, nehme ein Stück Kreide aus dem Etui und markiere die Stelle ihrer Verletzung auf der Puppe. Durch den Analogiezauber wird später alles, was ich mit der Puppe mache, auf das Mädchen übergehen. Ich greife nach dem Cuttermesser und schneide das Garn auf. Die Fremde starrt mich aus glasigen Augen an, aber sie reagiert nicht. Noch ist die Puppe nicht mit ihr verbunden, noch habe ich den Köder für ihre Seele nicht ausgelegt. Doch sie ist verwirrt und wird wachsam, das spüre ich, denn das schmerzhafte Ziehen in meiner Magengegend lässt nach, als ich die Haarsträhne um die gehäkelte Puppe wickle. Sie ist die entscheidende Verbindung. Mit feinen Stichen nähe ich jetzt den Schnitt, das Mädchen zuckt nicht einmal zusammen. Dann ziehe ich die Handschuhe aus und berühre sie mit meinen bloßen Fingern. Meine Hand liegt an ihrer Wange, die klebrig vom Blut ist und viel zu kalt. Ich blende den Gedanken aus und rufe mir stattdessen Kyrils Lächeln in Erinnerung. Das ist der schwierigste Teil: alles zu vergessen und sich selbst in einer Erinnerung zu verlieren. Ich denke daran, wie wir auf dem Calton Hill standen, das nächtliche Lichtermeer der Stadt zu unseren Füßen. Er umarmt mich und verspricht mir, dass alles gut werden wird. Ich zittere vor Aufregung und vor Glück. Jetzt konzentriere ich mich auf das Glück. Es rinnt durch meine Finger wie Sand, doch ich halte es fest. Lasse den Moment in mir erblühen und immer größer werden, bis Hoffnung mich hell durchströmt. Dann erst erlaube ich der Seele des Mädchens, mir ihre Geschichte zu erzählen. Sie heißt Louise Bray. Sie war heute Abend im Club und jemand hat sie bedrängt. Als sie sich gewehrt hat, wurde sie zusammengeschlagen. Daran kann ich nichts mehr ändern. Aber etwas anderes steht in meiner Macht: Louise wird heute Nacht nicht sterben.

Als ich die Augen wieder öffne, liegt sie immer noch in der schmutzigen Gasse, ihr Gesicht ist nach wie vor blutbesudelt. Aber in ihren Augen bemerke ich einen neuen Glanz. Ich schlucke, weil mir plötzlich schwer ums Herz wird. Es ist, als hätte sich eine unsichtbare Last auf meine Schultern gesenkt.

Ich zwinge mir ein Lächeln auf die Lippen, streiche sanft über Louises Wange und flüstere: „Geh nach Hause. Es wird alles gut werden."

Genau das wird sie tun, ich weiß es. Und von der Verletzung wird morgen kaum noch etwas zu sehen sein. Schwerfällig stehe ich auf, löse das Haar von der Puppe, die ich wieder einstecke, weil ich es nicht übers Herz bringe, sie in den Müllcontainer zu werfen, der an der Hauswand steht. Meine Gedanken schwirren einen Moment lang haltlos durcheinander, während ich mich von Louise entferne. Es sollte sich gut anfühlen, zu helfen. Jemanden zu retten, der zum Tode verurteilt war, und das, indem ich ein bisschen von meiner eigenen Kraft abgebe. Ihm eine einzige glückliche Erinnerung zu überlassen, wenn ich noch genügend andere habe. Aber ich spüre nur bedrückende Leere.

Ich biege um die Ecke, die Straße ist verlassen und die Laternen sind längst erloschen. Mit einem Wimpernschlag bin ich wieder zu Hause.

Mein Bett ist leer, aber noch warm. Ich lege mich hinein, ziehe mir die Decke bis zum Kinn und denke nach. *Calton Hill.* Irgendetwas ist auf dem Calton Hill geschehen, etwas Schönes, aber ich weiß nicht mehr, was. Diesen Teil meines Lebens trägt jetzt Louise in sich.

Neuanfänge

KYRIL

Mein Vater ist kein schöner Anblick, wenn er sich aufregt. Ich kann nichts für solche Gedanken, sie kommen einfach. Und helfen mir, die Tage zu überstehen, in denen er mich herumkommandiert wie einen Hund.

Vor Elizabetas Porträt läuft er auf und ab und fuchtelt dabei wild mit den Händen. Die junge Frau auf dem Gemälde, das er nicht hat abhängen lassen, scheint uns zu beobachten. Noch immer weiß ich nicht genau, ob sie ein Engel oder ein Dämon war, aber ich bin sicher, dass ihre Geschichte noch nicht zu Ende erzählt ist. Im Grunde sieht alles in Octavians altem Büro noch aus wie vor wenigen Wochen, und ich glaube nicht, dass Kieran je auf die Idee gekommen ist, der Anblick der verstaubten Regalwände und der Ölgemälde mit Szenen aus grausamen biblischen Geschichten könnte verstörend auf mich wirken. Das tut er zwar, aber ich habe hier trotzdem nichts verändert, weil dieser Raum für alles steht, was Runa und ich durchmachen mussten. Dafür, dass wir überlebt haben und dafür, dass wir es gemeinsam geschafft haben.

Obwohl ich heute Nacht bei ihr war, vermisse ich sie. In letzter Zeit habe ich ständig das Gefühl, dass es niemals genug ist, egal, wie oft wir uns sehen. Wir sind zusammen, aber jeder ist in seinem eigenen Kopf gefangen, in seiner eigenen Welt mit all ihren Problemen.

„Es obliegt deiner Verantwortung, dafür zu sorgen, dass das Analogiezauberverbot eingehalten wird!", donnert mein Vater. Nachdem im letzten Jahr offensichtlich wurde, wie mächtig die Puppen sind – dass sich mit ihrer Hilfe Seelen manipulieren lassen, dass man mit ihnen heilen oder schaden kann –, lag auf der Hand, dass sie verboten wurden. „Ich will auf dem Institutsgelände keine einzige vermaledeite Puppe sehen, hast du verstanden?"

Ich nicke stumm, dabei würde ich ihm am liebsten entgegenschreien, dass ihn das alles nichts angeht. Dass es in der Natur des Menschen liegt, zu helfen, zu *heilen*, wo er kann. Und dass er kein Recht hat, mir irgendwas vorzuschreiben, weil er Mitgefühl und Liebe längst nicht mehr kennt. Ob meinem Vater klar ist, dass er jetzt auch seinen ältesten Sohn verloren hat? Er wird allein sterben und ihm wird niemand mit einer Spirit Doll zu Hilfe kommen, wenn es so weit ist. Wenn er das realisiert, wird es für Reue zu spät sein.

Trotzdem sollte ich sein Verbot durchsetzen. Nicht ihm zuliebe, sondern weil ich es für gefährlich halte, wenn die Schattenspringer, die eigentlich nur Begleiter ins Jenseits sein sollten, in das Gleichgewicht von Leben und Tod eingreifen. Dass die Konsequenzen unberechenbar sind, hat sich ja bei Octavian deutlich genug gezeigt. Und ich bin sicher, dass die meisten meiner Studentinnen und Studenten nicht einmal wissen, wozu

Spirit Dolls imstande sind. Die Puppe, die mein Vater wutentbrannt auf meinen Schreibtisch geschleudert hat, stammt jedenfalls nicht aus dem Institut. Ich habe sie erst heute Morgen in einem kleinen Cottage auf der windumtosten Insel Flat Holm gefunden. Und das beunruhigt mich fast noch mehr, denn ich bezweifle, dass Runa sie nur aus wissenschaftlichem Interesse angefertigt hat.

„Unser Gespräch ist beendet", schließt mein Vater. „Ich brauche dir ja wohl nicht zu sagen, dass es ratsam wäre, wenn du uns nicht blamierst, bis in drei Wochen der Ältestenrat einen neuen Warden wählt."

Uns?, denke ich. Eigentlich spricht er immer nur von sich. Wann waren wir das letzte Mal eine Familie? Mum lebt ihr eigenes Leben in Kalifornien, ich sehe sie höchstens an Weihnachten, aber selbst dafür hatte sie letztes Jahr keine Zeit. Und mein kleiner Bruder Aurel … ist fort. Doch ich widerspreche nicht und mein Vater wendet sich zum Gehen. Erst als die schwere Eichenholztür mit einem dumpfen Krach hinter ihm ins Schloss fällt, lasse ich mich erschöpft auf den Ledersessel am Schreibtisch sinken.

Morgen kommen die letzten Studierenden aus den Weihnachtsferien zurück ans Institut und ich möchte ihnen zeigen, dass hier jetzt ein anderer Wind weht: Die Zeiten der Wildjagd und der pompösen Reden sind vorbei.

Meine erste Amtshandlung als Interimswarden ist ein gemeinsamer Ausflug, eine Wanderung durch die Lowlands im Umland Edinburghs. In der Nähe von Cramond hatte meine Familie früher einen Sommersitz, bevor Prenbogle Hall verkauft wurde, daher kenne ich mich in der Gegend gut aus. Wir werden ein Stück entlang des Berwickshire Coastal Path wandern, denn einige der Neulinge haben noch nicht viel von den Stränden und Klippen der schottischen Küste gesehen, weil sie aus entlegeneren Teilen des Vereinigten Königreichs kommen. Ich hoffe, dass ein gemeinsamer Ausflug von Anfang an das Wir-Gefühl stärkt, nachdem Octavian viel zu lange alles darangesetzt hat, die Schattenspringer zu Konkurrenz und Missgunst anzustiften.

Ich schiebe den Streit mit meinem Vater gedanklich beiseite und stehe auf, um in der Bibliothek nach einer geeigneten Wanderkarte zu suchen, die ich für die Studierenden kopieren könnte. Die Route habe ich minutiös geplant, um unwegsames Gelände, auf dem es gelegentlich Gebirgsstürze gibt, zu meiden.

Aber als ich die Stufen zum Avicenna Quad nehme, befällt mich plötzlich eine sonderbare Sehnsucht: Mit einem Mal bin ich wieder im letzten Studienjahr, schreibe an meiner Abschlussarbeit und rechne damit, jeden Moment auf meinen besten Kumpel Tris zu stoßen, um mit ihm ein Ale im *Brass Monkey* trinken zu gehen. So wie damals, an dem folgenschweren Tag vor dreieinhalb Monaten, als sich alles verändert hat. Ein Schauer rieselt meinen Nacken hinunter und wie von selbst wandert mein Blick zum schmiedeeisernen Tor des Parks. Die Grabsteine im Schatten der alten Platanen kann ich selbst von hier aus erahnen. Und dann ist der Gedanke plötzlich da: *Wenn du könntest, würdest du die Zeit zurückdrehen? Würdest du etwas anders machen?*

Fragen wie diese beschäftigen mich seit Wochen. Seit Tristrams Beerdigung, obwohl ich mich schon lange vorher von ihm verabschiedet habe. Sie quälen mich in den seltenen Stunden, in denen ich bei Runa bin und keiner von uns auf einer nächtlichen Mission ist. Sie quälen mich noch mehr, wenn ich alleine bin. Wenn alles anders gekommen wäre, würde Tris noch leben, aber Runa hätte ich nie getroffen. Was ist schlimmer – gar nichts zu fühlen oder viel zu viel?

Spontan ändere ich die Richtung und schlendere auf den Park zu. Die Rehe grasen friedlich und heben nicht einmal den Kopf, als ich das Tor öffne. Ich hoffe inständig, dass sie bald unbehelligt hier leben können und die grausamen Traditionen des Initiationsrituals ein Ende haben. Aber diese Entscheidung wird wohl nicht mehr in meinen Händen liegen.

Kurz bevor ich die Bank erreiche, ruft jemand meinen Namen. Ich schmunzle beim vertrauten Klang der Stimme und drehe mich um.

Lali steht vor mir, rückt ihre Brille zurecht und streicht sich etwas atemlos eine lange schwarze Haarsträhne aus dem Gesicht. „Hab ich dich erwischt, du überaus wichtige und beschäftigte Person."

„Glaub mir, ich hab mir das nicht so ausgesucht", erwidere ich.

„Schon klar." Sie atmet tief durch und verschränkt die Arme. Für einen Moment wirkt es so, als wüsste sie nicht, was sie sagen soll. Was ich mir bei Lali Prasad beim besten Willen nicht vorstellen kann. „Wie geht es ihr?"

Ich starre meine ehemalige Kommilitonin nur für einen Sekundenbruchteil verständnislos an.

„Runa natürlich!" Lali schüttelt ungeduldig den Kopf.

„Gut", antworte ich ein bisschen zu schnell. „Denke ich. Soll ich ihr etwas ausrichten?"

Lali wirkt resigniert. „Nein, aber du kannst deinem Vollpfosten von einem Vater ausrichten, dass sie fehlt. Ich vermisse sie, wir alle vermi–"

„Ich weiß", entgegne ich und schneide ihr damit das Wort ab. Eine Spur zu harsch, aber ich kann nicht anders: Ich vermisse sie ja selbst am meisten. „In drei Wochen wird der neue Warden gewählt. Dann wird sich einiges ändern, dann kommt sie zurück. Ganz bestimmt." Ich glaube mir das zwar selbst kaum, aber das ist alles, was ich Lali im Moment bieten kann.

„Ich nehme dich beim Wort." Sie dreht sich um und verschwindet so stürmisch, wie sie gekommen ist. Ich kann es ihr nicht verübeln. Die Verantwortung, die auf meinen Schultern lastet, ist einfach zu groß und wenn ich ehrlich bin, kann ich es selbst nicht erwarten, sie endlich abzugeben.

Versprechen

RUNA

Im Gegensatz zu meinen Nächten, die immer zu kurz sind, ziehen sich die Tage auf Flat Holm endlos in die Länge. Heute ist Dienstag und trotz der schlimmen Kopfschmerzen, die mich seit der Nacht quälen, werde ich zum Einkaufen mit dem Boot nach Cardiff rüberfahren wie jeden Dienstag – das Highlight meiner Woche. Statt mich länger mit dem Geld meines verstorbenen Vaters – das genau genommen Kyril gehört – über Wasser zu halten, habe ich mein Sparbuch geplündert, das Mum in der Kommode im Wohnzimmer aufbewahrt. Sie wird es mir nachsehen müssen. Aber schon als ich aus dem Haus trete, wird mir klar, dass ich meine Pläne vergessen kann: Ich bin auf die Touristenboote angewiesen, die zwischen der Insel und dem Mermaid Quay in der Cardiff Bay verkehren, doch die See ist heute viel zu unruhig. Ich weiß, dass das Boot nicht kommen wird, trotzdem setze ich mich auf die Stufen der in die Klippen gehauenen Steintreppe, die unweit des Leuchtturms zum Strand hinunterführt, und schaue auf das Meer hinaus. Von hier aus kann ich das Festland sehen, das dennoch unerreichbar ist. Es kommt mir vor, als wollte das Schicksal mich verhöhnen. *Wow, die Einsamkeit hat dich ganz schön zynisch gemacht,* spottet meine innere Stimme. Sie hat recht; ich bin zynisch geworden – und verzweifelt.

Ich denke daran zurück, wie ich mich neulich sogar nach Cardiff teleportiert habe. Nachts natürlich, alles andere wäre zu riskant. Die Supermärkte hatten längst geschlossen, aber mein Ziel war ohnehin ein anderes: eine verlassene Straße im Furness Close. Hinter den Fenstern des schlichten Hauses mit verklinkerter Fassade brannte noch Licht. Ein Baby schrie und mir blieb beinahe das Herz stehen, als mir klar wurde, dass es tatsächlich Rose war. Kurz darauf trat Mum mit meiner Schwester auf dem Arm ans Fenster, ohne mich zu bemerken. Auch ich habe eilig weggesehen, allerdings nicht schnell genug.

Rose hat jetzt blonde Haare, genau wie Mum. Ob sie inzwischen krabbelt und vor sich hin brabbelt? Bestimmt sagt sie schon Dad oder *Dada*.

Tränen steigen mir in die Augen und ich verdränge die Erinnerung mit aller Kraft. *Vielleicht kommt das Boot morgen wieder,* sage ich mir. Aber in Wahrheit kommt es vielleicht auch erst nächste Woche. Frustriert ziehe ich die Kapuze meiner Wachsjacke tiefer ins Gesicht und beschließe, später im Cottage eine ganze Tafel Schokolade zu verdrücken. Ich habe mir einen Vorrat in Mums alter Speisekammer angelegt. Aber auch Schokolade kann nicht verhindern, dass ich unglücklich bin. Meine Gedanken kreisen immer nur darum, dass ich meine Zeit auf dieser Insel verschwende. Egal, wie vielen Menschen ich nachts helfe. Ich fühle mich wie eine Kerze, die langsam, aber sicher herunterbrennt. Die Buffy-DVDs stapeln sich in einem

Regal in meinem Zimmer, aber ich kann sie nicht mehr ansehen, weil es zu sehr wehtut. Manchmal lasse ich den Soundtrack auf meinem Laptop laufen. Auch das tut weh, doch dieser Schmerz ist auszuhalten, er ist traurigschön.

Ich stoße die Haustür des Cottages auf, die ich nie abschließe, weil außer mir selten jemand hier ist, vor allem im Winter. Vielleicht auch, weil ich sowieso nichts zu verlieren habe.

Statt der Tafel Schokolade überwinde ich mich und ziehe mich um: Leggings, Trainingsjacke und Laufschuhe. Joggen ist, abgesehen vom Schwimmen, der einzige Sport, den man auf dieser verdammten Insel treiben kann. Leider richtet die frische Luft kaum etwas gegen meinen dröhnenden Schädel aus. Wahrscheinlich habe ich in der Nacht komisch gelegen und mir einen Nerv eingeklemmt oder mich irgendwo gestoßen.

Weil die grauweißen Heringsmöwen in den Süden gezogen sind und vor Ende des Monats nicht zurückkehren werden, ist es zu dieser Zeit des Jahres besonders still. Ich laufe an den Ruinen des alten Krankenhauses vorbei, das im vorletzten Jahrhundert als Quarantänestation für Cholerakranke diente. Dabei überkommt mich der vor Selbstmitleid triefende Gedanke, dass ich hier auch irgendwie in Quarantäne bin. So, als hätte ich im Herbst absichtlich meine Kommilitonen in Gefahr gebracht – meine Freunde und sogar den Menschen, der mir auf der Welt am wichtigsten ist.

Aber auch wenn es keine Absicht war, ist meine Strafe gerecht. Tris ist gestorben und es tröstet mich nicht, dass unzählige andere Leben gerettet werden konnten. Das Schlimmste ist, dass mir der Gedanke, dass ich nur bekommen habe, was ich verdiene, immer weniger abwegig erscheint, je länger ich darüber nachgrübele. Das liegt an der Einsamkeit, sie bringt mich über kurz oder lang um den Verstand. Doch was, wenn wirklich alles allein meine Schuld ist? Eine ungute Vorahnung schnürt mir die Kehle zu.

Die ewige Gedankenspirale, die immer nur abwärts führt, wird vom Klingeln eines Handys unterbrochen. Einem sonderbar schrillen Geräusch im Vergleich zu der eintönigen Windsinfonie meiner Heimat.

„Hey, Lali!" Der unerwartete Anruf meiner besten Freundin ist eine willkommene Abwechslung an diesem öden Tag.

„Runa? Du musst sofort nach Edinburgh zurückkommen."

„Was? Wieso, was ist denn los?"

„Kyril ist verschwunden."

Mit diesem einen Satz stürzt meine Welt wie ein Kartenhaus zusammen. Das Herz klopft mir bis zum Hals, so heftig, dass mir speiübel wird. „Was soll das heißen, *verschwunden*?", wiederhole ich ungläubig.

„Er war doch mit den Studierenden unterwegs, wandern an der Küste. Sie sollten eigentlich gestern Abend zurückkommen, aber …" Lalis Stimme bricht. „Wir haben die Polizei verständigt."

Plötzlich dreht sich die Welt um mich herum schwindelerregend schnell. Ich schwanke und schaffe es gerade noch, nicht auf dem Fels zu landen, sondern im Gras. Das darf nicht wahr sein.

„Bestimmt gibt es eine simple Erklärung, aber ich wollte trotzdem, dass du Bescheid weißt."

Lalis Worte beruhigen mich nicht, im Gegenteil. Alle denkbaren Horrorszenarien spielen sich jetzt vor meinem inneren Auge ab – eines schrecklicher als das andere: Kyril könnte von einem Bergrutsch überrascht worden sein. Vielleicht ist er gestürzt, vielleicht ist er verletzt, vielleicht ist er … Nein, das hätte ich gespürt, oder nicht? Außerdem war er mit etlichen Studierenden unterwegs, sicher hätte jemand Hilfe geholt? So viele Menschen können doch nicht einfach wie vom Erdboden verschluckt sein?

„Runa?", fragt Lali unsicher. „Bist du noch da?"

Ich räuspere mich, trotzdem ist mein Hals so wund, dass ich nicht weiß, wie ich auch nur ein einziges Wort herausbekommen soll. „Ja", krächze ich. „Ich … was soll ich –"

„Du kannst wieder in unserem –", sie korrigiert sich, „in meinem Zimmer schlafen, wenn du willst."

„Ich will nicht, dass du wegen mir Ärger bekommst." Lalis Vorschlag rührt mich, aber in dem Apartment lauern zu viele Erinnerungen. Außerdem hat Kieran Ironmonger mehr als deutlich gemacht, dass ich am Institut nicht mehr erwünscht bin, und ich bezweifle, dass sich daran etwas geändert hat. „Ich glaube, ich nehme mir irgendwo ein Hotel."

„Kommt gar nicht infrage." Mit einem Mal ist meine Freundin wieder so energisch wie eh und je. „Du steigst jetzt bestimmt nicht allein irgendwo ab, auch nicht, wenn Runa Davies ja immer alles mit sich selbst ausmacht."

Dass Lali wieder spotten kann, erleichtert mich irgendwie ein bisschen.

„Wir sind für dich da. Du kannst bei Chelsea bleiben, okay? Sie wohnt über dem Dominion Cinema in der Newbattle Terrace, im Hinterhaus. Was sagst du?"

Darüber muss ich nicht nachdenken, ich würde auch auf einer Parkbank schlafen, um bei Lali und Chelsea zu sein. Bei

Kyril, bei meiner Familie. „Okay, ich packe meine Sachen und komme so schnell ich kann."

„Pass auf dich auf, Süße."

Ich nicke, obwohl Lali das nicht sehen kann, und unterdrücke die Schluchzer, die sich ihren Weg meine Kehle hinauf bahnen wollen. Mit einem atemlosen ins Handy gehauchten Kuss beende ich den Anruf.

Die nächste Stunde zieht an mir vorbei wie im Traum. Rastlos irre ich durch das Cottage und suche Sachen zusammen, die ich brauchen könnte, wenn ich mich höchstpersönlich auf die Suche nach Kyril mache – was ich definitiv vorhabe. Meine Wanderstiefel, wetterfeste Kleidung, einen Verbandskasten, vielleicht Nadel und Faden? Und natürlich einen Vorrat an selbst gehäkelten Spirit Dolls; in letzter Zeit habe ich mit verschiedenen Techniken experimentiert und Modelle entwickelt, die den menschlichen Körper immer detailgetreuer abbilden.

Der Wind rüttelt an den Fensterläden und für einen Moment halte ich inne. Das ist doch absurd! Wahrscheinlich sollte ich mich beruhigen und lieber versuchen, ein bisschen zu schlafen, denn wenn Kyril tatsächlich etwas zugestoßen ist, erwarten mich heute Nacht doppelt so viele Aufträge. Aber Schlaf ist so ungefähr das Letzte, an das ich jetzt denken kann. Vielleicht reagiere ich auch gerade über und es wäre besser, die Sache der Polizei zu überlassen? Aber mein Bauchgefühl sagt mir, dass irgendetwas ganz und gar nicht stimmt, also kann ich nicht einfach tatenlos herumsitzen. Mein Rucksack ist inzwischen so voll, dass sich der Reißverschluss kaum noch schließen lässt. Ich halte inne und nehme mein Portemonnaie vom Nachttisch. Der Streifen mit den Fotos, die Kyril, Lali und ich an einem meiner ersten Tage in Edinburgh geschossen haben – in einem Automaten bei *Boots* – ist schon etwas ausgeblichen. Ich liebe ihn trotzdem: Lali strahlt, mein Gesichtsausdruck wirkt irgendwie unentschlossen und Kyril guckt zwar ziemlich missmutig in die Kamera, hat aber niedlicherweise ein paar Sconeskrümel in den Mundwinkeln.

Inzwischen weiß ich, wie dieses Gesicht aussieht, wenn es lächelt. Wenn es glücklich ist oder besorgt, mich aufziehen oder vor der ganzen Welt beschützen will. Wenn es *liebt.* Lautlos laufen die Tränen über meine Wangen, ich gebe mir keine Mühe mehr, sie zurückzuhalten.

Aber ich spüre nicht nur Verzweiflung. Auch Wut breitet sich in meinem Bauch aus, immer heißer, bis ich glaube, verglühen zu müssen. Ein Gedanke, vielmehr ein Entschluss, kreist mir durch den Kopf und wird immer lauter, sodass er all meine Sorgen übertönt: *Ich habe zu hart für uns gekämpft, um jetzt aufzugeben. Wir hatten zu wenige Nächte und noch weniger Tage. Und wenn ich dafür den Lauf des Schicksals ändern muss, ich schwöre dir, dass ich dich zurückhole, Kyril Ironmonger.*

Lost and Found

AUREL

Der Whirlpool blubbert vor sich hin, mein Kopf ist angenehm benebelt und Wasserdampf steht so dicht im Zimmer, dass ich kaum die Hand vor Augen sehe. Ich betrachte meine Knie, die aus dem Schaumberg ragen, die Haut ist schon ganz rot. Wahrscheinlich könnte man hier drinnen ein Hähnchen dämpfen, trotzdem finde ich es immer noch zu kalt.

Aufgewirbelt von meinem eigenen Atem ziehen die dunstigen Schwaden in fantasievollen Mustern durch das Bad. Unweigerlich schweifen meine Gedanken ab. Immer sind es dieselben Tagträumereien, denn so angestrengt ich es auch versuche, mein altes Leben lässt sich nicht aussperren. Es kriecht unter dem kleinsten Türspalt hindurch. Meistens denke ich an Kyril, manchmal an Mum und in schwachen Momenten sogar an Linda. Ich bilde mir ein, dass sie mir gegenübersitzt, dass ich nicht ganz allein in einer luxuriösen Villa in den Lowlands lebe, wo ich mich vor meiner Familie verstecke, sondern mit meiner Freundin ein Wochenende irgendwo in einem Wellnesshotel verbringe. So wie ein ganz normaler junger Mann. Aber Linda ist nicht hier. Sie ist nicht einmal tot, sodass ich sie betrauern könnte. Es ist schlimmer als das.

Nach einer dreiviertel Flasche teurem, aber abgestanden schmeckenden Wein aus dem Keller von Brandon, dem alten Bibliothekar, glaube ich, eine kastanienbraune Haarsträhne auf der Wasseroberfläche zu entdecken. Sie treibt nah an mir vorbei und ich könnte sie berühren, wenn ich wollte. Aber ich tue es nicht, denn ich weiß, dass sie nur ein Trugbild ist; ein Traum. Und das ist gut so, denn im Traum kann Linda mich nicht verletzen.

Ich halte kurz inne und versuche vergeblich, meine Gedanken zu ordnen. Schließlich strecke ich doch die Hand nach dem silbrig schimmernden Flakon aus, der auf dem Stuhl neben dem Whirlpool steht. Meine Finger schließen sich um den Korken. An manchen Tagen fällt es mir schwer, das Glasfläschchen auch nur anzusehen. An anderen Tagen wiederum ist es mein Lebenselixier und ich kann gar nicht genug von den schillernden Lügen bekommen. Heute ist es wohl irgendwas dazwischen.

Ich stelle keinen Wecker, weil diese Erinnerung sowieso immer zu früh endet. Mit einem Seufzen ziehe ich den Korken heraus, schließe die Augen und gebe dem Schwindel nach, in dem sich alles, was ich bin, auflöst. Ich bin nur ein Jahr jünger, aber ein vollkommen anderer Mensch. Die Villa ist immer noch die Villa, doch sie wirkt weniger trostlos, denn sie ist voller Leben: Linda ist hier. Sie streift durch die Flure, sie läuft vor mir weg, um mich aufzuziehen. Genau genommen sehe ich nicht sie, sondern nur mich, aber inzwischen kenne ich die Geschehnisse dieses Tages so gut, dass mein Hirn automatisch das ergänzt, was nicht sichtbar ist – halb Erinnerung, halb Traum. Wir spielen Verstecken wie Kinder. Eigentlich sind wir das auch noch.

Ich finde Linda im kleinsten Raum des Hauses; einer staubigen Kammer, in der sich Kisten und Kartons bis unter die Decke stapeln. Brandon hat hier irgendwelche Belege aufbewahrt. Durch ein kleines Fenster weit oben fällt Tageslicht hinein, aber draußen dämmert es bereits. Als ich eintrete, erschreckt Linda mich und ich zucke zusammen, obwohl ich wusste, was passieren würde. Nicht nur, weil ich diesen Traum tatsächlich erlebt habe, sondern auch, weil es eben nicht meine Erinnerung ist. Es ist Lindas.

Sie kitzelt mich, bis ich vor Lachen keine Luft mehr bekomme, aber als ich sie wieder ansehe, sind da Tränen in ihren Augenwinkeln. Ihre Hände halten mein Gesicht ein bisschen fester als sonst, und ihre Lippen liegen an meinem Ohr. Sie flüstert heiser: „Ich will nicht wieder dahin zurück. Kann ich nicht einfach hierbleiben? Bitte."

Mein Herz wird so schwer, dass ich kaum eine Antwort zustande bringe. Ich weiß, wovon sie spricht: vom Studium am Institut. Es verändert die Menschen. Linda ist zwei Jahre älter als ich und alles, was ich nur aus Erzählungen weiß, hat sie hautnah erlebt. Noch dazu kommt sie aus einem Elternhaus, in dem Perfektion gerade gut genug ist und es wenig Verständnis und noch weniger Liebe gibt. Sie wollte am Institut eine neue Familie finden, sehnte sich nach Zusammenhalt und Akzeptanz, aber sie kam vom Regen in die Traufe. Ich spüre schon lange, dass die Ausbildung und der Kampf um Bestnoten und Assistenzstellen sie langsam, aber sicher kaputtmachen. Also schlucke ich hinunter, was ich eigentlich erwidern wollte, und belüge sie: „Du kannst hierbleiben. Du kannst bleiben, solange du willst."

Linda vergräbt ihr Gesicht in meiner Halsbeuge, es ist warm und nass. Eine Träne läuft in den Kragen meines T-Shirts. Aber als ich ihren Kopf anhebe, so zärtlich und gleichzeitig so bestimmt wie möglich, lächelt sie immer noch. Sie lächelt und sie weint. Ich weiß, dass sie alles auf einmal braucht – den Schmerz, das Lachen, das Leben. Unverfälscht und pur. Eigentlich pendelt ihr ganzes Leben zwischen Extremen.

Und obwohl eine leise Stimme in meinem Hinterkopf mich warnt, dass so etwas nie auf Dauer gut gehen kann, liebe ich sie. Ich liebe sie, wenn sie weint und wenn sie lacht und auch noch, wenn sie schreit. Ich bin stark genug, um das auszuhalten, sage ich mir. Tag für Tag. Die guten Momente machen alles wieder wett.

Irgendwo in der staubigen Kammer huscht ein Gefühl vorbei, das ich nicht ganz zu fassen bekomme: Es erinnert mich daran, wie es ist, ein Déjà-vu zu haben. Fast kann ich mich selbst sehen, wie ich in ein paar Jahren auf uns zurückblicke, auf der Suche nach der Antwort auf die unausweichliche Frage *Was wäre, wenn …?*, und traurig den Kopf schüttle.

Ich beiße die Zähne zusammen und vertreibe den Gedanken, der nirgendwohin führt. Noch immer sieht Linda mich aus ihren großen blauen Augen beinahe flehend an. Sie bittet mich um etwas, dabei ist sie so viel stärker als ich. Zärtlich streiche ich über das Grübchen in ihrem Kinn, das ich so oft geküsst habe. Plötzlich bin ich all das Denken leid. Falls wir das hier tatsächlich irgendwann bereuen, soll es das wenigstens wert gewesen sein. Ich halte ihrem Blick stand, lege eine Hand in ihren Nacken und vergrabe die Finger in ihrem Haar. Den anderen Arm schlinge ich um ihre Taille, um sie näher zu mir zu ziehen. So nah, dass nichts mehr zwischen uns passt; kein Zögern, keine Zweifel. Das Türblatt in meinen Rücken erinnert mich daran, dass wir vor der restlichen Welt gut versteckt sind. Hier drinnen gelten nur unsere Regeln. Linda küsst mich so heftig, dass es wehtut. Sie hält sich mit ihren Zähnen und Nägeln an mir fest. Aber der Schmerz ist mir willkommen, weil er bedeutet, dass sie mir noch nicht ganz entglitten ist. Sie zieht mir das T-Shirt über den Kopf und knöpft meine Hose auf. Und ich gebe ihr alles, was sie will. Denn ich kann nicht ewig in der Asche leben, ohne je das Feuer gespürt zu haben. Lieber verglühe ich in den Flammen.

*

Der Flakon ist umgefallen, aber zum Glück nicht zerbrochen, und meine Haarsträhne liegt noch gut geschützt darin. Ich verschließe ihn, steige aus dem längst kalten Wasser und schlüpfe in meinen Bademantel. Wie immer nach dieser einen Erinnerung fühle ich mich leer; irgendwie betäubt und trotzdem sentimental. Ich beschließe, noch eine Folge *Columbo* zu gucken. Natürlich wird das alles noch schlimmer machen, weil Kyril mir die alte Krimiserie in bester Großer-Bruder-Manier gezeigt hat, nur um sich diebisch darüber zu freuen, dass er jedes Mal vor mir erraten hatte, wie Peter Falk den Mörder überführt. Aber wenn ich in den letzten zwei Jahren eins gelernt habe – neben der Tatsache, dass Luxus die Einsamkeit zumindest erträglich macht –, dann, dass man Glück auch in Erinnerungen findet. Und als ich das begriffen hatte, verstand ich: Manches ist nicht weniger berauschend, nur weil es vergangen ist.

Genau das unterscheidet mich von den verzweifelten Seelen, die nachts um die Villa streifen, und das ist vermutlich auch der Grund, weshalb sie mir nichts anhaben können.

Ich trockne meine blonden Haare mit einem Handtuch ab und steige die Wendeltreppe hinauf bis zum Turmzimmer. Brandons opulentes Himmelbett nimmt fast das gesamte Zimmer ein, und obwohl es nicht wirklich mein Stil ist, habe ich mir bisher nicht die Mühe gemacht, hier umzudekorieren. Vielleicht, weil doch etwas in mir glauben will, dass ich nur bei einem Freund zu Besuch bin und irgendwann nach Hause zurückkehren werde. Selbst wenn dieser Freund, der alte Hausherr, schon seit gut zwei Jahren tot ist.

Als ich den Laptop eingeschaltet habe und mich auf das Bett fallen lassen will, nehme ich aus dem Augenwinkel eine Bewegung hinter dem Turmfenster wahr. Vielleicht hätte ich doch nicht so viel trinken sollen. Oder es ist nur der Wind, der mit ein paar Zweigen spielt, eine Möwe, die vorbeigeflogen ist, oder ein Steinadler. Aber irgendetwas lässt mich innehalten und meine Aufmerksamkeit hinaus in die bergige Heidelandschaft richten, die von der untergehenden Sonne mit Gold geflutet wird.

Der dunkle Fleck, den ich am Horizont erahne, bewegt sich. Es ist ein Mann, der schwankend näher kommt. Ich beobachte den Fremden wie gebannt. Den grauen Mantel, die dunkelblonden Locken, die im Wind um sein Gesicht wirbeln …

Heilige Scheiße! Die wohlige Geborgenheit, die ich eben noch verspürt habe, zerplatzt wie eine Seifenblase, und fast fühle ich mich wieder nüchtern. Mein erster Reflex ist, das Fenster zu öffnen und mich völlig lebensmüde aus dem obersten Stockwerk zu stürzen.

Ich weiß nicht, was ich zuerst mache – mir im Schock die Haare raufen, mich umdrehen und über den Bettvorleger stolpern oder die Treppe mehr hinunterschlittern als laufen. An der Haustür halte ich für den Bruchteil einer Sekunde inne. Ich will Kyril meinen Aufenthaltsort nicht verraten, weil damit meine ganze Tarnung unwiederbringlich auffliegen würde. Aber die Art und Weise, wie er scheinbar haltlos auf mich zu taumelt, jagt mir Angst ein. Mir liegt ein schwerer Stein im Magen und ich bin sicher, dass er nicht bloß auf einem Spaziergang hier vorbeigekommen ist. Nein, mein Bauchgefühl sagt mir, dass es ihm nicht gut geht. Dass er Hilfe braucht.

Obwohl die Temperaturen nur knapp über dem Gefrierpunkt liegen, eile ich ohne Jacke zur Tür. Ich zittere sowieso, und zwar nicht vor Kälte. In einem letzten geistesgegenwärtigen Moment stecke ich den Schlüsselbund ein, dann renne ich auf meinen Bruder zu. Seine Miene bleibt ausdruckslos. Ich packe Kyrils Schultern, während die Winterluft an dem Kragen meines Bademantels zerrt. „Kyril!" Heiser schreie ich gegen den Wind an. „Was machst du hier?"

Er sieht wie durch mich hindurch, dann schüttelt er den Kopf. Nichts regt sich in seinen Pupillen; kein Erkennen, keine Wiedersehensfreude, nicht mal berechtigter Zorn. „Scheiße, rede mit mir! Geht's dir gut?"

Er tritt einen Schritt zurück, Unglaube verzerrt seine Züge. „Können Sie mir sagen, wo ich bin? Ich glaube … ich habe mich verlaufen."

Mit dieser simplen Frage rutscht mir das Herz in die Hose. Ich klopfe Kyril mit beiden Händen sanft auf die Wangen. „Hör auf mit dem Mist. Du weißt, wer ich bin. Du erkennst doch deinen eigenen Bruder? Denk dir die Haare ein bisschen länger." Er erwidert nichts. „Ich … ich wollte gerade eine Folge Columbo gucken, wieso kommst du nicht mit rein …"

Immer noch keine Reaktion. Was ist hier los? Ich kann keine offensichtlichen Verletzungen erkennen, aber irgendetwas muss ihm zugestoßen sein. *Eine Amnesie*, schießt es mir durch den Kopf. „Bist du vielleicht gestürzt?"

„Ich … glaube schon." Er klingt erschöpft.

Behutsam lege ich ihm einen Arm um die Schultern. Daraufhin lässt er sich fast mit seinem gesamten Gewicht gegen mich sacken. So laufen wir zusammen zum Haus zurück, was sicherlich ein seltsames Bild abgeben muss. Aber zum Glück ist außer uns niemand in dieser Ödnis. Und genau deshalb klammere ich mich immer noch ein bisschen an die Hoffnung, dass das alles doch nur ein schlechter Traum ist.

Zu Hause

RUNA

Ich komme in einem leeren Kinosaal an, über dem Chelseas Wohnung liegt. Weil ich noch nie hier war, aber sich alle Kinos ähnlichsehen, war das die naheliegendste Idee, um mich zu teleportieren. Andererseits ist es ein bisschen verdächtig, ohne Ticket und mit einer vollgestopften Reisetasche im Dunkeln umherzuirren. So unauffällig wie möglich verlasse ich den leeren Saal und laufe durch das Foyer zum Eingang. Eine breite Treppe führt auf die Straße. Ich werfe noch einen Blick zurück: Das Dominion Cinema ist ein unauffälliger Klotz aus ergrautem Sandstein, einzig das rot lackierte Vordach über den Flügeltüren lässt es im trüben Nachmittagslicht hervorstechen. *Im Hinterhaus*, hat Lali gesagt. Eilig nehme ich den Weg am Gebäude vorbei. Am Hauseingang im Hinterhof erspähe ich eine Reihe von Klingelschildern.

Meine Hand zittert, als mein Zeigefinger suchend durch die Luft fährt. Dann entdecke ich endlich Chelseas Namen. Ich zögere, weil ich eigentlich gar nicht hier sein will. Viel lieber hätte ich mich direkt zum Institut teleportiert, hätte Kieran Ironmongers Bürotür aufgestoßen und ihm die Fragen ins Gesicht geschrien, die sich endlos in meinem Kopf wiederholen: *Wo ist Kyril? Was ist passiert? Und warum, verdammt, konntest du uns nicht einfach in Ruhe lassen?*

Ganz bestimmt wäre das alles nicht passiert, wenn ich in Edinburgh geblieben wäre. Wieder bahnen sich wütende Tränen ihren Weg an die Oberfläche.

Irgendwie habe ich es wohl zustande gebracht, den Klingelknopf zu drücken, denn plötzlich geht die Tür auf und ich sehe in Lalis und Chelseas blasse Gesichter; sie wirken genauso besorgt wie ich. Wortlos fallen wir uns in die Arme.

„Es tut so gut, dich zu sehen, Süße." Lali drückt mich fest an sich und ich vergrabe meine Nase in ihrem Haar. Mit dem Duft von Patschuli kehren auch die Erinnerungen an einen unvergesslichen Herbst in Edinburgh zurück. An Shortbread, Halloween Partys, viel zu große Eisbecher und daran, wie ich mich zum ersten Mal Hals über Kopf verliebt habe.

„Danke, dass ich hierbleiben darf", bringe ich stammelnd hervor, als wir uns wieder voneinander lösen.

Chelsea schüttelt den Kopf. „Machst du Witze? Das ist doch selbstverständlich." Ihr gequälter Gesichtsausdruck sagt so etwas wie *Ich wünschte nur, wir könnten mehr tun.*

Wortlos steigen wir das enge Treppenhaus hinauf bis in Chelseas Etagenwohnung und setzen uns in ihre Wohnküche, die über und über mit Retro-Filmplakaten tapeziert ist. Normalerweise hätte ich die Kunstwerke mit ihren knalligen Farben und der auffälligen Typografie genauer inspiziert, aber jetzt zaubern sie mir nicht mal ein müdes Lächeln ins Gesicht. „Möchtest du einen Kaffee?" Chelsea angelt nach einer Dose auf dem Tassenregal und kramt in den Schubladen nach der French Press. „Mit Milch?"

„Gerne." Ich ringe mir ein Lächeln ab.

Lali sitzt gegenüber und streckt auf dem Tisch ihre Hand nach mir aus. Erst als ihre warmen Finger meine Haut berühren, merke ich, wie durchgefroren ich bin. Ich trage noch immer meine Laufsachen und habe nicht einmal geduscht. Verlegen zupfe ich an der etwas verschwitzten Trainingsjacke. „Ich war vorhin joggen –"

Als ich aufsehe, glitzern in Lalis Augenwinkel Tränen. „Ich bin so froh, dass du hier bist. Ich … hab dich vermisst."

„Ich dich auch." Mein Hals ist so wund, dass ich die Worte kaum herausbekomme. Obwohl ich meine Freundin nur zehn Wochen lang nicht gesehen habe, kommt es mir vor wie eine Ewigkeit. Im Grunde fühlt es sich an, als gehöre alles, was im Herbst passiert ist, zu einem anderen Leben.

„Wir hätten dich besucht, aber –"

„Ich weiß", unterbreche ich Lali. Wenn ich eins nicht will, dann, dass sie meinetwegen in Schwierigkeiten gerät.

„Es weht ein neuer Wind am Institut", sagt Chelsea und stellt je eine Kaffeetasse vor Lali und mir ab, bevor sie sich selbst einschenkt und sich zu uns setzt.

Seufzend schüttle ich den Kopf und ziehe meine Hand zurück, aber ich schweige. Was soll ich auch sagen? Dass es verdammt unfair ist, mir zu verbieten, meinen Freund zu sehen oder mein Studium fortzusetzen? Nur weil irgendeinem Wichtigtuer, der mich gar nicht kennt, nicht passt, dass ich mit seinem Sohn zusammen bin?

Lali räuspert sich und reißt mich glücklicherweise aus meinen düsteren Gedanken. „Die Polizei nimmt den Vorfall ein bisschen auf die leichte Schulter, wir waren vorhin auf dem Revier. Genau genommen wird Kyril ja erst seit fünfzehn Stunden vermisst."

„Aber wir wissen doch, dass er gestern Abend zurückkommen wollte! Er hätte mir Bescheid gesagt, wenn er es sich anders überlegt hätte." Das *oder?*, das mir durch den Kopf geistert, unterdrücke ich geflissentlich. „Und was ist mit den anderen Studierenden? Die werden ja auch vermisst! Was sagen denn deren Angehörige?"

Mir entgeht nicht, dass Lali und ihre Freundin einen alarmierten Blick tauschen, dann sagt Chelsea: „Kieran Ironmonger hat alle angewiesen, die Angelegenheit vertraulich zu behandeln, bis wir mehr wissen. Damit keine Panik entsteht."

„Oder, damit das Image des *Aconite Institute* nicht leidet", erwidere ich bitter.

Lali beugt sich ein Stück vor. „Die Polizei wollte auch noch mit dir sprechen. Du kannst jederzeit auf dem Revier vorbeikommen, haben sie gesagt."

„Okay, das mache ich gleich." Ich trinke einen Schluck Kaffee. Auch wenn ich nicht viel zu sagen habe. „Und danach gehe ich Kyril suchen."

„Was?", fragen Lali und Chelsea fast gleichzeitig. Lali verschränkt die Arme. „Aber nicht allein! Ich will nicht, dass dir auch noch etwas zustößt." Sie wirft Chelsea einen Seitenblick zu, die daraufhin nickt. „Wir kommen mit."

Ich bin kurz davor, zu erwidern, dass ich keinen Babysitter brauche, aber ich weiß, dass die beiden es nur gut meinen. Und dass sie wahrscheinlich recht haben und es vernünftiger wäre, sich nicht allein auf die Suche zu machen. „Na gut. Danke." Ich leere die Kaffeetasse und deute mit dem Kopf in Richtung meiner Reisetasche, die auf dem Flur steht. „Darf ich das Bad benutzen und mich noch schnell duschen?"

Chelsea nickt. „Na klar. Fühl dich hier wie zu Hause."

Sie will mich aufmuntern, aber bei ihren Worten zieht sich mein Magen zusammen. Spätestens seit heute Morgen habe ich kein Zuhause mehr.

*

Der Beamte, der mir gegenübersitzt, mustert mich streng. Die Dusche hätte ich mir auch schenken können, denn ich habe mir Chelseas Fahrrad ausgeliehen und ordentlich in die Pedale getreten, um so schnell wie möglich hier zu sein.

„Sie wollen also eine Aussage zu einem Vermisstenfall machen?"

Ich nicke eifrig.

Er blättert durch eine Akte, die vor ihm auf seinem Schreibtisch liegt. „Kyril Ironmonger, vermisst seit … gestern Abend?"

„Genau."

„Und Sie sind …?"

„Ich bin seine Freundin."

„Alles klar. Wann haben Sie Mr Ironmonger zuletzt gesehen?"

Ich überlege kurz. „Vorgestern, er war vorgestern Abend bei mir."

„Und Sie wohnen wo?"

„Flat Holm." Als mein Gegenüber mich verständnislos ansieht, schiebe ich hinterher: „In Wales. Eine Insel, nicht weit von Cardiff."

Der Beamte runzelt die Stirn, nickt dann aber und tippt eine Notiz in seinen Computer. „Ist Mr Ironmonger abends wieder gegangen oder hat er bei Ihnen übernachtet?"

Ich lecke mir über die trockenen Lippen und versuche, das nervenaufreibend laute Klackern der Tastatur zu ignorieren. „Er hat bei mir übernachtet, aber … ich musste frühmorgens noch einmal weg und als ich zurückkam, war er nicht mehr da."

Jetzt nimmt der Polizist die Hände von der Tastatur. „Also haben Sie ihn nicht vorgestern Abend, sondern gestern Morgen zum letzten Mal gesehen? Zu welcher Uhrzeit war das ungefähr?"

Das Blut schießt mir ins Gesicht. Ich will doch nur helfen, Kyril zu finden, verdammt! Warum sorgt dieser Polizist dafür, dass ich mich in Widersprüche verstricke? Sind all diese Details nicht vollkommen egal? Vor allem, weil ich dem Mann sowieso nicht die *ganze* Wahrheit sagen kann.

„Ich weiß es nicht genau", gebe ich zu. „Vielleicht vier oder fünf Uhr morgens."

„Und was hatten Sie um vier oder fünf Uhr morgens so Dringendes zu erledigen?"

„Ich habe einen sehr stressigen Job", gebe ich mit heiserer Stimme zurück. „Wissen Sie … wissen Sie vielleicht, wann heute die Sonne untergeht?"

Der Polizist sieht mich an, als hätte ich ihm vorgeschlagen, splitterfasernackt über die Royal Mile zu laufen. Die Losung als Erkennungszeichen unter Schattenspringern, von der Kyril mir erzählt hat, scheint hier nicht zu funktionieren. Er räuspert sich. „Hatte Mr Ironmonger irgendwelche Probleme, von denen wir wissen sollten? Psychischer Natur vielleicht …“

„Nein“, sage ich etwas zu schnell und etwas zu harsch. Gleichzeitig meldet sich mein schlechtes Gewissen und ich habe plötzlich einen Stein im Magen. Ich bin mir ziemlich sicher, dass ein toter bester Freund, ein kontrollsüchtiger Vater und viel zu viel Verantwortung durchaus als *Probleme* zählen. Aber wenn ich das der Polizei erzähle, glauben sie vielleicht, dass Kyril einfach nur vor seinem komplizierten Leben weggelaufen ist – mal abgesehen davon, dass ich über das meiste sowieso nicht sprechen kann. Nicht sprechen *darf.*

„Gut.“ Der Mann wirkt nicht gerade überzeugt. „Ich lese Ihnen Ihre Aussage jetzt noch einmal vor und dann drucke ich sie aus – Sie müssten das dann bitte einmal unterschreiben.“

„Okay.“ Ich warte, bis er alles vorgelesen und das Dokument danach ausgedruckt hat. Als er mir das Papier vor die Nase hält, setze ich meinen Namen darunter. Trotzdem habe ich nicht das Gefühl, irgendetwas dazu beigetragen zu haben, dass Kyril schneller gefunden wird. Und bei einem Blick aus dem Fenster wird mir schwer ums Herz, denn es dämmert bereits. Im Dunkeln in die Lowlands aufzubrechen, um nach Kyril zu suchen, ist wahrscheinlich weder besonders erfolgversprechend noch besonders klug. Aber irgendwas muss ich doch tun! Vor allem, wenn die Polizei offenbar nicht der Meinung ist, dass es sich um einen Notfall handelt.

Niedergeschlagen fahre ich zurück zu Chelseas Wohnung. Ich klingle, warte auf das Summen des Türöffners und schlurfe das Treppenhaus hinauf.

Chelsea sitzt immer noch am Küchentisch, hat jedoch ihren Laptop aufgeklappt. „Irgendwas Neues?“

Kopfschüttelnd lasse ich mich auf meinen Platz von vorhin fallen.

„Tut mir leid.“ Sie schluckt hörbar. „Lali hat eine Vorlesung und ich muss noch ein Skript fertig schreiben, sonst bekomme ich vom Leiter der IT einen auf den Deckel. Es … es bringt ja auch nichts, wenn wir –“

„Schon gut“, sage ich eilig. Chelsea hat recht: Für alle geht das Leben weiter.

Für alle außer mich. Ich habe ja nicht mal ein Leben, das weitergehen könnte, weil man mir jede Perspektive genommen hat. Wut kocht in mir hoch und plötzlich ist da ein Gedanke, der sich nicht beiseiteschieben lässt: Ich habe diese Ungerechtigkeit viel zu lange hingenommen. Auch Kyril zuliebe. Aber damit ist es jetzt vorbei. Wenn ich ihn wiedersehe, werde ich ihm sagen, dass ich ans *Aconite* zurückkehre – egal, was irgendjemand davon hält – und dass ich mir nicht länger vorschreiben lasse, wie ich zu leben habe.

Wenn oder *falls*.

Ein zweites Leben

AUREL

Ich habe den Kachelofen angeheizt und Kyril eine Tasse Earl Grey in die Hände gedrückt. Seit einer geschlagenen halben Stunde, die mir viel länger vorkommt, sitzt er in eine Decke gehüllt in Brandons Bibliothek, auf dem Sessel direkt am Kamin. Er zittert trotzdem.

„Du erinnerst dich an gar nichts?“, frage ich und betrachte meinen Bruder voller Sorge.

Kyril schüttelt den Kopf, wobei ihm eine dunkelblonde Locke ins Gesicht fällt. Er streicht sie nicht beiseite. „Inzwischen bin ich ziemlich sicher, dass ich gestürzt bin. Ich war in einer Höhle und als ich hinausklettern wollte, bin ich gestolpert.“ Seine Hand zuckt zum Hinterkopf. „Habe eine kleine Beule, glaube ich. Aber was ich da wollte, weiß ich nicht. Ich habe das Anwesen gesehen und bin einfach immer weiter geradeaus gelaufen.“

Jedes Wort fühlt sich an wie ein Schlag in die Magengrube, trotzdem versuche ich, mir nichts anmerken zu lassen. „Du weißt also nicht, weshalb du in dieser Höhle warst? Oder wo genau sie liegt?“

Kyrils Blick huscht verunsichert durch den Raum. „Nein, ich habe keinen Schimmer. Tut mir leid."

„Okay. Wenn das so ist …", ich hole tief Luft. Dass er mein Bruder ist, habe ich Kyril schon gesagt, doch auch das hat keine Erinnerungen hervorgerufen. „Ich bin zwar kein Mediziner, aber immer noch derselbe unverbesserliche Klugscheißer, als den du mich früher gern betitelt hast. Außerdem habe ich viel zu viele Bücher gelesen – hatte ein bisschen Langeweile in letzter Zeit. Jedenfalls klingt das für mich alles nach einer retrograden Amnesie. Und ich denke, du solltest zum Arzt, um dich untersuchen zu lassen."

Kyril zieht nachdenklich die Augenbrauen zusammen. „Aber mir fehlt nichts. Bis auf meine Erinnerung."

Die Situation ist so absurd, dass ein Teil von mir lachen möchte. Aber die andere Hälfte ist kurz davor, in Tränen auszubrechen. Ich reiße mich zusammen und schenke meinem Bruder einen dieser Blicke, mit denen er mich selbst oft genug bedacht hat. Er heißt so viel wie *Komm schon, du weißt doch, dass ich recht habe.*

Plötzlich wirkt Kyril beunruhigt. „Kannst du mir nicht wenigstens ein bisschen über mich erzählen? Ich habe keine Ahnung, wer ich bin." Blanke Verzweiflung spricht aus seinen Worten.

„Ich kann dir nicht genau sagen, was in den letzten zwei Jahren passiert ist, weil wir in dieser Zeit leider keinen Kontakt hatten."

„Haben wir uns zerstritten?"

„Nein, ich bin von zu Hause weggelaufen wegen ein paar … Streitigkeiten mit unserem Vater. Lange Geschichte. Aber das Wichtigste zuerst: Wir kommen aus Newcastle upon Tyne, du heißt Kyril Ironmonger, bist einundzwanzig Jahre alt und studierst Geschichte am *Aconite Institute* in Edinburgh."

„Geschichte?" Ein leichtes Schmunzeln biegt seine Lippen nach oben. „Nice."

Ich muss ein Grinsen zurückhalten. „Ja, du warst schon immer ein bisschen speziell."

„Das sagt der Richtige. Dabei hast du doch früher –" Kyril schüttelt schnaubend den Kopf und als mir klar wird, was er da gerade sagen wollte, überschlägt sich mein Herz vor Erleichterung beinahe in meiner Brust.

„Du meinst, ich war derjenige, der den meisten Mist gebaut hat?"

Mein Bruder lacht und lässt den Kopf in die Hände sinken. „Ja", flüstert er. „Auch wenn ich keine Ahnung habe, was genau das war."

„Ist auch besser so." Grinsend stehe ich auf und setze mich neben ihn ans Feuer. Die Flammen werfen tanzende Schatten auf sein Haar und in der Luft liegt der harzige Geruch nach brennendem Holz. Zaghaft lege ich eine Hand auf seine Schulter. Auch wenn ich mir unser Wiedersehen ganz anders vorgestellt habe, ist das hier ein Anfang. Und ein Anfang ist besser als nichts.

Wir schweigen und irgendwann stehe ich auf, um das Licht im Zimmer einzuschalten, weil es langsam dunkel wird. Da fällt mir noch etwas anderes ein. *Bejabbers.* „Kyril?"

„Ja?"

„Du erinnerst dich doch daran, dass das *Aconite* kein gewöhnliches College ist, oder?"

Das Fragezeichen in seinen Augen ist mir Antwort genug.

„Du studierst dort, weil du … na ja, ein bisschen mehr kannst als andere Menschen.“ Aber noch während ich überlege, was ich sagen soll, ohne dass Kyril mich für völlig übergeschnappt hält, bemerke ich, dass er wieder stärker zittert. Sogar seine Lider flattern. „Hey, ist alles okay? Brauchst du noch eine Decke?“

Er nickt, dann schüttelt er den Kopf. „Ich … ich weiß nicht.“ Kyril schlingt die Arme um sich selbst, und bevor ich reagieren kann, verschwimmt seine Gestalt vor meinen Augen und er löst sich auf. Im nächsten Moment ist er verschwunden. Ich erwische nicht einmal mehr seinen Ärmel. *Verdammt!*

At First Sight

RUNA

Alle Pläne, die ich hatte, werden von der früh einbrechenden Dämmerung durchkreuzt. Und, als der Abend voranschreitet, von den Pflichten, die damit für mich einhergehen. Sobald die Stadt in Dunkelheit getaucht wird, sind meine eigenen Bedürfnisse höchstens zweitrangig. An erster Stelle stehen jetzt fremde Menschen, die meine Hilfe brauchen. Ich schlüpfe in meine Chucks, werfe die Jacke über und stecke eine gehäkelte Puppe ein. Während ich die Spirit Doll in meine Tasche gleiten lasse, schießt mir ein ungewohnter Gedanke durch den Kopf: *Vielleicht wäre das alles ohne die Puppen nicht passiert. Vielleicht hätte ich nie Octavians Pläne durchkreuzen sollen, vielleicht wäre Kyril dann jetzt noch hier.* Oder aber wir wären alle tot und verdammt.

So oder so, ich hasse mich dafür, dass ich es selbst jetzt nicht lassen kann, mich in das Schicksal von Menschen einzumischen, die ich gar nicht kenne. Aber habe ich denn eine Wahl? Und hatte ich überhaupt jemals eine andere Möglichkeit?

Mit einem Seufzen schließe ich die Augen und lasse mich von der Kraft davontragen, die unweigerlich zu mir gehört, ob ich will oder nicht.

Ich lande in einem Schlafzimmer, wo ironischerweise das meiste Leben sein Ende nimmt. Genau wie seinen Anfang. Im Bett liegt ein Mann, der in den Fünfzigern sein muss. *Zu jung, um zu sterben,* denke ich. An den Wänden hängen Familienporträts; Schnappschüsse von Kindern und Enkelkindern. Die andere Seite des Doppelbettes ist bezogen, aber leer – die meisten Menschen sterben allein, weil es ihnen dann leichter fällt, das Leben loszulassen. Unbewusst taste ich nach der Puppe in meiner Jackentasche, während mein Blick über die Medikamente wandert, die sich auf dem Nachtschrank stapeln: Zytostatika – Zellgifte – und opiumhaltige Schmerzmittel. Ungefähr jeder vierte der Menschen, die mich rufen, stirbt an Krebs und ich weiß, dass meine Hilfe hier vergebens wäre. Denn ich kann zwar etwas von meiner Kraft abgeben, so wie bei Louise, aber manchmal ist ein Körper bereits so zerstört, dass das nicht ausreicht.

Ich greife nach der bleichen Hand des Sterbenden und für ein paar Augenblicke löse ich mich auf. Ein fremdes Leben strömt durch meine Adern, flackert noch einmal auf, bevor es endgültig erlischt. Ich flüstere den Namen des Mannes, so, wie mein Mentor es mir beigebracht hat. Kaum sind die Worte über meine Lippen, überrollt mich die wehmütige Erinnerung an den Moment, als ich das zum ersten Mal getan habe, mit voller Wucht. Ich würde alles dafür geben, jetzt noch einmal mit Kyril am Bett von *Marjorie Woodford* zu sitzen.

Und obwohl ich weiß, wie undankbar dieser Gedanke am Bett eines Sterbenden ist, kann ich im Moment nichts Kostbares an meinem Leben sehen, was all den Schmerz rechtfertigen würde.

Ich drehe mich zur Tür, da regt sich etwas in der Dunkelheit. Erschrocken fahre ich herum: Am Fenster steht jemand. Seine Umrisse zeichnen sich im wenigen Licht ab, das durch den Spalt zwischen den Vorhängen hindurchfällt.

Schlagartig ziehe ich den Arm wieder zurück. Ich will mich wegdrehen, weil mein Verstand mir ganz sicher einen Streich spielt, aber der andere tritt einen Schritt näher an mich heran. Atemlos ringe ich nach Luft. Ich kenne diese Locken, auf denen das Mondlicht spielt, genau wie die wiesengrünen Augen. Diese Lippen, die zu küssen ich nie müde werde.

„Kyril!"

Es fühlt sich an, als hätte ich ihn ewig nicht gesehen. Ich zögere nur einen Herzschlag lang, dann werfe ich mich in seine Arme. All die schrecklichen Szenarien, die ich mir ausgemalt hatte, rauschen noch einmal schwindelerregend vor meinem inneren Auge vorbei. Ich muss mich mit aller Macht daran erinnern, dass sie nicht wahr sind: Kyril lebt, er steht direkt vor mir. Ich spüre seinen Körper unter meinen Händen und wenn er ein- und ausatmet, hebt und senkt sich sein Brustkorb an meiner Wange, während sein vertrauter Geruch mir in die Nase steigt.

Trotzdem stimmt etwas nicht. Mein Glück zerschellt wie eine fragile Flaschenpost an der felsigen Küste Flat Holms. Kyril hält mich nicht fest, er steht einfach stocksteif da, ohne zu reagieren. So, als hätte ich mit all meiner Zuneigung eine unsichtbare Grenze überschritten. So, als wären wir Fremde.

Plötzlich fühlt sich die Umarmung, die ich ihm aufgenötigt habe, viel zu intim an. Ich rücke von ihm weg und versuche zu ignorieren, dass mein Herz, vollgesogen mit ungeweinten Tränen, gerade zentnerschwer wird.

Noch während ich nach den richtigen Worten suche, die es wahrscheinlich sowieso nicht gibt, dringt eine Frauenstimme an mein Ohr: „John?“ Auch Angehörige haben manchmal einen sechsten Sinn dafür, wann es zu Ende geht. Und weil ich Johns Hand losgelassen habe, wird uns bald jeder, der das Zimmer betritt, sehen können. Aber ich will nicht mehr hier sein, wenn seine Lieben sich von ihm verabschieden – das ist ihr Moment, und meine Aufgabe ist erledigt.

Wir müssen hier weg, und zwar schnell. Aber Kyril macht keine Anstalten, sich zu rühren. „Was ist, was hast du?“, frage ich.

Er schüttelt nur stumm den Kopf.

Als die Zimmertür knarrend einen Spalt weit geöffnet wird, gebe ich mir einen Ruck. Hastig lege ich die Hände auf Kyrils Schultern und bringe uns weg.

Auf dem Calton Hill weht eine eisige Brise – trotzdem fühle ich mich an diesem Ort seltsam geborgen.

Auf dem windumtosten Hügel steht Kyril so starr da wie eine Statue, die griechischen Säulen des *National Monument* im Rücken, so als wolle das Schicksal mich verspotten.

Ich lasse ihn nicht los, meine Hände liegen immer noch an seinen Schultern, während Wut in mir hochkocht. Zwar bin ich nach wie vor unfassbar erleichtert, dass Kyril lebendig und wohlauf ist, aber gleichzeitig finde ich, dass ich eine Erklärung verdient hätte. Eine wirklich *gute* Erklärung. Jedenfalls mehr als diesen betretenen Blick.

„Wo warst du?“, frage ich, löse meinen Griff und schlage die Fäuste gegen seinen Brustkorb. Nicht besonders kraftvoll, aber doch ein bisschen zu fest, um noch als neckische Geste durchzugehen. Keine Reaktion. „Wieso hast du mir nicht Bescheid gesagt? Weißt du überhaupt, welche Sorgen ich mir gemacht habe? Genau wie Lali und Chelsea! Ich war sogar bei der Polizei, ich …"

Erschöpft halte ich inne und lasse meine Stirn gegen den Stoff seines Mantels sinken. Es bringt ja doch nichts. Nur der ferne Wind und meine eigene, überlaute Atmung durchbrechen die Stille.

Dann, als ich schon gar nicht mehr daran glaube, antwortet Kyril endlich. Es ist nur ein Flüstern: „Ich weiß nicht, wer du bist", haucht er.

Die Worte fühlen sich an wie ein Schlag in die Magengrube – ein dumpfer, überwältigender Schmerz, der bis in alle Gliedmaßen und den entlegensten Winkel meiner Seele ausstrahlt.

„Ich bin … deine Freundin." Es ist erniedrigend, diese Worte auszusprechen, weil er das wissen sollte. Weil er das fühlen sollte. Vielleicht hofft noch etwas in mir, dass das bloß ein dämlicher Scherz ist. Einer von der Sorte, die der Kyril, den ich kenne, nie gemacht hätte. Die Angst, dass uns die letzten Wochen stärker als gedacht auseinandergetrieben haben könnten, ist noch schwerer zu ertragen als seine verwirrten Worte.

Kyril taumelt einen Schritt vor mir zurück. In seinen Augen lese ich – nichts. Nur Verwunderung.

„Erinnerst du dich nicht an mich? Wir sind seit letztem Herbst ein Paar, neulich hast du noch bei mir übernachtet …" Ich hasse es, wie verzweifelt meine eigene Stimme inzwischen klingt.

Er schüttelt den Kopf, und ich will mich wegdrehen, um nicht vor ihm zu weinen, da streckt er plötzlich eine Hand nach mir aus und erwischt meinen Oberarm. Seine Mundwinkel zucken kaum merklich. „*Fawn.*“

Blitzschnell wirble ich herum, bereit, diesen Funken Hoffnung schützend mit meinen Händen abzuschirmen und so lange zu pusten, bis daraus eine Flamme wird. Und irgendwann ein wärmendes Feuer.

Aber Kyril lässt die Schultern sinken und sieht zu Boden. „Tut mir leid, ich weiß nichts aus meiner Vergangenheit. Da war nur eben dieses eine Wort … mehr nicht.“

„Das ist immerhin ein Anfang“, sage ich und ringe mir ein Lächeln ab. „Wir finden heraus, was mit dir passiert ist, okay? Du warst mit Studierenden des Instituts wandern, erinnerst du dich daran noch?“

„Nein. Ich weiß, dass ich gestürzt bin, aber da war ich schon alleine.“

„Gestürzt? Auf den Kopf?“

„Ich glaube schon.“

Mist, das klingt gar nicht gut. Vielleicht eine Amnesie? Mein Magen verkrampft sich und ich hole Luft, um zu antworten und ihm alles zu erzählen, was ich weiß. Aber bevor ich einen Ton herausbekomme, ergreift ein vertrautes Ziehen Besitz von meinem Körper.

„Ich muss weg“, bringe ich hervor. „Sehen wir uns morgen früh? Dann können wir über alles reden. Ich wohne in der Newbattle Terrace – über dem Dominion Cinema.“

Es kostet mich alle Kraft, dem Drang zu widerstehen und hier bei Kyril zu bleiben. Er nickt, Erleichterung flutet meinen Körper und ich lasse los. Erst als ich mich an dem nächsten einsamen Krankenbett wiederfinde, wird mir klar, dass es dumm war, Kyril nicht mitzunehmen. Denn er hat keine Ahnung, wer er ist und welche Aufgabe seine Nächte bestimmt. Andererseits flüstert eine egoistische Stimme in mir, dass es vielleicht besser so ist, weil er dann nicht auch noch diese Erkenntnis verarbeiten muss, zusätzlich zu dem Schock, dass er eine Freundin hat, an die er sich nicht erinnert.

Zumindest, wenn es mir gelingt, ihm bei allen Seelen, die heute Nacht nach uns rufen, zuvorzukommen.

Mann ohne Geschichte

KYRIL

Als *Fawn* weg ist, die ich so nenne, obwohl ich bezweifle, dass das ihr richtiger Name ist, stehe ich in einer fremden Wohnung. Allein. Ich weiß nicht genau, was ich hier zu suchen habe, aber ich bin mir ziemlich sicher, dass Fawn gerade einen kranken Mann umgebracht hat. Erlöst, würden manche vielleicht sagen, denn er sah nicht aus, als hätte er die Nacht überstanden. Dieser Gedanke erfüllt mich nicht mit so viel Grauen, wie er eigentlich sollte. Die Vorstellung, dass ich mich in einem fremden Haus befinde, hier offenbar eingebrochen bin und jetzt wieder herausfinden muss, hingegen schon.

Mit einem Seufzen schließe ich die Augen und wünsche mich weit, weit weg. Meinetwegen wieder in die Villa meines Bruders, die ohnehin der einzige Zufluchtsort ist, an den ich mich erinnern kann. Und das Unfassbare geschieht: Das gleiche Gefühl wie vorhin durchströmt meinen Körper, unangenehm, aber vertraut. Als ich die Lider wieder öffne, stehe ich vor der eleganten Haustür aus halb verwittertem Holz. Statt einer Klingel gibt es nur einen Klopfer und als ich ihn benutzen will, bemerke ich, dass die Tür angelehnt ist. Vielleicht hat Aurel sie für mich offen gelassen.

So leise wie möglich trete ich ein und schleiche die Treppe hoch. Mein Bruder ist noch wach: Er steht am Treppenabsatz und umarmt mich wortlos. Als ich den Kopf hebe, fragt er: „Geht's dir gut?"

Ich nicke. „Ich bin sehr erschöpft." Genau genommen habe ich auch unzählige Fragen, aber im Moment möchte ich nur noch schlafen.

Er deutet auf das erste Zimmer, das vom Korridor abgeht. Es ist mit einem Bett, einem Schreibtisch und einem Kleiderschrank möbliert. Außerdem gibt es ein kleines Bad en suite, ausgestattet mit Handtüchern und den wichtigsten Utensilien. Auf dem Nachttisch entdecke ich eine DVD-Box: Columbo, alle Staffeln. Ich erinnere mich daran, dass Aurel heute Nachmittag davon gesprochen hat. „Vielleicht für morgen", sagt er und schmunzelt. „Willst du noch reden?"

„Danke, aber gerade ist alles zu viel", antworte ich ehrlich.

„Okay, dann ruh dich erst mal aus. Gute Nacht."

„Danke."

Er zieht die Tür zu. Ich wasche mich, ziehe mich bis auf die Unterwäsche aus und lege mich ins Bett. Aber die ersehnte Erholung stellt sich nicht ein, stattdessen fühle ich mich einfach nur leer. Nicht einmal so, als hätte ich etwas verloren, sondern eher wie jemand, dem im Leben überhaupt nichts wichtig ist. Der Schmerz in Aurels Augen oder in Fawns, als ich sie nicht wiedererkannt habe, hat mich kaum getroffen. Offensichtlich bin ich so gefühlskalt wie ein Stein. Was ist nur los mit mir?

Kyril Ironmonger. Ich sage mir diesen Namen immer wieder vor, in der Hoffnung, auf etwas Neues zu stoßen. Etwas, das eine Erinnerung auslöst. Aber vergeblich. Irgendwann gebe ich auf, stoße frustriert die Luft aus und zähle die Rosen auf der geblümten Tapete an der Wand gegenüber, bis meine Lider schwer werden. Aber kurz bevor ich einschlafe, kommt mir der Gedanke, wie es sein kann, dass ich diesen Menschen so wichtig bin – meinem Bruder, meiner Freundin – obwohl ich, wenn ich an sie denke, überhaupt nichts empfinde. Und plötzlich wird in der Leere ein schmerzhaftes Gefühl greifbar. Man nennt es Verlust und es ist immerhin besser als nichts.

*

„Ich habe Frühstück gemacht, Bruderherz." Mit dem Tablett in den Händen stößt Aurel beschwingt die Tür zum Gästezimmer auf. „Baked Beans, Hash Browns und gegrillte Tomaten – ich hoffe, du hast noch denselben Geschmack wie früher?"

Ich setze mich auf und streiche mir die halblangen Haare aus dem Gesicht. „Um ehrlich zu sein, würde ich im Moment alles essen."

Auf Aurels Gesicht zeichnet sich Erleichterung ab, als er das Tablett auf den Nachttisch stellt. Er setzt sich neben mich auf das Bett. „Ich habe mir ganz schön Sorgen um dich gemacht."

„Ich hatte die verrückteste Nacht überhaupt –"

Aurel reicht mir eine dampfende Kaffeetasse und schüttelt langsam den Kopf. „Das wollte ich dir ja gestern noch sagen, aber ich war wohl nicht schnell genug: Du und ich, wir haben eine besondere Fähigkeit geerbt. Und nein, du bist nicht plötzlich in einem Science-Fiction-Film gelandet. Was ich dir jetzt sage, ist leider die Wahrheit." Er sieht zu Boden, so als wäre ihm das Folgende unangenehm. Oder als würde er mir etwas verheimlichen. Aber mir bleibt sowieso nichts anderes übrig, als Aurel zu vertrauen.

„Was du in der Nacht gespürt hast, sind die Seelen Sterbender, die nach dir rufen. Es ist deine Aufgabe, sie ins Jenseits zu bringen."

Ich nicke instinktiv, so, als hätte ich diese Worte schon etliche Male gehört. Und das habe ich vielleicht auch.

Als ich nichts erwidere, fährt Aurel fort: „Du hast nie an den ganzen Himmel-und-Hölle-Kram geglaubt und wir wurden auch nicht besonders religiös erzogen, aber eins stimmt auf jeden Fall: Die Seele eines Menschen ist unsterblich. Wenn jemand stirbt, trennt sie sich von seinem Körper und ist auf einen Schattenspringer angewiesen, auf einen von *uns*, um ins Jenseits zu gelangen. Denn wenn sie das nicht schafft –"

„– ist sie verdammt."

In Aurels Augen blitzt etwas auf. „Ja, ganz genau! Erinnerst du dich?"

„Ich … weiß es nicht, um ehrlich zu sein. Was passiert denn mit einer verdammten Seele?"

Mein Bruder seufzt. „Sie heftet sich meistens an den Schattenspringer, der sie eigentlich hätte erlösen sollen. Wenn er das nicht schafft, folgt sie ihm und zehrt von seiner Energie. Manche Schattenspringer können damit besser umgehen, manche … kommen um den Verstand. Wir dürfen also auf keinen Fall Seelen verlieren, verstehst du?"

Ich nicke.

„Sind schon all deine Fragen beantwortet? Das war leichter als gedacht.“ Aurel zieht die Augenbrauen hoch.

„Gestern“, beginne ich und räuspere mich, „war ich dabei.“ Nach einem Schluck von dem Kaffee mache ich mich endlich über die köstlich duftenden Hash Browns her. „Ich war bei einem Kranken, zusammen mit Fawn, und als sie seine Hand losgelassen hat, war er tot … glaube ich.“

„Wer ist Fawn?“

„Ich habe keine Ahnung.“

Aurel lacht. „Vielleicht jemand vom Institut.“

„Sie sagt, sie wäre meine Freundin.“

Er zuckt mit den Schultern und wirkt plötzlich niedergeschlagen. „Du hast mir nichts von ihr erzählt, aber wir haben uns auch zwei Jahre lang nicht gesehen.“

„Ich frage mich, warum.“

Abwesend schüttelt Aurel den Kopf. „Das ist jetzt nicht wichtig. Wichtig ist nur, dass du deine Erinnerungen zurückbekommst.“

Ich habe mein Frühstück schon aufgegessen, da fällt mir noch etwas ein. Vor Schreck lasse ich beinahe die Kaffeetasse fallen. „Fawn hat gesagt, dass ich sie heute früh im Kino besuchen soll. Im Dominion Cinema in der Newbattle Terrace.“

„Um wie viel Uhr?“

„Das hat sie nicht gesagt.“

Aurel schaut auf seine Armbanduhr. „Dann nichts wie los, es ist schon spät. Ich komme mit.“

Sein plötzlicher Enthusiasmus überfordert mich. „Wie kommen wir hin? Machen wir das wie … heute Nacht?“

Aurel lacht und schüttelt den Kopf. „Nein, ich bestelle uns ein Taxi, wenn du einverstanden bist. Mit dem Auto braucht man von hier aus nur eine halbe Stunde in die Stadt."

Ich taste nach meinen Hosentaschen. „Ähm, ich glaube, ich habe gar kein Geld bei mir."

„So wie ich dich kenne, ist dein Portemonnaie garantiert in der Innentasche deines Mantels, Bruderherz." Aurel zwinkert. „Aber mach dir darüber keine Gedanken, ich habe ein bisschen was … geerbt, wenn man so will."

Erschrocken schnappe ich nach Luft. „Sind unsere Eltern tot?"

Mein Bruder zögert einen Moment zu lange, bevor er antwortet. „Nein, sind sie nicht. Nach der Scheidung vor einigen Jahren ist unsere Mutter in die USA ausgewandert, sie kommt nur noch selten nach Europa."

„Und unser Vater?"

„Ich habe den Kontakt zu ihm abgebrochen; wie euer Verhältnis in letzter Zeit war, weiß ich nicht." Es scheint Aurel unangenehm sein, darüber zu sprechen, aber als ich nicht antworte, fügt er hinzu: „Ich müsste sehr weit ausholen, um dir das zu erklären und es ist mir lieber, wenn du dir dein eigenes Bild machst. Nur so viel: Wenn du mich fragst, ist er selbstsüchtig und ein Opportunist."

Ich werde das Gefühl nicht los, dass Aurel noch mehr dazu sagen könnte, aber ich möchte ihn nicht verärgern, also beschließe ich, nicht weiter nachzubohren und stattdessen das Thema zu wechseln. „Meinst du, ich könnte noch schnell duschen, bevor wir losfahren?"

„Na klar. Ich lege dir ein paar Klamotten von mir raus, die Größe müsste passen. Auch wenn sie viel zu cool für dich sind."

„Danke, *Bruderherz.*"

Er schmunzelt, steht auf und geht zur Tür. Im Türrahmen dreht er sich noch einmal um. „Was bin ich froh, dass du dich an die Spitznamen, die du mir früher verpasst hast, nicht mehr erinnern kannst!"

Nichts zu verlieren

RUNA

Ich fühle mich, als hätte ich eine ganze Woche lang geschlafen, trotzdem bin ich nicht erholt. Im Gegenteil: Jeder Knochen schmerzt und hinter meinen Schläfen pocht es unerträglich. Die laute Stimme, die meinen Namen ruft, macht alles nur noch schlimmer.

„Runa! Runa, wach auf! Sie wurden gefunden."

„Wer?" Ich schrecke hoch und sehe mich verschlafen um.

Lali legt behutsam eine Hand auf meine Schulter. „Die Studierenden, die mit Kyril unterwegs waren. Sie sind zurück am Institut."

Benommen schüttle ich den Kopf.

„Aber sie sind ohne Kyril zurückgekehrt." Die Sorge in Lalis Stimme ist nicht zu überhören.

„Ich weiß. Ich habe ihn heute Nacht getroffen."

Lalis Augen weiten sich. „Du hast was? Wie meinst du das?" Dann verändert sich ihr Gesichtsausdruck plötzlich. „Etwa, als du gerufen wurdest?"

Eilig nicke ich.

„Golly! Das bedeutet, dass er lebt? Geht es ihm gut?"

„Körperlich ist er in Ordnung. Aber er hat sein Gedächtnis verloren." Bei diesen Worten muss ich die Tränen zurückhalten, die brennend in meine Augen steigen. „Lali, er kann sich an nichts von dem erinnern, was im letzten Jahr geschehen ist. Nicht mal … an mich. Er sagt, er sei gestürzt."

„Eine retrograde Amnesie … wahrscheinlich nur vorübergehend, ausgelöst durch ein Schädel-Hirn-Trauma." Lali legt den Kopf schief. „Hat er sich ärztlich untersuchen lassen?"

Ein Schluchzen entschlüpft mir. „Ich weiß es nicht. Wir hatten keine Zeit, länger miteinander zu reden. Ich wurde gerufen."

„Hey, Süße." Lali drückt mich an sich. „Wir finden heraus, was ihm zugestoßen ist, okay?"

Weil ich keine Antwort zustande bringe, nicke ich nur. Alles in mir hofft, dass Lali recht hat.

Nach einer Weile löse ich mich von ihr. „Ich ziehe mich an und dann stelle ich Kyrils Vater zur Rede. Außerdem will ich mit den Studierenden sprechen – ich muss herausfinden, was passiert ist."

„Ich komme mit."

Zögerlich schüttle ich den Kopf. „Ich will nicht, dass du meinetwegen dein Studium in Gefahr bringst." Aber zu meiner Überraschung stößt Lali nur ein abfälliges Schnauben aus. „Du glaubst doch nicht etwa, dass dieser aufgeblasene Idiot von einem Möchtegern-Warden mir Angst macht?" Sie legt einen Finger unter mein Kinn. „Letztes Jahr hast du das Institut gerettet, Runa. *Du* ganz allein. Mehr als das – du hast uns alle gerettet, als du Octavian besiegt hast. Niemand von uns wäre stark genug gewesen, ihm den Tod zu bringen und seine jahrhundertealte

Seele ins Jenseits zu führen. Ich habe lange genug mitangesehen, wie du dafür nicht belohnt, sondern auch noch bestraft wurdest, aber jetzt ist es genug. Kyril hat mir versprochen, dass er dich zurück ans Institut holt, und ich werde dafür sorgen, dass er sein Versprechen hält – auf die eine oder andere Weise."

Ich sehe zu Boden, um das Grinsen zu verbergen, das sich gegen meinen Willen auf meinem Gesicht ausgebreitet hat. „Manche Dinge ändern sich wohl nie: Du bist noch genauso stur wie damals." Der Gedanke tröstet mich.

„Darauf kannst du Gift nehmen."

„Eisenhut?", frage ich, um sie zu ärgern.

Lali hält inne, dann zuckt sie mit der Schulter. „Lieber nicht. Ist mir so rausgerutscht, sorry. Komm." Sie streckt mir die Hand hin und ich lasse mich von ihr hochziehen, bereit, meiner Vergangenheit die Stirn zu bieten.

*

Als ich die eindrucksvolle Fassade des Instituts in der South Bridge vor mir aufragen sehe, überwältigen mich die Erinnerungen an das letzte Studienjahr. Auf dem Innenhof hinter dem Pförtnerhäuschen, dem Aureolus Quad, habe ich Tris das erste Mal getroffen. Und bald darauf Kyril, auch wenn ich mich an den genauen Moment nicht erinnern kann. Für ein paar kostbare Wochen war ich hier zu Hause, trotz aller Bedrohungen. Jetzt fühle ich mich wie eine Ausgestoßene. Unerwünscht und geächtet. Das ist das Schlimmste an meiner Verbannung; nicht dass ich von Kyril getrennt bin und nicht dass ich meine Freunde kaum noch sehe, sondern das Gefühl, nicht mehr hierherzugehören.

Lali scheint mir die düsteren Gedanken von der Stirn abzulesen. Sie drückt meine Finger fester und nickt dem Pförtner, Garry, freundlich zu, als wir an ihm vorbei durch den Torbogen schreiten. Theoretisch dürfte ich das Institut nicht mal betreten, aber Lali hat dank ihrer Kochkünste bei Garry einen Stein im Brett. Bevor ich sie fragen kann, wohin wir gehen, zieht mich meine Freundin weiter durch die Arkaden, die in den Lucusta Quad führen, bis in den hintersten der Innenhöfe. Hier thront die Statue von Avicenna vor dem schmiedeeisernen Gatter, das zum Wildpark und dem Friedhof führt. Links liegen Bibliothek, Kapelle und Krankenflügel, auf der rechten Seite befindet sich das Gebäude mit den Büros der Professoren. Nummer 417 im obersten Stockwerk gehörte vor wenigen Wochen noch Octavian. Jetzt ist es Kyrils Büro, wo sein Vater über jeden seiner Handgriffe wacht wie ein Habicht. Ob er sich während Kyrils Abwesenheit weiter dort eingenistet hat?

Direkt neben der Statue des persischen Wissenschaftlers bleibe ich stehen. „Lali, ich weiß nicht, ob ich das kann."

„Und ob!" Lali sieht mir direkt in die Augen. „Du gehst da rein und sagst Kieran Ironmonger die Meinung. Das ist längst überfällig. Wenn du's nicht tust, werde ich es machen."

„Schon gut, ich weiß ja, dass du recht hast." Instinktiv sehe ich mich ein letztes Mal auf dem Innenhof um, obwohl ich eigentlich spüren müsste, dass ich hier in Sicherheit bin. Im Gegensatz zum letzten Jahr. Aber warum fühle ich mich dann trotzdem auf Schritt und Tritt beobachtet?

Mein Blick bleibt am Bibliotheksflügel hängen. Hinter einem der hohen Fenster steht jemand – das ist Kieran.

„Lali!“ Ich tippe meiner Freundin auf die Schulter und bedeute ihr mit einer Kopfbewegung, sich umzudrehen.

„Wenn man vom Teufel spricht“, flüstert sie. „Komm.“

Wir eilen die Stufen zum Portal hinauf und folgen der Marmortreppe in den ersten Stock. Am Bibliothekstresen sitzt Liz und mustert uns streng.

„Tut mir leid, der Lesesaal ist heute wegen einer internen Besprechung geschlossen.“ Sie legt die Stirn in Falten. „Runa Davies, oder? Wenn ich mich nicht täusche, wurdest du vom Institut verbannt und dürftest gar nicht hier sein –“

Zum Glück kommt Lali mir zuvor, ehe ich antworten kann. „Lass die Spielchen, Liz. Wir wissen genau, dass du seit einer Ewigkeit in Kyril verknallt und schlicht eifersüchtig bist, weil er nichts von dir wissen will. Im Übrigen haben wir Neuigkeiten zu seinem Verschwinden –“

Die Bibliothekarin steht schlagartig auf. „Neuigkeiten zu Kyril? Wo ist er?“

Lali verschränkt die Arme und beugt sich vor. „Wenn du das wissen willst, musst du uns schon durchlassen. Das Wohlergehen seines Sohnes wird Mr Ironmonger ja wohl wichtiger sein als irgendeine dämliche Besprechung.“

Nach allem, was Kyril mir über seinen Vater erzählt hat, bezweifle ich das, schweige aber.

Liz erwidert nichts, was Lali als Einladung deutet. Wir gehen an ihrem Tresen vorbei zu der Flügeltür, die das Foyer vom Lesesaal trennt. An den Pulten, die sonst Studierenden vorbehalten sind, sitzen vier fremde Männer, die ich allesamt noch nie gesehen habe. Trotzdem ahne ich, wer sie sind: die Ältesten, die die Schattenspringer der anderen vier Kontinente repräsentieren – Amerika, Afrika, Asien und Australien –, während der Warden des *Aconite* die Interessen der Schattenspringer Europas vertreten soll. Zudem entdecke ich am Fenster einen Mitarbeiter des Bibliotheksarchivs, der offenbar ein Protokoll schreibt.

Ich richte meine Aufmerksamkeit wieder auf den Mann, der in der Mitte des Raums steht und dessen Gesicht ich nur zu gut kenne, obwohl es das Einzige an ihm ist, was seinem Sohn ähnelt.

Prompt verstummen alle Gespräche im Raum. Kieran dreht sich zu uns um. Die Überraschung, die sich kurz auf seinem Gesicht abzeichnet, weicht gleich darauf einem anderen Gefühl: Wut, vielleicht sogar Verachtung. Es erfüllt mich mit Genugtuung, dass ich ihm offenbar einen Schritt voraus bin. Wenn ich ihm verrate, wo Kyril sich aufhält, könnte ich mir vielleicht meine Rückkehr ans Institut erkaufen. Aber es widerstrebt mir, ihn mit seinem eigenen Sohn zu erpressen. Zumal ich mich frage, ob Kyrils Leben jetzt nicht besser ist; ob der Verlust seiner Erinnerung nicht auch die Chance auf einen Neubeginn bedeutet. Lali scheint etwas Ähnliches durch den Kopf zu gehen, bevor ich etwas sagen kann, fordert sie selbstbewusst: „Wir wollen mit den Erstsemestern sprechen, die auf dem Ausflug waren."

Das altbekannte selbstgefällige Lächeln breitet sich auf Kierans Zügen aus. „Keine Sorge, das haben wir bereits getan." Er wirft mir einen flüchtigen Seitenblick zu.

„Und ich will wissen, wann ich endlich ans Institut zurückkehren und mein Studium fortsetzen kann." Ich weiß nicht, woher ich plötzlich die Kraft für meine Worte finde.

Lali nickt mir zu und wendet sich ebenfalls an Kieran: „Runa hat nichts getan, um diese Behandlung zu verdienen. Sie können nicht einfach Studenten vom Institut werfen, so wie es Ihnen passt!“

Kurz huscht ein Anflug von Panik über Kierans Gesicht. „Für alle Anliegen, die wir nicht sofort besprechen müssen, kommen Sie doch später in mein Büro. Im Moment bin ich beschäftigt.“ Er wendet sich an seine Gäste. „Wir wollen doch noch ein bisschen die einzigartige Natur des Landes erkunden, nicht wahr?“

Ich bin drauf und dran, ihm noch einmal mit mehr Nachdruck meine Meinung zu sagen, als einer der Ältesten aufsteht und sich zu Wort meldet. „Mr Ironmonger, wenn diese Studentinnen in Schwierigkeiten sind, lassen Sie uns die Sitzung unterbrechen. Was soll das heißen, dass Sie die junge Frau des Instituts verwiesen haben? Sie wissen, dass das nur in absoluten Ausnahmefällen möglich ist. Und dass Sie uns diese melden müssen.“

Kierans selbstsicheres Lächeln erstarrt. Aber nur für eine Millisekunde, dann hat er sich wieder gefangen. „Natürlich, Mr Morris. Ich werde der Sache auf den Grund gehen – *nach* unserer Sitzung. Sie können sich darauf verlassen, dass ich alles unter Kontrolle habe.“

Ich sehe zwischen den beiden Männern hin und her und will etwas erwidern, als ich eine Hand auf meiner Schulter spüre. Erschrocken fahre ich zusammen und drehe mich um. „Chelsea!“

Sie nickt den anderen zu, murmelt etwas von „Entschuldigen Sie die Störung, wir kommen wann anders wieder“, zerrt Lali und mich aus dem Saal und schließt die Flügeltür direkt vor unserer Nase. „Tut mir leid, dass ich hier so reinplatze, ihr beiden, aber wir haben Besuch.“ Sie senkt ihre Stimme. „Runa, ich glaube, du warst im Kino verabredet.“

Kyril, Mist!

Gemeinsam eilen wir die Treppen wieder hinunter. „Süße, vielleicht ist es besser, wenn wir Kieran erst mal nicht sagen, dass sein Sohn wieder aufgetaucht ist“, setzt Lali an. „Kyril hat mir zwar nie erzählt, was genau zwischen ihm und seinem Vater vorgefallen ist, aber ich weiß, dass er den Kontakt zu ihm abgebrochen hatte.“

„Daran habe ich auch schon gedacht“, gebe ich zu.

„Deshalb hatte er auch den Job als studentische Hilfskraft angenommen – um von seinem Vater finanziell unabhängig zu sein.“

„Und ich dachte, er wäre einfach nur vernarrt in alles, was alt und verstaubt ist.“ Ein leises Schnauben kommt über meine Lippen. Natürlich weiß ich, dass Lali recht hat, trotzdem flutet mich die Wehmut so unvorbereitet, dass ich mich zusammenreißen muss, um nicht zu heulen.

Wir wollen gerade den Avicenna Quad verlassen, als eine Studentin auf uns zukommt. Sie sieht sich verstohlen um und zusammen mit ihren kindlichen Gesichtszügen legt das die Vermutung nahe, dass sie eine von den Neuen ist.

„Sind … sind Sie Runa?“, fragt sie.

„Ja“, gebe ich zurück. „Wieso?“

Das Mädchen deutet mit dem Kopf in Richtung der Arkaden, die zum angrenzenden Lucusta Quad führen. Wir folgen ihr in eine schattige Ecke neben der Statue der römischen Giftmischerin.

„Ich war zusammen mit den anderen auf der Wanderung.“ Die Angst in ihrem Gesicht ist nicht zu übersehen. „Wir … na ja, wir haben uns einen Spaß daraus gemacht, Kyril über alles

Mögliche auszufragen. Nicht nur, was das Institut angeht. Meine Zimmernachbarin Julie – sie ist ziemlich neugierig –, hat ihn gefragt, ob er eine Freundin hat." Jetzt errötet sie doch tatsächlich. „Da hat er von Ihnen erzählt. Er hatte sogar ein Foto aus einem Automaten dabei."

Die Bilder, die wir bei *Boots* geschossen haben. Ich schlucke schwer. „Erzähl mir, was du weißt. Was ist auf der Wanderung geschehen?"

„Kyril hat uns gewarnt, dass es auf der Route häufiger Felsstürze gibt, und gesagt, dass wir deshalb zusammenbleiben sollen. Aber Julie ist trotzdem vorausgelaufen und plötzlich war sie weg. Kyril hat gesagt, dass wir warten sollen, dann ist er sie suchen gegangen. Kurz darauf kam sie zurück, doch Kyril haben wir nicht mehr gefunden. Wir wollten Hilfe holen, aber keiner von uns hatte Empfang. Nach einer Weil haben wir aufgegeben und sind zum Institut zurückgewandert." Sie stößt einen leisen Seufzer aus. „Das hat ziemlich lange gedauert, weil keiner von uns sich den Weg besonders gut gemerkt hatte. Wir dachten, Kyril ist vielleicht schon ohne uns wieder zurück in die Stadt gelaufen."

Irgendwie sehe ich ihr an, dass das noch nicht alles ist.

„Ich mache mir solche Vorwürfe. Hoffentlich ist ihm nichts zugestoßen."

Lali mischt sich ein, bevor ich etwas erwidern kann. „Bestimmt ist er in Ordnung. Ich glaube, er hat sich schon ab und zu bei seinen eigenen Wanderungen verlaufen, stimmt's?"

Ich bringe es nicht übers Herz, das Mädchen anzulügen, obwohl ich weiß, was Lali vorhat: Sie möchte verhindern, dass sich die Nachricht von Kyrils Rückkehr jetzt schon am Institut verbreitet. Bevor wir selbst wissen, was mit ihm los ist. Und wenn Kyrils Vater mitbekommt, dass sein Sohn das Gedächtnis verloren hat, findet er sicherlich eine Möglichkeit, mir das auch noch in die Schuhe zu schieben.

„Als wir nach ihm gesucht haben, sind wir auf etwas gestoßen." Das Mädchen senkt den Kopf, ihre Worte sind nur noch ein Flüstern. „Eine Treppe, die unter die Erde führt, in eine Höhle oder so. Ich weiß nicht, wie ich das beschreiben soll, aber alles an diesem Ort war gruselig. Als läge eine kalte … Aura über dieser Höhle. Jetzt denkt ihr bestimmt, ich hätte zu viele Horrorfilme gesehen, dabei glaube ich nicht mal an Geister und so was. Ich und die anderen, wir wussten einfach, dass wir da so schnell wie möglich verschwinden müssen. Und dann sind wir weggelaufen."

„Denkst du, du würdest den Ort, an dem sich diese Höhle befindet, wiedererkennen?", hakt Chelsea nach und ich bin froh, dass sie einen kühlen Kopf bewahrt.

Die Studentin antwortet, ohne zu zögern. „Nein, tut mir leid."

Aber ihre Augen sagen etwas anderes: In ihnen lese ich nichts als blanke Angst.

Körpergedächtnis
KYRIL

„Scheint, als hätte dich deine angebliche Freundin versetzt."

Über Aurels spöttische Bemerkung kann ich nur den Kopf schütteln. „Neidisch?"

„Das sage ich dir, wenn ich sie kennengelernt habe."

Ein warmes Gefühl, das ich nicht ganz zu fassen bekomme, durchströmt meinen Körper. Ja, es ist seltsam, allein auf der Treppe vor einem verlassenen Kino zu sitzen und auf jemanden zu warten, den ich im Grunde gar nicht kenne. Aber die Wortgefechte mit meinem Bruder lassen mich beinahe vergessen, dass ich auf der Suche nach Antworten bin, obwohl ich nicht einmal die Fragen kenne. Plötzlich ist das einen Moment lang unwichtig, weil mir die Vertrautheit zwischen uns alles sagt, was ich wissen muss.

Ich sehe wieder auf und bemerke drei junge Frauen auf der Straße – Fawn und zwei andere, die sich rechts und links bei ihr eingehakt haben und denen ich noch nie begegnet bin. Als sie mich entdecken, beschleunigen sie ihre Schritte.

Fawns dunkelhaarige Freundin kommt auf mich zu und ich stehe automatisch auf. Ohne Vorwarnung umarmt sie mich so stürmisch, dass ich fast umfalle.

„Mach so einen Scheiß nie wieder, hörst du?“ In ihrer Stimme schwingt neben Erleichterung auch Wut mit.

Sie löst sich von mir und mustert mich. Wahrscheinlich ist mir meine Ratlosigkeit anzusehen. „Ich bin Lali“, erklärt sie. „Wir wohnen auf demselben Flur und du hast mir das Leben mit deinen besserwisserischen Sprüchen oft genug zur Hölle gemacht.“

Ich schnaube. „Okay … ich würde mich ja entschuldigen, aber wenn ich mich nicht erinnern kann, wäre das wohl nicht besonders aufrichtig, oder?“

„Wow. Er ist definitiv noch ganz der Alte“, folgert sie und macht der anderen Frau Platz, die mir flüchtig auf die Schulter klopft. „Hi. Ich, äh … ich bin Chelsea, Lalis Freundin. Du hast mich am Ende des letzten Jahres ein bisschen besser kennengelernt, als ich eine Verschlüsselung für dich geknackt habe.“

„Hallo“, sage ich. „Und danke schön.“

„Schon gut, hat Spaß gemacht.“

Zuletzt kommt Fawn auf mich zu. Direkt vor mir bleibt sie stehen. Sie muss den Kopf ein wenig heben, damit sie mich ansehen kann.

„Fawn? Wir haben uns schon kennengelernt“, sage ich leise und ziehe einen Mundwinkel hoch.

Sie schluckt. „Eigentlich heiße ich Runa.“

„Oh. Ich habe mir schon gedacht, dass das nicht dein richtiger Name ist.“

„*Fawn* ist ein … Kosename, den du mir gegeben hast.“

„Verstehe." Ich will den Kopf abwenden, aber ich kann nicht. Runas Blick hält mich gefangen. Obwohl ich mich nicht an ihre Augen erinnere, faszinieren sie mich. Dunkelbraun mit einem kupferfarbenen Schimmer, wenn die Sonne wie jetzt schräg in ihr Gesicht fällt. Sie hat wirklich Rehaugen. Und ich kann nicht leugnen, dass sie mir gefällt – die Stupsnase und die trotzig vorgeschobene Unterlippe. Vielleicht erinnert sich mein Körpergedächtnis im Gegensatz zu meinem Gehirn daran, wer sie ist. Das wäre eine Erklärung dafür, warum mein Herz jetzt eine Spur schneller schlägt. Und vielleicht kann ich meine verlorenen Erinnerungen nur wiederfinden, wenn ich aufhöre, nachzudenken, und stattdessen meinem Körper die Führung überlasse.

Auch Aurel begrüßt die anderen und stellt sich als mein Bruder vor. Mit einem eifersüchtigen Stechen im Brustkorb beobachte ich, wie Runa ihn ein bisschen zu lange umarmt. „Ich würde ja sagen, ich habe schon viel von dir gehört, aber das wäre gelogen."

Natürlich erwidert Aurel ihr Lächeln charmant. „Dass du bis jetzt nicht einmal wusstest, dass er einen Bruder hat, würde ihm ehrlich gesagt ähnlicher sehen." Er zwinkert und irgendwie bin ich es leid, in meinem eigenen Leben nur ein stiller Zuschauer zu sein. Als Chelsea vorgeht, uns über den Hinterhof zum Treppenhaus und schließlich in ihre Wohnung führt, atme ich auf. Es muss ziemlich cool sein, direkt über dem Kino zu wohnen und sich hineinzuschleichen, wenn man seinem Leben mal entfliehen will.

Während sie Kaffee kocht, setzen wir uns.

„Tut mir leid, dass du warten musstest", beginnt Runa. „Wir waren eben noch am Institut und haben versucht, mit deinem

Vater zu sprechen. Ich glaube, er weiß noch gar nicht, dass du wieder da bist –"

„Ihr habt was?", mischt sich Aurel ein. Er wirkt auf einmal sehr aufgebracht.

Chelsea, die gerade im Schrank nach den Tassen kramt, schaut über ihre Schulter. „War das falsch? Wir dachten, er hätte ein Recht darauf, zu erfahren, wie es seinem Sohn geht."

„Wie es seinen Söhnen geht, interessiert ihn schon lange nicht mehr." *Söhnen*. Aurel nutzt den Plural, obwohl sie nur von Kyril gesprochen hat. Er knetet seine Finger und spannt die Fäuste dabei so fest an, dass die Knöchel knacken. Als Chelsea ihm die Kaffeetasse reicht, schlingt er die Hände hastig darum. Auch ich kann den zweiten Kaffee an diesem Morgen gut gebrauchen.

Nach einem Schluck setzt Aurel noch einmal neu an: „Tut mir leid, aber das Ganze ist etwas komplizierter. Ich glaube nicht, dass wir meinem Vater vertrauen können. Und ich werde euch auch erklären, warum."

Er seufzt leise und zuckt mit den Schultern. „Es wäre mir lieber gewesen, du hättest dir ein eigenes Bild machen können, Kyril." Einen Moment lang sammelt er sich, dann fährt er fort: „Ich lebe in einer Villa in den Lowlands, nicht weit von der Höhle, bei der Kyril gestürzt ist. Prenbogle Hall war früher der Sommersitz unserer Familie. Nachdem sich meine Eltern getrennt haben, wurde das Herrenhaus verkauft. Brandon war Bibliothekar in Glasgow, bevor er sich in Prenbogle Hall zur Ruhe gesetzt hat. Ich mochte ihn wirklich gerne, aber vorletztes Jahr ist er an einem Herzinfarkt gestorben. Er hatte keine Familie, also auch keinen Erben, und er war lange so etwas wie eine Vaterfigur für mich. In seinem Testament hat er mir die Villa vermacht, weil er wusste, wie viele Erinnerungen ich mit ihr verbinde."

Runas Freundin mit den langen schwarzen Haaren – ich glaube, ihr Name war Lali – legt ungläubig die Stirn in Falten. „Bitte sag, dass du ihn nicht einfach irgendwo verscharrt hast, denn als Medizinerin muss ich anmerken, dass das vom hygienischen Standpunkt her …"

Mein Bruder lächelt in sich hinein, schüttelte aber zu meiner Erleichterung sofort den Kopf. So etwas Makabres hätte ich ihm auch nicht zugetraut. *Nicht Aurel, dem Sonnyboy und unbelehrbaren Optimisten.* Kaum, dass mir dieser Gedanke durch den Kopf geht, wird mir bewusst, dass ich mich daran eigentlich gar nicht mehr erinnere. Das habe ich zumindest angenommen. Aber ich habe mich erinnert und es geschafft, dieses flüchtige Flashback festzuhalten. Ein triumphierendes Gefühl treibt meinen Puls in die Höhe.

„Jedenfalls lebe ich in der Villa zwar ziemlich abgeschieden, aber das bedeutet nicht, dass ich keine Zeitung lese." Genau wie die anderen hänge ich gebannt an Aurels Lippen, während er spricht. „Ich habe von dem Zwischenfall in Portobello letztes Jahr an Allerseelen gehört. Und auch davon, dass der Warden des *Aconite Institute* abgesetzt wurde. Daraufhin habe ich ein bisschen recherchiert – ich weiß, dass Octavian vorhatte, eine Armee der Verdammten aufzubauen. Ich bin sicher, wenn mein Vater gewollt hätte, hätte er ihn aufhalten können."

Runa ringt hörbar um Luft. „Wie meinst du das?"

„Ich meine, dass meinem Vater als einem der Ältesten unmöglich jahrelang entgangen sein kann, dass der Leiter des Colleges seine Macht missbraucht. Und ich frage mich, welchen Grund Kieran hatte, ihn nicht dafür zur Rechenschaft zu ziehen."

Eine *Armee verdammter Seelen*? Was geht hier eigentlich vor sich?

„Die Einzelheiten erzählen wir dir später", flüstert Lali mir zu, die neben mir sitzt. Ich nicke stumm.

Aurel lässt seinen Blick wachsam durch die Runde wandern. „Wie gesagt: Ich denke nicht, dass wir ihm vertrauen können."

Plötzlich verschränkt Lali neben mir die Arme. „Und woher wissen wir, dass wir dir vertrauen können?"

Im Gesicht meines Bruders zeichnet sich nicht die Empörung ab, die ich erwartet hätte, stattdessen wird er ganz ruhig. Lali und Chelsea hingegen wirken skeptisch und Runa sieht einfach nur traurig aus. Bei diesem Anblick wird mir schwer ums Herz.

„Als ich noch ein Kind war, hat mein Vater mit mir oft eine Höhle in der Nähe der Villa besucht. Genauer gesagt handelt es sich um den Eingang zu einem ganzen Höhlensystem, der als *Gilmerton Cove* bekannt ist. Ein zweiter Eingang befindet sich in einem Haus im Randbezirk der Stadt. Man weiß kaum etwas darüber, warum die Höhlen und Gänge im achtzehnten Jahrhundert in den Sandstein gehauen wurden. Die Wissenschaft hat bald das Interesse daran verloren, den Komplex genauer zu untersuchen – angeblich, weil er als einsturzgefährdet gilt. Jedenfalls hatte ich früher immer Angst vor diesen Ausflügen. Aber das war meinem Vater egal. Wieder und wieder hat er mich dorthin gebracht, so als wollte er testen, ob ich irgendwann den Verstand verliere; vielleicht hat er auch irgendetwas in der Höhle gesucht, ich weiß es nicht. Zwar habe ich im Laufe der Zeit eine Technik entwickelt, um mich zu schützen, indem ich alles, was mir wichtig war, tief in mir versteckt habe wie … wie einen Schatz. Aber da unten ist irgendetwas – und es ist gefährlich. Ich denke, damit Kyril seine Erinnerungen zurückbekommt, müssen wir herausfinden, was dort vor sich geht."

„Okay". Chelsea sieht mich herausfordernd an. „Wann geht's los?"

„So einfach ist das nicht. In den letzten Monaten habe ich mich immer wieder um Wanderer oder Touristen gekümmert, die einen Abstecher in die Höhle gemacht hatten." Er seufzt. „Entweder, es erging ihnen wie Kyril und sie können sich an nichts erinnern – dann habe ich versucht, anhand ihrer Papiere herauszufinden, wer sie sind und wo sie wohnen, und habe ihnen ein Taxi gerufen. Mehr konnte ich nicht tun. Oder aber, sie waren völlig verstört, dann habe ich einen Arzt kontaktiert. Die meisten wurden später ins Royal Edinburgh Hospital verlegt."

„Eine psychiatrische Klinik?", fragt Lali erstaunt.

„Genau."

Aus dem Augenwinkel nehme ich wahr, wie Runa den Kopf schüttelt. „Wir müssen es trotzdem versuchen, wir müssen in diese Höhle!"

„Ich möchte nicht, dass sich jemand wegen mir in Gefahr bringt", widerspreche ich.

Aurel leert seine Kaffeetasse und steht auf. „Können wir uns vorerst darauf einigen, dass niemand etwas zu Kieran sagt?"

„Ich weiß Ich weiß nicht. Was, wenn sich mein Vater Sorgen um mich macht?"

„Glaub mir, das tut er nicht. Ich wünschte, ich könnte dir etwas anderes sagen, aber unser Vater interessiert sich leider nur für sich selbst."

„Die Polizei wird Kieran so oder so informieren", bemerkt Lali. „Wir können lediglich den Teil mit der Höhle verheimlichen."

Runa rutscht ungeduldig auf ihrem Platz hin und her. „Stimmt. Wir müssen uns auf eine andere Version der Geschichte einigen." Sie kaut auf ihrer Unterlippe herum, und irgendwie habe ich das Gefühl, diese Geste nicht zum ersten Mal zu beobachten. „Du bist gestürzt und die anderen sind ohne dich zum Institut zurückgekehrt. Dann hast du ein bisschen Zeit bei mir verbracht und gar nicht mitbekommen, dass du vermisst wirst. Dein Vater wird mir das zwar übel nehmen, aber er hasst mich sowieso schon."

„Das könnte klappen", sagt Lali.

Es fühlt sich komisch an, dass andere über mein Leben entscheiden. Trotzdem widerspreche ich nicht – wie auch, wenn ich gar nicht weiß, wie es überhaupt aussieht, dieses Leben, das angeblich mir gehört?

„So machen wir's." Auch Chelsea steht auf. „Weißt du, wo du hinmusst, Kyril?"

Ich schüttle den Kopf.

„Dein Zimmer ist im Lucusta Quad. Du kannst es mit einer Chipkarte öffnen, die du wahrscheinlich irgendwo bei dir trägst …"

„In der Innentasche deines Mantels", sagt Aurel. Er schmunzelt und gegen meinen Willen muss ich lachen.

„Komm." Lali streckt mir eine Hand hin. Ich lasse mich von ihr hochziehen, obwohl ich plötzlich sehr erschöpft bin, Kaffee hin oder her. „Ich weiß, dass das gerade viel ist, aber wir bekommen das hin. Runa und du …" Sie hält inne. „Ihr seid meine besten Freunde, und auch wenn man anscheinend immer auf euch aufpassen muss, weil ihr euch sonst in Schwierigkeiten bringt, würde ich fast alles für euch tun." Sie schaut auf ihre Armbanduhr. „Bis zu meinem nächsten Kurs habe ich noch zwei Stunden Zeit, was hältst du von Scones in *Clarinda's Tearoom*? Dann kann ich dir eine kurze Zusammenfassung deines alten Lebens geben und davon, was letztes Jahr passiert ist. Der Kyril, den ich kenne, hätte bei der Aussicht auf Gebäck keine Sekunde gezögert."

Schulterzuckend ergebe ich mich. „Okay, dann höre ich wohl besser auf ihn."

Runa betrachtet mich aufmerksam, aber als Lali fragt, ob sie auch mitkommen möchte, schüttelt sie nur den Kopf. Und ich kann verstehen, dass sie die Einladung ausschlägt – wahrscheinlich wäre es viel zu schmerzhaft, all die Erinnerungen an unsere gemeinsame Zeit noch einmal zu durchleben. Ich ertappe mich bei dem Gedanken, dass ich jetzt am liebsten irgendwo mit ihr allein wäre, nicht nur, weil ich das Gefühl habe, dass sie mich von all meinen Freunden am besten kennt. Auch, weil sie die einzige zu sein scheint, die genauso viel Angst davor hat, dass mein *altes Leben* vielleicht längst und unwiederbringlich Vergangenheit ist, wie ich.

Alpha und Omega

RUNA

Lali kommt erst abends zurück. Als der Schlüssel geräuschvoll im Schloss umgedreht wird, bin ich erleichtert, aber gleichzeitig macht sich auch Unruhe in mir breit.

„Hey, Süße!“ Meine Freundin streckt den Kopf ins Wohnzimmer. Sie hält einen Pappkarton in den Händen und ein intensiver Geruch nach Oregano und Käse wabert zu mir herüber. „Wir haben dir etwas vom *Pizza Paradise* mitgebracht – ich hoffe, du hast Hunger?“

„Klar“, lüge ich, schalte den Fernseher aus und stehe vom Sofa auf.

„Bleib sitzen, wir machen das schon!“ Lali stellt die Pizza auf dem Couchtisch ab, dann kommt Chelsea mit Gläsern und einer Flasche Rotwein herein.

„Ich weiß nicht, ob das eine gute Idee ist“, sage ich und deute mit dem Kopf auf die Flasche. „Wegen der Aufträge, die heute Nacht vielleicht noch reinkommen …“

Lali seufzt hörbar auf. „Du bist also immer noch genau so ein Moralapostel wie damals!“ Sie gibt mir ein Küsschen auf die

Wange und zwinkert Chelsea zu, die mir ein verständnisvolles Lächeln schenkt. „Aber du hast recht: Ich hole dir gleich was anderes zu trinken. Ist es okay, wenn wir trotzdem den Wein aufmachen? Nach diesem Tag …"

Stumm nicke ich.

„Zum Glück sind wir jetzt nicht am Institut", ergänzt Chelsea. „Und hier mache ich die Regeln."

„Wie geht es Kyril?", platze ich ein bisschen zu unvermittelt heraus. Aber diese Frage brennt mir schon seit Stunden auf der Seele. Vielleicht hätte ich doch mit in das niedliche Café gehen sollen, um zwischen Blümchentapeten und Spitzendeckchen Scones zu essen und Tee zu trinken. Aber das hätte nur eine meiner schönsten Erinnerungen ruiniert, die ich im Gegensatz zu Kyril gut verwahrt in meinem Herzen trage. Noch.

In Lalis Augen blitzt Besorgnis auf und prompt befällt mich ein schlechtes Gewissen. „Er hat alles ganz gut aufgenommen, denke ich."

„Hast du ihm auch von Tris erzählt?"

„Ja. Es wäre nicht fair, ihm etwas zu verschweigen."

Eifrig nicke ich, dabei flüstert eine Stimme in meinem Kopf zur gleichen Zeit: *Aber wir verschweigen ihm sowieso etwas.* Weil ich ihm nie sagen kann, was das zwischen uns war. Eine eigene Art der Magie, die man nicht in Worte fassen, sondern nur spüren kann. Ich spüre sie noch, obwohl ich bereits in der Vergangenheitsform an uns denke. An ein *uns*, das es nicht mehr gibt.

„Guten Appetit!", ruft Lali und macht sich über ihre Pizza her.

„Danke schön."

Ich habe keinen Hunger, aber aus Höflichkeit esse ich trotzdem zwei Stücke. Lali und Chelsea versuchen, mich abzulenken, und erzählen mir den neusten Klatsch und Tratsch vom Institut. „Studentenverbindungen jeglicher Art wurden ja verboten", Chelsea schluckt und greift nach ihrem Glas. „Aber was ich von Lali so höre, hat sich trotzdem nicht viel verändert."

Vor Schreck lasse ich beinahe mein Pizzastück fallen. „Ist das wahr? Lali?"

Meine Freundin verdreht die Augen, gibt sich dann aber mit einem Seufzen geschlagen. „Ach, so wild ist das nicht. Die meisten *Nox Aeterna* sind jetzt auf einem Austausch irgendwo im Westen Australiens, wo sie quasi Sozialstunden leisten. Manche sind hiergeblieben, aber auch sie müssen eine Strafe ableisten. Dilan Shaw spült jetzt in der Institutsküche. Ich schätze, solange sie nicht mehr negativ auffällt, wird sie geduldet und kann ihr Studium fortsetzen."

„Wunderbar", rutscht es mir höhnisch heraus. *Dabei ist sie eine Mörderin*, denke ich. Aber das sage ich nicht, weil ich selbst mindestens genauso viel Schuld an Tris' Tod trage wie sie.

Trotz der Bemühungen der beiden wandern meine Gedanken immer wieder zu der Tatsache zurück, dass Kyril jetzt allein in seinem Apartment ist und allein schlafen gehen wird. Dabei sollte ich neben ihm liegen, verdammt! Um für ihn da zu sein und auch, damit er für mich da sein kann. Was ist ein Gefühl wie Liebe überhaupt wert, wenn es von jetzt auf gleich ausgelöscht werden kann?

„Hast du noch Lust auf einen Film?", unterbricht Chelsea meine Gedanken. „Irgendwas Lustiges vielleicht? Ich habe noch jede Menge Freikarten fürs Kino, weil der Inhaber den Mietern wegen der angeblichen Lärmbelästigung ständig welche spendiert …"

Ich schmunzle, aber mehr aus Höflichkeit, weil ich Lali und Chelsea nicht den Abend vermiesen möchte. Trotzdem lehne ich dankend ab und sage, dass ich müde bin und einfach nur noch schlafen möchte. Die beiden wünschen mir eine gute Nacht und umarmen mich noch einmal.

„Danke für die Pizza." Ich muss die Tränen zurückhalten, als mir Lalis vertrauter Duft nach Patschuli in die Nase steigt. *Es ist alles okay*, scheint ihr trügerisch wohliger Geruch zu sagen, und ich würde das so gern glauben, aber ich kann nicht.

Kurz nachdem die beiden verschwunden sind, schleiche ich über den Flur ins Bad. Als ich am Schlafzimmer vorbeikomme, bemerke ich, dass die Tür einen Spalt weit offen steht. Vielleicht aus Versehen, vielleicht auch, weil es meinen Freundinnen nicht geheuer ist, mich in dieser Situation allein zu lassen, weshalb sie ein Auge auf mich haben wollen. So, wie man das bei kleinen Kindern macht.

Unwillkürlich spähe ich hindurch: Tatsächlich sehen sich Lali und Chelsea noch einen Film an – das flimmernde Licht des Fernsehers wirft bunte Schatten auf ihre Gesichter. Chelsea hat einen Arm um Lalis Schultern gelegt und Lali schmiegt ihren Kopf an Chelseas Brustkorb, den Arm fest um ihre Taille geschlungen. Ineinander verknotet liegen sie da, und ich weiß genau, wie sie sich fühlen. Wie es ist, bei jemandem angekommen zu sein. *Zu Hause*.

Ich ertrage den Anblick nicht länger. Plötzlich habe ich einen unsichtbaren, zentnerschweren Stein auf der Brust und kann kaum noch atmen. Ich eile ins Bad, wasche mir das Gesicht mit eiskaltem Wasser und ziehe mich um.

Auf dem Sofa rolle ich mich so eng zusammen wie ein Embryo. Obwohl ich die Wolldecke bis zum Kinn hochgezogen habe, friere ich. Es ist hier kälter als auf Flat Holm, trotz der unberechenbaren Gewitter und Sturmfluten, die dort herrschen. Weil die Kälte von innen kommt. Ich liebe diese Stadt, aber für mich hält sie auch eine besondere Art der Einsamkeit bereit, die nirgendwo sonst zu finden ist.

Wachsam lasse ich meinen Blick durch das schummrige Zimmer gleiten. Dichte Wolken haben sich vor den Mond geschoben, trotzdem fällt ein wenig kühles Licht durchs Fenster. Ich habe die Vorhänge nicht zugezogen; wozu auch? Ich will nicht einschlafen und von all dem träumen, was ich verloren habe. Wachsam lausche ich in die Stille. Vielleicht habe ich Glück und eine hilflose Seele ruft nach mir und erspart mir so, länger über mein eigenes Leben nachzugrübeln. Leider schwindet diese Hoffnung mit jedem Schlag meines Herzens. Dafür werden meine Glieder schwer, und ich spüre, wie mir das Bewusstsein entgleitet. Meine Gedanken gehen auf Wanderschaft: Ich sehe die Gesichter von Kyril, Lali und Chelsea. Ich denke an Rose. Erinnerungen rieseln wie Sand durch meine Finger. Und dann bin ich weg.

Um mich herum ist alles saftig grün. Sogar grüner als auf Flat Holm, und in der Ferne erspähe ich ein kleines Cottage. Das Meer kann nicht weit sein, denn der Wind bläst mir eine Brise Seeluft ins Gesicht. Ich rieche Algen, Salz und den pudrigen Duft blühender Apfelbäume. Die Sonne tanzt wärmend über meine Haut. Wo bin ich? Das ist nicht meine Heimatinsel, ich bin sicher, noch nie hier gewesen zu sein. Glück strömt durch meinen Körper, aber dann halte ich inne und sehe mich genauer um: Die Wiese, der Himmel, das sanfte Vogelgezwitscher – alles ist ein bisschen zu perfekt. *Aber du träumst ja auch*, erinnert mich eine Stimme in meinem Kopf.

Ich bücke mich nach einer Ackerlauchblüte zu meinen Füßen und zupfe den Stängel ab. Die lilafarbenen Blütenblätter zerfallen in meiner Hand zu dunklem Staub, der aussieht wie Asche. Im nächsten Moment hat ein Windstoß sie in alle Himmelsrichtungen verweht. Das beklemmende Gefühl in meiner Brust verstärkt sich. Mit einem Mal ziehen Wolken über den Sommerhimmel. Dunkel und regenschwer. Ein Gewitter bricht los, so laut und unvermittelt, dass ich instinktiv in Richtung des Cottages laufe, um Unterschlupf zu suchen. Dicke Regentropfen prasseln auf mein Gesicht und Donner ertönt grollend in der Ferne. Endlich erreiche ich das rettende Gebäude. Als ich zögerlich die Hand nach der Tür ausstrecke, schält sich vor meinen Augen der Lack vom Holz. So, als wäre er seit Jahrhunderten von niemandem berührt worden. Ich erschaudere und drücke die Tür ein Stück weit auf. Irgendwas sagt mir, dass ich nicht eintreten sollte – dass aus meiner paradiesischen Illusion ein Albtraum geworden ist. Trotzdem gehe ich weiter. In den letzten Monaten habe ich gelernt, dass man vor seinen Ängsten nicht weglaufen kann.

Weil die staubige Luft in meinem Hals kratzt, halte ich mir hustend die Hand vor das Gesicht. Die Hütte ist klein und besteht nur aus einem einzigen Zimmer. Draußen ist es so dunkel, dass nur wenig Licht ins Cottage fällt. Dennoch: Es ist ausgeschlossen, dass ich mich täusche. Da liegt jemand auf den abgewetzten Dielen am Boden.

„Mein Gott", entwischt es mir erschrocken. Die reglose Gestalt liefert keinerlei Anhaltspunkte. Ich kann nicht erkennen, ob die Person schläft, oder wach ist. Oder ob sie überhaupt noch lebt. „Hallo? Ist alles in Ordnung?"

Ich gehe in die Hocke und rücke näher an den anderen heran. Hier unten kann ich mehr erkennen, vielleicht hat sich das Gewitter schon gelegt, denn ein Lichtstrahl fällt durch das Fenster und erhellt den Raum.

Ein junger Mann, höchstens ein paar Jahre älter als ich, sieht flehend zu mir hoch. Ich bemerke die bläulichen Verfärbungen an seinem Hals. „Hilf mir", bittet der Fremde.

„Was … ist passiert?", stammle ich. Dabei müsste ich doch eigentlich wissen, was zu tun ist. Aber diese Seele ruft nicht nach mir, ich spüre sie nicht. Eine Hand streckt sich nach meinem Hosenbein aus. Die Berührung ist kalt und der Griff erstaunlich fest. Und in diesem Moment verändert sich, was ich sehe: Der Mann altert vor meinen Augen, sein braunes Haar wird grau und lichter, schließlich fällt es ganz aus. Die Haut wird immer dünner, faltiger, beinahe durchsichtig. Ich kann jeden Knochen darunter erahnen. Dieses Gesicht werde ich nie wieder vergessen können; es ist vollkommen grau. So ausgezehrt und blass, dass es kaum noch an einen Menschen erinnert. Trotzdem wirkt es echter als mein ganzer Bilderbuchtraum.

„Hilf mir … zu sterben", wiederholt er.

Und ich wünschte, ich könnte. Aber gleichzeitig weiß ich, dass es nicht geht. Nicht nur, weil ich kein Ziehen im Brustkorb verspüre, egal, wie sehr ich mich konzentriere, sondern auch, weil diesem Wesen so viel Liebe fehlt. Und Liebe ist das Einzige, was ich nicht zu geben in Stande bin.

Dann kommt das Ziehen doch, aber es bringt mich weit, weit fort.

*

Ich lande im Schockraum eines Krankenhauses. Die Ärztinnen und Ärzte arbeiten konzentriert, jeder Handgriff sitzt. Trotzdem spüre ich überdeutlich die Anspannung, die in der Luft liegt. Auf dem OP-Tisch entdecke ich einen Mann mittleren Alters. Er ist intubiert und bewusstlos. Und er kann noch nicht lange hier sein, denn die Worte des Notarztes dringen an mein Ohr: „Männlich, fünfundfünfzig Jahre, Suizidversuch vermutlich mit Diazepam, bei unserem Eintreffen war er nicht mehr ansprechbar." Der Arzt gibt auch die Werte von Blutdruck, Puls und Sauerstoffsättigung durch sowie die Maßnahmen, die bereits versucht wurden: Neben der Beatmung hat der Mann ein halbes Milligramm Flumazenil als Gegenmittel für die Schlaftabletten bekommen.

Ich erkenne einen jungen Mann, der mit geschlossenen Augen die Hand des Patienten hält und den niemand außer mir beachtet. Ich umfasse seine Schultern und schüttle ihn. „Kyril!"

Erschrocken lässt er den Mann los und sieht mich an. In seinem Blick liegt so viel Verwirrung wie Erleichterung. „Habe ich was falsch gemacht?"

Eilig schüttle ich den Kopf. *Du hast alles richtig gemacht*, denke ich. *Zu* richtig.

Jetzt bekommt der Patient über eine Magensonde eine Kohleemulsion, aber offenbar zeigen die Maßnahmen bisher wenig Erfolg. „Der Blutdruck sackt ab!", ruft einer der Ärzte.

Ich berühre mit einem Finger die kalte Stirn des Mannes. Kurz bevor ich die Augen schließe, durchzuckt mich die Erkenntnis: Ich kenne ihn, es ist Mr Morris aus dem Ältestenrat, den ich heute im Institut flüchtig gesehen habe. Sein Leben fließt durch mich hindurch. Aber statt eines gleichmäßigen Bilderstroms wie sonst sehe ich nur Bruchstücke. Ich erfahre, dass sein voller Name Theodore Ryan Morris ist, aber jeder ihn Theo nennt. Immer wieder zieht mich Theos Seele in die Leere, in ein dunkles Nichts. Etwas fehlt. Ich begreife nur, dass er gar nicht sterben will, sondern sich überfordert, einsam und irgendwie leer fühlt. Seine Frau ist ein Pflegefall und die gemeinsamen Kinder sind so mit sich selbst beschäftigt, dass niemand seine Sorgen gesehen hat. Das ist traurig, aber das ist kein Grund zum Sterben – denn daran kann man arbeiten. Wenn er jetzt aus dem Leben scheidet, werden sich alle aus seiner Familie fragen, ob sie ihm oft genug gezeigt hat, was er ihnen bedeutet. Ich will nicht, dass Theo stirbt, und im selben Moment begreife ich, dass seine Seele mir ohnehin nicht folgen wird. Ich weiß zu wenig über ihn, und irgendetwas hält sie zurück.

Ich ziehe die Hand weg und die Bilder brechen ab. Hastig taste ich nach der Spirit Doll in der Tasche meiner karierten Schlafanzughose.

„Eine Schere", flüstere ich Kyril zu, obwohl uns ohnehin niemand hören kann.

Er sieht sich um, dann reicht er mir ein Skalpell vom Instrumententisch. Das wird es auch tun.

Ich schneide dem Patienten eine Haarsträhne ab und wickle sie um die Puppe – die Ärzte haben ihm ja schon ein Medikament gegeben, also vielleicht braucht es nur einen kleinen Stups in die richtige Richtung, damit seine Seele noch ein wenig länger ausharrt, bis es seine Wirkung entfaltet. Ich schließe die Augen und habe nur einen flüchtigen Moment Zeit, um zu entscheiden, welche Erinnerung ich diesmal opfern möchte. Kurz schießt mir der Gedanke durch den Kopf, dass es mir irgendwann genauso gehen wird wie Kyril, wenn ich weitermache. Und vielleicht wäre das sogar etwas Gutes – weil wir dann beide neu anfangen könnten. Hoffentlich gemeinsam.

Ich denke an den riesigen Eisbecher, den wir zusammen in *Mary's Milk Bar* verdrückt haben. Daran, wie schlecht mir danach war. Aber auch an das Gefühl, etwas ganz Normales zu tun. Eine Verabredung mit jemandem zu haben, der mich fasziniert. Kyrils Blick, der dafür sorgt, dass sich die Härchen in meinem Nacken aufstellen, und sein Lächeln, das meinen ganzen Körper zum Glühen bringt. Aus diesem Glühen kann ein prasselndes Feuer werden, aus einem schönen Nachmittag kann der Appetit auf das ganze Leben mit all seinen Schattenseiten erwachsen. Das ist mein Geschenk an Theo. *Wach auf*, bitte ich mit aller Kraft.

Ich öffne die Augen und erkenne die guten Neuigkeiten schon am kollektiven Aufatmen, das durch den Raum geht: Theos Werte haben sich stabilisiert.

Nur Kyril starrt mich fassungslos und ohne jedes Zeichen von Freude an.

„Komm", sage ich und fasse nach seiner Hand. Er wehrt sich nicht, trotzdem fühle ich mich dabei, als hätte ich eine Grenze überschritten. Ich muss den schmerzenden Gedanken daran verdrängen, dass es ihm vor ein paar Tagen noch nichts ausgemacht hat, von mir berührt zu werden.

Ich bringe uns in mein altes Zimmer im Institut, damit wir in Ruhe über das sprechen können, was passiert ist. Wahrscheinlich ist das eine dumme Idee, aber nach wie vor verbinde ich ein Gefühl von Geborgenheit mit diesem Raum: Lalis Seite ist immer noch mit anatomischen Plakaten tapeziert und von dem Regalbrett aus starrt mich ihre Sammlung aus in Gießharz konservierten Insekten an. Und natürlich Kuno, der eingelegte Frosch, den Kyril und ich ihr zum Geburtstag geschenkt haben. Meine Zimmerseite hingegen ist … viel zu steril. Offenbar hat Lali keine neue Mitbewohnerin aufgenommen, denn nichts deutet daraufhin, dass außer ihr noch jemand hier wohnt. Oder jemals hier gewohnt hat.

„Was war das eben?“ Kyril verschränkt die Arme vor der Brust.

„Das weißt du doch.“ Wahrscheinlich bringt es nichts, die Wahrheit zu verbergen – zumindest der alte Kyril hätte sowieso nicht lockergelassen.

„Aber der Mann … Theo … wir hätten ihm den Tod bringen sollen, oder nicht?“

Ich zucke mit den Schultern und reibe meine plötzlich kalten Finger. „Wir hätten zumindest seine Seele ins Jenseits bringen müssen, nachdem er gestorben ist, ja. Aber die Ärzte konnten ihn retten.“ Ich zwinge ein halbherziges Lächeln auf meine Lippen. *Die eigentliche Frage ist doch, wieso sich der Älteste überhaupt umbringen wollte,* schießt es mir durch den Kopf. Aber damit kann ich Kyril jetzt nicht belasten – ich werde später mit Lali darüber sprechen.

„Nein.“ Kyrils Tonfall ist ernst und er macht einen Schritt auf mich zu. „Nicht die Ärzte, sondern du.“

Das Blut steigt mir verräterisch ins Gesicht. Ich habe keine Ahnung, wie ich ihm erklären soll, was passiert ist, aber ich will ihn auch nicht belügen. „Ja, du hast recht. Ich leugne es nicht, bist du jetzt zufrieden? Ich … ich dachte mir einfach, es reicht, wenn ich auf meiner einsamen Insel unglücklich bin. Getrennt von all meinen Freunden und von … dir. Welchen Sinn hat es, dass Menschen leiden, denen ich helfen kann?“

Zu meiner Überraschung wirkt Kyril nicht verärgert – obwohl er früher auf so viel Aktionismus definitiv wütend reagiert hätte. Stattdessen bittet er: „Zeig mir, wie das geht.“

„Nein.“ Meine Antwort kommt ein bisschen zu schnell. „Das kann ich nicht, tut mir leid.“

„Warum nicht?“ Kyril blinzelt nicht mal.

Erschöpft lasse ich mich auf Lalis Bett fallen. Mich auf mein eigenes zu setzen, das so akkurat gemacht ist, käme mir erst recht falsch vor. „Weil das Heilen mich auch immer etwas kostet.“

Er schweigt erwartungsvoll.

„Erinnerungen“, sage ich schließlich. „Schöne Erinnerungen aus meinem Leben und das Glück, das ich in diesen Momenten empfunden habe. Ich gebe beides an die Seelen ab, denen ich helfe.“

„Verstehe.“ Kyril schluckt. Dann zieht er gequält einen Mundwinkel hoch. „Aber wenn ich mich wieder erinnere, könnte ich dir alles erzählen, was du vergessen hast.

Jetzt schleicht sich auch ein wehmütiges Lächeln auf meine Lippen. „Das könntest du, ja.“ *Falls du dich wieder erinnerst. Aber selbst dann wären es nicht dieselben Erinnerungen, wären es nicht meine.* Doch diese Zweifel spreche ich nicht aus, weil ich nicht möchte, dass Kyril meine schlechte Laune ausbaden muss.

„Also dann.“ Unschlüssig sehe ich mich um. Es fühlt sich falsch an, mit Kyril allein zu sein. Nachts und am Institut, wo ich fast vergessen kann, dass alles, was hinter mir liegt, nicht bloß ein Albtraum war.

„Runa."

Es ist das erste Mal seit dem Unglück, dass Kyril mich beim Namen nennt. Bei meinem richtigen Namen. Plötzlich habe ich einen Kloß im Hals. „Ja?"

„Ich wollte dich noch etwas fragen."

„Schieß los. Du weißt ... du *wusstest* sowieso fast alles über mich."

„Hast du Lust, mit mir ins Kino zu gehen?"

„Was?"

„Ich hoffe, du fühlst dich nicht überrumpelt oder so und vielleicht ist das eine dumme Idee, aber ich möchte dich kennenlernen. Noch mal von vorn anfangen. Keinen Schimmer, wo das hinführen wird. Jedenfalls ist es besser, als zu schnell aufzugeben, oder? Ich ... erinnere mich zwar nicht mehr an dich, aber trotzdem bist du mir nicht egal. Wenn du nicht ins Kino möchtest, können wir auch etwas anderes machen –"

„Kino klingt toll." Aus meinem verlegenen Lächeln wird ein ausgewachsenes Grinsen und gleichzeitig ist da ein Gefühl, warm und erfüllend, das ich schon lange nicht mehr verspürt habe. Ich glaube, man nennt es Hoffnung.

Kyril stößt erleichtert die Luft aus. „Okay, dann vielleicht gleich morgen Nachmittag? Um vier?"

„Abgemacht. Ich freue mich."

„Ich mich auch."

„Kommst du allein zurück?"

Kyril nickt, also muss ich mich nicht zusammen mit ihm teleportieren. Bevor ich etwas Unüberlegtes sagen oder etwas noch Unüberlegteres tun kann – wie ihm um den Hals zu fallen oder ihn zu küssen –, schließe ich die Augen und male mir die Details meines provisorischen Gästequartiers in Chelseas Wohnzimmer aus, bis der Boden unter meinen Füßen vibriert.

Aber auch, als ich wieder da bin, kann ich nicht schlafen. Kyrils Worte lassen mich nicht zur Ruhe kommen und eine Idee nimmt in meinem Geist Formen an. Vielleicht ist es falsch, ständig vor den Erinnerungen an alles, was ich verloren habe, wegzulaufen. Vielleicht muss ich mich der Vergangenheit stellen – und vielleicht bin ich das Kyril sogar schuldig. *Meine* Erinnerungen sind zwar nicht dasselbe wie *seine* Erinnerungen, aber sie sind besser als nichts, oder?

Ich krame einen Collegeblock aus meinem Rucksack, schenke mir etwas von dem kalten Kaffee ein, der noch in der Küche auf der Arbeitsplatte steht, und lasse mich auf einen Stuhl an Chelseas Esstisch fallen. *Ich werde unsere Geschichte für dich aufschreiben*, denke ich, obwohl ich längst nicht sicher bin, ob ich es tatsächlich übers Herz bringen werde, Kyril diese Aufzeichnungen jemals zu zeigen. Trotzdem: Was einmal auf Papier gebannt ist, lässt sich nicht so leicht wieder löschen wie eine flüchtige Erinnerung. Man kann es weiterreichen oder sogar kopieren und jeder, der es jemals liest, trägt etwas daraus weiter. Ein Text ist ein Funke, aus dem ein Lauffeuer werden kann. Zumindest rede ich mir das ein, als ich die ersten Zeilen niederschreibe: *Du warst der Anfang und das Ende von allem.*

Brüder
AUREL

Nichts, nur ein paar Erinnerungen von *E wie Emil*, der im Gegensatz zu den anderen in der Neuzeit lebt, weshalb er keinen griechischen Buchstaben bekommt, sondern einen lateinischen. Im Grunde lassen sich alle Funde in meinem Animarium in diese drei Gruppen gliedern: Erinnerungen aus vergangenen Jahrhunderten – *Alpha bis Zeta*; Erinnerungsfetzen aus der Neuzeit, die von umherirrenden Wanderern und Touristen stammen – beginnend bei *A wie Anton* und so kurz wie zahlreich. Und dann Erinnerungen, die zwar auch aus der Gegenwart stammen, aber irgendwie anders wirken; sie scheinen zu einer internationalen Gruppe von Geschäftsreisenden zu gehören, die allesamt wegen eines wichtigen Termins hergekommen sind.

Dennoch ist kein einziger Hinweis auf meinen Bruder dabei, was mich ernüchtert.

Diesmal war ich länger in der Höhle als je zuvor, bin das verwinkelte System Meter für Meter abgegangen. Ich habe die Anwesenheit der Geister gespürt, aber mehr nicht. Die Mauer um meine Schätze hätte ich heute nicht gebraucht; niemand hat versucht, mir meine Erinnerungen zu stehlen. Dabei würde ich jede von ihnen liebend gern weggeben, um Kyril zu helfen. Vielleicht sogar meine kostbarste.

Während ich den Flakon für das Animarium beschrifte und ins Regal sortiere, schweifen meine Gedanken zurück zum Sommer vor zwei Jahren. Als ich siebzehn und zum ersten Mal verliebt war.

Ich verdränge diese Erinnerung, so gut es geht, denn sie bringt ein schwermütiges Gefühl mit sich: Schon einmal habe ich jemanden an die Geister verloren. Dass Linda nicht tot ist, macht diesen Verlust nur umso schmerzhafter. Ich trauere um einen Menschen, der am Leben und doch für immer fort ist.

Erschöpft lasse ich mich auf mein Sofa fallen. Vielleicht sollte ich Runa, Lali und Chelsea das Geheimnis meines Animariums anvertrauen, immerhin habe ich ihnen auch von den Wesen aus der Höhle erzählt. Oder es zumindest versucht.

Aber ich habe mir geschworen, nicht noch einmal das Leben eines Menschen leichtfertig aufs Spiel zu setzen. So wie Lindas damals. Meine Erinnerungen sind gefährlich. Sie dürfen keinesfalls in die falschen Hände gelangen, ganz besonders nicht in die meines Vaters. Und da ist noch mehr: Obwohl ich mich vor den Pariahs fürchte, obwohl sie mich seit Jahren in meinen Albträumen verfolgen, spüre ich, dass sie nicht durch und durch böse sind. Manchmal bilde ich mir sogar ein, dass sie einfach nur Hilfe brauchen. Dass *ich* ihnen helfe, wenn ich bei meinen Streifzügen durch die Höhle gelegentlich eine kleine Erinnerung an sie abgebe. Das Bild eines Schmetterlings, den ich im Tepidarium beobachtet habe, das Gefühl von Sonnenstrahlen auf nackter Haut.

Aber ich weiß, dass die Gemeinschaft der Schattenspringer das anders sehen wird – die Pariahs haben in den Augen vieler keine Gerechtigkeit mehr verdient. Vielleicht ist das meine Chance, etwas zu bewirken und die Welt ein kleines bisschen besser zurückzulassen, als ich sie vorgefunden habe. Und zwar allein: Sobald ich mich zu erkennen gebe und ans Institut zurückkehre, werde ich die Ausbildung durchlaufen, die für alle Schattenspringer vorgesehen ist. Man würde mir dann einen Mentor zur Seite stellen und es würde nicht lange dauern, bis jemand den Pariahs auf die Spur käme. Nein, die Antwort auf meine Fragen und der Schlüssel zu ihrer Erlösung muss irgendwo in all den Erinnerungen zu finden sein, die ich seit zwei Jahren sammle und archiviere. Noch bin ich nicht bereit, aufzugeben.

Ruckartig stehe ich wieder auf, gehe zum Regal hinüber, das genau genommen eher ein riesiger hölzerner Setzkasten ist, und lasse meinen Blick über die verstaubten Fächer wandern. Zu meinem Glück war Brandon ein Sammler – früher hat er in dem Regal antiken Schnickschnack aufbewahrt: Apothekerflaschen, Pillendöschen und eben auch Flakons aller Art. Ich habe sie selbst galvanisch versilbert, nachdem ich gelesen hatte, dass früher auf diese Weise angeblich die Geister von Hexen eingesperrt wurden – durch die Versilberung merken sie nicht, dass sie gefangen sind, und brechen nicht so leicht aus. Obwohl alle dieser Phiolen nahezu gleich aussehen, zieht eine von ihnen meine Aufmerksamkeit wie magisch an: Sie enthält Erinnerungen von Alpha. Dem Pariah, dem ich zuerst begegnet bin. Und bei dem ich versagt habe, weil mich seine Erlebnisse völlig unvorbereitet überwältigt haben.

Seither steigt jedes Mal ein unangenehmes Kribbeln in mir auf, wenn ich nur daran denke, wieder in sein Leben abzutauchen. Aber irgendwann muss ich es tun, das weiß ich.

Ich denke an Kyril und an die Zeit, als mein großer Bruder mir gezeigt hat, wie man Bäume hinaufklettert und Fahrrad fährt. Ich war ein ziemlich undankbarer Schüler, aber das dämpfte seinen Eifer genauso wenig, wie mich Stürze und Schrammen davon abhalten konnten, etwas Neues zu lernen. Zur Belohnung hat er mir noch vor der Einschulung das Lesen beigebracht. Jetzt bin ich es Kyril schuldig, mich nicht von meiner Angst zurückhalten zu lassen.

Mit bebenden Fingern greife ich nach meinem Smartphone und stelle den Wecker. *Elf Minuten*. Dabei habe ich bei zehn eigentlich eine unsichtbare Grenze gezogen. Aber sechzig Sekunden mehr in der Hölle muss mir mein Bruder wert sein. Zum ersten Mal schießt mir die Frage durch den Kopf, was passiert, sollte der Handywecker nicht klingeln. Bisher war mir nie so bewusst, dass mein Seelenheil vielleicht nur von einem technischen Gerät abhängt. Im wahrsten Sinne des Wortes.

Die Furcht drängt mit aller Macht wieder an die Oberfläche, trotzdem ziehe ich den Korken aus dem Flakon. Vielleicht muss ich einfach akzeptieren, dass sie zu mir dazugehört. Ich atme noch einmal tief ein und sage stumm mein Mantra auf: *Ich bin Aurel Ironmonger, neunzehn Jahre alt, ich lebe in Prenbogle Hall und ich werde immer noch ganz genau derselbe sein, wenn ich zurückkehre*. Dann schließe ich die Augen und lasse mich von den fremden Erinnerungen davontragen. Mein altes Ich ist fort und mit ihm die Angst.

Alpha läuft durch die Straßen einer Stadt, die sich vertraut anfühlt, obwohl alles fremd aussieht. Ich spüre seine Müdigkeit bei jedem Schritt in meinen eigenen Gliedern. Die Nächte sind immer zu kurz und neben den Aufgaben, die seine angeborene Gabe mit sich bringt, muss er sie nutzen, um genügend Anschauungsmaterial zu beschaffen: für jeden Studenten eine Leiche, so, wie er es in Frankreich gesehen hat. Er lebt dafür, an der renommierten *Edinburgh Medical School* den medizinischen Nachwuchs zu unterrichten. Das Studium ist hart, manchmal grausam, aber es ist auch das Ticket in eine glorreiche Zukunft für all seine Schützlinge, die nach dem Abschluss bei einem angesehenen Arzt in die Lehre gehen und bald selbst unterrichten. Die meisten dieser gut betuchten jungen Herren stammen aus Familien, die seit Generationen in Edinburgh lernen und lehren, die Anlaufstelle für alle, die in Oxford und Cambridge nicht aufgenommen werden. Heute steht eine Vorlesung der *Royal Medical Society* auf dem Plan – wie jeden Freitagabend gibt es eine öffentliche Dissektion in der Medical Hall, gefolgt von einer Podiumsdiskussion. Diese Aussicht erfüllt Alpha mit Vorfreude, denn die angehenden Ärzte vergöttern ihn voller Ehrfurcht und sie verzeihen es, wenn er von den konservativen Lehrmethoden abweicht. Aber vorher muss er noch etwas erledigen.

Von der breiten South Bridge biegt er in eine Seitenstraße ab, nicht weit vom Surgeon's Square, der mit seinen neu errichteten Gebäuden groß genug ist, um die Bibliothek, eine Sammlung anatomischer Präparate und das Labor zu beherbergen. Vor einem Laden mit einem eleganten, verglasten Erker bleibt Alpha stehen. Die untergehende Sonne wirft rötliche Schatten auf die Lettern über dem Sprossenfenster, die jedem angehenden

Mediziner Edinburghs ein Begriff sind. Weil Alphas Blick das Ladenschild nur flüchtig streift, bekomme ich nur zwei Wörter zu fassen: *Hardware Shop*. Ein Eisenwarengeschäft also.

Die Türglocke klingelt und Alpha betritt den elegant wirkenden Verkaufsraum des Ladens. In den Regalen blitzt ringsum polierter Stahl: Zangen, Pinzetten, Skalpelle, Sägen. Nicht das Inventar, das man in einem solchen Geschäft vorrangig erwarten würde. Der Mann, der jetzt aus dem Hinterzimmer an den Tresen tritt, nickt Alpha zu. „Mr Knox. Ich habe Ihre Bestellung schon fertig." Er legt ein Holzkästchen auf den Tresen und öffnet den Deckel.

Alpha nickt zufrieden und schiebt ein Bündel Geldscheine über die Theke.

Der Verkäufer steckt es ein und klappt den Deckel wieder zu. „Es ist alles frisch geschärft. Seien Sie vorsichtig, man kann sich leicht daran verletzen."

„Das wird meinen Patienten nichts ausmachen." Alpha lacht trocken, nimmt das Operationsbesteck an sich und verlässt den Laden. Normalerweise kauft er seine Instrumente anderswo, aber ein Flugblatt hat ihn auf den Laden gebracht, der verlockend preiswert ist. Als die Türglocke wieder läutet, blitzt das Gesicht des Verkäufers noch einmal vor Alphas innerem Auge auf. Sofort ergreift ein seltsames Gefühl von mir Besitz: Ich kenne dieses Gesicht. Wo habe ich es nur schon einmal gesehen?

Nein, nicht Alpha kennt es, sondern jemand anderes. Aber wenn ich nicht er bin, wer bin ich dann?

Ich schrecke hoch und sehe mich verwirrt in dem opulent eingerichteten Zimmer um. Auf dem Beistelltisch liegt etwas viereckiges Schwarzes. Ich erkenne das Gerät, ein Handy. *Mein*

Handy. Der Wecker hat noch nicht geklingelt, ich schalte ihn aus. Ich bin Aurel Ironmonger, neunzehn Jahre alt, ich lebe in Prenbogle Hall. Und ich bin gerade zum ersten Mal von selbst aus einer Erinnerung aufgewacht. Ich habe mir eingeredet, Kontrolle darüber zu haben, wie tief ich in die Erinnerungen in meinem Animarium eintauche. Aber offensichtlich lag ich falsch und ich ahne, dass mir die Zeit davonläuft.

Pawns

KYRIL

Die Nacht hat sich angefühlt wie eine Nacht im Hotel – und nicht, als wäre das hier wirklich mein Apartment. Das zweite Bett ist leer, und die Vorstellung, dass das vor wenigen Wochen noch anders war, lässt mir einen kalten Schauer über den Rücken rieseln. Dieses Zimmer war voller Leben, in diesem Zimmer war ich glücklich. Jetzt kommt es mir vor wie eine Ruine, und das ganze Institut ist nicht mehr als ein Gefängnis. Der einzige Lichtblick ist Runa. Habe ich sie gestern wirklich um ein Date gebeten?

Es ist absurd, weil ich sie kaum kenne, trotzdem habe ich Lali jedes Wort geglaubt, als sie erzählt hat, dass mir dieser Mensch mehr bedeutet als irgendjemand sonst auf der Welt. Dabei hätte ich nicht gedacht, besonders romantisch veranlagt zu sein. Aber was weiß ich schon über mich? Gar nichts. Runa hingegen weiß alles, und allein das sollte ein guter Grund sein, sie besser kennenlernen zu wollen. Das und das ziehende Gefühl in meinem Brustkorb, jedes Mal, wenn sich unsere Blicke kreuzen. Ich glaube, man nennt es Vermissen.

Ich nicke der Frau am Bibliotheksschalter stumm zu und haste dann weiter durch die Flügeltür, die zum Lesesaal führt. Trotzdem habe ich das Gefühl, dass sie mich anstarrt. Lali hat mir gesagt, dass der Schreibtisch am Fenster mit Aussicht über den Avicenna Quad früher mein Lieblingsplatz war. Und dass ich mich auf jeden Fall von einer kurzhaarigen blonden Bibliothekarin namens Liz fernhalten soll. Ein Rat, den ich gern beherzige, denn es ist ohnehin schwer genug, so zu tun, als wäre nichts geschehen. Allein auf dem Weg zur Bibliothek haben mich eine Handvoll Studierende abgefangen, um mich über mein vermeintliches Verschwinden auszufragen. Ich habe mich streng an das gehalten, was ich mit den anderen besprochen habe: *Ich bin unglücklich gestürzt, mehr nicht. Als ich zu mir gekommen bin, waren die anderen schon weg. Ich habe eine WhatsApp an Julie geschrieben, um Bescheid zu sagen, dass es mir gut geht, aber anscheinend ist sie wegen des schlechten Empfangs nicht angekommen. Dann habe ich bei meiner Freundin übernachtet, die außerhalb Edinburghs wohnt.* Die Erklärung scheint die meisten Studierenden überzeugt zu haben. Ich glaube, ich kenne sowieso kaum jemanden von ihnen näher. Mein bester Freund hätte die Lüge sicherlich sofort durchschaut, aber er ist tot. Ich sehe aus dem Fenster und erspähe in der Ferne die Wipfel der Platanen im angrenzenden Park, wo sich auch der Friedhof befindet. *Ein College sollte keinen eigenen Friedhof haben,* danke ich. Es ist doch ein Ort, an dem das Leben so richtig beginnt – und nicht endet. Aber hier, am *Aconite Institute*, scheinen andere Regeln zu gelten.

Ich setze mich und schaue mich im Lesesaal um. Alle außer mir sehen sehr beschäftigt aus. Schlagartig wird mir klar, dass ich wenigstens so tun sollte, als würde ich lesen, wenn ich nicht noch mehr Aufsehen erregen will. Gerade als ich aufstehen möchte, um an einer der langen Regalreihen entlangzuschlendern, bemerke ich ein Buch, das im Ablagefach meines Schreibtischs liegt. Es sieht nicht aus, als würde es zum Bestand der Bibliothek gehören, und genau deshalb erregt es meine Aufmerksamkeit: Ich wiege das schlichte, in grünes Leder gebundene Notizbuch in den Händen und sehe mich verstohlen um. Dann schlage ich es auf.

Ich kenne diese Handschrift. Die gleichmäßigen, geschwungenen Buchstaben lassen ein wehmütiges Gefühl in mir aufsteigen. Lali hat von Abenden im Pub und Laufrunden am Arthur's Seat erzählt und fast kann ich mir einbilden, dass ich mich daran erinnere. Und da ist noch ein anderes, übermächtiges Gefühl – Schmerz. Ich weiß, wem dieses Notizbuch gehört. Mühevoll schlucke ich und beginne zu lesen.

Ich lese von mysteriösen Figuren in Miniatursärgen, die vor über hundertfünfzig Jahren im Stadtberg Edinburghs gefunden wurden und deren Zweck sich niemand erklären kann. Oder erklären *konnte*, denn inzwischen weiß ich, dass der Warden des Colleges sie genutzt hat, um seinen wertvollsten Besitz darin zu verstecken: Sein Herz, das ihm die Schattenspringer entnommen hatten, als sie ihn aus der Gemeinschaft verstießen und ihn so zur Unendlichkeit verdammten. Er lebte trotzdem weiter, ein Zombie sozusagen, bis Runa ihn letztes Jahr geheilt und erlöst hat. Ich bin froh, dass ich all das nur aus Lalis Erzählungen weiß und mich, obwohl ich bei seinem Tod dabei war, an nichts mehr erinnere. Es ist feige, mir zu wünschen, dass diese Erinnerungen auch niemals zurückkommen mögen – vor allem, weil Runa jeden Tag damit leben muss –, aber ich fühle mich noch nicht stark genug, um die Vergangenheit zu bewältigen.

In Tris' Notizbuch steht allerdings nichts über den tatsächlichen Zweck der *Fairy Coffins*. Ich blättere weiter und stoße auf einen Eintrag, dessen Überschrift mich innehalten lässt: *Die Gilmerton Cove*. Ein unterirdisches System aus Gängen, Treppen und in den Stein gehauenen Kammern; eine Höhle. Auch Aurel hat von ihr gesprochen, denn genau dort bin ich nach meinem Sturz zu mir gekommen. Das war zwar in den Lowlands, im Notizbuch klebt allerdings eine Karte, die bestätigt, was mein Bruder erzählt hat: In einem Gebäude am südöstlichen Stadtrand gibt es einen weiteren Eingang zu dem Höhlensystem. Direkt neben einem Kiosk und einer Tierarztpraxis. Ich mache mir eine gedankliche Notiz, mir diese Höhle bei Gelegenheit näher anzusehen, gleichzeitig meldet sich bei der Vorstellung, allein dorthin zu gehen, eine warnende Stimme in meinem Hinterkopf, die mich zurückhalten will und die sich vertraut anhört. Obwohl ich sie nicht zuordnen kann. Meine Angst ist das sicher nicht, eher so etwas wie Verantwortungsgefühl – vielleicht meinen Freunden gegenüber? Ich muss lächeln und als ich es bemerke, stoße ich lautlos die Luft aus. Es ist schön zu wissen, dass es in meinem Leben Menschen gibt, denen mein Wohlergehen wichtig ist. Und noch schöner, dass ich all das, was uns verbindet, was wir zusammen erlebt haben, manchmal spüre. Selbst wenn ich es nicht zu fassen bekomme.

Ich blättere weiter, überfliege Notizen zu ungelösten Mysterien der schottischen Geschichte, von ungeklärten Vermisstenfällen zu niemals identifizierten Schiffswracks auf dem Meeresgrund. Besonders viele Seiten nimmt ein Eintrag über zwei

Serienmörder namens William Burke und William Hare ein, die zwischen 1827 und 1828 sechzehn Menschen töteten, um ihre Leichname an die anatomische Abteilung der Universität zu verkaufen. Ich erschaudere bei dieser Vorstellung, aber bevor ich meine Lektüre vertiefen kann, ruft jemand meinen Namen.

Ich schrecke hoch, klappe eilig das Notizbuch zu und lasse es beiläufig in meinen Rucksack gleiten. Vor mir steht ein großer Mann, der mich so ernst ansieht, dass es mir kalt den Rücken hinunterläuft. Das muss mein Vater sein. Seltsamerweise ist sein Gesicht mir fremder als alles, was ich in den letzten Tagen gesehen habe. Bei den anderen hatte ich wenigstens das Gefühl, dass etwas fehlt, dass ich für diese Menschen einmal etwas empfunden haben könnte, Freundschaft oder sogar … Liebe.

Aber wenn ich meinen Vater ansehe, spüre ich rein gar nichts. Ich erkenne ihn nur an dem irgendwie herablassenden Blick, den Lali mir beschrieben hat. Trotzdem fühle ich mich auf diese Konfrontation nicht vorbereitet: Offenbar gehört mein Dad zu den Menschen, die allein durch ihre Anwesenheit die Temperatur in einem Raum rasant fallen lassen können. In der Luft liegt eine bedrückende Mischung aus seiner Wut, die ich mir nicht erklären kann, und meinem Trotz, der offenbar untrennbar mit mir verbunden ist. Im Gegensatz zu meiner Erinnerung.

„Komm mit ins Büro“, fordert er.

Ich stehe auf und gehorche stumm, was der alte Kyril nach Lalis Erzählungen niemals getan hätte. Aber es kostet mich schon genug Mühe, ihm zu folgen und mir nicht anmerken zu lassen, dass ich nicht einmal den Weg zu besagtem Büro kenne.

Mein Vater nimmt eine Abkürzung durch das verstaubte Archiv. Wir steigen eine Wendeltreppe hoch und dann sind wir da. Das Zimmer mit Blick über den Avicenna Quad ist so dekadent möbliert, dass ich mich wahrscheinlich geehrt fühlen sollte, zu einer Audienz hierherzitiert zu werden. Wow, dieser Sarkasmus fühlt sich gut an. Als hätte ich einen Teil dessen, was mich ausmacht, ein kleines Puzzlestück meines alten Lebens, wiedergefunden.

„Nimm Platz." Die knappen Worte meines Vaters holen mich wieder in die Gegenwart zurück.

Ich folge der Aufforderung und setze mich in den gepolsterten Lehnstuhl vor dem Schreibtisch. Selbst durch den Stoff meiner Jeans hindurch spüre ich, wie kalt das Leder ist. Kurz huscht mein Blick zu dem eindrucksvollen Gemälde an der Stirnseite des Büros: Es zeigt eine junge Frau, die direkt durch mich hindurchzusehen scheint, obwohl sie dem Spitzenkragen und dem engen Korsett nach seit Jahrhunderten tot ist. Sie erinnert mich ein bisschen an die Mona Lisa – nur dass sie irgendwie unglücklich aussieht.

„Was hast du dir nur dabei gedacht?" Mein Vater schlägt die flachen Hände auf die Tischplatte und ich zucke unwillkürlich zusammen. Das war zu erwarten gewesen, oder? Der Zorn, worüber auch immer, stand ihm ja schon im Lesesaal ins Gesicht geschrieben.

„Du hast keine Ahnung, welche Sorgen ich mir gemacht habe! Wie kannst du nur, nach allem, was mit deinem Bruder geschehen ist –" plötzlich bricht er ab, macht eine wegwerfende Geste und stützt den Kopf in eine Hand. Die Wut scheint verpufft zu sein und mit einem Mal wirkt mein Vater einfach nur erschöpft. Und viel älter als noch gerade eben. „Es bringt nichts, die alten Geschichten wieder aufzuwärmen." Er seufzt tief.

„Wenn du mir schon Vorwürfe machst, solltest du wenigstens mutig genug sein, sie auszusprechen." Ich habe keinen Schimmer, wo das auf einmal herkommt. Trotzdem fühlen sich die Worte richtig an – und noch dazu flüstert eine verheißungsvolle Stimme in meinem Kopf, dass mein Gegenüber gerade drauf und dran war, mir etwas von früher zu erzählen. Etwas, das ich noch nicht weiß, obwohl Aurel und Lali mir angeblich alles Wichtige berichtet haben.

„Na schön." Trotz funkelt in den Augen meines Vaters. „Ich bin immer noch überzeugt davon, dass Aurel niemals verschwunden wäre, wenn du ihm nicht mit deinem albernen Konkurrenzgehabe Tag für Tag das Leben zur Hölle gemacht hättest. Ich weiß nicht, was du ihm an den Kopf geworfen hast, als du ihn das letzte Mal gesehen hast. Aber du konntest es einfach nicht ertragen, dass er in allem besser war als du!"

Ich schlucke schwer. Die Worte sollten mich nicht treffen, schließlich könnte diese Erzählung auch aus einem anderen Leben stammen. Aber das tun sie. Ich habe einen schmerzhaft schweren Stein im Magen und bin mir bewusst, dass ich weder vor noch zurück kann. Also schweige ich.

„Und jetzt? Wolltest du testen, ob ich bei dir auch so reagiere? Wie lange es dauert, bis ich um den Verstand komme, nachdem ich auch noch meinen letzten Sohn verloren habe?" Er verengt die Augen und mustert mich sonderbar berechnend. Dieser Ausdruck passt nicht zu seinen anklagenden Worten.

„Oder hat das Mädchen dich darauf gebracht? Runa, diese Schlange, die deine Freundin sein will –"

„Rede nicht so über sie!" Ich stütze die Hände auf die hölzerne Tischplatte, beuge mich vor und halte für einen Moment dem herausfordernden Blick meines Vaters stand. Als ich mir endlich erlaube, wegzusehen, liegt in seinen Augen ein Hauch von Triumph, der mich noch mehr verwirrt als alles, was er zuvor gesagt hat.

Kopfschüttelnd stehe ich auf, drehe mich um und stapfe aus dem Zimmer, ohne mich zu verabschieden.

Ich weiß nicht, was mich mehr verwundert: Dieses seltsame Gespräch oder die Tatsache, dass mir Runa schon viel wichtiger sein muss als gedacht, wenn ich sie instinktiv so vehement verteidige. Schon oder *noch*.

Sweet and Salty

RUNA

Ich habe bis tief in die Nacht geschrieben, bis mittags geschlafen und trotzdem weigern sich die Zeiger der Küchenuhr, endlich auf vier vorzurücken. Schließlich ziehe ich viel zu früh Schuhe und Jacke an. Alles ist leichter zu ertragen als das Herumsitzen – am Institut bin ich nicht erwünscht und Chelseas und Lalis Gastfreundschaft will ich auch nicht überstrapazieren. Also weite ich meinen Spaziergang zu einem Streifzug durch die Stadt aus, die immer noch wunderschön ist, mir aber erschreckenderweise ganz anders vorkommt als im letzten Jahr. Irgendwie fremd. Und wieso sollte es auch anders sein? Ich habe meine Erinnerungen ja selbst verschenkt; das Kostbarste, was ich besaß. Jetzt frage ich mich bei jedem Schritt über die gewundenen Straßen aus Kopfsteinpflaster, welche Geheimnisse die neoklassizistischen Häuserfassaden in der New Town oder die windschiefen Pubs der Old Town wohl verbergen. Ob ich Kyril in der malerischen Circus Lane geküsst habe oder ob wir in den Princes Street Gardens spazieren gegangen sind, um die Aussicht aufs Schloss zu genießen? Vielleicht haben wir uns vor der gusseisernen *Ross Fountain* fotografiert, wie es gerade ein paar Touristen tun.

Ein schmerzhafter Stich fährt durch meine Brust, als ich realisiere: Es spielt keine Rolle mehr. Auch dass ich mich nicht mehr erinnere, ist im Grunde egal, denn für Kyril muss es sich ohnehin anfühlen, als wäre all das nie passiert.

Frustriert trete ich einen Kieselstein beiseite. Eine Taube auf dem Bürgersteig flattert empört mit den Flügeln und hüpft mit einem Satz auf das Geländer der frisch restaurierten North Bridge. Ich seufze leise und beschließe, die düsteren Gedanken für heute sein zu lassen: Zum einen ist mein Selbstmitleid auch für mich kaum zu ertragen, zum anderen habe ich ein Date. Punkt. Alle *Abers* werde ich heute Nachmittag getrost ignorieren.

Ich brauche eine kleine Ewigkeit zurück zum Kino, trotzdem schlägt die Kirchturmglocke der Chalmers Church gerade erst halb vier, als ich in der Newbattle Terrace ankomme. Ich vergrabe die Hände in den Taschen und schlendere ein paar Schritte weiter die Straße entlang. Die Gegend ist ziemlich trostlos, aber der nächstgelegene Park wäre der Grange Cemetery und nach einem Spaziergang über den Friedhof ist mir jetzt nicht zumute. Gerade als ich das Kino hinter mir gelassen habe, ruft jemand meinen Namen.

„Runa!"

Ein Lächeln legt sich auf meine Lippen und zeitgleich überkommt mich ein warmes Gefühl, das meine Magengegend flutet und meine Knie weich werden lässt wie Sticky Pear Pudding. Mein Gott, ich sollte nicht so aufgeregt sein, andererseits hat man wohl selten eine Verabredung mit seinem Fast-Ex oder Noch-Freund – wenn ich ehrlich bin, habe ich keine Ahnung, was wir überhaupt sind. Weil das auch keine Rolle spielen sollte, wenn Kyril in noch viel größeren Schwierigkeiten steckt, mahnt mein Gewissen. *Reiß dich zusammen.* Einmal atme ich noch tief durch, dann drehe ich mich um.

„Hey." Ich mache ein paar Schritte auf Kyril zu, der auf der kleinen Mauer neben dem Gehweg sitzt. Plötzlich ist mir ein bisschen übel, trotzdem zwinge ich mich, zu lächeln.

Er erwidert es und prompt biegen sich meine Mundwinkel ganz von allein weiter nach oben. Weder der trübe, bewölkte Himmel noch all die unbeantworteten Fragen in meinem Kopf machen mir jetzt noch etwas aus. Kyrils Lächeln taucht alles in ein anderes Licht. Es kommt mir vor, als wäre es das erste Mal, dass ich ihn seit seinem Verschwinden so gelöst sehe, und verdammt, ich habe das vermisst. Mein Hals fühlt sich wund an, und ich spüre Tränen in mir aufsteigen, weil mir schlagartig klar wird, dass dieser Mann mir viel zu wichtig ist. Dass er für mich nie nur ein Fremder oder auch nur ein alter Bekannter sein wird. Ein *Ex-Freund.* Dafür habe ich ihm viel zu viel anvertraut, ihm viel zu viel von mir geschenkt. Und ich würde es immer wieder tun.

Unsicher bleibe ich vor ihm stehen, sehe ihn an und senke den Kopf wieder, weil mir das Blut in die Wangen schießt. Trotzdem habe ich in dieser Millisekunde seinen Anblick mit allen geliebten Details in mich aufgesogen: den Leberfleck auf der linken Wange, die Grübchen in den frisch rasierten Wangen, die mich immer noch so faszinieren, dass ich sie ewig bewundern könnte.

Noch bevor ich wieder aufsehe, spüre ich Kyrils Hände an meinen Schultern. Er ist aufgestanden, seine Berührung ist sanft, beinahe zögerlich.

„Du bist einfach an mir vorbeigelaufen“, sagt er, einen Hauch von Empörung in der Stimme.

„Tut mir leid, ich hätte nicht gedacht, dass du schon da bist.“ Ich räuspere mich, aber der Frosch im Hals bleibt.

„Konnte nicht mehr länger in der Bibliothek herumsitzen und warten.“

„Ging mir ähnlich.“

Der Druck seiner Hände verstärkt sich leicht. Vielleicht ist das eine Einladung, vielleicht bilde ich es mir auch nur ein. Aber ich habe keine Kraft mehr, der Aufforderung zu widerstehen, und werfe mich in seine Arme. Kyril legt das Kinn auf meinem Kopf ab und drückt mich behutsam an sich, sodass ich seinen Herzschlag unter dem Collegehoodie an meiner Wange spüren kann.

Nur die Angst, ihn vielleicht doch überrumpelt zu haben, sorgt dafür, dass ich mich widerwillig wieder von ihm löse. „Gehen wir schon rein?“

„Von mir aus gern. Dann können wir uns die besten Plätze sichern.“

Ich überlege kurz, wohin mit meinen jetzt wieder freien Händen, aber dann schlinge ich sie um mich selbst. „Welchen Film sehen wir uns eigentlich an?“

Kyril zeigt auf die gerahmten Plakate, die die Front des Kinos säumen. „Das liegt ganz bei dir: Spricht dich irgendetwas davon an?“

„Mal sehen. Wir haben also die Wahl zwischen einem blutigen Horrorfilm, einer Chicklit-Komödie und einer Musical-Version von Disney’s Schneewittchen, sehe ich das richtig?“

„In einer halben Stunde gibt es auch eine Sneak Preview.“ Er deutet mit dem Kopf auf ein Plakat links von uns.

„Lassen wir uns überraschen?"

„Ja, lassen wir das Schicksal entscheiden – und hoffen auf das kleinere Übel."

„Warst du eigentlich schon immer so sarkastisch?" Mit hochgezogener Augenbraue mustert Kyril mich. Ich glaube, er flirtet mit mir.

„Da du dich daran offenbar nicht erinnerst, könnte ich jetzt Nein sagen, aber ich will dich nicht belügen."

„Das rechne ich dir hoch an." Er grinst, und für einen Moment habe ich das Gefühl, als wollte er noch etwas sagen. Aber dann hält er mir die Tür auf und fragt: „Süß oder salzig?"

Normalerweise müsste ich nicht lange überlegen – ich mag kein salziges Popcorn –, aber heute möchte ich einfach Ja zu allem sagen. Weil mir klar geworden ist, dass jede Gelegenheit, etwas Neues zu erleben, vielleicht die letzte sein könnte. „Welches magst du denn am liebsten?"

„Salziges."

„Dann nehmen wir doch einfach beides."

Er lächelt und reicht mir einen Arm, sodass ich mich einhaken kann. Wir treten durch die Glastüren, dann über den roten Teppich, der eine breite Treppe zur Kasse hinaufführt. Während mein Blick durch die elegante Lobby wandert, die auch in ein Fünf-Sterne-Hotel passen würde, frage ich mich, wann ich überhaupt das letzte Mal im Kino war: Ich habe keine Ahnung. Und obwohl ein Teil von mir findet, dass ich es mehr als verdient hätte, ein bisschen Spaß zu haben und Dinge zu unternehmen, die normale Neunzehnjährige tun, ist mir bewusst, dass das alles nur eine flüchtige Ablenkung ist. Zusammen mit diesem Gedanken breitet sich ein ungutes Gefühl in mir aus. So, als sollte ich nicht hier sein und mich amüsieren, sondern etwas ganz anderes tun. Mich für meine Zukunft und den Menschen, den ich liebe, einsetzen, zum Beispiel. Aber wie?

Kyril bezahlt die Tickets, was mir ein bisschen unangenehm ist. Als ich daraufhin an der Bar mein Portemonnaie hervorziehe, um zwei Portionen Popcorn und Getränke zu bestellen, schüttelt er den Kopf. „Ich lade dich ein. Nach allem, was passiert ist, schulde ich dir mehr als eine Einladung ins Kino."

„Nein", widerspreche ich etwas zu schnell. „Lass mich das machen – ich bestehe darauf."

Er sagt nichts mehr und plötzlich fühlt sich die Stille zwischen uns unangenehm an. Ich frage mich, wieso er denkt, er würde mir etwas schulden, und wüsste nur zu gern, was Lali ihm erzählt hat. Dass ich ihm das Leben gerettet habe? Dass ich es auf mich genommen habe, Octavians Seele allein ins Jenseits zu bringen, um ihn zu beschützen? Dass ich danach drei Wochen nicht ansprechbar war und manchmal immer noch Albträume habe, die mich in das grausame Leben des ehemaligen Warden vom *Aconite* zurückführen?

Warum kannst du diese kreisenden Gedanken nicht ein einziges Mal abschalten? Vor Ärger über mich selbst beiße ich mir auf die Lippe. Hoffentlich habe ich jetzt nicht die Stimmung ruiniert. Kyril betritt den schummrigen Kinosaal und ich folge ihm durch die Reihen cremefarbener Ledersessel zu unseren Plätzen.

Bevor der Film beginnt, läuft eine endlose Viertelstunde lang Werbung. Wie Kyril starre ich unverwandt auf die Leinwand, nachdem wir uns gesetzt haben – vor allem, um nicht ständig zu ihm zu sehen, aber mein Bauchgefühl sagt mir, dass wir uns beide nicht wirklich für die neuste Slush-Sorte irgendeiner Eiscremefirma interessieren. Sondern einfach nur zu verlegen sind, um uns von dem Werbespot abzuwenden.

Schließlich nehme ich meinen Mut zusammen und drehe ihm doch den Kopf zu. Das schummrige Licht lässt seine Züge weicher wirken als sonst. Ich schlucke. „Danke."

Verwunderung kräuselt seine Stirn. „Wofür?"

„Hierfür." *Für das bisschen Normalität. Dafür, dass du mich nicht einfach zusammen mit deinem alten Leben hinter dir lässt, obwohl du weißt, dass es voller Schmerz gewesen sein muss. Sondern uns eine zweite Chance gibst.*

Die Linien in seinem Gesicht glätten sich und ein amüsiertes Schnauben weht leise an mein Ohr. So vertraut, so nah. Das schönste Geräusch der letzten Tage. „Gerne. Ich hoffe nur, dass wir nicht unterbrochen werden."

„Falls doch: Halt dich einfach an mir fest." Die Worte kommen fast von selbst über meine Lippen. Es ist mir eigentlich ganz egal, wo wir sind. Wie viele Aufträge vielleicht heute Nacht noch auf uns warten. Solange ich nur bei Kyril sein kann.

Seine Finger streifen meine Hand. So unvorbereitet, dass ich erschaudere. Dann greift Kyril zu. Entschlossen, fast so wie früher. Und doch ganz anders. „Okay", haucht er und zaubert damit ein breites Lächeln auf mein Gesicht, das ich nicht aufhalten kann, egal, wie sehr ich mich bemühe.

Wärme strömt durch unsere verschlungenen Hände in meinen Körper und erst jetzt fällt mir auf, wie sehr ich vorher gefroren habe. Der Film beginnt – *Ich – einfach unverbesserlich 4* –, aber das ist mir inzwischen ganz egal. Solange er nur Überlänge hat, denn ich will ewig hier sitzen bleiben; Kyril halten und von ihm gehalten werden. Diese kleine Geste der Zuneigung,

Händchenhalten, als wären wir zwei Frischverliebte, reicht mir. Mehr brauche ich nicht. Es ist genug. Und vielleicht kann ich auch nichts verlieren, wenn ich nichts weiter fordere.

Mein Gefühl sagt mir, dass es Kyril ganz ähnlich geht. Obwohl wir uns berühren, sehen wir uns nicht mehr an, sondern folgen scheinbar dem Film. Das Kino wird zu meinem sicheren Hafen: Die animierten Figuren flimmern über die Leinwand und lassen alle Zuschauer eins werden, eine dunkel wogende Masse, über die sich tanzendes Licht ergießt. Flackernd wie das Spiel der Sonne auf dem Wasser im Bristolkanal. Jede Individualität löst sich auf. Hier drinnen kann uns nichts passieren, sage ich mir. Bösewichte gibt es nur im Film, und wenn Menschen sterben, finden sie allein ihren Frieden, statt nach uns zu rufen. Natürlich ist mir bewusst, dass dieser friedliche Augenblick nur gestohlen ist, dass ich das alles allein dem Zufall zu verdanken habe. Dennoch: Hier und jetzt glaube ich daran und mache es wahr. Und das ist es auch, oder nicht? Wo liegt der Unterschied?

Mit der jeweils freien Hand angeln Kyril und ich unbeholfen Popcorn aus der Tüte des anderen. Der Teppich rund um unseren Platz ist bereits mit gepufften Maiskörnern übersät, trotzdem lässt keiner von uns los. Nicht einmal, um nach dem Getränkebecher zu greifen.

Viel zu schnell ist der Film zu Ende. Salz prickelt auf meiner Zunge und ich glaube, dass ich nie wieder süßes Popcorn im Kino bestellen können werde. Selbst als wir aufstehen und zusammen mit den anderen Kinobesuchern zum Ausgang strömen, lässt Kyril meine Hand nicht los. Mein Herz pocht heftig in meiner Brust. *Dieser Abend ist ein Anfang*, denke ich. Und egal, was kommt, niemand kann ihn mir wieder nehmen. Nein, diese Erinnerung werde ich für immer behalten, ganz egal, wie übermächtig das Bedürfnis zu helfen auch sein mag. Dieses Stück vom Glück will ich mit niemandem teilen.

Draußen ist es inzwischen dunkel.

Trotzdem bleiben wir etwas abseits stehen, ein paar Schritte von der breiten Treppe entfernt, über die immer noch Menschen strömen. Mein Gott, ich will nicht, dass dieser Abend schon endet. Kyril schlingt seine Hände um meine Taille und sieht mich an, aber er sagt kein Wort.

„Versprich mir, dass wir das wiederholen", bitte ich. Dabei will ich um nichts bitten – und schon gar nichts fordern –, aber in diesem Moment ist mir mein Stolz egal und auch wenn ich das Risiko eingehe, Kyril zu überrumpeln, muss ich einfach wissen, was ich ihm bedeute. Ob es noch eine Zukunft für uns gibt.

Zu meiner Überraschung schluckt Kyril schwer und sieht zu Boden. Seine Stimme klingt heiser, als er antwortet. „Ich kann dir versprechen, dass wir das ganze Kinoprogramm rauf und runter schauen, wenn du möchtest, aber ich … ich weiß nicht, ob ich noch der bin, der ich einmal war."

Plötzlich schnürt sich mein Hals zu und Wut steigt in mir auf. Sie richtet sich nicht gegen Kyril oder gegen mich selbst, sondern einfach gegen die Ungerechtigkeit dieses Lebens. Wir waren so glücklich. Wir waren *perfekt* füreinander.

„Hey." Ich warte, bis er mir wieder in die Augen sieht. „Ich habe mich nicht in all das verliebt, was wir zusammen erlebt oder durchgestanden haben, sondern in dich. In deinen Geruch nach Scones und warmem Holz, in deine Durchsetzungsfähigkeit und deinen Ehrgeiz, in deine Loyalität und deinen unverbesserlichen Optimismus. Und sogar in deine Vorliebe für Erbsenzählen und Besserwisserei." Ich bohre ihm neckisch einen Zeigefinger in den Brustkorb. „Aber ich will auch all das entdecken, was ich noch nicht von dir kenne. Du bist und bleibst mein bester Freund und ich erwarte gar nichts. Ich …", ich räuspere mich und blinzle den Tränenschleier weg, der meine Sicht trübt, „… ich will dich nur nicht wieder verlieren."

Auch Kyrils Augen glänzen feucht. Im Licht der Straßenlaternen wirken sie dunkelgrün, beinahe schwarz. Zum ersten Mal wird mir bewusst, dass das vielleicht genau die Worte waren, die er hören musste. Und dass ich sie schon viel früher hätte sagen sollen. Mein schlechtes Gewissen meldet sich sofort. Trotzdem zwinge ich mich dazu, noch einen letzten Satz hinterherzuschieben. Obwohl er vielleicht zu viel ist, obwohl er mir eine Scheißangst macht.

„Ich liebe dich, Kyril Ironmonger. Ich will für dich da sein und ich verspreche dir, dass ich warten werde. Solange wie nötig."

Ein trauriges Lächeln umspielt seine Mundwinkel, dann wandern Kyrils Hände langsam an mein Gesicht. „Dann verspreche ich dir, dass ich dich nicht vergessen werde, Runa Davies, egal, wie oft ich noch auf den Kopf falle."

Ich will lachen und gleichzeitig weinen, bringe allerdings nur ein erleichtertes Seufzen hervor. Ein leichter Nieselregen setzt ein und benetzt unsere Gesichter, aber das ist mir ganz egal. Kyrils Blick wandert zu meinen Mund. Sein Daumen fährt über das Lippenrot, rau und kalt, und setzt dennoch meinen Körper in Brand. Es spielt keine Rolle, dass wir nicht allein sind. Ich blende alles aus, schiebe die letzten Bedenken – vor allem die Frage, ob das, was wir zu tun im Begriff sind, vernünftig ist – beiseite und komme ihm entgegen. Ein Stück nur, aber weit genug. Unsere Münder treffen sich in einem Kuss, der tatsächlich ein Versprechen ist; sanft, zärtlich und trotzdem ohne jedes Zögern. Schlagartig wird mir klar, wie sehr ich Kyril vermisst habe. Obwohl ich doch erst vor ein paar Tagen neben ihm aufgewacht bin, hat er mir für ein ganzes Leben genug gefehlt. Aber das war es wert, denn dieser eine Moment entschädigt mich für alles. Für einen Sekundenbruchteil sehe ich nichts als die tanzenden Blitze hinter meinen geschlossenen Lidern. Ich spüre Kyrils Lippen auf meinen Lippen, seine Hände in meinem Haar, seinen Atem auf meiner Haut, ich schmecke nur ihn. Und alles ist gut.

Bis sich etwas verändert, der Moment zerspringt und die Zeit weiterläuft. Es ist kaum mehr als eine Einbildung und wahrscheinlich sollte ich sie einfach ignorieren, aber ich kann nicht – und schlage die Augen auf.

Kyril starrt mich mit glasigem Blick an und sein Griff wird fester. Er ringt nach Luft und ich glaube, vielleicht zum ersten Mal blanke Angst in seinem Gesicht zu lesen. Plötzlich stürzt er mir mit seinem ganzen Gewicht entgegen und endlich erwache ich aus meiner Trance. Ich stoße einen Schrei aus, als wir zu Boden taumeln. Irgendwie schaffe ich es, uns herumzuwuchten, sodass ich zuerst auf dem harten Asphalt aufkomme. Ein dumpfer Schmerz schießt in meinen Hinterkopf, Kyrils regloser Körper liegt schwer auf mir und das alles fühlt sich so falsch an. Mein eigenes Herz klopft panisch gegen meine Rippen, ich spüre jeden einzelnen Schlag.

Die nächsten Minuten ziehen vorbei, als würde ich neben mir stehen: Passanten helfen mir auf und leisten Kyril erste Hilfe – sie bringen ihn in die stabile Seitenlage, überstrecken seinen Kopf und überprüfen seine Atmung –, irgendjemand ruft einen Rettungswagen. Lauter Dinge, an die ich hätte denken müssen. Aber ich kann gar nicht mehr denken. Fassungslos knie ich neben Kyrils kaltem, blassem Körper. Ich rede auf ihn ein, ohne zu wissen, was ich überhaupt sage. *Es darf einfach nicht sein, er darf mich jetzt nicht allein lassen. Bitte, bitte nicht.* Tränen laufen heiß über mein Gesicht. Irgendjemand legt eine Hand auf meinen Arm und redet auf mich ein, versucht, mich von Kyril wegzuziehen. Ich schüttle die fremden Finger ab. Erst als ein vertrautes Ziehen schmerzhaft durch meinen Körper fährt, lichtet sich der Nebel, der mich umgibt, allmählich.

Nicht jetzt. Ich werde auf keinen Fall von Kyrils Seite weichen, also beschließe ich, den Drang einfach zu ignorieren, auch wenn er sich ins Unerträgliche steigert. Ich lasse mich nicht länger von irgendeiner höheren Macht herumkommandieren, die meinem Leben eine besondere Aufgabe zugedacht hat. *Das hier* ist mein Leben, Kyril ist mein Leben. Und er braucht mich jetzt.

Der Schmerz wird immer stärker, er bohrt sich durch mein Innerstes wie ein gefräßiger Parasit. In der Ferne heulen die Sirenen des Rettungswagens und ich atme für einen winzigen Moment auf. Dann kreisen die Fragen in meinem Kopf nur umso schneller: Warum dauert das alles so lange? Wann sind sie endlich da? Und warum wiederholt sich dieser durchdringende Ton auf die immer gleiche Weise –

Ich sehe mich um und verstehe: Die Regentropfen schweben schwerelos in der Luft, die Kinobesucher wirken wie eingefroren. Um mich herum hat alles innegehalten, so als hätte jemand die Welt von einer Sekunde auf die nächste aus den Angeln gehoben. Selbst Kyrils Brustkorb hebt und senkt sich nicht mehr.

Ich bin im Äther; in der Zwischenwelt, die das Diesseits vom Jenseits trennt. Und die Seele, die mich ruft, ist nicht irgendeine. Sondern Kyrils.

Panik flutet mein Bewusstsein. Was soll ich jetzt tun? Ich bin nicht bereit hierfür.

Doch, widerspricht eine Stimme in meinem Kopf. *Du hast das schon einmal getan und du hast es schon einmal geschafft. Er braucht dich.*

Bei dem Gedanken steigt eine Erinnerung in mir auf – der säuerliche Geruch vergorener Äpfel. Schniefend reiße ich mich zusammen und beuge mich wieder zu Kyril hinab. Ich habe keine Ahnung, woher ich die Kraft hierfür nehmen soll. Einen Moment lang taste ich in meiner Manteltasche nach einer Puppe – doch sie ist leer. Aber mein Gefühl sagt mir, dass ich sie auch nicht brauchen werde. Kyril und ich sind bereits miteinander verbunden. Durch einen Zauber, den ich mir nicht erklären kann.

Ich blende die erschrockenen Gesichter der umstehenden Menschen aus und wische die Regentropfen aus der Luft, die direkt über seinem Kopf hängen. „Du hast mir versprochen, mich nie zu vergessen", hauche ich und umfasse Kyrils Wangen. Sie fühlen sich kalt und glatt an – wie Wachs. „Und ich habe dir versprochen, dass ich dich nicht allein lasse. Hier bin ich." Ich lege die Stirn an seine und schließe die Augen, bereit, in das Bewusstsein des Menschen einzutauchen, den ich neuerdings kaum kenne, obwohl er mir die Welt bedeutet.

Bilder der letzten Tage flirren vorbei. Manche habe ich erwartet, aber sie erschrecken mich trotzdem: Der Schock, als Kyril zu sich kommt und sich auf dieser Welt vollkommen fremd fühlt.

Er trifft einen Menschen, der sich als sein Bruder ausgibt, aber keinerlei Erinnerungen in ihm weckt, und ein Mädchen, das seine Freundin sein will. Sie ist hübsch, mit großen braunen Rehaugen, und in ihrem Blick liegt eine Traurigkeit, die ihn nicht loslässt – aber das ist alles. Er fühlt sich wie in einem Déjà-vu, doch egal, wie lange er überlegt, jedes Eingeständnis einer Erinnerung wäre gelogen. Nur die quälende Leere, die sein Innerstes füllt, ist ganz sicher wahr. Er erlebt, wie Menschen unter seinen Händen für immer einschlafen. Menschen, die ihm dankbar sind, obwohl er ihnen Schreckliches antut. Da ist ein Café mit Blümchentapete und einem Buffet voll selbst gebackenem Kuchen, versteckt neben einem kleinen Friedhof und so behaglich, dass es sich beinahe wie ein Zuhause anfühlt. Jemand, der ihm behutsam von Freundschaft und Verrat, Schuld und Reue erzählt. Und von Liebe, die er nicht versteht, bis er mit dem Rehaugenmädchen ins Kino geht. Sie küsst, als würde er zum ersten Mal jemanden küssen, so lange, bis der Schmerz aus ihrem Blick verschwindet. Und dann plötzlich wieder aufflammt, als er den Halt verliert – *nein!*

Vor meinem inneren Auge blitzt plötzlich das Gesicht eines fremden Mannes auf. Es ist totenbleich, und obwohl er jung ist, wirkt er wie ausgezehrt von einem langen, harten Leben. Um seinen Hals zieht sich ein Bluterguss wie eine Schnur, sein Gesichtsausdruck ist vollkommen leer. Er macht mir Angst.

Die Bilder verblassen, ich lasse los und öffne mich. Ich bin bereit, Kyril zu geben, was er braucht, selbst die Erinnerung an heute Abend, die ich um alles in der Welt bewahren wollte. Entschlossen senke ich meine Lippen auf seine, schließlich hat es das letzte Mal auch so funktioniert. Das schmerzhafte

Ziehen lässt nach und stattdessen fühle ich mich plötzlich erschöpft. Es ist ein tröstliches Gefühl, weil ich weiß, dass ich Kyril meine Kraft geschenkt habe. Ich hebe den Kopf, aber als ich wieder hinsehe, sind seine Lider noch immer geschlossen. Einen quälenden Herzschlag lang warte ich und beobachte ihn genau. Aber nichts geschieht. Wie kann das sein? Ich habe unsere Verbindung doch gespürt, ich war mir so sicher, dass ich ihm helfen konnte –

Regentropfen prasseln kühl in mein Gesicht, ich spüre jeden einzelnen überdeutlich. Blinzelnd fokussiere ich den Blick: Da. Zitternd hebt sich Kyrils Brust. Ich bin so überwältigt, dass ich vor Glück weinen möchte. Aber er ist nach wie vor bewusstlos. Das wird mir klar, als der Rettungswagen auf der Straße hält und er immer noch nicht reagiert. Die Sanitäter zwängen sich an mir vorbei und eilen zu Kyril. Zu zweit heben sie ihn auf eine Trage.

„Wo bringen Sie ihn hin?", frage ich ängstlich.

„Ins Liberton Hospital, nicht weit von hier", antwortet einer der Männer.

„Ich komme mit!"

„Das geht leider aus versicherungstechnischen Gründen nicht, Sie müssen selbst hinfahren."

Ich will protestieren, aber im nächsten Moment wird mir klar, dass die Nacht gerade erst angefangen hat. Und dass ich jetzt nicht mal ins Krankenhaus käme, wenn mich die Sanitäter doch mitfahren ließen. Weil jemand am anderen Ende der Stadt nach mir ruft.

Ich nicke perplex, ziehe in einer letzten, geistesgegenwärtigen Sekunde mein Handy hervor und wähle Lalis Nummer. *Bitte, geh ran.* Es klingelt nur zweimal, dann nimmt meine Freundin ab und mir fällt ein ganzer Felsbrocken vom Herzen. „Lali? Mein Gott, du musst herkommen, Kyril, er … er ist –“ Meine Stimme hört sich in meinen Ohren seltsam verzerrt an. Vor Angst. Ich schlucke schwer und versuche, meine Gedanken zu sortieren, damit Lali überhaupt versteht, was passiert ist.

„Runa? Bist du noch dran? Du klingst schrecklich, was ist los?“

Irgendwie schaffe ich es tatsächlich, ihr klarzumachen, was geschehen ist. „Wir waren im Kino … Kyril ist ohnmächtig geworden und ich … ich weiß nicht, wie lange ich noch hierbleiben kann –“

„Im Dominion Cinema? Ich bin sowieso gerade auf dem Weg zu Chelsea – ich beeile mich!“ Lali legt auf.

Erst jetzt wird mir klar, dass ich auch einfach an der Haustür im Hinterhaus hätte klingeln können, aber das hätte bedeutet, Kyril allein zu lassen, und ich habe beschlossen, so lange nicht von seiner Seite zu weichen, wie es nur geht.

Ich folge den Sanitätern, die gerade die Türen des Rettungswagens schließen wollen.

„Miss, bitte, lassen Sie uns unsere Arbeit machen –“

„Ich möchte mich nur noch verabschieden.“ Schuldbewusst steige ich in den Wagen und strecke neben der Trage eine Hand aus. Sie zittert. Vorsichtig streiche ich Kyril eine Locke aus der Stirn. *Bis später*, denke ich, aber ich spreche es nicht aus. Dann nicke ich, drehe mich weg und wische mir eine Träne aus dem Augenwinkel. Ich höre, wie der Motor gestartet wird, aber ich sehe erst wieder auf, als der Rettungswagen längst um die Ecke verschwunden ist.

*

Lali nimmt mich in den Arm, ohne viele Fragen zu stellen. Sie hat Chelsea Bescheid gesagt, die ein paar von Kyrils Sachen im Institut zusammenpackt und später nachkommen will, und teleportiert uns zum Krankenhaus.

Im dunklen Park vor dem mehrstöckigen Gebäude bleiben wir kurz stehen. Ich atme den vertrauten Patschuliduft meiner besten Freundin ein, dann löse ich mich von ihr und wische mir beschämt über das feuchte Gesicht. Eigentlich fühlt es sich an, als hätte ich überhaupt keine Tränen mehr übrig, die ich noch weinen könnte.

„Willst du mir erzählen, was passiert ist?"

Meine Antwort ist irgendetwas zwischen Nicken und Kopfschütteln und ich versuche, die letzten Stunden so knapp und so zusammenhängend wie möglich wiederzugeben.

Lali legt eine Hand an meine Wange. „Ich bin sicher, Kyril ist jetzt in guten Händen. Eine plötzliche Ohnmacht kann viele Gründe haben und viele davon sind harmlos, immerhin ist er jung und gesund. Die Ärzte kümmern sich um ihn, bestimmt wird er schon bald wieder entlassen. Und dann könnt ihr neu anfangen, oder?"

„Ich weiß nicht", schluchze ich, „ich habe Angst. Ich glaube, er war einen Moment lang … tot."

Verständnislos schüttelt Lali den Kopf. „Aber das ist unmöglich."

„Letztes Jahr war es genauso. Ich habe gespürt, wie seine Seele nach mir gerufen hat. Und als ich dann auf dem Greyfriars bei ihm war, habe ich es irgendwie geschafft, ihn zurückzuholen. Genau wie eben – ich habe mich darauf konzentriert, ihm etwas von meiner Kraft abzugeben."

Lali schlingt einen Arm um meine Taille und wir gehen ein paar Schritte weiter auf die schwach erleuchtete Klinik zu. „So etwas ist nur möglich, solange Mentor und Schützling noch verbunden sind, Runa. In den ersten Wochen am Institut wird die Verbindung immer schwächer, bis sie schließlich ganz erlischt. Außerdem hast du dich doch bewusst dafür entschieden, die Verbindung zu lösen, als du …"

„Ja", unterbreche ich sie. „Als ich Octavian erlöst habe. Ich wollte Kyril diese schwere Aufgabe ersparen und das ist mir auch gelungen. Aber jetzt fühlt es sich wieder genauso an wie damals. Wenn ich von einer Seele gerufen werde, ist Kyril auch da und eben konnte ich ihn ins Leben zurückholen, ganz ohne Spirit Doll – wie kann das sein?"

Lali schaut plötzlich zu Boden. Doch ich kenne meine Freundin zu gut, um nicht zu merken, dass ihr etwas durch den Kopf geistert. „Was ist?"

„Es geht eine Theorie am Institut um – eigentlich ist es nicht viel mehr als ein Gerücht –, die besagt, dass so etwas vielleicht doch möglich ist."

Schlagartig bleibe ich stehen. „Wie meinst du das?"

„Man nennt solche Seelen *matching souls*. Es heißt, dass sie ein Leben lang untrennbar miteinander verbunden bleiben. Aber ich persönlich habe das immer für ein Märchen gehalten, schließlich wäre es auch ziemlich gefährlich, wenn zwei Seelen derart voneinander abhängig wären –" Sie bricht ab.

Geistesabwesend lasse ich den Blick über die Fassade des Krankenhauskomplexes wandern. Von hier aus wirkt das Gebäude, in dessen Zimmern vereinzelt Licht brennt, wie ein Puppenhaus. Ich möchte Lalis Zweifeln Glauben schenken, aber tief in mir spüre ich, dass auf einmal alles Sinn ergibt. Ich war überzeugt, mich erfolgreich von Kyril gelöst zu haben – und jetzt bin ich genauso überzeugt, dass unsere Verbindung wieder so stark ist wie direkt nach der Initiation.

„Bist du sicher, dass du Octavian alleine rübergebracht hast?", fragt Lali und die Besorgnis in ihrer Stimme ist nicht zu überhören.

„Ja", sage ich. „Ohne jeden Zweifel. Kyril war nicht da. Und er weiß bis heute nicht, was ich damals gesehen habe."

„Dann hast du es vielleicht geschafft, eure Verbindung kurzfristig zu unterdrücken – und jetzt ist alles wieder beim Alten."

„Mag sein." Ich atme tief durch und beschleunige meine Schritte. Plötzlich habe ich es noch eiliger, endlich wieder bei Kyril zu sein, obwohl ich ziemlich sicher bin, dass man mich sowieso noch nicht zu ihm lassen wird. „Lali?"

„Ja?" Sie sieht mich erwartungsvoll an; voller Hoffnung und gleichzeitig tief bedrückt.

„Wenn meine Seele noch mit Kyrils verbunden ist, was bedeutet es dann jetzt für mich, dass es ihm nicht gut geht?"

Lali schüttelt barsch den Kopf. „Gar nichts. Wie gesagt: Ich bin sicher, dass bald wieder alles in Ordnung sein wird. Und du fühlst dich doch gut, oder?"

Ich schweige, weil es eine glatte Lüge wäre, jetzt mit Ja zu antworten, dabei hat Lali natürlich recht: Körperlich fehlt mir nichts.

„Na also, siehst du. Es wird alles wieder gut."

Sie lächelt, aber das reicht nicht aus, um die Angst zu verschleiern, die auch aus ihrem Blick spricht.

Flashback

AUREL

Ich teleportiere mich zum Krankenhaus. Es kostet all meine Konzentration, weil ich im Gegensatz zu anderen Schattenspringern meines Alters nicht gelernt habe, wie das funktioniert. Verboten ist es noch dazu – und vor der sogenannten Initiation eigentlich unmöglich. Aber ich habe mich lange genug dazu belesen, um es darauf ankommen zu lassen, und wenn mein Bruder in Gefahr ist, warte ich ganz bestimmt nicht auf ein Taxi.

Ich gebe die Adresse des Krankenhauses, die Lali mir geschickt hat, in den Browser ein und lasse mir Bilder anzeigen, dann schließe ich die Augen und stelle mir alles so detailliert wie möglich vor. Weiß gestrichene Wände, lange Flure, ausgelegt mit Linoleum, der Geruch von Desinfektionsmittel. Alle anderen Gedanken – und vor allem meine Gefühle; die Sorge um Kyril, der Schreck und die Angst – schließe ich sorgfältig weg. Mit einer Technik, die ich im Schlaf beherrsche. Weil sie mir schon seit Jahren hilft, das Leben zu meistern.

Ein ungewohnter Schwindel erfasst mich. Flutet meine Zellen und breitet sich aus, bis die Dielen unter meinen Füßen beben und sich das abgedunkelte Zimmer um mich herum immer schneller dreht.

Geschafft. Als ich die Augen wieder öffne, bin ich in einer finsteren Abstellkammer, die hoffentlich zum Liberton Hospital gehört. Ich stoße mir die Schulter an einem Regalbrett, als ich nach der Türklinke taste, und fluche leise. Dann drücke ich sie herunter und sehe mich auf der Station um. Einen Moment lang überlege ich, einfach jedes Zimmer abzugehen, bis ich Kyril finde. Aber schließlich besinne ich mich und nehme den Aufzug ins Erdgeschoss, um an der Anmeldung nach seiner Zimmernummer zu fragen.

Gerade als ich auf den Schalter zusteuere, berührt mich jemand an der Schulter. Ich fahre herum und sehe in Lalis besorgtes Gesicht. „Hi", sagt sie.

Ich räuspere mich. „Hey."

„Wir durften noch nicht zu ihm – kommst du mit in die Notaufnahme? Da ist ein Wartebereich für Angehörige."

Mit einem frustrierten Seufzen nicke ich und folge ihr. „Alles klar. Dann kannst du mir schon mal erzählen, was passiert ist."

„Tut mir leid, aber das weiß ich auch nicht genau. Ich war nicht dabei."

Ihre Antwort dringt kaum zu mir durch. Hinter einer gläsernen Wand, die den Wartebereich vom Flur trennt, erspähe ich Runa und beschleunige meine Schritte. Zum Glück scheint der Raum ansonsten leer zu sein.

Runa steht auf, als ich eintrete. Es ist nicht zu übersehen, dass sie geweint hat. Vielleicht ununterbrochen – seit dem Unglück. Plötzlich fühle ich mich schuldig dafür, dass ich bei der Nachricht von Kyrils Unfall auch Wut verspürt habe. Auf sie, weil sie bei ihm war. Weil sie hätte verhindern müssen, was auch immer geschehen ist. Aber jetzt sehe ich in ihren Augen, dass sie sich selbst schon genug Vorwürfe macht. Und wer bin ich überhaupt, über sie zu urteilen? Schließlich weiß ich nur zu gut, wie sie sich fühlt. Ich weiß es genau, weil ich bis heute darauf warte, dass Linda wieder gesund wird. Ganz die Alte.

Was würde Kyril jetzt von mir erwarten? Ganz sicher keine Anschuldigungen.

Wortlos gehe ich auf Runa zu und schließe sie in die Arme. Ihre Haut scheint sich durch den Stoff meines Hemds zu brennen, so sehr glühen ihre Wangen.

„Schon gut", sage ich, weil mir nichts Besseres einfällt. Bücher können einen eben doch nicht auf alles vorbereiten. „Er wird sich wieder berappeln, hörst du? Ich verspreche es – und ich kann genauso stur sein wie mein verdammter Bruder. Er lässt uns jetzt nicht einfach so allein."

Sie schluchzt auf und es klingt beinahe wie ein Lachen, trotz aller Verzweiflung. Ich habe selbst alle Mühe, die Tränen zurückzuhalten. Dann endlich löst sich Runa von mir und ich atme erleichtert auf.

„Besser?", frage ich.

Sie nickt zögerlich und wischt sich mit dem Handrücken über das Gesicht.

„Setz dich", fordere ich. Runa lässt sich wieder auf den Stuhl fallen.

Ich nicke Chelsea zu, die mit einer vollgepackten Sporttasche in der Hand hereinkommt, und überlege, Runa etwas zu trinken anzubieten. Aber Lali kommt mir zuvor, sie nimmt ein Wasserglas von dem Beistelltisch in der Mitte des Zimmers und reicht es Runa.

Als sie einen großen Schluck getrunken hat, frage ich: „Kannst du mir erzählen, was passiert ist?“

Erst jetzt fällt mir auf, dass sich eine blutige Schliere über ihre Stirn zieht. Auch Runas Fingerspitzen sind rötlich verfärbt. Bestimmt nur ein Auftrag, denke ich, sicher ist das nicht Kyrils Blut. Ich schlucke schwer und zwinge mich, den Gedanken beiseitezuschieben.

„Ich weiß es nicht. Wir … waren im Kino“, beginnt sie. „Kyril wirkte ganz normal, es ging ihm gut und dann, als wir uns verabschieden wollten, ist er einfach umgekippt.“

Ungläubig lege ich die Stirn in Falten.

Runa schüttelt den Kopf. „Er ist bewusstlos geworden, ich habe ihn festgehalten und bin irgendwie mit gestürzt. Er ist auf mich gefallen, nicht auf den Asphalt. Dann lag er da und die umstehenden Leute haben ihn in die stabile Seitenlage gebracht und einen Rettungswagen gerufen.“

„Wie lange war er nicht ansprechbar?“, frage ich und gehe in Gedanken alle medizinischen Lexika aus Brandons Bibliothek durch.

Ihre Stimme bricht. „Ich weiß es nicht. Es kam mir unerträglich lang vor, aber wahrscheinlich waren es nur ein paar Minuten. Ich glaube, dass er sogar für einen Moment aufgehört hat, zu atmen.“

„Was hat er getan, direkt bevor er umgekippt ist?“

Runa zögert. Dann antwortet sie mit gesenkter Stimme: „Mich geküsst.“

Mein Gehirn stellt die Verbindung zwischen den Geschehnissen sofort her. Ich muss an Linda denken und daran, was dieser Kuss, der mit seinen verlorenen Erinnerungen verknüpft ist, bei Kyril ausgelöst haben muss. Verbunden mit Runa und mit allem, was sie zusammen erlebt haben.

Dann dämmert es mir.

„Heilige Scheiße!“ Ich raufe mir die Haare und versuche, meine Wut herunterzuschlucken, die nur umso stärker wird, je angestrengter ich versuche, sie zu unterdrücken. Aufgewühlt laufe ich in dem kleinen Wartezimmer auf und ab.

„Es tut mir leid. Ich … ich wollte doch nicht –“, bringt Runa hervor und ich erkenne an ihrer Stimme, dass sie kurz davor ist, wieder in Tränen auszubrechen.

Trotzdem gehe ich nicht auf ihre Worte ein.

Da packt mich Chelsea unsanft am Ärmel. „Lass das! Runa kann nichts dafür. Was stimmt nicht mit dir?“ Sie schüttelt den Kopf. „Möchtest du jetzt die Meinung einer Medizinerin hören, oder nicht?“ Fragend deutet sie in Lalis Richtung, die sich jetzt ebenfalls von ihrem Platz erhebt.

Ohne etwas zu erwidern, folge ich der Studentin auf den Flur, während Chelsea sich zu Runa setzt.

Wir gehen ein paar Schritte weiter, sodass wir außer Hörweite sind, und bleiben unter einer Reihe abstrakter Gemälde stehen.

Lali verschränkt die Arme vor der Brust. Sie mustert mich streng. „Du weißt etwas. Spuck es aus. Kyrils Ohnmacht hat keine körperlichen Gründe, oder?“

„Ich dachte, du bist hier die Medizinerin“, gebe ich gekränkt zurück und spähe über die Schulter in die Richtung, aus der wir gekommen sind: Ich will auf keinen Fall den Moment verpassen, in dem ein Arzt zu uns kommt und uns sagt, dass wir zu Kyril dürfen. Ich muss ihn jetzt endlich sehen! „Tut mir leid“, schiebe ich hinterher. „Es ist einfach gerade alles sehr … viel.“ *Vor allem die Erinnerungen an den Abend, als ich das letzte Mal hier war.*

Aber bei Kyril *muss* es einfach anders laufen als bei Linda. Ich kann nicht auch noch ihn für immer verlieren.

„Aurel?“ Lali wendet sich an mich. „Kyril und ich sind befreundet, seit er mich während der *Fresher's Week* in ein halbes Dutzend Cafés und ganz sicher über jeden einzelnen Friedhof der Stadt geschleift hat. Ich möchte genauso sehr, dass er schnell wieder gesund wird wie du.“

„Ich weiß“, gebe ich zähneknirschend zu.

„Dann hilf mir.“

„Und wie soll ich das bitte anstellen?“ Ich werfe die Hände in die Luft. Langsam wird mir dieser Eiertanz zu blöd.

Lalis Blick ist durchdringend. „Die Höhle. Irgendetwas ist dort mit Kyril geschehen. Wir müssen da rein, wenn wir –“

„Nein.“ Das Wort kommt harscher über meine Lippen als beabsichtigt. „Du hast recht: Ich habe euch nicht alles erzählt – weil ich euch schützen wollte. Die Höhle ist ein finsterer Ort. Dort leben Pariahs.“

Auf Lalis Gesicht zeichnet sich aufrichtige Verwunderung ab. „Ausgestoßene Schattenspringer? Ich dachte, sie sind nur ein Ammenmärchen, mit dem man Kindern Angst einjagt.“

„Nein, sie sind kein Märchen. Sie sind real. Heute wird niemand mehr verstoßen, wenn er eine Seele verliert, aber früher wurde das hart bestraft – mit dem ewigen Leben. Kannst du dir vorstellen, was mit einem Menschen passiert, der sich seit Jahren, vielleicht sogar schon seit Jahrhunderten nach dem Tod sehnt? Nicht nur körperlich, sondern vor allem seelisch?“

„Ich weiß nicht. Aber wir müssen in die Höhle. So schnell wie möglich."

„Das ist zu gefährlich. Die Pariahs greifen jeden an, der ihnen nahekommt – nur mich lassen sie in Ruhe, vielleicht, weil ich sie schon so lange regelmäßig besuche, aber ich kann mich nicht darauf verlassen, dass das auch so bleibt."

„Woher weißt du, dass sie denjenigen angreifen, der ihnen zu nahekommt? Die verwirrten Wanderer und Touristen?"

„Ich hatte eine Freundin, die in die Höhle hinabgestiegen ist, obwohl ich sie angefleht habe, es nicht zu tun." Ich verdränge den Gedanken daran, dass Linda nicht auf mich gehört hat, weil ihr Wunsch, zu vergessen, stärker war. Erst hat Octavian sie mit Puppen und falschen Versprechungen manipuliert, bis sie nicht mehr sie selbst war und Dinge getan hat, die der Mensch, den ich kannte, nie zustande gebracht hätte. Dann blieb ihr nichts anderes übrig, als diese quälenden Erinnerungen wieder loszuwerden – koste es, was es wolle. Auch wenn die Pariahs einen Menschen aussaugen, bis nur eine leere Hülle bleibt. „Danach war sie lange … in Behandlung. Aber auch wenn es ihr inzwischen körperlich wieder gut geht, ist sie vollkommen verändert."

„Wie meinst du das?", hakt Lali nach.

Ich schüttle hilflos den Kopf. Alles in mir wehrt sich dagegen, die Erinnerung wieder heraufzubeschwören. Also sage ich nur: „Ich meine ihren Charakter, ihr Wesen. Alles, was ich an ihr geliebt habe. Die Pariahs lassen an einem Menschen nichts Gutes übrig."

„Aber Kyril war in der Höhle und er ist noch der Alte –" Lali hält inne, wahrscheinlich, weil sie in diesem Moment bemerkt, dass nicht stimmt, was sie gesagt hat.

„Ich weiß nicht, wie viel Zeit uns noch bleibt", sage ich. „Ich denke, die Pariahs wollen etwas von uns. Wenn wir herausfinden, was, und es ihnen beschaffen, können wir Kyril vielleicht retten."

Bevor Lali antworten kann, hallen Schritte über den Flur. Ich drehe mich um und erspähe einen wehenden weißen Kittel. Endlich!

Ohne mich nach Lali umzudrehen, eile ich zurück zum Wartebereich. Chelsea und Runa treten gerade aus der Tür und folgen dem Arzt, der sich als Dr. Fisher vorstellt und uns in den Aufzug und dann über etliche geradlinige Flure führt, bis wir schließlich auf der Inneren Station ankommen. Vor einem der Patientenzimmer bleibt der Mann stehen. „Wir werden in den nächsten Tagen weitere neurologische Untersuchungen durchführen, aber im Moment können wir nichts weiter für Mr Ironmonger tun."

„Was soll das heißen? Wie geht es ihm?", platzt Runa hervor. „Dürfen wir zu ihm?"

„Ja, er kann Besuch empfangen – aber bitte nicht alle auf einmal."

„Ist er wach?", frage ich.

Der Arzt zögert und ein Gefühl der Beklemmung steigt in mir auf. Es verstärkt sich und das Atmen fällt mir immer schwerer, bis ich glaube, ersticken zu müssen.

„Leider nein. Sein Zustand ist stabil, allerdings apallisch. Im Wachkoma kann der Patient zwar reflexartige Bewegungen ausführen und selbst atmen, aber er muss künstlich ernährt werden und ist außerstande, sich zu verständigen."

Dieser Satz reißt mir den Boden unter den Füßen weg. *Nein*, denke ich, *in Gottes Namen, bitte nicht. Ich kann das alles nicht noch einmal durchstehen.*

Ich fühle mich wie in Watte gepackt und nehme nur am Rande wahr, dass Runa einen Schritt auf den Arzt zu macht. „Was? Wie kann das sein? Er war doch nur kurz ohnmächtig!" Sie klingt genauso verzweifelt, wie ich mich fühle.

Der Arzt umfasst besänftigend ihre Schultern. „Bitte beruhigen Sie sich, wir tun alles, was in unserer Macht steht."

„Aber vielleicht ist das nicht genug!" Runas Stimme klingt jetzt so schmerzverzerrt, dass ich befürchte, sie könnte jeden Moment auf den Mediziner losgehen. Womit uns allen nicht geholfen wäre – am allerwenigsten Kyril. Dieser Gedanke lässt mich meine Fassung wiedererringen.

Doch bevor ich etwas unternehmen kann, bekommt Lali glücklicherweise Runas Hand zu fassen. Sie zieht ihre Freundin zu sich und nimmt sie in den Arm, bevor sie noch etwas sagen kann.

Jetzt sieht sich der Arzt betreten auf dem Flur um. Er hält inne, dann wendet er sich an mich. „Folgen Sie mir, dann können wir in Ruhe besprechen, wie es weitergeht. Aber bitte ruhig und gesittet."

Lali und Chelsea werfen sich einen Blick zu, der wahrscheinlich so viel heißt wie: *Wow, der hat offensichtlich nicht nur einen Abschluss in Medizin, sondern auch in Empathie gemacht. Nicht.*

Aber ich bin dankbar, dass wir irgendwo allein mit dem behandelnden Arzt sprechen können. Vielleicht sogar über die ganze Wahrheit.

Kurzschluss

RUNA

„Wie gut, dass die Sonne schon untergegangen ist“, sagt der Arzt und tritt vor uns in das Einzelzimmer. „Und wie immer genau zur richtigen Zeit.“

Irgendetwas in meinem Hinterkopf macht *klick*, aber ich bin zu aufgewühlt, um länger darüber nachzudenken. Stattdessen zwänge ich mich an dem Mann vorbei und stürze an Kyrils Bett. Ich bekomme nicht mit, ob die anderen mir folgen, weil ich bei diesem Anblick alles außer ihm ausblende. Er liegt so friedlich da, als würde er nur ein Nickerchen machen, und zu meiner Erleichterung hat sein blasses Gesicht wieder ein bisschen Farbe angenommen. Trotzdem wird mein Herz in diesem Moment unerträglich schwer. „Wach auf“, flüstere ich und fahre mit den Fingerspitzen über seine Stirn. „Du hast es mir doch versprochen.“ Eine Träne läuft meine Nasenspitze entlang und tropft auf seine Wange. Er regt sich nicht. Erschrocken wische ich sie mit dem Ärmel meines Hoodies, der unter dem Mantel hervorschaut, beiseite. *Mit dem Ärmel seines Hoodies*, korrigiere ich mich in Gedanken.

„Runa." Lalis Stimme klingt, als wäre sie weit weg.

Ich schlucke und schüttle den Kopf.

„Miss …" Die Stimme des Arztes lässt mich aufhorchen und ich drehe mich zu ihm um.

Der Mann ist in den Fünfzigern, mit lichter werdendem grau melierten Haar und Dreitagebart. Er strahlt Kompetenz aus, aber gleichzeitig doch mehr Menschlichkeit als zunächst angenommen, was mich ein bisschen beruhigt.

„Sie können offen mit uns sprechen. Wir studieren alle am *Aconite Institute*", sagt Lali, auch wenn das genau genommen nicht ganz stimmt.

„In Ordnung. Nach den ersten Untersuchungen sieht es aus, als wäre der Patient kerngesund. Gibt es etwas in seiner medizinischen Vorgeschichte, von dem wir wissen sollten? Wir würden außerdem gern seine Eltern kontaktieren, falls Sie eine Telefonnummer für uns haben –"

„Ich bin sein Bruder." Aurel tritt vor. „Und nein, es gibt nichts, von dem Sie wissen müssten. Kyril war immer gesund, er hat nicht einmal eine Allergie. Was die Familie angeht – unsere Mutter lebt in den USA und auch zu unserem Vater besteht kein regelmäßiger Kontakt. Kyril ist einundzwanzig Jahre alt, daher denke ich nicht, dass Sie verpflichtet sind, jemanden zu kontaktieren. Den Rest können Sie mir überlassen, ich gebe Ihnen gern meine Handynummer. Und die von Ms Davies, Kyrils Freundin."

Das *Moment mal* liegt mir schon auf der Zunge. Schließlich ist ein Sturz mit einer darauffolgenden retrograden Amnesie durchaus eine gesundheitliche Beeinträchtigung, die wir vielleicht erwähnen sollten. Aber ich kann mich nicht dazu durchringen, Aurel zu widersprechen. Wenn er etwas verschweigt, wird er einen guten Grund dafür haben, denn ich bin sicher, dass er sich genauso sehr wie ich wünscht, Kyril wäre wieder gesund.

Der Doktor wirkt für einen Moment überrascht, dann zuckt er die Schultern. „Wie Sie möchten." Er zieht ein kleines Tablet aus der Kitteltasche und tippt ein paar Notizen hinein. Schließlich räuspert er sich. „Ich denke nicht, dass er seinen Pflichten in diesem Zustand nachgehen kann, folglich müsste ich eine Meldung ans Institut vornehmen, damit jemand für ihn einspringen kann –"

„Nein", widerspreche ich eilig. „Das brauchen Sie nicht. Ich übernehme für ihn. Er war mein Mentor und hat mich selbst ausgebildet."

„Nun gut." Der Arzt steckt das Tablet weg und sieht von mir zu den anderen und wieder zurück. „Ich will ehrlich zu Ihnen sein: Das ist nicht der erste Fall eines plötzlichen Komas. In den letzten Monaten hatten wir öfter mit Patienten zu tun, die scheinbar gesund, aber von einem auf den anderen Moment nicht mehr ansprechbar waren. Das ist alles sehr beunruhigend. Die Öffentlichkeit hat noch keinen Wind davon bekommen und es wäre im Interesse der Patienten, dass das auch so bleibt. Sie können Ihren Freund jederzeit besuchen – verweisen Sie einfach auf mich, Dr. Fisher, falls jemand fragt. Und passen Sie gut auf sich auf, ja?"

Ich kann mich statt einer Antwort nur zu einem Nicken durchringen, aber die anderen danken dem Mediziner und verabschieden sich von ihm. Als die Tür hinter ihm zufällt, atme ich erleichtert auf.

Da berührt mich Lali sanft an der Schulter. „Wir können uns abwechseln, wenn du willst, sodass immer jemand von uns hier bei Kyril ist. Sobald er aufwacht oder es etwas Neues gibt, sagen wir dir Bescheid."

„Danke, aber das ist … zu viel, das kann ich nicht annehmen."

Lali schnalzt mit der Zunge. „Genauso stur wie immer. Glaubst du, wir lassen Kyril hier einfach allein? Kommt nicht infrage, er ist auch unser Freund."

„Sie hat recht." Chelsea lächelt mir gequält zu. „Wenn wir uns aufteilen, ist es das Beste für alle."

Ein Blick zu Aurel zeigt mir, dass er das ähnlich sieht.

„Aber was ist mit deinem Job, Chelsea? Und mit deinem Studium, Lali? Im März stehen Prüfungen an."

„Und wenn schon, das ist eine Ausnahmesituation, also gelten andere Regeln. Und wenn ich das richtig sehe, hat der Warden des Instituts mir gerade stillschweigend sein Einverständnis für eine spätere Wiederholungsprüfung gegeben, oder nicht?" Lali zwinkert mir zu und deutet mit dem Kopf auf Kyril.

Ich schlucke. „Danke. Ihr seid die Besten."

„Wissen wir." Lali drückt mich kurz an sich. „Möchtest du noch ein bisschen mit ihm allein sein?" Ihr Ton ist beinahe mütterlich. Und gerade das macht mich stutzig – ich möchte nicht wie ein Kind behandelt werden.

„Ja." Ich seufze und schaue zu Kyril. Aber dann schüttle ich den Kopf und drehe mich wieder um. Mein Bauchgefühl sagt mir, dass Lali mir noch etwas verschweigt. „Aber vorher will ich endlich die Wahrheit wissen."

Chelsea starrt mich erschrocken an, aber auf Lalis und Aurels Zügen zeichnet sich Schuld ab. „Worüber habt ihr beiden vorhin gesprochen? Ihr denkt vielleicht, ihr müsstet mich schonen, aber das ist nicht wahr. Der Mensch, der mir am wichtigsten ist, schwebt in Gefahr, verdammt noch mal! Wenn es eine Möglichkeit gibt, ihm zu helfen, dürft ihr mir nichts verheimlichen."

„*Sweet pea.*" Lali bugsiert mich sanft zu einem Stuhl neben dem Bett und setzt sich selbst auf die breite Fensterbank. „Wir haben dir nicht bewusst etwas verschwiegen, das musst du mir glauben. Wie auch? Wir wissen ja selbst nicht genau, was hier vor sich geht. Aber das werden wir herausfinden, okay?"

Aurel nimmt neben ihr Platz. „Na schön. Legen wir die Karten auf den Tisch. Frag mich alles, was du wissen willst, Runa. Egal, was."

Ich schlinge die Arme um mich selbst, weil mich plötzlich fröstelt. „Bevor Kyril auf die Wanderung gegangen ist, war alles gut, also … wer oder *was* lebt in dieser Höhle?"

Zu meiner Überraschung antwortet Aurel sofort, wenn auch zähneknirschend. „Pariahs. Ausgestoßene uralte Schattenspringer."

„Wie Octavian?", folgere ich, aber es ist nicht wirklich eine Frage.

Er nickt. „Genau."

„Was wollen sie von ihm?"

„Das weiß ich nicht. Aber wenn ich raten müsste, würde ich sagen, sie wollen, was alle Menschen und alle Schattenspringer wollen, deren Zeit gekommen ist." Er holt tief Luft. „Sterben."

Plötzlich fällt mir mein Traum von neulich wieder ein. Leere Augen blitzen in meinem Unterbewusstsein auf. Ein Mensch, der altert, sobald man ihn berührt. Und aschgraue Haut. Neben den grausamen Bildern ist mir auch eine eindringliche Bitte in Erinnerung geblieben: *Hilf mir zu sterben.*

Mein Gott.

„Sie wirken jung, aber sie sind alt, nicht wahr? Ich glaube, ich habe sie gesehen. In einem Traum."

Aurels Mund steht vor Schreck ein wenig offen und absurderweise fällt mir ausgerechnet jetzt auf, dass er fast genau die gleichen Lippen hat wie Kyril. *Fast.* Und nie hat sich ein *Fast* schmerzhafter angefühlt, nicht einmal, als ich Tristram geküsst habe. Ich reibe mir die schmerzenden Schläfen und schüttle diese wirren Gedanken ab.

„Was genau hast du geträumt? Erinnerst du dich an Details?"

„Ich weiß nicht", gebe ich zu, „es war ziemlich unheimlich." *Und eigentlich möchte ich am liebsten gar nicht mehr daran zurückdenken.* Aber natürlich tue ich es trotzdem, Kyril zuliebe. „Zuerst bin ich über eine Wiese gelaufen. Alles wirkte so idyllisch; ich glaube, es war Frühling. Ein bisschen wie der Frühling auf Flat Holm. Doch plötzlich brach ein Gewitter los. Nicht weit von den Klippen stand ein Cottage, in das ich mich geflüchtet habe. Und darin … darin lag der Mann. Er war vielleicht ein paar Jahre älter als ich. Als ich ihn berührt habe, ist er vor meinen Augen rasend schnell gealtert, bis er ein Greis war. Er hat mich um Hilfe gebeten und dann bin ich aufgewacht."

Aurels Gesicht hat sich inzwischen so sehr verfinstert, dass ich erschrocken zusammenzucke. Er rauft sich die Haare – noch eine Geste, die ich zu gut kenne. Ich schlucke und zwinge mich, seine Reaktion abzuwarten, statt ihn mit weiteren Fragen zu löchern. „Das war kein gewöhnlicher Traum", sagt er schließlich und mir gefällt nicht, dass er sich da so sicher ist. „Weil die

Pariahs selbst nicht mehr am Leben teilhaben, ernähren sie sich von den Erinnerungen anderer Leute. Von ihrem Glück, von ihren Träumen und Sehnsüchten – kurz: von ihren schönsten Stunden."

Mein Herz schlägt mit einem Mal so schnell, dass mir übel wird.

„Kyril hat mir einmal erzählt, dass er davon träumt, irgendwann in einem kleinem Cottage im Grünen zu wohnen, vielleicht sogar am Meer", fährt Aurel fort. „Ich glaube, er wollte einfach etwas anderes als das pompöse Leben mit den überzogenen Erwartungen, die sowieso niemand erfüllen kann. Wir waren noch Kinder, zehn oder elf Jahre alt, und haben nicht darüber nachgedacht, wie weit es dann bis zum nächsten Tesco wäre. Oder zum nächsten Krankenhaus." Er schmunzelt wehmütig in sich hinein, dann wird er wieder ernst. „Vermutlich haben die Pariahs Kyril bestohlen. Ich … ich sehe das alles nicht zum ersten Mal. Und das Schlimmste ist, dass die Pariahs sich fremde Erinnerungen nicht nur einverleiben, sondern sie manchmal auch wieder verlieren. Rund um die Höhle bin ich schon oft auf Erinnerungssplitter gestoßen und hatte plötzlich Visionen. Ich weiß nicht, wem die Erinnerungen gehörten; den Pariahs oder ihren Opfern, die sie bestohlen haben, weil sie selbst nichts Schönes mehr empfinden können – das macht die Unsterblichkeit mit uns. Aber es ist mir gelungen, die Splitter einzufangen. In der Villa in Prenbogle Hall habe ich inzwischen eine ganze Sammlung. Ich archiviere sie in versilberten Flakons und versuche, mit ihrer Hilfe etwas über die Pariahs herauszufinden; etwas über ihr Leben, etwas, das helfen kann, sie zu erlösen. Das ist der Grund, weshalb ich mich weigere, ans Institut zu gehen, weshalb ich von zu Hause weggelaufen bin: Ich kann dieses System, das aus Schattenspringern Pariahs macht, nicht unterstützen. Du wolltest die ganze Wahrheit, Runa? Da hast du sie."

„Moment mal." Das geht mir gerade alles viel zu schnell, und ich weiß nicht, ob das an der Angst um Kyril liegt, die mir immer noch die Kehle zuschnürt, oder an Aurels unfassbaren Worten. Lali und Chelsea fixieren Kyrils Bruder ebenfalls mit erschrockenem Blick, auch wenn sie nicht so verblüfft wirken wie ich. „Du hast *Erinnerungen* eingefangen? Wie geht denn das?"

Er seufzt tief. „Ich wünschte, ich könnte es dir erklären. Aber alles, was ich mir zusammengereimt habe, ist, dass ich irgendetwas an mir habe, das diese Erinnerungen anzieht."

Allmählich neigt sich meine Geduld dem Ende zu, die Kopfschmerzen werden immer unerträglicher und ich wäre wirklich gern mit Kyril allein. Wenn auch nur, damit ich mich nicht länger zusammenreißen muss, sondern meiner Verzweiflung freien Lauf lassen kann. Aber eine unbeantwortete Frage schwirrt mir noch durch den Kopf, und ich weiß, dass ich keine Ruhe finden werde, ehe ich eine Antwort bekommen habe.

„Schön und gut, aber was hat das mit Kyril zu tun? Nachdem er in der Höhle war, ging es ihm gut – abgesehen von der Amnesie. Und jetzt liegt er im Koma, verdammt!" Ich unterdrücke mit aller Macht ein Schluchzen. „Also was ist in der Zwischenzeit passiert?"

Aurel wirkt nicht im Mindesten empört über meinen Gefühlsausbruch. Im Gegenteil: Er sieht mich so gefasst an, dass kein Zweifel daran besteht, ob er die Antwort kennt. Allerdings bin ich mir plötzlich nicht mehr so sicher, ob ich sie wirklich hören will. „Die Pariahs haben Kyril in der Höhle bestohlen.

Aber aus einem Grund, den ich mir nicht erklären kann, waren sie nicht nur auf seine glücklichen Erinnerungen aus, sondern haben ihm alles genommen – als ich ihn gefunden habe, wusste er nicht mal mehr seinen Namen." Aurel knetet seine Finger und lässt die Knöchel knacken. „Als du ihn dann heute Abend geküsst hast, war das wie ein Kurzschluss."

Genau genommen hat er mich geküsst, denke ich, unterbreche Aurel aber nicht.

„Auf einmal muss ihm bewusst geworden sein, dass etwas Wichtiges, Großes fehlt – die Erinnerungen an eure gemeinsame Zeit. Der Kuss hat … hat Gedanken an etwas ausgelöst, das nicht mehr da ist. Ich vermute, dass sein Bewusstsein diesen Schock nicht verkraftet hat."

„Soll das etwa heißen, dass das alles meine Schuld ist?" Instinktiv öffne ich den Mund, um zu widersprechen, aber Aurels Blick macht mir klar, dass ihm selbst leidtut, was er gerade gesagt hat. Statt einer Antwort zuckt er nur mit den Schultern. Also klammere ich mich an die Hoffnung, dass er unrecht hat, obwohl es die einzige, halbwegs schlüssige Erklärung für Kyrils Zustand ist, die wir haben.

Lali scheint mir die Fassungslosigkeit an der Nasenspitze abzulesen. Sie umarmt mich noch einmal, verabschiedet sich und komplimentiert dann auch die anderen einigermaßen energisch aus dem Krankenzimmer. „Du weißt, dass du jederzeit Bescheid sagen kannst, wenn du etwas brauchst, Süße, oder?"

Ich ringe mich zu einem Nicken durch. „Ja. Danke."

Auch Chelsea nimmt mich in den Arm. Aurel nickt mir zu, die Hände in den Hosentaschen vergraben, den Kopf schuldbewusst gesenkt. „Bis später."

Als sie gegangen sind, fühle ich mich unendlich erschöpft. Das Gespräch hat meine letzten Kraftreserven aufgezehrt. Ich sinke tiefer in den Stuhl, falle in mich zusammen wie eine welke Blüte. Und komme mir plötzlich ziemlich dumm vor. Was wollte ich noch mal hier? Mit jemandem sprechen, der mich sowieso nicht hören kann, nur um mir auf erbärmliche Weise selbst gut zuzureden? Kyrils Hand halten, obwohl sich das irgendwie übergriffig anfühlt, weil er sie gar nicht wegziehen könnte, selbst wenn er wollte? Andererseits möchte ich unbedingt hier sein, wenn er aufwacht. *Falls* er aufwacht.

Ich schlucke schwer und ehe ich mich davon abhalten kann, stehe ich auf und strecke doch eine Hand nach seiner aus.

Aber noch bevor meine Finger Kyrils berühren, verliere ich das Gleichgewicht. Ein dumpfer Krach hallt durch den Raum und stechender Schmerz vernebelt mein Bewusstsein. Dann versinkt das sterile weiße Zimmer um mich herum in Schwärze.

Mirage
KYRIL

Ich kenne diese Gegend in- und auswendig, aber sie kommt mir überhaupt nicht vertraut vor. Die Landschaft flackert wie eine Fata Morgana in sengend heißem Wüstenstaub. Und auch ohne dieses eindeutige Zeichen wüsste ich, dass sie nur ein Trugbild ist. Eine Tatsache, die mich zugleich tröstet und beunruhigt.

Vor mir winden sich die beschaulichen Gassen der Old Town, ich erkenne die Cockburn Street mit all ihren Coffee Shops und Souvenirlädchen. Doch trotz der oberflächlichen Idylle spüre ich, wie mir bei jedem Schritt mulmiger zumute wird. Ich weiß noch, dass ich mit Runa verabredet war. Aber was zur Hölle ist dann passiert?

Ich erschrecke, als ich am Ende der Straße, dort, wo die Cockburn Street die Royal Mile kreuzt, die Gestalt einer Frau erkenne. Kinnlange braune Haare und ein ängstlicher Blick. *Runa.* Ich will ihren Namen rufen, doch meine Stimme versagt. Sie hat mich noch nicht bemerkt und ich wünsche mir Siebenmeilenstiefel, um so schnell wie möglich bei ihr zu sein und sie in die Arme zu schließen. Aber warum kommt es mir dann vor, als wären wir unendlich weit voneinander getrennt und zwischen uns läge ein unüberwindbarer Graben?

Kaum dass ich das gedacht habe, reißt das Pflaster des Bürgersteigs zu meinen Füßen auf. Der Stein bröckelt einfach unter meinen Sneakers weg. Ich mache einen hektischen Satz zurück, Staub wirbelt auf und kratzt in meiner Nase. Ein Spalt klafft wie eine riesige Wunde mitten im Teer. *Das ist nicht echt,* sage ich mir wieder und wieder. Aber es fühlt sich verdammt echt an und es kostet mich alle Kraft, die Angst zurückzudrängen.

Ich sehe wieder zu Runa. Sie hat mich entdeckt und ihre Augen weiten sich. Hilflos sieht sie sich um, auf der Suche nach einer Möglichkeit, zu mir zu gelangen.

Wut brandet heißkalt in mir auf und sofort zuckt ein Blitz über den ehemals wolkenlosen Himmel. Ich will zu ihr – und ich werde mich nicht von dieser Scharade aufhalten lassen. *Nur ein Traum, das ist alles nur ein Traum.* Was soll schon passieren? Im Grunde liegt das, was hier geschieht, allein in meiner Hand.

Bei diesem Gedanken verziehen sich die Wolken sofort und ich bemerke eine schmale, hölzerne Brücke, die über den Abgrund führt. Ich bin ziemlich sicher, dass sie eben noch nicht da war. *Na also,* denke ich und lächle zufrieden in mich hinein. Um mich herum sprießen jetzt Gräser und Blumen aus dem Asphalt. Die ganze Stadt verändert sich, bis von dem Edinburgh, das ich kenne, kaum noch etwas übrig ist. Endlich bin ich bei Runa. Ich ziehe sie an mich und spüre im selben Moment wohltuend warme Sonnenstrahlen auf meinem Gesicht.

„Fawn", flüstere ich. „Du hast mir so gefehlt."

Auch wenn ich es nicht sehen kann, glaube ich zu spüren, dass sie lächelt. Ihre Antwort klingt erstickt. „Du mir auch."

Als ich mich von ihr löse, bemerke ich, dass sie etwas in der Hand hält. „Was ist das? Eine … Tüte Popcorn?“ Ich muss lachen. „Süß oder salzig?“

Sie zuckt amüsiert die Schultern. „Keine Ahnung. Probier doch mal.“

Ich werfe mir eine Handvoll in den Mund. Es schmeckt süß und salzig zugleich. Und erinnert mich schlagartig daran, was geschehen ist, auch wenn es mir vorkommt, als wären seit dem Abend im Kino Jahre vergangen. Unser Date, wenn man es denn so nennen will, war wunderschön. Trotzdem wünsche ich mir jetzt, wir hätten uns nie im Dominion getroffen. Denn hier, an diesem merkwürdigen Ort, kann ich nicht für Runa da sein. Sie nicht beschützen. Ein seltsamer Gedanke, schließlich erinnere ich mich im Moment nicht einmal daran, wovor ich sie überhaupt in Sicherheit bringen wollte. Vielleicht vor dem Leben an sich, das, wenn Lali richtig liegt, bisher kaum mehr als schmerzhaften Verlust für sie bereitgehalten hat.

„Wo sind wir?“, fragt Runa.

„Im Äther. Und das bedeutet, dass du nicht hier sein solltest.“

„Warum nicht?“ Ihr zaghaftes Lächeln erstarrt, sie verschränkt die Arme vor der Brust und zwischen ihren Brauen zeichnet sich eine feine Linie ab. „Ich habe mir solche Sorgen gemacht, ich lasse dich nicht wieder allein!“ Noch während ich nach einer Erwiderung suche, fährt sie fort: „Aber wenn das tatsächlich der Äther ist, was suche ich dann hier? Ich bin doch nur kurz ohnmächtig geworden.“ Bevor ich etwas erwidern kann, schiebt sie hinterher: „Heißt das etwa, dass … mein Gott, du darfst nicht sterben.“

„Glaub mir, das habe ich nicht vor. Und ich kann mir all das auch nicht erklären.“ Wobei ich irgendwie das Gefühl habe,

Runa hier schon einmal begegnet zu sein. In einem anderen Leben. „Aber ich mache mir Sorgen um dich."

Sie winkt ab. „Das war nur ein kleiner Schwindelanfall. Ich kann jederzeit wieder aufwachen."

Davon bin ich nicht unbedingt überzeugt. Ich greife nach ihrer Hand, als mich ein brutal lautes Rauschen hochschrecken lässt. Es dauert einen Moment, bis ich verstehe, woher es kommt – das sind Wellen, die stürmisch an eine Klippe branden. Und tatsächlich: Als ich über Runas Schulter blicke, erspähe ich das aufgewühlte Meer. Nur ein paar Schritte hinter ihr wogen die dunklen Fluten. Nebelschwaden schweben über den Wellen und das Festland zeichnet sich als grüner Schemen am Horizont ab. „Wo sind wir?", frage ich, die Stimme zu einem ehrfürchtigen Flüstern gesenkt, und deute auf die sonderbare Landschaft.

Runa dreht sich um. „Sieh aus wie … Flat Holm, meine Heimatinsel." Sie wirkt genauso überwältigt von diesem Anblick wie ich. „Du warst ein paar Mal mit mir dort, aber du erinnerst dich nicht mehr, oder?"

Stumm schüttle ich den Kopf. Da zuckt ein schwaches Lächeln um ihre Lippen. „Macht nichts. Ich kann dir ja jetzt alles zeigen."

„Vielleicht", sage ich. Und denke, dass mir das alles Angst macht. Ich möchte auf keinen Fall, dass Runa sich meinetwegen in Gefahr bringt.

Da trifft mich etwas Hartes am Kopf. „Au!" Ich fahre durch meine Haare und sehe mich um: Ein Apfel rollt mir direkt vor die Füße. Er liegt im Rasen, zwischen feuchtem Laub. Im nächsten Moment ist der ganze Boden mit Fallobst übersät und in der Ferne ragen verwitterte Grabsteine auf.

Runa hebt den Apfel auf, bevor ich reagieren kann. „Machst du dir Sorgen? Ich glaube nicht, dass es einen Grund dazu gibt. Und wenn ich bei dir bleiben kann, ist mir alles andere egal." Andächtig reibt sie den Apfel an ihrem Hoodie, bis seine Schale glänzt, sodass man sich darin spiegeln könnte. „Der hier gehört zu einer anderen deiner verlorenen Erinnerungen."

Ich hole tief Luft. „Okay. Zeig sie mir. Zeig mir alles, was ich vergessen habe." Den Gedanken, dass Runa zwar ihre Erinnerungen mit mir teilen, mir aber niemals wiedergeben kann, was ich verloren habe – *meine* Erinnerungen, nicht ihre –, verdränge ich mit aller Macht.

Versonnen betrachtet Runa die Frucht in ihrer Hand. Plötzlich schrumpelt der Apfel in sich zusammen, bis nur noch das Kerngehäuse übrig ist. Die Samen darin glänzen wie dunkle Perlen. Auf Runas Lippen legt sich ein trauriges Lächeln. „Das hier ist eine schöne, aber auch eine sehr schmerzhafte Erinnerung, deshalb möchte ich sie dir jetzt nicht zeigen. Noch nicht. Vielleicht lieber etwas anderes? Frag mich, was du aus deinem alten Leben wissen möchtest." Plötzlich errötet sie und fügt mit belegter Stimme hinzu: „Oder über uns."

Aber bevor ich etwas erwidern kann, verändert sich der Äther wieder; wir sind nicht mehr auf der Wiese, sondern in einem kleinen Apartment. In *meinem* Apartment im Institut, ich erkenne es wieder. Bücher mit abgegriffenen Ledereinbänden und Goldprägung stapeln sich auf dem Nachtschrank und in der Luft liegt der süßliche Geruch von Gebäck. Zuerst fällt mir auf, dass ich kein Shirt trage. Dann, dass ich mich selbst nicht auf diese Weise betrachten können sollte. Von außen. Aus Runas Perspektive.

Ich sehe mich um, aber ich kann sie nicht entdecken. Sie entschwindet meinem Sichtfeld wie ein wandernder Schatten. Trotzdem spüre ich ihre Anwesenheit. Und auch, dass sie mir viel zu nah ist: Ich spüre ihre weiche Haut auf meiner und sogar ihren Herzschlag an meiner Brust. Ich habe Mühe, die richtigen Worte zu finden, und gleichzeitig bin ich versucht, mich einfach dieser verlockenden Erinnerung hinzugeben, obwohl sich das falsch anfühlt. Weil es Runas ist, nicht meine. *Fuck*.

Fieberhaft suche ich Worte zusammen, um einen sinnvollen Satz herauszubekommen. „Runa, was … was machen wir hier? Wo sind wir?“ *Ist das der Himmel oder die Hölle, oder beides?*

Kaum dass ich die Frage ausgesprochen habe, wechselt die Perspektive. Ich liege im Bett. Runa sitzt rittlings auf mir, ihr Haar ist zerwühlt und sie trägt nur einen Slip und ein T-Shirt. Kalte Luft strömt wohltuend über meinen erhitzten Körper und allmählich wird mir überdeutlich bewusst, wo wir sind. Und was wir tun. Scham steigt in mir auf, trotzdem würde ich am liebsten die Zeit anhalten. Dieser Moment ist zu schön. Runa ist zu schön.

„Ich, ähm … ich glaube, wir sind in meiner Erinnerung.“ Sie errötet. „Tut mir leid, ich habe versucht, an etwas anderes zu denken, an etwas *Unverfängliches*, aber das ist nicht so leicht –“

Ich muss ein Grinsen unterdrücken. „Hey. Bitte entschuldige dich nicht. Es ist nicht so, dass ich nicht hier sein möchte.“

Ich höre ihr Lachen und dann spüre ich eine Berührung, so als hätte sie die Hand ausgestreckt und würde mit den Fingerspitzen von meinem Schlüsselbein über meine Brust fahren. Zentimeter für Zentimeter setzt sie mich in Brand, ein viel zu vertrautes Gefühl. Fast glaube ich, etwas von dem zu fassen zu bekommen, was vor wenigen Wochen in diesem Zimmer geschehen ist, aber bevor ich mir sicher bin, ist die Erinnerungen wieder verflogen.

„Erinnerst du dich?“, fragt Runa und die Hoffnung in ihren Augen versetzt mir einen Stich.

„Nein“, gestehe ich. „Leider erinnere ich mich an nichts, außer an den einen wunderschönen Abend mit dir.“ *Der wie dieser Traum hätte enden sollen*, schießt es mir durch den Kopf. Dass ich das Ausmaß der blinden Flecke in meinem Leben trotzdem schmerzvoll spüre, dass sich die Leerstellen anfühlen wie eine erdrückende schwarze Masse, die mich zu verschlingen droht, verschweige ich Runa. Es spielt keine Rolle.

„Ich zeige dir alles, was du sehen willst“, sagt sie. „Wir müssen nicht … hiermit anfangen.“

„Okay. Lass mich nachdenken“, bitte ich und atme zitternd aus.

Konzentriert schließe ich die Augen und überlege, wo Runa jetzt wohl gerne wäre. Zumindest ich habe auf einmal große Lust auf Eiscreme. Der Name *Mary* geistert durch meinen Kopf, und als ich die Lider wieder aufschlage, sitzen wir – zum Glück voll bekleidet – in einem winzigen Café mit überdimensionierter Eistheke. Auf dem Bistrotisch steht ein Eisbecher zwischen uns.

Runa lacht. „Also hast du doch nicht alles vergessen.“

„Ich habe keine Ahnung, wo wir sind“, erwidere ich. „Aber ich werde mich nicht beschweren.“

Obwohl es verlockend ist, das Eis zu probieren, rühre ich es nicht an. *Es ist nicht echt.* Echt sind nur wir beide, das hoffe ich zumindest.

Ich taste zaghaft nach Runas Hand und verflechte meine Finger mit ihren. „Jetzt fällt es mir schon ein bisschen leichter, einen klaren Kopf zu bewahren. Kannst du mir sagen, was passiert ist? Ich bin nicht tot, oder?" Ein Scherz, um sie aufzumuntern. Und meine eigene Unsicherheit zu überspielen. Natürlich weiß ich, dass ich nicht tot sein kann, denn dann wäre ich im Jenseits und nicht im Äther, der Zwischenwelt, die Leben und Tod verbindet.

„Nein, bist du nicht." Sie räuspert sich. „Aber du liegst im Koma. Ich mache mir solche Sorgen." Eine Träne bahnt sich lautlos den Weg über ihre Wange. Ich wische sie zärtlich beiseite. „Aurel sagt, dass die Pariahs deine Erinnerungen gestohlen haben und dir das durch unseren Kuss erst wirklich bewusst geworden ist. Dass du diesen Schock nicht verarbeiten konntest und deshalb ohnmächtig geworden bist.

Ich beiße die Zähne zusammen. Ihre Worte ergeben Sinn, auch wenn es mir viel lieber wäre, ich könnte diese Erkenntnis von mir weisen.

„Bitte, wach auf."

Ich drücke ihre Finger fester. „Ich wünschte, ich könnte. Warum tun die Pariahs bloß so etwas Schreckliches? Was wollen sie von mir?"

Runa kaut nachdenklich auf ihrer Unterlippe herum. Ohne dass ich mir erklären kann, warum, flattern bei diesem Anblick ein paar Schmetterlinge durch meinen Magen. Aber gleich darauf verhärten sich ihre Züge. „Ich glaube, sie wollen nichts von dir, sondern von … mir. Ich habe mit den anderen darüber gesprochen und wir vermuten, dass sie einen Schattenspringer suchen, der sie erlösen kann."

Es dauert einen Moment, bis ich verstehe, worauf sie hinauswill. Ich versuche, mir ins Gedächtnis zu rufen, was Lali im *Cla-*

rinda's erzählt hat. „Und bei Octavian haben sie gesehen, dass du dazu imstande bist", folgere ich. „Du hättest mich dir helfen lassen sollen!" Mit der flachen Hand schlage ich auf den Tisch.

Ich habe keinen Schimmer, wo meine Wut auf einmal herkommt. Vor allem, weil ich mich an das Ereignis, auf das sie sich bezieht, gar nicht mehr erinnere.

Runa zieht irritiert die Augenbrauen zusammen und plötzlich flimmert das Eiscafé vor meinen Augen.

„Tut mir leid", rudere ich eilig zurück und streiche ihr den Pony aus der Stirn. „Das war nicht richtig."

„Schon okay. Ich will nicht, dass sich wieder der Boden zu unseren Füßen auftut, also kann ich dir sowieso nicht böse sein." Sie rückt näher an mich heran. „Kyril. Ich denke, die Pariahs wollen mich erpressen. Und du bist die Geisel."

Ich brauche nicht über Runas Worte nachzudenken, um zu wissen, dass sie richtig liegt.

Ohne zu zögern, greife ich auch nach ihrer anderen Hand, umschließe schützend ihre Finger und sehe sie flehend an. „Bitte begib dich nicht in Gefahr, nicht meinetwegen. Versprich es mir!"

Sie lächelt wehmütig und beugt sich ein Stück vor, bis sich unsere Nasenspitzen berühren. Dann lehnt sie ihre Stirn gegen meine, atmet tief ein und antwortet. Jedes Wort vibriert an meinen Lippen. „Du weißt genau, dass ich das nicht kann."

Das sind keine fairen Waffen, denke ich. Vor allem, weil sie mich küsst, bevor ich eine Gelegenheit habe, überhaupt etwas zu erwidern.

Dann zieht sie plötzlich den Kopf zurück. „Ich muss weg. Sie rufen mich."

„Was, wer?“, frage ich noch etwas benommen. Dann wird mir klar, wovon Runa spricht. Das *Bitte geh nicht* bleibt mir ungesagt in der Kehle stecken. „Schaffst du das?“

Sie zieht wehmütig einen Mundwinkel hoch. „Ich hatte den besten Lehrer. Und ich muss es einfach schaffen; für uns beide. Du bist außer Gefecht gesetzt, also kümmere ich mich auch um die Seelen, die nach dir rufen. Wir dürfen keine einzige verlieren.“

Lali hat mir nicht erzählt, dass es überhaupt möglich ist, die Seelen eines anderen Schattenspringers zu übernehmen, trotzdem verrät mir Runas verbissener Gesichtsausdruck, dass sie diese Aufgabe an die Grenzen ihrer Möglichkeiten treiben wird. Aber ich habe wohl keine andere Wahl, als ihr zu vertrauen. Wie gern würde ich ihr wenigstens ein bisschen Kraft schenken – wenn ich nur wüsste, wie.

„Sehen wir uns wieder, Fawn?“, flüstere ich, aber Runa bleibt mir die Antwort schuldig, denn ihre Gestalt löst sich vor meinen Augen in Luft auf und mit ihr das ganze beschauliche Eiscafé.

Sammlerstücke

AUREL

Schwer atmend schrecke ich hoch. *Wer bin ich?*

Ich bin Aurel Ironmonger, neunzehn Jahre alt, und ich lebe in Prenbogle Hall.

Die Worte kommen von irgendwo tief in meinem Unterbewusstsein und sie passen nicht zu den Traumbildern, die mir noch durch den Kopf schwirren. Nur dass das kein gewöhnlicher Traum war.

Wie eine Marionette stehe ich auf, nehme die Schere vom Nachttisch und schneide mir eine Locke ab. Diese Handgriffe habe ich inzwischen beinahe automatisiert. Ich torkle zum Regal, um die Haarsträhne in einen leeren Flakon sinken zu lassen. Noch einmal flackert der Erinnerungsfetzen auf: Jemand schreibt mit Tinte und Federhalter einen Brief, er sitzt an einem kostbar verzierten Sekretär und hat mir den Rücken zugewandt. In der Luft liegt der schwere Duft von Rosen und Lilien.

„Dieses Schreiben muss zu Octavian Alden. So schnell wie möglich." Erst als er spricht, nur vermeintlich zu mir, realisiere ich, dass noch jemand im Zimmer sein muss. Da sehe ich ihn:

einen Mann in Dienstbotenkleidung; ein grob gewebtes Hemd und ein Wams, dazu Kniehosen und Strümpfe. Er deutet einen Knicks an. „Natürlich, mein Herr."

Dann dreht sich der Schreiber um, und ich sehe direkt in seine Augen. Der Blick ist eiskalt. Und kommt mir trotzdem so vertraut vor. Aber ehe mir dämmert, warum, verblassen die Bilder; die Erinnerung schlüpft in den Flakon und ich drücke eilig den Korken in seinen gläsernen Hals. Ich stelle das Fläschchen zu den anderen, dann verlasse ich das Tepidarium, um mich anzuziehen und mir einen starken Earl Grey aufzubrühen. Schließlich bin ich verabredet – ein Blick auf die Uhr zeigt mir, dass meine Gäste in einer knappen halben Stunde hier sein sollten.

Es klopft an der Hintertür, die von der Küche in den Garten führt, noch bevor meine Tasse leer ist. Ich habe den anderen mein Zuhause so detailliert wie möglich beschrieben, damit sie sich ohne Schwierigkeiten in das dunkle Gartenhaus teleportieren können. Sich zu Fuß durch diese Gegend zu begeben, ist im Moment viel zu gefährlich.

Ich öffne und lasse den Besuch hinein. Lali hat die Hände in den Taschen ihres Collegehoodies vergraben und wirkt so gelassen wie immer, aber in Runas Gesicht lese ich Unruhe. Und die Schatten unter ihren Augen machen klar, dass sie nicht viel geschlafen, vielleicht sogar die ganze Nacht im Krankenhaus verbracht hat. Bei dieser Vorstellung macht sich mein schlechtes Gewissen wieder bemerkbar. Vielleicht hätte ich ihr nicht das Gefühl geben sollen, dass sie etwas für das kann, was Kyril zugestoßen ist. Andererseits ist die Situation zu ernst, um Rücksicht auf Befindlichkeiten zu nehmen. Wir müssen jede mögliche Erklärung in Betracht ziehen.

Kurz überlege ich, ob ich Runa danach fragen soll, ob es etwas Neues gibt, ob sich Kyrils Zustand verbessert oder er irgendwie auf sie reagiert hat, aber dann beschließe ich, sie erst einmal ankommen zu lassen und einen passenderen Moment abzuwarten.

„Ist denn noch jemand bei –", setze ich an, obwohl ich ahne, dass Kyrils Freunde ihn niemals allein lassen würden.

„Chelsea ist im Krankenhaus. Sie konnte sich heute freinehmen", unterbricht mich Lali. „Wir werden sie auf dem Laufenden halten."

„Alles klar. Dann fühlt euch wie zu Hause. Möchtet ihr etwas trinken?"

Runa schüttelt sofort den Kopf und Lali zuckt mit den Schultern, aber ich stelle trotzdem eine Karaffe mit gekühltem Limettenwasser und drei Gläser auf einem Tablett bereit. „Wir sollten das besser mitnehmen, im Tepidarium ist es ziemlich schwül."

Die beiden folgen mir, und ich beobachte, wie Lali den Blick anerkennend über die stuckverzierten Decken und antiken Möbel gleiten lässt. „Und du wohnst hier ganz allein?"

„Ich habe noch keinen vertrauenswürdigen Mitbewohner gefunden", scherze ich. „Im Ernst: Die Villa ist mein Refugium und mein Alibi. Hier haben mich die Schattenspringer nicht auf dem Radar, aber wenn ich nicht so abgelegen leben würde, würde es nicht lange dauern, bis mein Vater Mittel und Wege fände, mich ans Institut zu holen."

„Und das willst du nicht?" In Runas Stimme klingt neben Erstaunen noch etwas anderes mit, das sich fast anhört wie Bewunderung.

„Nicht, bevor ich das Rätsel um die Pariahs gelöst habe." Ich stelle das Tablett auf dem niedrigen, aus Korb geflochtenen

Tischchen ab und beobachte, wie die anderen die kunstvolle Architektur des Gewächshauses bewundern, dessen Glaspaneele über unseren Köpfen zu einer gotischen Kuppel zusammenlaufen. Vielleicht bestaunen sie auch die mannshohen Palmen, die Brandon hier gezüchtet hat oder die blühenden Orchideen. So schön das alles ist, nichts davon kann meine Wut dämpfen. „Wollt ihr denn Teil eines Systems sein, das mit seinen ausgedienten Mitgliedern *so* umgeht? Ist euch nicht klar, dass es jedem von uns so ergehen könnte?"

Lali mustert mich verblüfft, aber über Runas Gesicht huscht ein schwaches Lächeln. Sie sieht mich an und doch kommt es mir vor, als würde sie durch mich hindurchblicken. Oder als sähe sie eigentlich jemand anderen vor sich.

„Und du glaubst, dass wir etwas dagegen ausrichten können?" Ihre Stimme reißt mich aus den Gedanken.

Ich schlucke, greife nach einem Wasserglas und leere es fast in einem Zug. „Kyril zurückzuholen, wäre ein Anfang. Die Schattenspringer müssen erfahren, dass die Pariahs kein Märchen sind – und dass man ihnen helfen kann."

Nachdem die beiden ebenfalls einen Schluck getrunken haben, schreite ich vor der Regalwand mit den Flakons auf und ab. „Ich habe versucht, die verschiedenen Erinnerungen zu ordnen. Bisher konnte ich zwölf Personen ausmachen, zu denen sie gehören. Einige waren Touristen, die in den letzten Jahren hier vorbeigekommen sind. Aber ein paar haben anscheinend vor längerer Zeit gelebt – diese Menschen bezeichne ich mit Buchstaben des griechischen Alphabets, in Abhängigkeit davon, wann sie mir begegnet sind. Alpha war der erste, Zeta bisher der Letzte dieser Art. Sie alle lebten in vergangenen Jahrhunderten in und um Edinburgh. Und sie müssen etwas gemeinsam haben – doch bisher habe ich nicht herausgefunden, was genau das ist."

Aus dem Augenwinkel nehme ich wahr, dass Runa aufgestanden und vor dem Pflanztisch stehen geblieben ist. Sie hält ein gerahmtes Foto in der Hand. Das Foto von Mum, Kyril und mir.

„Stell das bitte wieder hin", entschlüpft es mir harscher als beabsichtigt.

Erschrocken dreht sie mir den Kopf zu. „Entschuldige. Wie … wie alt wart ihr damals?" Ihre Stimme bricht beinahe.

Ich spüre auch Lalis erwartungsvollen Blick auf mir und ringe mich zu einer Antwort durch. „Ich war zwölf und Kyril müsste demnach vierzehn gewesen sein. Das war kurz vor der Trennung unserer Eltern."

„Aber heute habt ihr keinen engen Kontakt mehr zu eurer Mutter?", hakt Runa nach.

„Nein. Seit der Scheidung lebt sie in Kalifornien. Wir sehen sie kaum." *Deshalb weiß sie nichts von Kyrils Unfall. Und wird es auch nie erfahren.*

„Das tut mir leid." Runas Mitgefühl klingt aufrichtig, aber der Schmerz über meine zerbrochene Familie lässt mich inzwischen kalt. Wenn überhaupt, ist da nur ein vages, taubes Gefühl wie von einer alten Narbe. Nichts im Vergleich zu dem Schatz an glücklichen Momenten, den ich tief in mir verschlossen halte. Hätte Kyril doch nur dasselbe getan.

Ich zwinge mich, den Blick von Runa und dem Foto abzuwenden und drehe mich zu Lali um. „Also, seid ihr sicher, dass ihr alles hautnah erleben wollt? Ich habe ein gutes Gedächtnis und kann euch auch erzählen, was –"

„Nein." Es ist Runa, die jetzt auf mich zukommt und so nah vor mir stehen bleibt, dass unsere Gesichter kaum noch eine Handbreit voneinander getrennt sind. „Kommt nicht infrage. Ich tue alles, was nötig ist, um Kyril zu retten. Lass uns anfangen."

Lalis zweifelnder Gesichtsausdruck zeigt mir, dass sie sich ebenfalls um Runa sorgt. Mit an Sicherheit grenzender Wahrscheinlichkeit mutet sie sich gerade zu viel zu. Andererseits kann ich nur zu gut verstehen, wie sie sich fühlt. Und manchmal setzen aussichtslose Situationen ungeahnte Kräfte in uns frei.

„Eine Sache solltet ihr noch wissen, bevor wir loslegen", sage ich. „Selbst wenn wir Kyrils Erinnerungen zurückbekommen, kann niemand garantieren, dass alles wieder beim Alten sein wird. Weil sie selbst nichts Schönes mehr empfinden können, zehren die Pariahs vom Glück anderer Menschen. Je länger sie Erinnerungen in ihrem Besitz haben, desto kleiner ist die Chance, dass sie sie wirklich unversehrt lassen. Es ist zu verlockend und ich habe keine Ahnung, was übrig bleibt, selbst wenn die Pariahs ihr Wort halten ..."

Runa schüttelt den Kopf. „Aber sie wollen doch mit uns tauschen – ihre Erlösung gegen Kyrils Erinnerungen. Es ist unsere einzige Chance, oder?"

„Ja." Ich schlucke. „Folgt mir." Mit einer Handbewegung bitte ich die beiden näher an das Regal heran. Dann ziehe ich behutsam einen der weniger eingestaubten Flakons heraus. „Der hier beinhaltet die letzte Erinnerung, die ich von Gamma eingefangen habe. Sie ist mir im Traum begegnet, gerade erst heute Morgen."

Ich gehe mit der Phiole zu der Sitzgruppe hinüber und stelle sie auf dem Tisch ab. Dann ziehe ich mein Handy aus der Hosentasche. „Ich werde den Wecker auf neun Minuten stellen, das ist meistens eine ungefährliche Zeitspanne. Wenn das Lied erklingt, wachen wir wieder in der Gegenwart auf. Ich hoffe, ihr habt nichts gegen die *Fab Four*?"

Obwohl ich das gesagt habe, um die Stimmung aufzulockern, schütteln die beiden nur stumm den Kopf. Sie wirken konzentriert und dabei auch ängstlich. Ich kann das nachvollziehen. „Mir hilft es", setze ich an, „wenn ich mich vorher ganz auf die Gegenwart konzentriere. Ich … habe so etwas wie ein Mantra, das mich daran erinnern soll, wer ich bin – wie alt ich bin, wie ich heiße und so weiter. Vielleicht überlegt ihr euch auch eins."

Bis eben war ich vollkommen ruhig. Aber als ich in die angespannten Gesichter von Runa und Lali schaue, wird mir schlagartig bewusst, dass diese Reise gefährlicher ist als alle zuvor. Plötzlich bin ich so nervös, dass ich einen Moment nachdenken muss, bis mir der genaue Wortlaut meines Mantras einfällt.

Weil zum ersten Mal viel mehr auf dem Spiel steht als nur mein eigenes Seelenheil.

Waisen

RUNA

Ich muss nicht überlegen, wie mein Mantra lautet. Die eine Sache, die ich auf keinen Fall vergessen will. Es ist vollkommen egal, wie ich heiße oder wie alt ich bin. Nur meine Mission zählt: *Ich werde den Menschen retten, den ich liebe. Und sein Name lautet Kyril Ironmonger.*

Aber obwohl ich felsenfest entschlossen bin, alles zu tun, was ihm helfen könnte, überwältigt mich die Angst im letzten Augenblick doch. All die Albträume, die mich in den letzten Tagen verfolgen, kommen mir wieder in den Sinn: Junge Männer, die altern und sterben, ohne dass ich ihnen helfen kann.

Nein, schreit alles in mir stumm, doch zu spät: Die fremden Gefühle überrollen mich wie eine riesige Flutwelle, ziehen mich unter Wasser und nehmen mir die Luft zum Atmen. Ich versuche krampfhaft, einen klaren Verstand zu behalten und mir kein Detail entgehen zu lassen, das eventuell von Bedeutung sein könnte. Als sich der Nebel lichtet und der ziehende Schmerz nachlässt, rauscht ein fremdes Leben an mir vorbei. Schwindelerregend und viel zu schnell. Gamma wächst in einem der ärmlichen Viertel Edinburghs auf, die Menschen leben auf engstem Raum zusammengepfercht wie Tiere. Aber das ändert sich, als er eine Anstellung bei einem Eisenwarenhändler annimmt und eine kleine Stube über dem Laden bezieht. Er ist dafür zuständig, Klingen und Messer zu schärfen und Botengänge zu übernehmen.

Heute hat der Herr einen besonders wichtigen Auftrag für Gamma: Noch während ich mich über den Prunk wundere, in dem der Kaufmann lebt – polierte Stiefel und maßgeschneiderte Mode der Zeit –, bemerke ich den sorgfältig versiegelten Brief in Gammas Händen. Der Dienstbote setzt sich auf sein Bett; ein klappriges Gestell mit einer strohgefüllten Matratze, die nur von Seilen gehalten wird. Buchstaben haben Gamma schon immer fasziniert und er hat früh gelernt, dass Informationen die eigentliche Währung der Welt sind. Manche Menschen bezahlen für ein bisschen Klatsch und Tratsch mehr als für eine goldene Taschenuhr. Mit geschickten Fingern löst er das Siegel vom Papier, faltet den Briefbogen auseinander und beginnt zu lesen.

Ich muss mich konzentrieren, um die verschnörkelten Buchstaben zu entziffern, während Gammas Euphorie auch durch meine Adern strömt.

Hiermit bitte ich Dich ein letztes Mal um die Hand Deiner Tochter. Du weißt, dass mein Handel floriert, weshalb ich Elizabeta ein standesgemäßes Leben bieten kann. Und falls Dich auch mein letztes freundliches Gesuch nicht überzeugen sollte, dann wisse ebenso, dass mir Mittel und Wege zur Verfügung stehen, um ihren Ruf zu ruinieren. Nicht so wie bei gewöhnlichen Weibern, sondern auf die Weise, die unserer Natur eigen ist. Seit die Braut des Königs auf ihrer Überfahrt von Norwegen durch stürmische Winde fast ertrunken wäre, sind James alle übernatürlichen Kräfte zuwider. Der Hof unterscheidet nicht zwischen schwarzer und weißer Magie. Bedenke deine Antwort wohl, wenn Dir das Leben Deiner Tochter am Herzen liegt.

Ich schnappe erschrocken nach Luft, weil ich nicht fassen kann, was da steht. Das ist eine Drohung, oder nicht? Auch Gamma scheint zu wissen, wie wertvoll – und wie gefährlich – diese Information ist. Er faltet den Bogen sorgsam wieder zusammen und entzündet seine Nachtkerze, um das Wachs weichzumachen und den Vertrauensbruch zu kaschieren.

Dann überbringt er den Brief. Er wartet vor einer prächtigen Kaufmannsvilla mitten in der Stadt, während die Antwort verfasst wird. Auch diesmal liest Gamma, was auf dem versiegelten Papier geschrieben steht, aber er überfliegt die Zeilen so hastig, dass ich nur Fetzen aufschnappe. Und das Gefühl, das sich dabei in ihm ausbreitet: Entsetzen.

Octavian lässt sich nicht erpressen. Er schreibt, seine Tochter wolle eher reinen Gewissens sterben, als Gammas Herren zu ehelichen.

Hektisch verschließt Gamma das Siegel wieder, ehe er den Brief überbringt.

Sein Herr ist groß, aber er wirkt gebrechlich, sein Gesicht hat er unter einem Hut verborgen. Er macht mir Angst, genau wie Gamma. Er nimmt das Schreiben entgegen und wiegt es einen Moment lang in seinen Händen, bevor er das Siegel bricht und liest. Plötzlich zittern seine Finger – vor Zorn, nicht vor Schwäche, wie mir gleich darauf klar wird.

„Du hast die Antwort gelesen.“ Das ist keine Frage, sondern eine Feststellung. „Das Siegel war versehrt – und es ist stümperhaft wieder repariert worden.“

Gammas Gesicht verdunkelt sich vor Schamesröte. Wahrscheinlich weiß er, dass es sinnlos ist, die Tat abzustreiten, denn er stammelt eine Entschuldigung, aber zu spät. Die Hände seines Herrn legen sich kalt und schwer um seinen Hals und drücken zu. Fest. Immer fester. „Du findest das wohl komisch? Machst dir einen Spaß daraus, deinen Herrn bloßgestellt zu sehen? Wie lange schnüffelst du schon in meiner Korrespondenz herum wie ein Straßenköter?“

Gamma bringt nicht mehr als einen japsenden, krächzenden Laut hervor, und ich spüre seinen Schmerz, als wäre es mein eigener. Sein – oder mein? – Hinterkopf wird unsanft gegen die lehmverputzte Hauswand geschlagen und Gamma schließt mit seinem Leben ab. Ich schließe mit meinem Leben ab.

Doch plötzlich lockert sich der Griff. Der nachlassende Schmerz ist eine Wohltat. „Ich tue alles, um es wiedergutzumachen!“, ruft er heiser aus.

Sein Herr lässt die Hände nicht sinken, aber er scheint nachzudenken. „Du bist jung und gesund, nicht wahr?“

Gamma nickt schweigend.

„Hast du Familie in der Stadt?“

„Nein, nicht mehr.“

„Dann wirst du für deinen Vertrauensbruch bezahlen – aber nicht hier und nicht heute. Du bist entlassen.“

Erleichterung flutet Gammas Körper und mir wird schwarz vor Augen.

Hey Jude, don't make it bad …

Irritiert fahre ich zusammen. *Das Mantra*, flüstert eine Stimme in meinem Kopf und ich versuche krampfhaft, mich zu erinnern, während sich die Welt um mich herum dreht, als säße ich in einem Karussell. Ich sehe grüne Augen vor mir, ein verschmitztes Lächeln, einen lieb gewonnenen Leberfleck auf der linken Wange. Da fällt es mir wieder ein: Kyril. Ich muss ihn retten.

Ich schüttle mich und schlage schwer atmend die Augen auf. Chelsea und Aurel sitzen mir noch immer gegenüber. Und sie wirken genauso mitgenommen wie ich. Die Frage, ob sie dasselbe gesehen haben, liegt mir auf der Zunge, aber ich schlucke sie hinunter, weil ihre Gesichter für sich sprechen. Dann entschlüpfen mir doch ein paar Worte, ohne dass ich weiß, was ich da sage, bevor ich es höre: „Wir müssen die neun Minuten verlängern. Wir müssen wissen, wie es weitergeht."

Aurel schüttelt den Kopf. „Nein. Das ist zu gefährlich."

„Wieso?", frage ich zurück. „Uns kann doch nichts passieren, oder?"

Er zögert und setzt an, etwas zu sagen. Aber dann schüttelt er den Kopf. „Körperlich vielleicht nicht."

Aber, was mit unserer Seele geschieht, steht auf einem anderen Blatt. Aurel spricht die Worte nicht aus, doch das muss er auch nicht, ich lese das Grauen in seinen Augen und weiß, dass er die neun Minuten schon einmal überschritten hat. „Was hast du gesehen? Du musst es uns sagen."

Seine Stimme klingt auf einmal viel älter als seine neunzehn Jahre. „Jemand hat Gamma ermordet – ihn erstickt. Dann wurde sein Leichnam zum Anatomietheater gebracht."

„Erinnert mich an Burke und Hare", meint Lali geistesabwesend, so als steckten wir nicht gerade mitten in einem wichtigen

Gespräch. „Aber das war über zweihundert Jahre nach Octavians Lebenszeit."

„Wie bitte?"

„Das sind Serienmörder, die im neunzehnten Jahrhundert Leichen an die anatomische Fakultät der Universität verkauft haben. Neben den *Fairy Coffins* noch eins von Tris' Lieblingsthemen." Ein mattes Lächeln huscht über ihre Lippen, als sie seinen Namen ausspricht, und auch ich spüre, wie sich mein Brustkorb schmerzhaft zusammenzieht.

„Wer ist Tris?", hakt Aurel nach.

Er ist ..., denke ich, *nein, er war ...*

Lali kommt mir zuvor. „Ein guter Freund von uns. Er ist im Kampf gegen Octavian gestorben – Dilan von den *Nox Aeterna* hat ihn umgebracht."

Nein, das ist nicht wahr, flüstert eine gehässige Stimme in meinem Kopf. *Er ist nur wegen mir gestorben.*

Mir fällt auf, dass Aurel meine Freundin fassungslos anstarrt. Er schluckt schwer, aber er sagt nichts. So lange, bis die Stille zwischen ihnen unangenehm wird.

Plötzlich steht Lali auf. „Vielleicht können wir herausbekommen, wer Gamma war, wenn wir ein bisschen nachforschen."

„Moment mal." Ich reibe mir die schmerzenden Schläfen. „Was hat das alles mit Kyril zu tun? Wir wollen doch seine Erinnerungen wiederbekommen und nicht die irgendwelcher fremden Menschen." Wut steigt plötzlich in mir auf. Ich lasse Aurel und Lali keine Gelegenheit, etwas zu erwidern. „Soweit ich das sehe, war Gamma – wie auch immer er richtig hieß – kein Pariah. Also wieso halten wir uns mit ihm auf?"

„Zum Pariah wird ein Schattenspringer, wenn er Seelen verloren hat. Und Gamma ist wahrscheinlich eine der Seelen, die die Pariahs verloren haben. Wenn wir ihnen helfen wollen, müssen wir auch diese Seelen erlösen."

Lali seufzt leise und aus ihrem Blick spricht Mitleid. Was mich nur noch mehr aufregt. „Aurel hat recht: Wenn wir Kyril retten wollen, müssen wir die Pariahs erlösen. Das an sich ist schon eine Sisyphusaufgabe, aber wenn wir sie unvorbereitet angehen, wird sie zum reinsten Selbstmordkommando. Und diese Erinnerungen, die Aurel aufgespürt hat, sind unser einziger Anhaltspunkt, wenn wir nicht selbst in die Höhle hinabsteigen wollen."

Kaum, dass Lali diese Worte ausgesprochen hat, bereut sie sie – das erkenne ich an ihren fest zusammengepressten Lippen. Sie öffnet zwar noch einmal den Mund, um etwas hinterherzuschieben, zum Beispiel *was absolut lebensmüde wäre*, schließt ihn aber stumm wieder. Sie kennt mich zu gut und weiß, dass jedes weitere warnende Wort mein Vorhaben nur festigen wird. Damit hat sie recht: Diese verdammte Höhle macht mir keine Angst. Kann sie schlimmer sein als das, was ich im letzten Jahr erlebt habe?

„Süße?"

Ich schrecke hoch. „Hm?"

„Das ist die einzige Chance, die wir haben." Sie rückt zu mir herüber und legt eine Hand auf meinem Knie ab. „Ich kann verstehen, dass du ungeduldig bist, aber es bringt nichts, wenn wir uns streiten."

„Ich weiß, tut mir leid", gebe ich zähneknirschend zu. „Ich … ich habe nur Angst, dass uns nicht mehr genügend Zeit bleibt."

Lali runzelt verdutzt die Stirn. In Zukunft werde ich vorsichtiger sein müssen, wenn sie nicht merken soll, was los ist. Falls es dafür nicht schon zu spät ist, immerhin ist sie Medizinerin. Aber ich möchte nicht mit ihr über die Ohnmachtsanfälle sprechen. Schließlich sind sie alles, was mich noch mit Kyril verbindet. Sie ermöglichen mir, mit ihm zu reden. Ihn zu berühren, selbst wenn es nur ein Traum ist. Und gestern im Krankenhaus habe ich mir zwar ordentlich den Kopf gestoßen, bin aber ansonsten unversehrt geblieben.

Wir verabschieden uns von Aurel, der seltsam in sich gekehrt wirkt.

„Begleitest du mich ans Institut?", fragt Lali, als wir zu zweit wieder durch den Garten streifen. „Oder möchtest du lieber zurück in die Wohnung und ein bisschen schlafen?"

„Nein, ich kann sowieso kein Auge zumachen. Ich komme mit."

„Alles klar. Wir teleportieren uns hin, damit Kieran dich nicht bemerkt."

Eigentlich ist es mir inzwischen vollkommen egal, was Kyrils Vater denkt. Ob ihn das Krankenhaus bereits informiert hat? Beim Gedanken daran, dass er vielleicht in diesem Moment an Kyrils Bett sitzt, gefriert mir das Blut in den Adern. Hoffentlich hat Chelsea ihn in diesem Fall vertrieben. Krankheit und Tod machen die Menschen sentimental, aber es steht ihm nicht zu, jetzt den liebenden Vater zu spielen. Denn er war genauso wenig für Kyril da, wie es meine Eltern für mich waren. Im Grunde sind wir beide Waisen, wir haben nur noch uns.

Meine Wut auf Kieran wächst mit jedem Tag.

Vielleicht, weil mir eine leise, aber beharrliche Stimme unüberhörbar zuflüstert, dass es ohne ihn niemals so weit gekommen wäre.

*

Lali zerrt mich von einem Bücherregal in der medizinischen Abteilung zum nächsten. Bisher haben wir Glück gehabt – weil die Weihnachtsferien für die höheren Semester noch nicht zu Ende sind, ist der Lesesaal der Bibliothek leer. Liz, die wie immer auf ihrem Platz am Schalter im Foyer sitzt, ist in einen Roman vertieft. Wenn sie uns bemerkt hätte, hätte sie uns sicher über Kyril ausgefragt und auf dieses Gespräch habe ich ganz und gar keine Lust. Außerdem hätte sie uns dieses Chaos niemals durchgehen lassen, denn auf dem Schreibtisch am Fenster liegt ein halbes Dutzend aufgeschlagener Fachbücher kreuz und quer durcheinander. Seit einer endlosen Stunde blättert Lali durch Aufsätze und Annalen zur Geschichte der Anatomie in Edinburgh, scheinbar ohne Ziel und Richtung.

„Das bringt uns nicht weiter." Erschöpft lasse ich mich auf den Schreibtischstuhl fallen.

„Burke und Hare waren nicht die Ersten, die Leichen an die anatomische Fakultät verkauft haben. Eines dieser früheren Opfer war Gamma und irgendwo hier drin muss etwas dazu stehen …"

„Selbst wenn", widerspreche ich, „glaubst du vielleicht, die Opfer sind namentlich gelistet? Die Mörder haben doch absichtlich Menschen ausgewählt, deren Verschwinden erst mal nicht auffällt."

Lali zieht einen Stuhl vom Nachbartisch heran und setzt sich neben mich. „Vielleicht werden wir im Museum schneller fündig: In der Surgeon's Hall sind die Totenmaske von William Burke und sogar sein Skelett ausgestellt."

Niedergeschlagen schüttle ich den Kopf. „Wie sollen wir die Antwort finden, wenn wir nicht mal die Frage kennen. Und das ...", ich deute auf den voll beladenen Schreibtisch, „ist doch alles nur wissenschaftliches Geschwafel."

„Das würde Kyril anders sehen." Auf Lalis Gesicht zeichnet sich ein ansteckendes Schmunzeln ab.

„Na schön, aber hast du nicht selbst gesagt, Tris hätte ein Notizbuch, in dem er die wichtigsten Informationen zu seinen Lieblingsthemen festhält?"

Sie überlegt. „Das schon. Allerdings waren kurz vor Weihnachten seine Eltern hier, um seine Sachen abzuholen."

„Vielleicht haben sie das Notizbuch übersehen – ich würde Tris zutrauen, dass er es irgendwo in seinem Apartment versteckt hatte."

„Aber das –"

Ist auch Kyrils altes Zimmer, ergänze ich in Gedanken.

Lali runzelt die Stirn „Bist du sicher, dass du dich bereit dafür fühlst?"

Ich antworte prompt, obwohl ich mich wohl niemals bereit dafür fühlen werde, mir wieder in Erinnerung zu rufen, wer Kyril früher war. Wer *wir* waren. „Ja."

Weil wir keine passende Chipkarte haben, teleportieren wir uns ins Zimmer und ich bin Lali dankbar, dass sie die Aufgabe übernimmt, sich jedes Detail auszumalen. Seit Wochen war ich nicht mehr in diesem Raum, er wirkt verändert. Irgendwie trostlos, so als wäre mit Kyril auch alles Helle und Freundliche daraus verschwunden.

Trotzdem stürze ich zum Bett und drücke mein Gesicht ins Kissen. Es riecht nach Waschmittel und … vielleicht noch ganz schwach nach ihm. Mein Hals schnürt sich zusammen. Ehe ich mich zusammenreißen kann, läuft eine Träne über meine Wange und fällt auf den Bezug. Ich will für immer hier liegen bleiben und mich der Illusion hingeben, Kyril nah zu sein. Aber ich weiß, dass ihn das nicht zurückbringen wird.

„Hey." Eine warme Hand legt sich auf meine Schulter. Ich versuche, mir vorzustellen, dass sie jemand anderem gehört als meiner besten Freundin, doch vergeblich. Schluchzend drehe ich mich um und sehe in Lalis besorgtes Gesicht. Trotz allem lächelt sie leicht. „Du bist wirklich der dickköpfigste Mensch, den ich kenne. Und genau deshalb werden wir es schaffen, Kyril zurückzuholen, hörst du?"

Ich lasse den Blick durch die andere Hälfte des Zimmers schweifen. Tris' Schreibtisch ist mit einer feinen Staubschicht bedeckt, aber wenn ich mich konzentriere, kann ich ihn immer noch dort sitzen sehen, einen Kopf in die Hand gestützt, während rotbraune Strähnen in seine Stirn fallen. Ich schaue wieder zu Lali, nicke. Und zum ersten Mal seit der schrecklichen Nachricht von Kyrils Verschwinden fühlt sich meine Zuversicht beinahe aufrichtig an. Sie ist zwar schwach und zerbrechlich wie ein frisch ergrünter Keimling, doch unbestreitbar da. Für Tris kommt jede Hoffnung zu spät, ihn kann ich nicht mehr retten. Aber Kyril lebt noch.

Mir fällt Kyrils Rucksack neben dem Bett auf. Im Kino hatte er lediglich sein Portemonnaie dabei, also sind darin wahrscheinlich nur Bücher und Unterlagen. Trotzdem überwiegt meine

Neugier und ich ziehe vorsichtig den Reißverschluss auf. Ich werde nur einen kurzen Blick hineinwerfen, sage ich mir, und nichts anrühren.

„Irgendetwas Interessantes?", fragt Lali.

„Stifte, ein Collegeblock, eine Wasserflasche." Ich schlucke. „Und ein Buch mit grünem Einband –"

Lali beugt sich über meine Schulter. „Das ist es!", ruft sie aus. „Tris' Notizbuch."

„Aber was macht es in Kyrils Rucksack?"

„Keine Ahnung, vielleicht wollte er es behalten. Als Andenken." Mit spitzen Fingern zieht Lali das Büchlein hervor. Das abgegriffene grüne Leder ist an manchen Stellen von der Sonne ausgeblichen, an anderen haben Tristrams Finger dunkle Spuren hinterlassen. Ich kann verstehen, dass Kyril es für sich haben wollte. Lali knotet die Lederschnur, die den Einband verschließt, auseinander. Gerade als sie es aufgeschlagen hat, hüllt mich die vertraute Ohnmacht ein. Ich bemerke noch Lalis erschrockenen Gesichtsausdruck, dann verschwimmt alles um mich herum und ich falle ins Nichts.

Kyril, schießt es mir durch den Kopf. *Ich habe dich so vermisst.*

Aber es sind nicht Kyrils Arme, die mich auffangen, sondern Lalis. Ihre Stimme dringt energisch an mein Ohr: „Runa! Runa, wach auf."

Benommen blinzle ich, bis ich ihre großen braunen Augen vor mir sehe. Und stoße halb enttäuscht, halb erleichtert einen Seufzer aus.

Lali bettet mich behutsam auf den Boden, winkelt meine Beine an und schiebt mir ein Kissen unter den Kopf. „So bleibst du am besten erst mal eine Weile liegen. Geht's dir schon besser?"

„Ja, es war nur … der Kreislauf", stammle ich und rede mir ein, dass eine kleine Notlüge in diesem Fall akzeptabel ist. Ich will nicht, dass sich Lali noch mehr Sorgen um mich macht, denn damit ist niemandem geholfen.

„Hast du genug getrunken?", hakt sie nach. „Und gegessen?" Schon liegen zwei Finger an meiner Halsschlagader, um den Puls zu fühlen. Lali sieht sich suchend im Raum um. „Wenn ich jetzt mein Blutdruckmessgerät hier hätte …"

Ich stöhne auf. Wem mache ich eigentlich etwas vor? Lali ist meine beste Freundin. Ich kann – und ich *will* – sie nicht belügen. Zeit, der Wahrheit ins Gesicht zu sehen. Ich richte mich ein wenig auf, sodass ich mich auf meine Ellbogen stützen kann. „Lali. Ich habe diese Ohnmachtsanfälle, seit Kyril im Koma liegt. Frag mich nicht, warum, aber wenn ich … weg bin, sehe ich ihn. Ich kann mit ihm sprechen und –"

Lali schüttelt fassungslos den Kopf. „Das hättest du mir früher sagen müssen." Sie verschränkt die Arme vor der Brust und mein schlechtes Gewissen schnürt mir die Luft ab. „Ich dachte, du vertraust mir." Die Enttäuschung in ihrer Stimme ist nicht zu überhören.

„Es tut mir leid", sage ich. „Natürlich vertraue ich dir. Ich habe nur befürchtet, dass du sagen würdest, die Anfälle sind gefährlich und ich soll ein Medikament dagegen nehmen. Aber so kann ich Kyril wenigstens nahe sein." *Auch wenn ich nicht ganz sicher bin, ob es echt ist oder doch nur eine Illusion*, ergänze ich stumm in Gedanken.

„Es ist nicht gefährlich." Lali sieht aus dem Fenster auf den efeubewachsenen Lucusta Quad hinaus. „Zumindest, solange Kyril nicht in Lebensgefahr schwebt."

„Was redest du da?“ Mein Herzschlag beschleunigt sich.

Lali schüttelt kaum wahrnehmbar den Kopf. „Ich habe nicht daran geglaubt, dass es sie wirklich gibt, aber dass du mit Kyril kommunizieren kannst, obwohl er im Wachkoma liegt, ist ein eindeutiges Zeichen: Ich glaube, ihr beide seid zwei *matching souls.*“

„Und das bedeutet was …?“, frage ich mit rauer Stimme.

Jetzt wendet Lali mir den Kopf wieder zu und ich sehe die Tränen, die in ihren Augenwinkeln schimmern. „Dass keiner ohne den anderen leben oder sterben kann. Die Aussetzer hast du, weil Kyril im Koma liegt. Und wenn wir nicht bald eine Lösung finden, steht dir dasselbe Schicksal bevor. Eure Seelen sind miteinander verbunden und diese Verbindung kann man, wenn überhaupt, nur für einen kurzen Moment lösen. Das hast du ja letztes Jahr am eigenen Leib erfahren.“ Sie umarmt mich so unvorbereitet und stürmisch, dass ich zusammenzucke. „Runa Davies, du störrisches Ding, wage es ja nicht, mich hier allein zu lassen.“

„Natürlich nicht“, sage ich rasch und schlucke den Kloß in meinem Hals hinunter. „Niemals. Nur über meine Leiche.“ Erst als ich die Worte ausgesprochen habe, wird mir klar, wie wahr sie sind.

Fresh Meat

AUREL

Es ist ein großer Vertrauensbeweis, dass Runa mir das Notizbuch gebracht hat. Und es könnte der Schlüssel zur Lösung des Rätsels sein, das mein Animarium umgibt, das spüre ich. Trotzdem fühlt es sich falsch an, das abgegriffene Büchlein in meinem Besitz zu haben. Vor allem jetzt, wo ich weiß, dass sein unglückseliger Verfasser gestorben ist. *Dilan von den* Nox Aeterna *hat ihn umgebracht.* Mit aller Macht schiebe ich Lalis Worte beiseite. *Dilan* ist kein Teil meines Lebens und sie war es nie.

Ich lasse mich in einen der Korbstühle im Tepidarium fallen. Auf dem Beistelltisch stehen eine Karaffe und ein hohes Glas aus geschliffenem Kristall. Vor den Fenstern senkt sich die Dämmerung über die Weiten der Lowlands und über meinem Kopf rascheln die Blätter der Phönixpalmen in einem leichten Luftzug, der von irgendwo aus der Villa kommen muss. Zwei Jahre lang habe ich mich hier zu Hause gefühlt. Oder mich zumindest erfolgreich selbst belogen. Mir eingeredet, dass ich niemanden bräuchte, um glücklich zu sein. Nicht Linda, ganz bestimmt nicht meinen Vater und … nicht einmal meinen großen Bruder.

Aber jetzt wird mir klar, dass dieser Gedanke nicht nur eine Lüge, sondern auch überaus egoistisch war. Habe ich wirklich richtig entschieden, als ich hierher geflüchtet bin – vor der Gemeinschaft, zu der ich unweigerlich gehöre, egal, wie sehr ich mich dagegen sträube? *Du wirst immer ein Schattenspringer sein, Aurel Ironmonger*, scheint das Notizbuch auf meinem Schoß mir zuzuflüstern. So ungern ich es mir auch eingestehe, Runa ist mir ans Herz gewachsen. Ihr Schmerz erinnert mich an meinen eigenen Verlust, an Wunden, die noch zu frisch verheilt sind und jederzeit wieder aufreißen könnten.

Mit einer gezielten Handbewegung fege ich das edle Kristallglas vom Tisch. Das klirrende Geräusch durchschneidet die trügerische Stille des Palmengartens; Scherben übersäen das falsche Idyll. So ist es schon besser, ehrlicher. Erleichtert atme ich auf, dann öffne ich den Buchdeckel. Denke an Runa, Lali, Chelsea. Und Kyril. Wenn überhaupt, können wir diesen Kampf nur gemeinsam gewinnen. Und ich werde mich nicht länger verstecken, auch wenn ich genau genommen wohl mein Leben lang nichts anderes getan habe.

Ich überfliege die Einträge zu den *Fairy Coffins* und auch bei der Gilmerton Cove halte ich nur kurz inne: Dieser Tristram hat es sehr genau genommen und jede einzelne Theorie – Zufluchtsort für die Covenanters, unterirdischer Pub, Schmugglerhöhle – festgehalten, außerdem befindet sich im Notizbuch eine kleine Karte, die den zweiten Eingang zum Höhlensystem in der Vorstadt Edinburghs zeigt. Aber mich interessiert ein anderes Thema, also blättere ich weiter, bis ich gefunden habe, was ich suche: Die Daten der Westport-Morde sind penibel recherchiert, genau wie die Strafen der Täter. Ich kenne diese

Geschichte ohnehin fast auswendig, weil ich viel Zeit hatte, mich nach meiner Flucht mit meiner neuen Heimat bekannt zu machen. Die Erzählung der beiden Männer, die sechzehn Menschen töteten und die Leichen an die anatomische Fakultät der Anatomie verkauften, gehört zu den beliebtesten Gruselgeschichten Edinburghs. Bis heute gibt es einen Fachbegriff für die spezifische Tötungsmethode der Serienmörder William Burke und William Hare: Beim *Burking* setzt sich der Angreifer auf den Brustkorb des Opfers und hält ihm Augen, Mund und Nase zu, bis es erstickt. Auf diese Weise bleibt der Leichnam weitestgehend unversehrt.

Aber irgendwo in Tristrams Aufzeichnungen muss ein Hinweis versteckt sein, muss etwas stehen, von dem man auf einer Grusel-Stadttour nichts erfährt. Das hoffe ich zumindest, denn Tristram war kein Touristenführer, sondern Historiker. Zwischen den Zeilen verbergen sich vielleicht Informationen, die uns weiterhelfen. Ich blättere durch die eng beschriebenen Seiten, mein Blick gleitet über die Buchstaben, aber nichts erregt meine Aufmerksamkeit. Wieder und wieder lese ich den Eintrag. Am Heiligabend des Jahres 1828 wurde das Urteil im Prozess gegen William Burke und Helen McDougal, seine Frau, gesprochen, nachdem William Hare im Tausch für seine Freiheit gegen den ehemaligen Komplizen ausgesagt hatte. Die Namen von Opfern und Tätern und den Richtern, die am Prozess beteiligt waren, verschwimmen vor meinen Augen. Der Mediziner und Kurator des anatomischen Museums, Robert Knox, hat die Leichen gekauft. Ich weiß bereits, dass er nicht zur Rechenschaft gezogen wurde, weil er genau genommen nichts Illegales getan hat, als er den Mördern die Leichen abnahm.

Aus heutiger Sicht würden wohl die meisten dafürhalten, dass er sich hätte erkundigen müssen, woher die Körper stammten, aber das hat damals keinen seiner Zeitgenossen interessiert. Und für die Ausbildung der angehenden Ärzte wurden rund einhundert Leichen pro Jahr benötigt; auch das hat Tristram penibel recherchiert. Mit einem Kloß im Hals lese ich davon, dass Knox eine eigene Anatomieschule leitete, die florierte, weil seine eher exzentrische Persönlichkeit dafür sorgte, dass er bei den Studenten beliebt war.

Tristram zitiert einen Studenten, der davon spricht, dass die Studienobjekte bei Knox keine von *Resurrection Men* ausgegrabene Dahingeschiedene waren, sondern im Gegenteil so frisch und lebendig wirkten, dass man meinen könnte, sie ruhten lediglich in Morpheus' Armen.

Mit klopfendem Herzen lese ich weiter, mein Zeigefinger fährt über die Sätze, ohne das Papier tatsächlich zu berühren. *Eine weitere Besonderheit bei Dr. Knox war, dass er den Brustkorb stets mithilfe eines Kragenschnittes geöffnet und das Herz bereits entnommen hatte, wenn er seinen Kurs begann. Wahrscheinlich, um es zu präparieren.*

Das Herz! Ich denke daran zurück, was im letzten Herbst geschehen ist. Wie konnte ich das überlesen? Schlagartig klappe ich das Notizbuch zu und eile ins Haus. Ich muss Runa finden.

Lebewohl

KYRIL

Die Zeit im Äther dehnt sich endlos aus. Es gibt weder Tag und Nacht noch den Wechsel der Jahreszeiten. Stattdessen folgt das Wetter den Launen meines eigenen Gemüts und die Umgebung ist nichts weiter als ein Auswuchs meiner Fantasie. Ein stummer Wunsch und ich bin im Himmel, ein falscher Gedanke und ich stürze in den Abgrund der Hölle.

Die Ungeheuer, die ich selbst heraufbeschwöre, sind grausam und ohne Gnade. Sie kennen mich zu gut und ich bin vollkommen allein mit ihnen – mit meinen Sorgen und Zweifeln. Und mit der Hoffnung, die von allen am qualvollsten ist. Ich weiß nicht, wie lange das schon so geht, es könnten Tage oder Monate sein. Das Einzige, was ich sicher weiß, ist, dass ich drauf und dran bin, verrückt zu werden.

Als ich Runa entdecke, atme ich erleichtert auf. Sie ist ein Lichtblick an diesem düsteren Ort, der mit meinem Herzschlag erblüht und vergeht. Endlich klopft der Frühling an die Tore der verlorenen Stadt.

Aber dann wird mir klar, dass sie gar nicht hier sein dürfte und das Lächeln auf meinen Lippen erstarrt. Hatte sie wieder einen Schwindelanfall? Oder Schlimmeres?

„Runa!“ Sie ist so unendlich weit weg, dass ich gegen den Wind anschreien muss. Doch im nächsten Moment halte ich sie im Arm. Ihr Atem streift warm meinen Hals, ihr Haar kitzelt meine Wange. „Was machst du hier? Geht es dir gut?“, flüstere ich. Und bete still, dass sie mich gleich necken und etwas wispern wird wie *So viele Fragen auf einmal.*

Stattdessen spüre ich die Bewegung ihres Kopfes, als sie nickt. Sie sieht auf und ich erstarre. Eine Träne bahnt sich den Weg über ihr Gesicht. Behutsam wische ich sie mit dem Daumen beiseite. „Bist du wieder ohnmächtig geworden? Du musst mir sagen, was dir fehlt. Hast du Lali davon erzählt? Ich mache mir Sorgen –“

„Kyril.“ Runa legt mir behutsam einen Finger auf die Lippen. „Es geht mir gut. Ich muss einen Auftrag erledigen – eine Seele hat mich gerufen. Ich habe mich gefragt, ob ich nicht irgendwie … auch zu dir gelangen könnte, wenn ich im Äther bin. Und es hat geklappt! Wenn ich mich konzentriere, kann ich den Strom der Seele unterbrechen und stattdessen eine andere Richtung einschlagen.“

„Aber das geht nicht, es ist zu gefährlich, wir tragen Ver–“

„–antwortung?“ Sie lächelt wehmütig. „War ja klar, dass du dich ausgerechnet daran erinnerst!“ Für einen Moment ist sie in ihren Gedanken verloren. Sie sieht beinahe glücklich aus. „Ja, wir haben Verantwortung für die Seelen – aber zuallererst für uns selbst, oder nicht? Wenn ich keine Kraft habe, um sie ins Jenseits zu bringen, bin ich niemandem eine Hilfe. Und es …“, sie seufzt tief, „es kostet so viel Kraft, allein weiterzumachen. Ohne dich."

Ihre Worte sind messerscharf und fühlen sich trotzdem an wie Balsam auf meinen Wunden, sind schmerzhaft und tröstend zugleich. Mit einer Hand fahre ich zärtlich durch Runas Haar.

„Ich weiß, dass wir nicht viel Zeit haben, ich spüre den Ruf der Seele ja selbst hier", fährt sie fort. „Aber ich musste dich einfach noch einmal sehen, um mich zu verabschieden."

Ein Satz und der Sommer in mir vergeht. Um uns herum welkt die Landschaft dahin, schwere Gewitterwolken verdunkeln den Himmel. Ich umfasse Runas Schultern mit beiden Händen. „Was soll das heißen, du willst dich verabschieden? Bitte, sprich mit mir!"

„Ich kann nicht länger warten", bringt sie hervor. „Ich gehe heute Nacht in diese Höhle und ich bringe die Pariahs dazu, dir deine Erinnerungen wiederzugeben, koste es, was es wolle. Ich hole dich zurück."

Runa öffnet den Mund, so als wollte sie noch etwas sagen, schließt ihn aber gleich darauf wieder und ich überlege, was sie mir verschweigt. Doch im Grunde spielt es keine Rolle. Weil ich ihr vertraue. Und mein Gefühl sagt mir, dass der „alte Kyril" genau das Gleiche getan hätte.

Runa presst die Lippen zusammen; ihr angespannter Kiefer und die Entschlossenheit in ihrem Blick machen deutlich, dass sie es todernst meint. Ja, dass sie über Leichen gehen würde. Auch über ihre eigene.

Panik erfasst mich und schnürt mir die Luft ab, sodass es beinahe unmöglich ist, noch ein Wort hervorzubringen. „*Fawn* …

du kannst nicht … du darfst dich nicht in Gefahr bringen. Du hast es mir versprochen."

„Habe ich nicht." Trotz liegt in ihren Worten. Sie schluchzt unterdrückt auf und birgt ihren Kopf an meiner Brust, damit ich ihre Tränen nicht sehen kann.

„Du bist wirklich unverbesserlich." Auch meine Stimme bricht. Ich will Runa festhalten, nur sind meine Arme aus Luft gemacht. Ich will ihr diesen irrsinnigen Plan ausreden, aber meine Worte verhallen ungehört. Ich will sie begleiten und kann ihr doch nicht folgen, weil ich ewig auf der Schwelle zwischen den Welten gefangen bin.

Ein Beben geht durch Runas Körper. „Ich werde zurückkommen. Und dann bleibe ich bei dir. Für immer."

Mit diesem unmöglichen Versprechen, das sie mir genau genommen ebenso wenig geben kann wie ich ihr, lässt sie mich allein. Und obwohl ich die Arme so fest um ihren Oberkörper schlinge, dass es schmerzt und meine Muskeln zittern, verblasst sie zu einer Erinnerung. Einer, die ich mir von niemandem mehr nehmen lassen werde.

Durch die Schatten

RUNA

Es hat geklappt: Ich habe mich aus Kyrils Armen zurück ins Krankenhaus teleportiert – ironischerweise hatte mich mein Auftrag in dieser Nacht nicht besonders weit weggeführt, sondern nur auf eine andere Station der Klinik.

Wenigstens habe ich Kyril noch einmal gesehen; nicht nur seinen reglosen Körper, sondern seine Seele, bevor ich unsere Verbindung für immer lösen werde. Es ist mir schon einmal gelungen, diesmal muss ich nur noch ein bisschen gründlicher sein. Ich muss mich selbst mit aller Macht davon überzeugen, dass ich Kyril Ironmonger hasse. Seine wiesengrünen Augen ebenso wie sein Lächeln und die unverwechselbaren Grübchen. Den neckenden Spott, der so oft in seinen Worten mitschwingt, den Leberfleck auf seiner linken Wange. Seinen Geruch und wie er schmeckt. Die Art und Weise, wie es sich anfühlt, von ihm gehalten zu werden – als wäre in seinen Armen der einzig richtige Platz für mich auf der Welt. Vor allem aber seinen Humor, seine Hilfsbereitschaft und sein Verständnis für all meine Launen. Die Tatsache, dass er im letzten Jahr für mich da war wie kaum jemand sonst. Mein Fels in der Brandung, mein Ruhepol. Je länger ich über mein Vorhaben nachdenke, desto unmöglicher erscheint es mir.

Jetzt sitze ich an einem Krankenbett nur ein paar Flure von seinem Zimmer entfernt und sollte dringend an irgendetwas anderes denken als an ihn. Instinktiv umklammere ich die Spirit Doll in der Tasche meines Hoodies, dabei habe ich vorhin schon beschlossen, dass das keinen Zweck hat: Der Mann, der mich gerufen hat, ist über achtzig und hat sich infolge einer Hüftgelenksoperation mit einem Krankenhauskeim infiziert. Daraus ist eine Blutvergiftung mit multiplem Organversagen entstanden. Im Gegensatz zu einer Unfallverletzung, wo ich eine Blutung stillen oder eine Wunde versorgen kann, lässt sich hier mit der Puppe nichts mehr ausrichten – denn genau genommen ist dieser Mann schon tot. Seine Seele hat mich erst gerufen, als der letzte Lebensfunke in seinem Körper bereits erloschen war. Inzwischen weiß ich, dass der Zeitpunkt, zu dem wir Schattenspringer gerufen werden, von Seele zu Seele unterschiedlich ist, weil manche Menschen täglich an den Tod denken, während andere ihn völlig aus ihrem Leben verdrängen.

Um diesen Mann zu heilen, müsste ich ihn von den Toten erwecken, und ich habe keine Ahnung, ob das überhaupt möglich ist. Vielleicht, wenn ich alles einsetze, was mir noch bleibt: Meine Erinnerung an das Kinodate mit Kyril, an kostbare Momente im Äther, mein letztes bisschen Glück. Aber etwas in mir sträubt sich vehement gegen diese Vorstellung, während ich reglos beobachte, wie auch die Ärzte und Schwestern im Zimmer, die mich nicht sehen können, inzwischen ihre Wiederbelebungsversuche aufgeben. *Auch der Tod gehört zum Leben dazu*, denke ich und bin nicht sicher, ob diese Worte meine eigenen sind, oder ob sie nicht eher von jemandem stammen, der mich überhaupt erst mit dieser vollkommen fremden Welt vertraut gemacht hat.

Entschlossen trete ich einen Schritt näher an das Bett und lege eine Hand auf den Brustkorb des Mannes. Der Bilderstrom läuft dort weiter, wo er vorhin abgerissen ist, als ich gegangen bin. Und doch kostet es mich alle Mühe, mich auf dieses andere Leben einzulassen. Da zu sein, zuzuhören und wirklich hinzusehen. Die Aufgabe, die mir längst ins Blut übergegangen ist, die mir im Grunde wohl schon immer im Blut lag, ist ohne Kyril doppelt so schwer. Er hat mich gut ausgebildet, trotzdem bin ich sicher, dass ich noch längst nicht alles weiß, was ich wissen muss. Dass er jetzt hier sein sollte.

Mit einem Seufzen vertreibe ich die wirren Gedanken und forme stumm den Namen des Verstorbenen. Auch das habe ich von Kyril gelernt. Ich spüre, wie sich die Seele mir entzieht. Verdammter Mist!

Sie merkt, dass etwas nicht stimmt. *Du warst zu lange weg*, flüstert die Stimme meines Gewissens, *du hast deine Aufgabe auf die leichte Schulter genommen. Es ist zu spät*. Der Strudel aus Vorwürfen und Schuldgefühlen dreht sich immer schneller und droht mich mitzureißen. Bis kein Platz mehr ist für Mitgefühl und Liebe, die in dieser Schattenwelt so wichtig sind.

Nein. Das darf ich nicht zulassen. Wenn schon nicht des Mannes wegen oder um meiner selbst willen, dann für Kyril. Diese Aufgabe muss ich für uns beide bewältigen. Ich atme tief durch und mache mich leer. Lasse mich fallen und von den neuen Gefühlen – Überraschung, Schmerz und dem verzweifelten

Widerstand gegen das, was unweigerlich kommen muss – füllen. Im Angesicht des fremden Leids werden meine eigenen Sorgen immer kleiner, bis sie schließlich ganz verschwinden. Ich bin jetzt nicht mehr Runa Davies. Ich vergesse sogar meinen eigenen Namen. Allein diese Seele heil hinüberzubringen, zählt noch. Durch den Äther bis an ihren persönlichen Ort der Geborgenheit und des Glücks. *Nach Hause.*

Als der Mann gegangen ist, atme ich erleichtert auf. Dann male ich mir Kyrils Krankenzimmer aus, um ihm noch einmal über das schlafende Gesicht zu streichen, bevor ich mich endlich auf den Weg nach Gilmerton mache. Mich zu teleportieren ist sicherer, als nachts über die Krankenhausflure zu wandern – Sondererlaubnis des Oberarztes hin oder her. Der vertraute Schwindel erfasst mich und ich gebe nach. Dann spüre ich wieder festen Boden unter meinen Füßen. Schwer atmend schlage ich die Augen auf. Und zucke im selben Moment erschrocken zusammen: Ich bin in Kyrils Krankenzimmer, aber ich bin nicht mehr allein mit ihm. Außer uns beiden ist noch jemand da.

Kieran sitzt auf dem Stuhl, der doch eigentlich mein Platz ist, direkt am Kopfende des Bettes.

Als er mir den Kopf zudreht, wirkt er völlig gelassen. Ein leichtes Lächeln liegt auf seinen Lippen und ich muss mich davon abhalten, darüber nachzudenken, ob es auch Kyrils Lächeln ist oder ob er stattdessen das Lächeln seiner Mutter geerbt hat. Ich hätte erwartet, dass Kyrils Vater wütend toben und mir Vorwürfe machen würde, weil wir ihm den Gesundheitszustand seines Sohnes verschwiegen haben. Allein der Gedanke, dass er mich wohl nicht zum zweiten Mal vom Institut werfen kann, hat mich beruhigt. Aber nichts dergleichen geschieht.

„Du dachtest wohl, du könntest es vor mir verheimlichen, dass meinem eigenen Sohn etwas zugestoßen ist? Ich kenne in dieser Stadt mehr Menschen, als du glaubst.“

„Soll das eine Drohung sein? Du machst mir keine Angst.“ Ich bin die falsche Förmlichkeit leid und duze ihn. Die Worte kommen schneller über meine Lippen als beabsichtigt. Wahrscheinlich sollte ich einfach gehen und mich nicht länger von Kieran provozieren lassen. Aber ich will nicht, dass er allein bei Kyril bleibt. Ist es paranoid von mir, dabei ein ungutes Bauchgefühl zu haben? Immerhin ist Kyril Kierans Sohn. Er liebt ihn, wenn auch auf seine eigene Weise, denn welcher Vater würde seinem Sohn absichtlich Leid zufügen? *Abgesehen von der Tatsache, ihm den Kontakt zu seiner Freundin zu verbieten*, korrigiert mich eine gehässige Stimme in Gedanken.

„Er ist alles, was mir noch geblieben ist. Mein eigen Fleisch und Blut.“ Kierans Worte reißen mich aus meinen Überlegungen. Wie immer klingen sie kühl und beherrscht, was nicht recht zu dem Pathos seiner Worte passen will. Ich denke an Aurel und an seine und Kyrils Mutter, Kierans Ex-Frau, aber ich schweige, weil ich von alledem offiziell nichts weiß.

Stumm verschränke ich die Arme vor der Brust und lehne mich abwartend gegen die Fensterbank. Das ist Kieran hoffentlich Zeichen genug, dass ich keine Lust habe, mit ihm zu plaudern. *Und er bitte schnell wieder verschwinden soll.* Denn so sehr ich auch versuche, Kierans Schmerz nachzuvollziehen: Es gelingt mir nicht. Jahrelang war ihm sein Sohn egal, warum sitzt er dann jetzt am Krankenbett und mimt den trauernden Vater? Es ist so einfach, im Nachhinein seine Verbundenheit mit einem Menschen zu bekunden; einen hübschen Kranz an einem Grab abzulegen und irgendetwas von Freundschaft oder gar Liebe draufschreiben zu lassen. Aber das auch zu leben, bei Sonnenschein genauso wie im Sturm, das ist das Schwere. Und alles, was zählt.

„Ich nehme an, du weißt bereits, dass es eine Möglichkeit gibt, ihn wieder zurückzuholen?“

Für einen winzigen Moment flammt Hoffnung in mir auf. Hoffnung darauf, dass Kieran wirklich einen Weg kennen könnte, von dem ich noch nichts weiß. Dass es doch eine einfache Lösung gibt und dieser Albtraum noch heute Nacht ein Ende findet. Ich ersticke sie im Keim, denn sie schmerzt zu sehr. *Oh, Runa*, denke ich, *du bist also doch noch naiv wie ein Kind. Wach auf. Oder: Wir leben nicht in einem Märchenbuch, wie Kyril sagen würde.*

Betont gleichgültig zucke ich mit den Schultern. „Ich bin sicher, die Ärzte tun ihr Bestes.“

Jetzt steht Kieran auf. In dieser plötzlichen Bewegung liegt so viel verhaltener Zorn, dass ich erschrecke. Offenbar war seine Selbstbeherrschung doch nur Fassade.

„Runa. Sieh ihn dir an. Du allein trägst die Schuld daran, dass er im Koma liegt; das ist dir doch bewusst?“

Dieser brutale Vorwurf erwischt mich so unvorbereitet, dass mir tatsächlich die Kinnlade herunterfällt. Aber offenbar erwartet Kieran ohnehin keine Antwort, denn er fährt fort: „Hatte ich nicht vielleicht ein Recht darauf, von seinem Gedächtnisverlust zu erfahren? Nein, du und Kyril, ihr hieltet es für eine gute Idee, mir stattdessen etwas vorzuspielen. Nur dass mein Sohn längst kein so guter Schauspieler ist, wie er glaubt. Und du? Du hast ihn an sein altes Leben erinnert, so ein törichter Einfall! Hättest du dich einfach von ihm ferngehalten, so, wie ich es dir geraten habe, wäre das alles niemals passiert."

Jetzt packt auch mich die Wut. So überwältigend, dass ich im ersten Moment gar nichts erwidern kann. Dann atme ich tief durch, besinne mich und presse hervor: „Das muss ich mir nicht antun, ich gehe jetzt." Auch Kieran wird wohl nicht die ganze Nacht hierbleiben und vielleicht kann ich später noch einmal wiederkommen, um in Ruhe Abschied von Kyril zu nehmen.

„Gib den Pariahs, was sie verlangen. Wenn es Kyril besser geht, kannst du von mir aus ans Institut zurückkehren."

Ich bin drauf und dran, zu erwidern, dass ich sowieso nicht weiterstudieren möchte, solange *er* das *Aconite* leitet. Dann geht mir auf, was Kieran da gerade gesagt hat. Woher weiß er von den Pariahs?

Er scheint mir die Überraschung anzusehen, denn er steht auf und kommt auf mich zu, sodass ich ihm wohl oder übel in die Augen sehen muss. „Wenn Kyril wieder aufwacht, steht deiner Zukunft am Institut nichts im Wege. Überleg dir deine Antwort gut, Runa. Du kannst nicht ewig vor deiner Schuld weglaufen."

Damit geht er an mir vorbei und verlässt das Zimmer, ohne sich noch einmal umzudrehen. Erst als die Tür hinter ihm zufällt, erwache ich aus meiner Schockstarre. Der Gedanke, mich von Kyrils Vater erpressen zu lassen, lässt mir die Galle hochkommen. Aber andererseits ahne ich, dass mir keine Wahl bleiben wird, wenn ich den Menschen retten will, der mir wichtiger ist als alles andere. Sogar als mein eigener Stolz.

Ich trete näher ans Bett, um noch einmal Kyrils Finger zu drücken. Zum ersten Mal, seit ich wieder in seinem Zimmer bin, sehe ich ihn an. Und bemerke, dass seine Augen im Gegensatz zu meinem letzten Besuch offen stehen. Ich weiß von Lali, dass Patienten im Wachkoma einen mehr oder weniger normalen Schlaf-wach-Zyklus haben, trotzdem trifft mich der Anblick unvorbereitet. „Kyril?", frage ich hoffnungsvoll und schelte mich noch im selben Moment dafür. Denn meine Freundin hat mir auch klargemacht, dass Kyril seine Umgebung trotz allem nicht wahrnimmt.

Keine Reaktion.

Ich dränge meine Enttäuschung zurück und tröste mich mit dem Gedanken, dass genau genommen kein Mediziner der Welt wissen kann, was in Kyril vorgeht. Spricht man bei einem Schattenspringer überhaupt von einem gewöhnlichen Wachkoma? Für die Ärzte sind diese Fälle schließlich auch neu.

Ein bisschen zu lange sehe ich in Kyrils glasige Augen und versuche, mir vorzustellen, wie er das Gesicht zu einem leichten Lächeln verzieht. Ich denke an den jungen Mann, dem ich im Äther begegnet bin und der mit dem Patienten im Krankenbett kaum noch etwas zu tun hat. In diesem Moment wird mir bewusst, dass manche Arten zu leben schlimmer sind als der Tod. Wenn die Alternative ist, Tag um Tag und Jahr um Jahr hier zu sitzen, ganz nah bei dem Menschen, den ich liebe, und doch viel zu weit weg, habe ich gar keine andere Wahl, als mich den Pariahs zu stellen. Nicht nur Kyril zuliebe, sondern auch um meiner selbst willen.

*

Gilmerton ist ein verschlafener Vorort von Edinburgh. Statt der majestätischen Kulisse von Old und New Town erwarten die

Besucher hier dicht gedrängte kleine Reihenhäuser und alltägliche Geschäfte. Ich kann mir kaum vorstellen, dass unter dem geflickten Asphalt der Straßen Schattenspringer leben sollen, die uralt sind. So alt wie Octavian oder noch älter. Allein die flüchtige Erinnerung an seinen Tod im letzten Jahr lässt mich erschaudern.

Das einstöckige Gebäude zu meiner Linken wirkt so unscheinbar, dass ich beinahe daran vorbeigelaufen wäre. Lediglich ein Hinweisschild im Fenster deutet daraufhin, dass hier etwas Besonderes versteckt liegt: *Gilmerton Cove – The secret beneath your feet* lese ich. Ein kurzer Text informiert über das unterirdische Labyrinth und die in den Sandstein gehauenen Kammern und Gänge, die die Wissenschaft seit ihrer Entdeckung vor über dreihundert Jahren vor Rätsel stellen. Der Tafel entnehme ich außerdem, dass man die Höhle früher zusammen mit einem Guide besichtigen konnte, sie aber derzeit wegen Einsturzgefahr gesperrt ist. *Das ist wohl eher eine nette Umschreibung für die Gefahren, die tatsächlich unter der Erde lauern,* denke ich spöttisch. Die Eingangstür ist dementsprechend verschlossen. So oder so, das Verbot wird mich nicht abhalten.

Ich folge dem Gehweg noch ein paar Schritte, bis hinter das angrenzende Haus. Hierhin reicht das Licht der Straßenlaternen nicht und ich kann mich teleportieren. Wie es im Gebäude aussieht, weiß ich von Fotos aus dem Internet: Die Innenräume des Hauses erinnern an eine kleinbürgerliche Stube aus dem neunzehnten Jahrhundert, nur eine schmale Türöffnung führt in das verwinkelte Höhlensystem darunter. Aber als ich die Augen schließe, fällt es mir schwer, überhaupt einen klaren Gedanken zu fassen. Obwohl ich eben noch völlig gelassen war – die

Wut auf Kieran hat all meine Zweifel verdrängt –, erobert die Angst sich ihren Platz jetzt umso energischer zurück. Für den quälenden Bruchteil einer Sekunde flutet Panik meine Zellen und vor lauter Adrenalin wird mir speiübel. Mein Verstand und mein Körper sind zwiegespalten. Ich will alles auf einmal; fliehen, bleiben und es so schnell wie möglich hinter mich bringen.

Ich öffne die Augen wieder und hebe den Blick zum Nachthimmel. Ob das wohl das letzte Mal sein wird, dass ich die Sterne über Edinburgh bestaune? Über dieser Stadt, die mir so viel bedeutet hat, obwohl die Liebe bald darauf in Hass umgeschlagen ist. Jetzt wird mir bewusst, dass diese beiden Emotionen gar nicht so weit voneinander entfernt sind. Kierans gefühlloser Gesichtsausdruck schießt mir bei diesem Gedanken durch den Kopf und erinnert mich an irgendetwas, aber ich bekomme es nicht ganz zu fassen. Und auch, was Lali über diese *matching souls* gesagt hat, lässt mich nicht mehr los: Bringe ich mit diesem Alleingang vielleicht nicht nur mich selbst in Gefahr, sondern auch Kyril? Ich darf sein Leben nicht leichtfertig aufs Spiel setzen und fühle mich wie in der Falle; ich kann weder vor noch zurück. Andererseits hat der Arzt uns nicht gerade Hoffnungen gemacht, Kyril könnte bald von allein erwachen – im Gegenteil, ich weiß ja, dass das dank mir erst geschehen wird, wenn er seine gestohlenen Erinnerungen zurückbekommt. Es ist zwecklos, nach einem anderen Ausweg zu suchen: Ich muss es tun. Für Kyril und für unsere Zukunft.

Ein zweites Mal schließe ich die Augen. Diesmal blende ich alles aus. Den kühlen Wind, der durch mein Haar fährt und in den Ausschnitt und die Ärmel meiner Jacke kriecht, das entfernte Rauschen eines Autos. Und vor allem meine eigenen überlauten Gedanken. Ich denke an Staub und Sandstein, male mir spärlich beleuchtete, enge Gänge und niedrige Decken aus, bis es mir den Boden unter den Füßen wegreißt.

Völlige Dunkelheit umfängt mich. Hat es funktioniert? Ich spüre, dass mir Angstschweiß auf der Stirn ausbricht. Geistesgegenwärtig ziehe ich mein Handy hervor und schalte die Taschenlampe ein. Vielleicht hätte ich mich gründlicher auf diese Expedition vorbereiten sollen, aber das bisschen Licht ist zumindest besser als nichts. Es dauert einen Moment, bis sich meine Augen an die schummrigen Lichtverhältnisse gewöhnt haben. Dann erkenne ich den langen Gang, der vor mir liegt, und beschließe ihm zu folgen, solange es geht. Und alle Abzweigungen rechts und links zu ignorieren, um mich nicht zu verlaufen. Auch wenn ich mich im Notfall wohl immer zurück an die Oberfläche teleportieren könnte – das hoffe ich zumindest.

Die Luft ist stickig und obwohl ich hier unten vor dem Wind geschützt bin, fröstelt es mich. Nicht nur vor Kälte, auch die gruselige Atmosphäre des Ortes lässt sich nicht leugnen. Ich denke an Aurels Erzählungen aus seiner Kindheit: Er hat alles, was ihm wichtig war, in sich versteckt wie einen Schatz, hat er gesagt. Ich stelle mir bildlich vor, wie ich dasselbe tue. Dabei wird mir klar, dass das unnötig ist: Ich würde den Pariahs ja bereitwillig all meine Erinnerungen geben. Solange ich dafür die Gelegenheit bekomme, mit Kyril neue Erinnerungen zu erschaffen.

Der Gedanke beruhigt mich und je länger ich der schmalen, in den Fels gehauenen Gasse folge, desto mehr ebbt meine Angst ab.

Schließlich komme ich an einen größeren Raum, der von dem Gang abzweigt. Etwas scheint mich hineinzuziehen und entgegen meinem Vorhaben, nicht vom Weg abzuweichen, halte ich inne. Der Lichtstrahl des Handys ist immer noch zu Boden gerichtet und eine dunkle Vorahnung hält mich davon ab, ihn direkt in den stockfinsteren Raum zu richten.

„Hallo, Runa. Wir hatten gehofft, dass du uns besuchen würdest."

Die Stimme klingt vertraut, trotzdem erschrecke ich mich beinahe zu Tode. Nach einem Schockmoment fange ich mich wieder: Ich wollte hier schließlich jemanden antreffen, oder?

„Komm rein. Und mach die grässliche Taschenlampe aus. Wir haben Kerzen."

Ich folge den Anweisungen der Stimme widerstandslos. Wenn ich nicht wüsste, dass diese ... Kreaturen mir alles genommen haben, könnte ich fast Erleichterung darüber verspüren, dass einer von ihnen sich so zivilisiert mit mir unterhält. Tatsächlich erhellt kurz darauf dämmriger Kerzenschein die Höhle. Ich besehe mir nur kurz die behauenen Wände, die Steinbänke und den geschwungenen Tisch in der Mitte des Raums, denn all meine Aufmerksamkeit gilt den sechs jungen Männern, die sich hier versammelt haben. Sie sehen ganz gewöhnlich aus, nur ein paar Jahre älter als ich, und nichts an ihnen wirkt uralt oder unheimlich. Vielleicht abgesehen von der Tatsache, dass sie in einer Höhle leben, in der ich außer ein paar Kerzen und den steinernen Bänken, Tischen und Liegen keine Einrichtungsgegenstände erkennen kann. „Ihr ... lebt hier unten?"

„Es hat wohl nicht mehr viel mit dem zu tun, was du dir unter *Leben* vorstellst."

„Aber wie kann es sein, dass niemand von euch weiß? Man konnte die Höhle bis vor Kurzem ja sogar besichtigen."

„Einen kleinen Teil, ja. Aber hinter den verschütteten Durchgängen geht es noch weiter. Dort, wohin sich niemand traut. Nun, Runa, bist du bereit für die Wahrheit?"

Ich schlucke und mache ein paar Schritte weiter in die Höhle hinein. Obwohl ich fest entschlossen bin, bringe ich kein Wort über die Lippen und zwinge mich, stattdessen zu nicken.

„Gut." Der junge Mann lächelt und reicht mir die Hand. Ich berühre nur einen seiner Finger, trotzdem fällt die Fassade, die mich in Sicherheit gewogen hat, schlagartig und der Pariah zeigt sein wahres Gesicht. Beklemmung schnürt mir den Brustkorb zu, während er vor meinen Augen altert, ja, beinahe zu Staub zerfällt. Das blaue Band um seinen Hals hebt sich leuchtend von der gräulichen, papierdünnen Haut ab. Seine Gliedmaßen sind umständlich am Körper festgebunden, so als wären sie einmal abgetrennt gewesen. An manchen Stellen liegen die Muskeln oder die Blutgefäße frei; fein säuberlich herauspräpariert von geübter Hand. *Mein Gott.* Ich ziehe die Finger eilig zurück. Sie schmerzen, so, als hätte ich mich verbrannt, und sie fühlen sich gleichzeitig eiskalt an.

Einer nach dem anderen tritt vor, gerade lange genug, dass ich ihn voller Entsetzen betrachten kann.

Bei einem der Männer entdecke ich ein bläuliches Band, das um Hals und Nacken verläuft wie bei demjenigen, der mich begrüßt hat und den ich aus meinem Traum kenne. Ein anderer hat einen auffälligen Hautausschlag, der auf eine Vergiftung hinweist; einem prangt ein klaffender Schnitt an der Kehle; einer ist so aufgedunsen, dass er ins Wasser gegangen sein muss; wieder einem fehlt, als ich ihn berühre, eine Hälfte seines Gesichts. Der Anblick ist grausam. Noch grausamer ist allerdings die Vorstellung, dass sie alle vor lauter Verzweiflung versucht haben, ihr Leben eigenmächtig zu beenden. Ohne Erfolg. Der Fluch dieser Schattenspringer ist die Unsterblichkeit.

Ich muss mich daran erinnern, dass sie Kyril bestohlen haben, um das Mitgefühl, das in mir aufsteigen will, zu verdrängen.

„Ihr seid Diebe", flüstere ich. Ob sie ihre falsche, jugendliche Erscheinung den Erinnerungen verdanken, die Kyril und mir gehören?

„Es stimmt, wir haben uns etwas genommen, das uns nicht gehört. Gib uns, was wir verlangen, dann bekommst du es zurück."

„Und was verlangt hier?", frage ich, obwohl ich die Antwort kenne.

In den grauen Augen des Pariahs blitzt etwas auf. „Den Tod."

„Den Tod kann ich euch nur bringen, wenn ihr nach mir ruft."

„Das tun wir", widerspricht einer der anderen. „Hast du uns nicht in deinen Träumen gesehen?"

Natürlich habe ich von ihnen geträumt, aber was, wenn das nicht ausreicht? Ich habe den Ruf ihrer Seele nicht gespürt.

Der Pariah, der versucht hat, sich zu erhängen, wendet sich wieder an mich. „Wir wissen, dass du es schon einmal geschafft hast."

Die Gedanken schwirren durch meinen Kopf: Sie sprechen von Octavian, aber ihn habe ich zuerst mit einer Puppe geheilt. Wenn die Pariahs wie er sind, müssten sie ebenfalls kein Herz mehr haben. Und dann kann ich ihren Ruf auch nicht spüren. Ein erschreckender Gedanke, der mir schon viel früher hätte kommen sollen. Habe ich mir ganz umsonst Hoffnungen gemacht, den Pariahs im Tausch gegen Kyrils Erinnerungen etwas anbieten zu können? „Hat man euch eure Kräfte genommen?", frage ich.

Die Pariahs nicken einer nach dem anderen.

„Und auch … das Herz?"

Der Pariah, der mit mir gesprochen hat, wirft mir einen ungeduldigen Blick zu. Kurz flackert Verärgerung in seinem zerfallenen Gesicht auf. „Sieh selbst", fordert er und bleibt so nah vor mir stehen, dass ich fast durch ihn hindurchsehen kann.

„Ich … ich kann es versuchen", stammle ich und erinnere mich selbst mit aller Kraft daran, dass ich niemals einen Mann namens Kyril gekannt – oder gar geliebt – habe, bevor ich die Hand wieder nach dem Pariah ausstrecke.

Die Bilder fluten mein Bewusstsein und mir bleibt nichts weiter übrig, als mich von diesem Strom mitreißen zu lassen. Trotzdem spüre ich, dass etwas anders ist als sonst: Statt dieses fremde Leben von der Geburt bis zum gegenwärtigen Moment hautnah mitzuerleben, erkenne ich nur Bruchstücke. Ich erfahre, dass der Pariah Arthur Duncan heißt und am Royal College Medizin studiert hat, was mich nicht überrascht. Offenbar hat Aurel auch von ihm Erinnerungen eingefangen. Hier und da blitzt ein mehr oder weniger gewöhnliches Studentenleben aus dem neunzehnten Jahrhundert vor mir auf – Tage und Nächte zwischen Pubs, Boxclubs und den Hörsälen der Universität. Aber da ist noch ein anderer Mann, ebenfalls Mediziner. Er ist älter, sein Gang schon etwas gebeugt. Nur seine Augen wirken jung und so durchdringend, dass mir eiskalt wird. Duncan begegnet ihm bei einer Vorlesung im Anatomietheater. Sein

Name: Dr. Robert Knox. Später kehrt Duncan für eine private Lektion in den Anatomiesaal zurück. *Nimm Platz*, fordert der Doktor und reicht ihm ein Glas Wein. *Oder fürchtest du, dass ich auf Vivisektionen umgestiegen bin?*, fragt er scherzhaft. Duncan lacht und setzt sich auf die Marmorplatte. Sie unterhalten sich, trinken den Wein. Ein warmes, wohliges Gefühl flutet Duncans Körper, aber gleichzeitig wird ihm übel. Der Schwindel verstärkt sich. Er sackt auf die Steinplatte zurück. Ein dumpfer Schmerz und das Gesicht des anderen schwebt plötzlich ganz nah über seinem, dann wird alles schwarz.

Als er erwacht, fühlt sich sein Körper fremd an. Er will sich aufrichten, aber er ist unendlich erschöpft. Mühsam hebt er einen Arm und betrachtet seine Hand. Sie ist faltig, die Adern wulstig hervorgetreten. Wie bei einem alten Mann.

Duncans Panik ist beinahe greifbar. Sie verteilt sich in dem holzvertäfelten Raum wie ein giftiger, dichter Dunst. Er bekommt keine Luft mehr – *ich* bekomme keine Luft mehr. *Das ist alles nur eine Illusion*, sage ich mir, *eine Erinnerung im Äther.* Aber kaum, dass ich das gedacht habe, verändert sich die Umgebung: Der Hörsaal löst sich vor meinen Augen in Luft auf und statt Marmor spüre ich unter meinen Händen und Knien das Kopfsteinpflaster der Gassen Edinburghs. Der metallisch-süßliche Geruch von Blut liegt in der Luft, ein Stück Tweed blitzt am Rand meines Sichtfelds auf und ich begreife: Das ist der Tag, an dem mein Vater starb. Bei Gott, ich kann das nicht alles noch einmal durchleben. Ich schluchze auf und halte mir die Augen zu. Doch das ändert nichts: Vor mir steht meine Mutter, eine blutige Stecknadel in der Hand. *Nein, nein, nein. Das ist vergangen, ich kann es nicht mehr ändern und ich will es nicht sehen.* Dann, mit einem Mal, Kyrils Gesicht. Er lächelt, umfasst mit einer Hand meine Wange und zieht mich zu sich. Aber als sich unsere Lippen berühren, schüttelt er den Kopf und weicht von mir zurück. Sein Blick geht ins Leere. „Was hast du getan, Runa? Was hast du nur getan?" Die Stimme, die diese anklagenden Worte spricht, gehört nicht ihm, sondern Tristram. Seine Augen sind gerötet, weil er geweint hat. „Wie viele Menschen müssen noch deinetwegen sterben?"

Ich schnappe nach Luft und versuche, mich zu orientieren, aber die Bilder wechseln schwindelerregend schnell und jedes ist schrecklicher als das vorige. Mum, Kyril, Tris. Die Toten des Bootsunglücks. Die sterbenden Seelen, die ich verabschiedet habe, obwohl sie noch nicht gehen wollten. Alles um mich herum dreht sich. Irgendwo muss ein Ausgang sein. Warum bin ich überhaupt hier? Ich hatte eine Aufgabe, aber ich kann mich nicht mehr erinnern, was genau das war … ich … ich muss …

Tränen laufen heiß über meine Wangen, aber als ich sie beiseite wische, sind meine Hände nichts als Knochen und graue Haut, die sich in Fetzen darüber spannt. Mit aller Macht stelle ich mir vor, wie ich aus diesem Albtraum aufwache; versuche, mich irgendwohin zu teleportieren, aber nichts geschieht. Stattdessen werden die anklagenden Stimmen immer lauter. Die Geister meiner Vergangenheit haben mich umzingelt. *Es ist vorbei, Runa.* Die Worte hallen durch meinen Kopf und ich kann nicht sagen, ob der Gedanke mein eigener ist oder von jemand anderem kommt. Ich weiß nur, dass es stimmt: Ich habe kein Recht auf dieses Leben. Alle, die ich liebe, habe ich ins Verderben gestürzt. Vielleicht geht es ihnen ohne mich besser.

Bei dieser Vorstellung bahnt sich ein schmaler, gewundener Pfad durch das Chaos. Er führt auf eine paradiesisch grüne Wiese, die mich an Flat Holm erinnert, nur dass dort keine Apfelbäume wachsen. Hier steht jedoch ein ganzer Hain in voller Blüte. Der süßliche Duft schwappt zu mir herüber. Er scheint zu sagen: *Komm. Hier bist du frei.* Ich bilde mir ein, ein kleines Mädchen lachen zu hören und im selben Moment tritt Kyril hinter einem der Bäume hervor. Er sieht aus wie früher, quicklebendig und gesund, ein wissendes Lächeln auf den Lippen. *Ich habe auf dich gewartet.*

„Runa."

Diese Stimme ist anders, nicht liebevoll und sanft, sondern energisch und bestimmend, beinahe zornig. „Sie lügen. Sie belügen dich alle. Dreh dich um und nimm meine Hand." Ich will mich nicht umdrehen. Was soll das heißen, *sie lügen*? Zögerlich mache ich einen Schritt nach vorn, auf die Apfelbaumwiese und auf Kyril zu.

Eine Hand umfasst meine Schulter, zart und kühl. Trotzdem packt sie mit erstaunlich festem Griff zu. Ungeduldig fahre ich herum – und sehe in das Gesicht einer jungen Frau, die wirkt wie aus der Zeit gefallen. Große, braune Augen, Alabasterhaut und ein Spitzenkragen zu einem eng geschnürten Kleid. Sie sieht aus wie gemalt. Ich habe das Gefühl, ihr schon einmal irgendwo begegnet zu sein. Jetzt schließt sie für einen Moment die Lider, als müsste sie sich konzentrieren. Und da zerfällt das Trugbild vor meinen Augen. Nur für den Bruchteil einer Sekunde zwar, aber das genügt, um zu bemerken, dass ihre Haut nicht alabasterweiß, sondern in Wirklichkeit kohlschwarz ist. Verbrannt. Ich erschrecke und versuche, den erschütternden Anblick aus meinem Gedächtnis zu vertreiben. Doch dann erinnere ich mich plötzlich. „Elizabeta", flüstere ich.

Sie nickt. „Du musst fort, Runa. Es ist zu gefährlich hier, solange du starke Gefühle in dir trägst. Gefühle, die eine zerstörerische Kraft besitzen: Reue, Kränkung und Rachedurst." Sie hebt eine Hand, wie um mir zu bedeuten, sie nicht zu unterbrechen. „All das kenne ich selbst nur zu gut. Meinen Vater haben sie ins Verderben gestürzt. Aber du hast ihn erlöst. Ich bin dir etwas schuldig – nein, ich möchte dir freiwillig etwas geben. Wenn du mir folgst, gelangst du zurück in dein Leben. In die echte Welt, die dir mehr bieten kann als ein Traumgespinst, egal, wie grausam sie ist. Bevor du wiederkommst, musst du dich zuerst deinen eigenen Dämonen stellen, verstehst du?"

Wie mechanisch nicke ich.

Sie deutet mit einer Hand auf einen Weg, der jetzt auch in die andere Richtung abzweigt, und läuft vor. Die ausgezehrten Gesichter der Pariahs blitzen für eine Sekunde vor meinem inneren Auge auf und ich weiß, dass es die richtige Richtung ist. „Elizabeta", rufe ich ihr nach, bevor sie entschwinden kann. „Es tut mir leid, dass ich es nicht geschafft habe, auch dich zu erlösen. Vielleicht gibt es eine Möglichkeit –"

Lächelnd schüttelt sie den Kopf. „Es ist alles so, wie es sein soll, Runa. Du kannst loslassen. Ich werde noch eine Weile zwischen den Welten ein- und ausgehen, um die Taten meines Vaters zu sühnen. Das verschafft meiner Seele mehr Frieden, als jedes Paradies es könnte."

Für einen Moment wundere ich mich darüber, dass sie Octavians Hass auf die Schattenspringer nicht zu teilen scheint, obwohl sie vor Jahrhunderten als Sündenbock qualvoll auf dem Scheiterhaufen gestorben ist, dann atme ich erleichtert auf und sehe ihr nach. Kurz bevor Elizabeta verschwunden ist, treffe ich die schwerste Entscheidung meines Lebens. Und folge ihr.

Als ich wieder zu mir komme, liege ich auf der steinernen Bank in der Höhle. Die Kerzen sind weit heruntergebrannt und die Pariahs sitzen rings um mich herum, sie haben wieder ihre jugendliche und weniger furchteinflößende Gestalt angenommen. In ihren Augen leuchtet eine schwache Hoffnung, eine unausgesprochene Frage. Bevor sie sie stellen können, schüttle ich enttäuscht den Kopf. „Ich konnte es nicht tun", presse ich schwer atmend hervor. „Ihr habt mir nicht die ganze Wahrheit gesagt."

„Das stimmt", sagt der Pariah, den ich eben berührt habe. Er beginnt, sein Hemd aufzuknöpfen. „Weil wir die ganze Wahrheit nicht kennen. Und das wenige, was wir wissen und was du gesehen hast, entgleitet uns Tag für Tag."

Ich denke an Aurels Animarium und ahne, dass die Pariahs sich nach genau den Erinnerungen sehnen, die er eingesammelt hat, auch wenn ich nicht weiß, wie ich sie ihnen zurückgeben kann.

Der Pariah schiebt den schlichten weißen Leinenstoff des Hemds beiseite und zum Vorschein kommt eine Wunde auf der linken Seite seiner Brust, mit wenigen Stichen vernäht und lediglich von einem Stück gewachstem Garn zusammengehalten. Darunter pulsiert etwas; eine dunkle Masse, die sich rhythmisch gegen die Naht drückt.

„Du wolltest wissen, ob wir ein Herz haben. Hier ist die Antwort."

Mein Atem stockt. „Wer … wer hat euch das angetan?“, frage ich.

Der Pariah schüttelt den Kopf. „Das kann ich dir nicht sagen. Wir haben geschworen, ihn nicht zu verraten. Er ist unsere einzige Chance. Er ist ein Teil von uns. Wir hassen und wir lieben ihn.“

„Hassen ihn, lieben ihn, hassen ihn …“ Die anderen wiederholen seine Worte im grausigen Chor. Plötzlich fröstelt es mich. Die Stimmung hat sich verändert, aber ich kann nicht genau benennen, was geschehen ist. Irgendetwas Kühles streift meine Schulter, oder bilde ich mir das nur ein? Die Wände scheinen näher zu kommen und das Herz klopft mir bis zum Hals. *Nur ein bisschen*, flüstern die Pariah, *gib uns doch nur ein bisschen von deinem Glück.*

Ich sehe Kyrils Gesicht vor mir und zwinge mich, dem einlullenden Singsang zu widerstehen. Es kostet unglaublich viel Kraft, an allem festzuhalten, was mich ausmacht. Die guten und die schlechten Tage meiner Vergangenheit heraufzubeschwören und zu bewahren – ich weiß, dass beide wichtig sind. „Nein, meine Erinnerungen kriegt ihr nicht!“

Statt mich meiner Angst zu ergeben, renne ich. Ich renne, so schnell ich kann, bis ich wieder den Wind auf meinem Gesicht spüre und das Leben, das in meinen Adern pulsiert. Dann breche ich vor Erschöpfung zusammen.

For Auld Lang Syne

AUREL

Sie liegt friedlich da, so als hätte sie sich einfach nach einer langen Wanderung auf dem Gras ausgestreckt und wäre eingeschlafen.

Nach dem ersten Schreckmoment sacke ich neben Runa zu Boden und klopfe ihr auf die Wange. „Runa! Hörst du mich?"

Sie seufzt verschlafen und öffnet blinzelnd die Augen. Als sie mich entdeckt, zuckt sie zusammen und richtet sich auf. Weil sie ein wenig schwankt, halte ich sie fest.

„Aurel. Was machst du hier?" Dem Tonfall nach freut sie sich nicht gerade, mich zu sehen.

„Dasselbe könnte ich dich fragen, oder nicht?"

„Könntest du. Aber ich denke, du kennst die Antwort." Sie klopft sich die Erde von den Knien.

„Du bist wirklich alleine zu den Pariahs gegangen? Obwohl ich dich eindringlich davor gewarnt habe? Ich fasse es nicht." Ich versuche, pragmatisch zu denken und meinen Ärger in Schach zu halten, trotzdem kommt mir ein wütendes Schnauben über die Lippen. „Ist alles in Ordnung? Haben sie dir etwas angetan? Dich … bestohlen?“

„Nein. Mir geht es gut.“ Wir laufen ein Stück weg von der Höhle, und Runa verschränkt die Arme vor der Brust. Sie sieht aus, als würde sie mir am liebsten den Kopf abreißen, also lenke ich ein: „Ich hätte mir ja denken können, dass die Freundin meines Bruders mindestens genauso stur ist wie er.“

Plötzlich bleibt Runa stehen. Ich hatte sie aufmuntern wollen, aber ich konnte ihr weder ein Lächeln entlocken noch sie dazu bringen, entnervt die Augen zu verdrehen. Stattdessen funkeln Tränen in ihren Augenwinkeln. Sie streicht sich den Pony aus der Stirn. „Das war gefährlich und dumm, ich weiß. Aber ich konnte einfach nicht mehr warten, okay? Ich habe keine Ahnung, wie ich auch nur einen Tag länger tatenlos herumsitzen und … und dabei zusehen soll, wie er –“, ihre Stimme bricht und die folgenden Worte sind kaum mehr als ein Flüstern, „– wie er sich immer weiter auflöst, bis er irgendwann ganz verschwunden sein wird. Ich will die verdammte Zeit zurückdrehen. Selbst mit meiner Verbannung und auch wenn wir uns nur heimlich sehen konnten, war die Vergangenheit allemal besser als das hier.“

„Das verstehe ich.“ Es kostet mich alle Mühe, ihr nicht zu sagen, *wie* gut ich sie in Wirklichkeit verstehe. Wie sehr ihre widersprüchlichen Gefühle – Verzweiflung, Wut, Angst und die beständig flüsternde Hoffnung, die sich weigert, zu schweigen, egal, wie aussichtslos die Lage ist – mich an mich selbst erinnern. Aber ich habe irgendwann akzeptiert, dass sich manches nichts ungeschehen machen lässt. Dass ich Linda nicht retten kann.

Und doch: Wenn ich Runa so betrachte, keimt in mir fast der Verdacht, dass ich zu früh aufgegeben habe. Runas Trotz macht mich wütend, aber er schenkt mir auch neue Zuversicht. Endlich erlaube ich mir, den einen Gedanken zu Ende zu führen, der mich seit etlichen schlaflosen Nächten quält: Vielleicht geben die Pariahs nicht nur Kyril im Tausch gegen ihre eigene Sterblichkeit frei, sondern auch Linda.

„Du hast versucht, die Pariahs zu erlösen, oder?"

Runa zuckt mit den Schultern, die Arme immer noch verschränkt, und kickt einen Stein über den Boden. „Ja – keine Chance. Ihr Äther ist … anders als alles, was ich bisher gesehen habe. Und ich habe im letzten Jahr bei meinen Aufträgen schon viel gesehen." Sie schüttelt ungläubig den Kopf. „Ich wollte ihr Leben nachvollziehen, aber auf einmal waren viel zu viele Menschen aus meinem eigenen Leben da. Die Geister der Vergangenheit, wenn man so will."

Obwohl ich gern etwas Tröstliches sagen oder Runa in den Arm nehmen würde, habe ich das Gefühl, dass es jetzt besser ist, wenn ich schweige. Und einfach zuhöre.

„Ich habe Tristram gesehen, meine Mutter und natürlich Kyril." Sie atmet lange aus. „Es war einfach zu viel."

„Deshalb ist der Äther so gefährlich: Wenn du deine Gefühle nicht unter Kontrolle hast, bist du dort verloren."

„Und wie soll ich das machen, meine Gefühle unter Kontrolle kriegen? All meine Erinnerungen und alle Sorgen einfach aussperren?"

„Wahrscheinlich ist es der sicherere und leichtere Weg, sich seinen Dämonen zu stellen, bevor man sich in den Äther wagt. Tatsächlich reinen Tisch zu machen, meine ich." Ich bezweifle, dass es das ist, was Runa hören möchte und ich wünschte, ich könnte ihr zeigen, wie ich meine Erinnerungen vor den Pariahs bewahre. Aber das ist schon einmal schiefgegangen, bei Linda, und dieses Risiko kann ich nicht eingehen. Nachdenklich fahre ich mir durchs Haar.

Runa unterbricht meine Überlegungen: „Kannst du den Pariahs nicht einfach die Flakons überlassen? Ich meine, hast du das überhaupt versucht?"

„Natürlich habe ich das versucht." Ich seufze leise. „Aber es hat nicht geklappt. Die Pariahs haben in den Flakons im Gegensatz zu mir gar nichts gesehen. Offenbar ist es nicht so leicht, jemandem eine Erinnerung an etwas, das er durchlebt hat, zurückzugeben. Ganz im Gegensatz dazu, diese Erinnerung zu verlieren." Frustriert schüttle ich den Kopf. „Du willst endlich etwas unternehmen?"

Runa nickt.

„Vielleicht gibt es noch eine Möglichkeit. Ich kenne eine Person, die von den Pariahs bestohlen wurde und jetzt trotzdem ein normales Leben führt." *Jemanden, der genau wie wir etwas von ihnen zurückhaben möchte,* flüstert eine Stimme in meinem Kopf. Ich schüttle den Gedanken ab. „Vielleicht kann sie uns helfen."

„Was?" Runa bleibt stehen, packt mich am Arm und zwingt mich so, ebenfalls innezuhalten. „Wieso sagst du das erst jetzt?"

Tja, warum, Aurel? Weil jemanden lieben auch bedeutet, seine Entscheidungen zu akzeptieren, selbst wenn es das Schwerste auf der Welt ist? Oder weil du es nicht ertragen könntest, mit anzusehen, wie sie sich noch einmal gegen dich entscheidet?

„Ähm." Ich spüre, wie mir die Hitze ins Gesicht steigt. „Es ist kompliziert und … ich fürchte, sie möchte mich nicht sehen."

„Wer ist sie?"

„Sie heißt Linda Shaw. Aber inzwischen nennt sie sich Dilan."

„Dilan Shaw?" Runas Stimme sagt mir, dass sie Linda bereits kennt. „Ich werde sie auf keinen Fall um Hilfe bitten. Sie hat Tristram auf dem Gewissen, sie hat jemanden umgebracht, verdammt! Und wie kommst du überhaupt auf die Idee, dass sie uns helfen würde? Kyril und sie haben sich gehasst."

„Weil Linda nicht immer so war, Runa. Wir waren ein Paar, aber die Begegnung mit den Pariahs hat sie verändert." Ich zwinge mich zu einem hoffnungsvollen Lächeln, das wahrscheinlich eher gequält wirkt. „Vertraust du mir, Runa?"

Sie zögert kurz, ihr Blick fliegt über mein Gesicht und ich frage mich, was – oder wen – sie darin sucht. Schließlich nickt sie. „Ich werde kein Wort mit Dilan reden, aber tu, was du nicht lassen kannst."

Das reicht mir als Erlaubnis.

Wir nehmen ein Taxi zum Institut. Vor einem Jahr hätte ich genau gewusst, wo ich Linda um diese Uhrzeit antreffe, ich kannte ihren Stundenplan auswendig. Und jetzt, nachdem ich so viel Zeit damit verbracht habe, alles über sie zu vergessen, stehe ich doch wieder am Hauptportal auf der South Bridge und überlege, ob sie wohl immer noch im selben Apartment wohnt wie früher und, falls ja, wie ich möglichst ungesehen dorthin komme. Zwar weiß hier niemand, wer ich bin, aber mein Vater würde mich vielleicht wiedererkennen. Auch wenn ich dem Jungen, der damals von zu Hause weggelaufen ist, kaum noch ähnlichsehe. Zur Sicherheit schlage ich den Kragen meines Mantels hoch.

Runa wirkt immer noch skeptisch, aber ich weiß, dass ich es ihr und Kyril schuldig bin, alles zu versuchen. Jede Chance zu ergreifen, selbst wenn sie nicht mehr ist als ein Grashalm, an den ich mich klammere.

„Wir treffen uns später im *Black Medicine*, okay? Ich brauche jetzt sowieso erst mal was, um mich aufzuwärmen."

„Alles klar." Ich umarme sie zum Abschied. „Wir schaffen das."

Wie sie so vor mir steht und mich trotzig anfunkelt, habe ich das Gefühl, mich selbst zu sehen. Als ich nur ein wenig jünger und rebellischer war. Dann dreht sie sich um und geht.

Die Verzweiflung in ihrem Blick schmerzt immer noch, als hinter mir jemand meinen Namen ruft. Mit einer viel zu vertrauten Stimme.

Ich drehe mich um und erstarre. Vor dem Portal steht eine junge Frau. Der Wind wirbelt ihr das kastanienbraune Haar ins Gesicht. Das Gesicht, das ich mir bis ins Detail eingeprägt habe, um nichts zu vergessen, und das an einsamen Tagen im Animarium auf mich wartet: Lachfältchen um die blassblauen Augen, die Oberlippe ein bisschen voller als die Unterlippe und ein Grübchen im Kinn, das ich viel zu oft geküsst habe. Es ist zweifellos dasselbe Gesicht und trotzdem gehört es einem ganz anderen Menschen. Ich sehe Linda an, dass sie lange nicht gelächelt, geschweige denn gelacht hat. Sie ist bleich, ihre Augen wirken müde, und ich glaube, sie hat abgenommen. Am liebsten würde ich sie an mich ziehen, so fest es geht, und sie nie wieder loslassen. Sie an all das Schöne erinnern, das wir zusammen erlebt haben. Aber ein anderer Teil von mir möchte nichts als weglaufen.

„Du hast mich schnell vergessen." Ihre Stimme ist kühl und sofort meldet sich mein schlechtes Gewissen. Wie lange hat sie Runa und mich schon beobachtet?

„Das war nur eine Freundin." Ich räuspere mich. „Schön, dich zu sehen, Linda."

„So heiße ich nicht mehr."

Ich weiß, dass die Noxe ihr diesen neuen Namen aufgezwungen haben, damit sie ihr altes Leben hinter sich lässt. Doch die Buchstaben sind dieselben – also hat Linda noch nicht vollends losgelassen, oder? Ich bringe es nicht übers Herz, sie bei ihrem neuen Namen zu nennen. „Ich weiß. Und ich habe nichts vergessen. Keinen einzigen Tag. Ich frage mich nur, ob du dich noch erinnerst."

„Was willst du?" Sie tritt einen Schritt zur Seite und lehnt sich an die imposante Sandsteinfassade des Instituts.

„Mein Bruder wurde von den Pariahs überfallen. Er liegt im Koma. Du bist die einzige Person, die ich kenne, die eine Begegnung mit ihnen überstanden hat. Ich brauche deine Hilfe."

„Das tut mir leid." Für einen Moment regt sich aufrichtiges Mitgefühl in Lindas Zügen. Die harten Linien um ihren Mund glätten sich und fast sehe ich das Mädchen von damals vor mir. Selbst wenn in den letzten Monaten tatsächlich ein erbitterter Konkurrenzkampf zwischen Kyril und ihr entbrannt sein sollte, scheint sie zu verstehen, wie ernst es mir ist. Aber der Augenblick verfliegt und ihre folgenden Worte holen mich auf den harten Boden der Realität zurück: „Aber ich kann nichts für ihn tun."

„Kannst du nicht oder willst du nicht?" Bestimmt klinge ich jetzt durch und durch wie der verletzte Ex-Freund, aber ich muss es einfach wissen.

Linda schüttelt nur den Kopf. Sie wirkt niedergeschlagen. „Wir wissen doch beide, dass das keine Rolle spielt."

Ich lasse meine Knöchel knacken und atme durch zusammengebissene Zähne langsam aus. „Bitte, lass uns in Ruhe darüber reden. Du weißt, wo du mich findest."

Sie schweigt. Schweigen ist immerhin kein Nein. „Wenn ich dir noch etwas –" *Nein, stopp. Darum geht es hier nicht.* Ich setze neu an. „Wenn dir überhaupt jemals etwas an mir gelegen hat, dann hörst du dir wenigstens an, was ich zu sagen habe. Heute Abend. Ich werde da sein und auf dich warten. Um der alten Zeiten willen."

Lindas Stirn kräuselt sich und ich kann nicht sagen, ob sie verärgert oder überrascht ist. Wenn ich ehrlich bin, will ich es auch gar nicht wissen. Mit aller Kraft halte ich mich davon ab, eine Hand nach ihr auszustrecken und sie zu berühren, wenigstens den Saum ihrer Jacke, damit mir bewusst wird, dass sie kein Traumbild ist, sondern aus Fleisch und Blut. Aber genau genommen ist auch das egal, denn in einem schönen Traum lägen wir uns längst in den Armen und in meinen Albträumen ist Linda ohnehin ein stetiger Gast. *Zeit aufzuwachen, Aurel Ironmonger.*

Stumm drehe ich mich um, laufe die Straße in Richtung *Black Medicine* hinunter und hoffe einfach das Beste.

*

Ich habe mir das anders vorgestellt. In meiner Fantasie wäre die ganze Villa vom Schein der Bienenwachskerzen erfüllt, die Brandon kistenweise gehortet hat, so wie fast alles andere. Ich würde eine Flasche Wein und zwei Gläser kalt stellen. Vielleicht sogar etwas zu essen kommen lassen. Auf die Gelegenheit, allein mit Linda zu reden, warte ich schon lange, und ich habe sie so sehr herbeigesehnt, dass ich mich beim Gedanken an das bevorstehende Treffen wie betäubt fühle. Ich weiß, dass sie mir lange der wichtigste Mensch auf der Welt war – es vielleicht noch immer ist, trotz allem –, aber ich spüre es nicht mehr. Ausgerechnet jetzt, wo es darauf ankommt, ist dieses Gefühl, dessen ich mir so sicher war, plötzlich weg. Und auch meine Selbstbeherrschung lässt mich im Stich. Ich gehe im Haus auf und ab, irre ziellos durch die Flure und sehe in jeden Spiegel, an dem ich vorbeikomme, bis mir vor Aufregung ganz schwindlig ist. Dabei weiß ich ohnehin, dass Linda und ich schon lange über den Punkt hinaus sind, an dem Oberflächlichkeiten etwas zählen. Und vielleicht auch, dass ich diesen Kampf gegen ihre Dämonen unmöglich gewinnen kann, ja, ihn wahrscheinlich längst verloren habe.

Aber heute Abend geht es nicht um dich, sage ich mir, *sondern um die einzige Familie, die dir geblieben ist: Kyril.* Und auch um Runa, Lali, Chelsea, vielleicht sogar um die Zukunft aller Schattenspringer.

Die Minuten ziehen quälend langsam vorbei. Irgendwann bin ich sicher, dass Linda nicht mehr kommen wird, dabei hat sich die Sonne erst vor einer Stunde hinter der Forth Bridge gen Horizont gesenkt. Ich halte es drinnen nicht mehr aus, also beschließe ich, im Garten frische Luft zu schnappen, und setze mich auf die breite Steintreppe hinter dem Haus, vielleicht kann ich dann wenigstens später besser schlafen. Im Grunde ist mir klar, dass ich sowieso kein Auge zutun werde. Wie auch, nach allem, was geschehen ist? Selbst meine Vermutung, dass Dr. Robert Knox irgendwie in Zusammenhang mit dem Schicksal der Pariahs stehen könnte – dass er vielleicht sogar für ihr Leiden verantwortlich ist, weil er ihnen das Herz und damit die Schattenspringerkräfte gestohlen hat – hat sich als Sackgasse herausgestellt. Denn als ich Runa im Café von meiner Vermutung erzählt habe, hat sie mir im Gegenzug die Details ihrer grausigen Begegnung in der Gilmerton Cove anvertraut.

Es ist kalt und bis auf den stoisch blühenden Winterjasmin wirkt der Garten trostlos, aber ich friere nicht. Eine Bewegung zwischen den hohen Birken weiter hinten lässt mich hochschrecken. Und tatsächlich: Linda ist gekommen. Ihr Haar schimmert im letzten Licht des Tages, in den Baumwipfeln singt irgendwo ein Rotkehlchen und die dünnen, im Wind wiegenden Äste lassen die Szenerie noch unwirklicher aussehen.

Eilig rappele ich mich auf und gehe ihr entgegen. Eine Armeslänge entfernt von ihr bleibe ich stehen. Plötzlich schlägt mir das Herz bis zum Hals. „Du bist doch gekommen. Dann bin ich dir nicht egal. Und ich dachte, ich hätte dich für immer verloren, nachdem …“ *Nachdem du all unsere Prinzipien verraten hast.* Ich schlucke die verbitterte Bemerkung ungesagt herunter, denn es sind ohnehin schon zu viele Worte unüberlegt aus mir herausgesprudelt.

„Das hast du auch.“ Ihre Stimme klingt kühl. „Ich glaube nicht, dass von dem Menschen, der ich früher war, noch viel übrig ist. Es tut mir leid, wenn ich dich enttäuschen muss.“

„Nicht.“ Ich schlucke schwer. „Entschuldige dich nicht, du kannst nichts dafür.“ Wo kommt das auf einmal her? Ich wundere mich selbst darüber, wie leicht ich meine Wut vergessen und Mitgefühl für Linda empfinden kann. Andererseits ist das die Wahrheit: Die Schuld liegt nicht bei ihr.

Lindas Lippen verziehen sich jetzt zu einem Halblächeln – es wirkt spöttisch, aber auch irgendwie resigniert, bilde ich mir ein.

Ich frage mich, wie es sein kann, dass Kyril sein komplettes vorheriges Leben vergessen hat, Linda aber offenbar nur Teile davon. Sie weiß nicht mehr, was uns verbunden hat, aber sie studiert weiterhin am Institut, um ihre Ausbildung abzuschließen. „Lin… Dilan." Ich nehme allen Mut zusammen. Es ist egal, dass meine Worte vielleicht auf taube Ohren treffen und auch dass meine Stimme zittert. Endlich werde ich aussprechen, was mir schon so lange schwer auf der Seele lastet. „Ich weiß nicht genau, was du in den letzten Monaten erlebt und durchgemacht hast. Aber ich möchte, dass du eins weißt: Ich glaube noch an alles, wofür wir gekämpft haben. Für mich wirst du immer *goodgirlgonebad* bleiben."

Doch bei der Erwähnung ihres alten Nicknames regt sich kein Erinnern in Lindas Gesicht. Er stammt aus der Zeit unserer kläglichen Versuche, die Schattenspringer davor zu warnen, was auf sie zukommt, sie vielleicht sogar wachzurütteln. Lindas Blick geht plötzlich ins Leere und sie sieht wie durch mich hindurch.

„Was –", setze ich an. Dann trifft mich die Erkenntnis mit voller Wucht: Sie weiß es wirklich nicht mehr. Diese Zeit wurde ihr gestohlen, sie ist wie ausgelöscht. Und das ist meine Schuld: Ich habe ihr ja selbst von den Pariahs erzählt. Damals, als wir noch dasselbe Ziel hatten; sie befreien und den jungen Schattenspringern ein selbstbestimmteres Leben ermöglichen wollten. Kurz nachdem Linda und ich uns kennengelernt hatten, war sie das erste Mal in der Höhle – ich glaube, um ihre Familie zu vergessen und am Institut neu anzufangen. Von wegen. Es ging nur noch weiter abwärts. Ich habe nur eine vage Ahnung davon, was

Octavian und seine Anhänger mit Linda gemacht haben. Ob er sie auch mithilfe von Puppen manipuliert hat. Aber offenbar war diese Zeit so schrecklich, dass sie die Pariahs noch einmal besucht hat, weil sie alles vergessen wollte. Besonders ihre eigene Schuld, wenn stimmt, was Lali erzählt hat. Selbst wenn ich die Pariahs also dazu bekommen könnte, auch ihre Erinnerungen freizugeben – würde Linda sie wiederhaben wollen?

Und du, flüstert meine innere Stimme, *könntest du wirklich eine Mörderin lieben?*

Wut brandet bei diesem Gedanken heiß in mir auf und ich weiß nicht einmal, ob sie sich noch gegen Linda richtet oder gegen mich selbst. Frustriert balle ich die Hände so fest zu Fäusten, dass es schmerzt. „Aber du weißt doch noch, wie wir uns kennengelernt haben? Die Chats, die Telefonate bis spät in der Nacht? Mein Vater ist durchgedreht, weil ich ein Mädchen treffen wollte, das ich nur aus dem Internet kenne. Und unsere erste Begegnung, heimlich, hier in der Villa …" Ich atme tief durch, weil meine Stimme viel zu brüchig klingt. „Du standest genau da drüben", ich deute auf den stillgelegten Kaskadenbrunnen, „als wir uns zum ersten Mal geküsst haben –"

„Hör auf." Linda sieht mich nicht an. Doch sie zittert. Es ist nur ein kaum wahrnehmbares Beben ihrer Unterlippe, trotzdem entgeht es mir nicht. Ich wüsste so gern, was in ihr vorgeht. Eine einsame Träne bahnt sich den Weg über ihre Wange, dann antwortet sie mir endlich. „Wenn ich dir wirklich noch etwas bedeute, dann beende es", haucht sie und kommt einen Schritt auf mich zu. Sie bleibt so nahe vor mir stehen, dass ich selbst in der Dämmerung die grauen Sprenkel in ihren blauen Augen sehen kann und ihren Atem auf meinem Gesicht spüre.

Ihr Blick wandert zu meinem Mund. Die Verlockung, mich einfach dem vertrauten prickelnden Gefühl hinzugeben, das jetzt durch meine Adern strömt, ist groß. Obwohl wir uns nicht berühren, ist die Spannung zwischen uns greifbar. Ich bin wie elektrisiert. Lindas Nähe tanzt in kleinen Stromschlägen über meine Unterarme und meinen Nacken hinauf. *Es könnte sein wie früher,* flüstert die Stimme in meinem Kopf, *wenigstens für einen einzigen, glorreichen Moment.*

Der spitze Ruf eines Steinadlers reißt mich aus meinen Gedanken. Aus dem Augenwinkel sehe ich den Raubvogel am violetten Himmel seine Runden ziehen. In diesem Moment trifft mich die Erkenntnis, was Linda von mir möchte, so hart wie ein Schlag ins Gesicht: Sie will sterben. Und wenn wir uns küssen, wird ebendas passieren. Genau wie bei Kyril.

„Nein!" Eilig taumele ich einen Schritt zurück, strecke aber gleich darauf eine Hand nach ihr aus. Ist es sicher, sie zu berühren? Darf ich das überhaupt? Meine Finger halten in der Bewegung inne. „Bitte, gib nicht auf. Es kann wieder so werden wie früher. Ich hole zurück, was du verloren hast. All deine Erinnerungen, all das Schöne", sprudele ich heraus. „Die Pariahs wollen unbedingt sterben und es gibt jemanden, der ihnen diesen Wunsch erfüllen kann. Dann wird alles wieder so werden wie damals." *Du wiederholst dich,* spotte ich still über mich selbst.

Linda schüttelt langsam den Kopf, ohne auch nur über meine Worte nachzudenken. Ihre Stimme ist zu einem Flüstern gesenkt, doch ihre Antwort ist deshalb nicht weniger nachdrücklich: „Vielleicht. Aber du kannst nicht ungeschehen machen, was in der Zwischenzeit passiert ist. Was ich … getan habe."

„Ich weiß davon", widerspreche ich. Lali hat mir ja selbst erzählt, dass Linda Menschen auf dem Gewissen hat. Menschen wie Tristram. Wahrscheinlich war er nicht ihr einziges Opfer. „Und es ist mir egal – du konntest nichts dafür. Octavian hat dich nur benutzt."

Doch Linda zuckt mit den Schultern, wie um zu sagen: *Das spielt jetzt keine Rolle mehr.* Alles an ihr wirkt erschöpft, niedergeschlagen, hoffnungslos. Und alles an mir sehnt sich danach, ihr den Trost zu schenken, den sie so dringend braucht. Oder wenigstens ein bisschen Wärme. Ich will ihren Kopf mit beiden Händen umfassen, sie an mich ziehen und mein Gesicht in ihrem Haar vergraben. Ich will sie halten, obwohl alles an ihr zerfällt, will die Scherben mit meinen bloßen Händen zusammentragen, auch wenn mir dabei mein eigenes Blut durch die Finger rinnt, will unter ihre Haut und bis in ihre Seele kriechen, um all die Dunkelheit zu vertreiben. Es zerreißt mich beinahe innerlich, dass all das nicht möglich ist. *Scheiße!*

Irgendwo in meinem Hinterkopf verfestigt sich eine dunkle Gewissheit, die besagt, dass ich Linda nicht mehr retten kann, egal, was ich tue. Es ist zu spät.

„Wenn ich die Pariahs dazu bringe, dir deine Erinnerungen zurückzugeben, werden wir ganz neu anfangen. Da, wo wir aufgehört haben."

Sie löst den Blick von meinen Lippen. „Wie willst du das machen? Deine neuen Freunde hätten mich damals, als ich im Stadion fast verblutet wäre, einfach sterben lassen sollen, ich hatte mit allem abgeschlossen."

Auch wenn ich nicht genau weiß, wovon sie spricht, bleibt mir jede Erwiderung im Halse stecken und auch das letzte bisschen

Zuversicht in mir schrumpft bei ihren Worten zusammen wie ein Blatt Papier im Feuer. Linda streicht mir eine Locke aus der Stirn. Eine schlichte Geste und ein Gefühl, das mich daran erinnert, wie ich mich einmal an einem frisch geschärften Messer geschnitten habe: Erst spüre ich nur die Kühle ihrer Finger, aber im Nachgang breitet sich der Schmerz gleißend aus. Die trügerische Ahnung, die man Hoffnung nennt.

„Die Pariahs sind unvollständig, so wie ich. Wenn du von ihnen Mitgefühl oder Hilfe erwartest, wirst du enttäuscht werden.

„Dann mache ich sie eben wieder *ganz*. Erst sie und dann dich. Sag mir, wie das geht."

„Ich weiß es nicht."

So schnell kann ich mich nicht geschlagen geben. „Aber Octavian wusste es, er war ein Pariah und hat trotzdem nicht den Verstand verloren."

Sie schüttelt den Kopf. „Weil er ein Dieb war: Mit den Analogiezaubern hat er sich sein Glück zusammengestohlen. Er hat tausend Leben gelebt."

Analogiezauber. Das erinnert mich an etwas. Irgendwo in meinem Hinterkopf fügen sich zwei Puzzleteilchen zusammen. Wenn man auf diese Weise etwas stehlen kann, kann man es vielleicht auch wieder zurückgeben. Ich muss daran denken, wie Kyril mir neulich erzählt hat, dass es Runa gelungen ist, bei einem Einsatz einen sterbenden Mann mit einer Puppe zu heilen. Ich will Linda danach fragen, aber sie kommt mir zuvor.

„Ich muss jetzt gehen."

Ich öffne den Mund automatisch, obwohl ich nichts zu sagen habe. Weil nichts, was ich sagen könnte, sie aufhalten würde.

Schon flackert ihre Gestalt vor meinen Augen. Linda ist jetzt fast durchsichtig, gleich wird sie sich auflösen. Im letzten Moment strecke ich doch die Hand nach ihr aus. Und greife ins Leere.

Wo ist dein Optimismus jetzt?, frage ich mich selbst. *War die vermeintliche Kraft des goldenen Wunderkinds überhaupt jemals mehr als das verzweifelte Festhalten an dem Glück der Vergangenheit, das jetzt unwiederbringlich zerbrochen ist?*

Ich weiß nicht, ob die Angst, die mich zu diesen Überlegungen bringt, berechtigt ist. Aber falls ja, ist alles verloren.

In Ruins

RUNA

Nach dem Besuch im *Black Medicine* sitze ich alleine in Chelseas Wohnung. Sie und Lali sind zusammen zum Geburtstag eines Freundes eingeladen, und obwohl die beiden hier bei mir bleiben wollten, habe ich sie förmlich genötigt, hinzugehen. Ich kann schließlich nicht ewig von ihnen verlangen, den Pause-Knopf in ihrem Leben zu drücken, nur weil es mir schlecht geht. Und Kyril können sie im Moment genauso wenig helfen wie ich. Wahrscheinlich sollte ich optimistisch sein, weil Aurel jetzt gerade mit Dilan spricht. Aber allein der Gedanke an den verhassten Namen lässt die Galle in mir aufsteigen. Sicher, unser kurzes Aufeinandertreffen vorhin hätte schlimmer verlaufen können – immerhin hat sie nicht versucht, mich umzubringen, wie bei unserer letzten Begegnung im Murrayfield Stadium. Trotzdem hat es mich runtergezogen, sie zu sehen. Nicht wegen der Erinnerungen, die damit einhergehen, sondern vor allem, weil sie so … verändert wirkte.

Aber selbst wenn Dilan aus eigener Erfahrung weiß, was mit Kyril geschieht, kann ich mir nicht vorstellen, dass sie uns helfen wird. Ich kann mir nicht vorstellen, dass sie jemals etwas anderes war als egoistisch und grausam. Eine Mörderin, genau wie Mum. Wie soll man das verzeihen?

Aber vielleicht bist du das auch. Du trägst genauso viel Schuld daran, dass Tris gestorben ist.

Ich schüttle den Kopf, so als könne ich die hämische Stimme meines Gewissens auf diese Weise vertreiben. Dann klappe ich das inzwischen fast vollgeschriebene Notizbuch zu. Es tut gut, meine Gedanken zu ordnen und Kyril von unserer Vergangenheit zu erzählen, selbst wenn er es vielleicht nie lesen wird. Aber das Schreiben lässt auch viele verdrängte Emotionen in mir aufsteigen. Gefühle, für die ich jetzt keine Kraft habe.

Als ich aufstehe, um mir ein Glas Wasser zu holen, schwankt der Boden unter meinen Füßen. Der Schmerz, der mir in den Hinterkopf schießt, als ich auf den Küchenfliesen aufschlage, ist eine willkommene Abwechslung von der Taubheit, die in den letzten Tagen Besitz von mir ergriffen hat wie ein schleichendes, aber dennoch tödliches Virus.

Kyril sitzt am Ende der Straße, die Knie an den Körper gezogen und das Gesicht irgendwo dazwischen vergraben. Von den einst stattlichen Häusern der Old Town sind nur noch Ruinen übrig geblieben. Statt malerischer, üppig berankter Fassaden sind die Gebäude rußgeschwärzt. Hier steht noch ein Fenster, da eine Tür, aber alles ist verlassen. Die Hoffnungslosigkeit, die dieses Bild bietet, läuft mir als kalter Schauer über den Rücken. In der Ferne erspähe ich drei frische Gräber, die mir nur zu vertraut sind. Ein viertes daneben ist bereits ausgehoben. Fast, als würde es nur auf jemanden warten. Nein!

Ich will zu Kyril eilen, da weht ein Streifen Papier durch mein Sichtfeld. Ich fange ihn noch in der Luft, bemerke, dass es Fotos aus einem Passbildautomaten sind und streiche sie in meiner Handfläche glatt. Eine Ecke ist angekokelt. Trotzdem kenne ich diese Bilder gut: Sie stammen aus einem anderen Leben.

Ich stecke sie in meine Tasche und laufe umso schneller auf Kyril zu. Jeder Schritt kostet zu viel Kraft, weil ich gegen einen unsichtbaren Widerstand angehe. Es fühlt sich an, als würde ich durch tiefes Wasser waten. Er hebt den Kopf. Unter meinen Chucks sprießt zartes Grün aus dem verwüsteten Asphalt. Ich werfe mich in Kyrils Arme und halte ihn. Sonne auf unseren Gesichtern. Vielleicht hält er auch mich, unmöglich, das jetzt noch zu unterscheiden.

Wir sprechen nicht, aber die Stille ist ohrenbetäubend laut vor ungesagten Worten. Trotzdem bringe ich keines über meine Lippen, um ihm zu sagen, was ich für ihn empfinde. Es wäre alles ungenügend. Wenn ich ehrlich bin, weiß ich auch gar nicht, was wichtiger ist: meine Ängste und Sorgen mit ihm zu teilen oder einfach die Vergewisserung, dass er mir immer noch die Welt bedeutet. Und immer bedeuten wird, egal, was kommt.

Behutsam fahre ich mit den Fingerspitzen über seine Wange. Ich hätte erwartet, dass sich die Haut kalt anfühlt. Rau und spröde. Aber das ist nicht der Fall. Egal, wie sehr ich mich konzentriere, ich kann keine bestimmte Sinnesempfindung in Worte fassen. Für den schrecklich langen Bruchteil einer Sekunde bilde ich mir sogar ein, Kyril gar nicht zu spüren. Die Angst, er könnte doch bloß eine Ausgeburt meiner Fantasie sein, während der echte Kyril längst tot ist, überwältigt mich. Ich schließe die Augen, doch es hilft nichts, denn hinter geschlossenen Lidern sehe ich, wie die Ärzte die lebenserhaltenden Maschinen abstellen und seinen reglosen Körper aus dem Zimmer fahren. Mein Griff festigt sich.

„Au!“

Schlagartig sehe ich Kyril wieder an. Er lächelt schwach, aber als ich meine Finger von seinen Wangen löse, sehe ich, dass sie Spuren hinterlassen haben. Die Haut ist weiß, wo ich ihn gekniffen habe. Ich lache erleichtert auf und er schüttelt den Kopf.

„Wie geht es dir?“, frage ich.

Er rappelt sich hoch, reicht mir eine Hand und zieht mich zu sich. „*Jetzt* geht es mir gut. Wie bist du hergekommen? Noch ein Schwindelanfall oder eine Seele, die –“

„Nein“, sage ich eilig. „Es wartet niemand auf mich.“

„Aber ich habe auf dich gewartet.“ Er zieht einen Mundwinkel hoch und wirkt plötzlich verändert. Kyril schlingt einen Arm um meine Hüfte und hebt mich mit Leichtigkeit hoch. „Ich habe nachgedacht, Fawn. Ich kann hier nicht länger bleiben.“ Mein Magen zieht sich bei diesen Worten unheilvoll zusammen, aber dass Kyril noch immer lächelt, beruhigt mich etwas. „Lass uns zusammen fortgehen, ja?“

„Aber –“, setze ich an. Und verstumme gleich darauf, weil sich vor Kyril und mir plötzlich ein Weg auftut. Er führt weg aus dieser Ödnis und ins Grüne. Ich kann den pudrigen Duft der Apfelblüten riechen. In der Ferne erspähe ich ein weiß getünchtes Cottage. Es kommt mir so bekannt vor. Ja, ich … war schon einmal hier. Und ich dachte, die Pariahs hätten Kyril diese Erinnerung gestohlen – was vielleicht auch stimmt, aber eine Sehnsucht ist nun mal etwas anderes; ein unbestimmtes Gefühl, das niemand auslöschen kann. Er wird sich immer nach dem friedlichen Cottage im Grünen sehnen.

„Kyril! Nicht." Ich zapple in seinen Armen. „Das ist ein Fehler! Lass mich runter!"

Irritiert bleibt er stehen. „Es kann uns nichts passieren. Ich passe auf dich auf."

Sein Blick ist immer noch leer, das Grün seiner Iriden irgendwie trüb. *Mein Gott.*

Mit aller Kraft strample ich mich frei, bis ich wieder Boden unter den Füßen habe. Nur die Arme lasse ich um Kyrils Hals geschlungen. Um ihn zurückzuhalten, denn ich bin sicher: Wenn er die Schwelle zu der trügerischen Idylle übertritt, wird er sterben.

„Es ist wie damals bei der Initiation", beginne ich, „du hast mir davon erzählt –" *Aber du erinnerst dich nicht mehr daran,* vervollständige ich in Gedanken meinen eigenen Satz. Zorn über mich selbst steigt heiß in mir auf. Wie soll ich Kyril etwas wieder ins Gedächtnis rufen, das in seinem Universum niemals passiert ist?

Vielleicht erinnert sich wenigstens sein Körper.

Das letzte Mal, als du diesen Gedanken hattest, ist es gewaltig schiefgegangen.

Ich ignoriere die warnende Stimme in meinem Kopf, suche noch einmal Kyrils Blick und dann schließe ich die Augen und küsse ihn. So, wie ich ihn noch nie zuvor geküsst habe. Ich beiße auf seine Unterlippe und schmecke Blut. Es ist mir egal, ob es echt ist oder eine Illusion. Ob es seines ist oder von mir selbst stammt.

Meine Finger drücken sich durch den Stoff des Hoodies in seinen Rücken, aber das reicht mir längst nicht mehr. Als ich die Hände unter den Pullover und unter das T-Shirt schiebe, ist Kyrils Haut tatsächlich warm. Endlich erwidert er meinen Kuss. Erst zärtlich, dann stürmischer.

Ich habe keine Ahnung, was ich hier eigentlich tue, da ist lediglich ein vager Gedanke: *Wenn wir ohnehin sterben müssen, will ich wenigstens selbst bestimmen, wie.* Und ich will, dass wir dabei zusammen sind, nur er und ich, so wie früher.

Kyrils Lippen und seine Zähne arbeiten sich meinen Hals entlang, gemeinsam taumeln wir ein paar Schritte rückwärts. Zurück in das echte, kaputte Edinburgh. Wir stolpern und fallen beide zu Boden. Aber der Schmerz macht uns nichts aus. Im Gegenteil: Wir heißen ihn willkommen. Wahrscheinlich ist er Kyril immer noch lieber als all der falsche Frieden in dieser stillen, einsamen Welt. Ich streife erst meinen Pullover über den Kopf, dann helfe ich ihm, sich auszuziehen. Das hier hat nichts mehr mit unseren ersten vorsichtigen Annäherungen zu tun. Ich wünschte, es wäre anders – allein beim Gedanken an die verlorenen Erinnerungen steigen bittere Tränen in mir auf. Ich schlucke sie hinunter. Vielleicht müssen wir neue Erinnerungen schaffen, statt verzweifelt zu versuchen, die Vergangenheit wiederzubeleben.

„*Fawn*, ich will, dass du glücklich bist; ich … will, was auch immer du willst –“

Ich beuge mich näher an sein Gesicht und lege die Lippen an sein Ohr. „Das hier ist, was ich will, okay? Ich will bei dir sein. Ich will dich spüren. Ich will für einen verdammten letzten Moment das Gefühl haben, dass du noch da bist. Aus Fleisch und Blut. Das bist du doch noch?“ Ein Schluchzen zwängt sich über meine Lippen und ich richte mich ein Stück auf, um Kyril anzusehen. Mist, die Tränen stehen mir jetzt doch wieder in den Augen.

Einer seiner Mundwinkel zuckt gequält. Natürlich hat er es bemerkt. Aber da ist noch etwas anderes in Kyrils Augen. Er ist nicht überrascht, nein, er kennt mich. *Erkennt* mich. Fast, als würde er sich erinnern. *Matching souls*, hat Lali Seelen genannt, die sich nicht voneinander trennen lassen. Und vielleicht gibt es ja tatsächlich etwas zwischen uns, das die Pariahs niemals auslöschen können.

Kyril nickt, dann schüttelt er den Kopf. „Ich weiß nicht mehr, was ich bin. Oder wer. Ich habe das Gefühl, mit jedem Tag, den ich hier verbringe, zerfalle ich ein bisschen mehr zu Staub. Vielleicht ist irgendwann nichts mehr von mir übrig." Er holt tief Luft, sein bloßer Brustkorb hebt sich zitternd. „Aber eins weiß ich sicher, Runa: Ich liebe dich. Ich liebe dich immer noch."

Drei Worte, auf die ich so lange gewartet habe. Eine kleine Ewigkeit lang, wie mir scheint. Glück und Schmerz überrollen mich gleichzeitig und so heftig, dass die Tränen schließlich doch ihren Lauf nehmen. Sie fallen und benetzen Kyrils Gesicht. Er lächelt wehmütig, zieht mich wieder zu sich heran und küsst die Spuren, die sie auf meinen Wangen hinterlassen haben, weg. Seine Berührungen sind jetzt behutsamer – und echt, das nehme ich wahr. Er hat sich gerade eben sehr verletzlich gemacht und ich werde ihm zeigen, dass ich das zu schätzen weiß. Dass ich *ihn* zu schätzen weiß. Es ist vollkommen egal, wo oder wer oder was wir sind. Das alles spielt keine Rolle mehr, als sich unsere Finger und unsere Körper ineinander verschränken, Haut an Haut, Seele an Seele.

*

Ich erwache auf den kalten Fliesen. Trotzdem strömt noch immer ein warmes Gefühl durch meinen Körper. Ich will es festhalten, aber allein der Gedanke schmerzt, weil mir im Moment alles Glück durch die Finger rinnt wie Sand. Ich schiebe die Hände in die Taschen meines Hoodies. Natürlich sind sie leer.

Hoffentlich schenkt die Erinnerung Kyril wenigstens ein bisschen Zuversicht, bis wir uns wiedersehen. Bis ich ihn da raushole, aus diesem unfassbaren, unwirklichen Ort. Aber mir ist im Äther auch etwas klar geworden: Wir machen uns das Jenseits und den Weg, der zwischen Erde und Himmel dorthin führt, selbst zur Hölle. Kyril leidet, weil seine Zeit noch nicht gekommen ist. Zu vieles ist ungesagt geblieben, von zu vielen Menschen konnte er sich nicht verabschieden. Er konnte nicht reinen Tisch machen. Aber ich habe noch die Chance dazu.

Mühsam stehe ich auf, klopfe mir ein paar Krümel von der Hose und schüttle die Beine aus. *Bevor du wiederkommst, musst du dich zuerst deinen eigenen Dämonen stellen,* hat Elizabeta gesagt. Und ich werde auf sie hören.

Doch vorher brauche ich eine kleine Stärkung – ich weiß gar nicht mehr, wann ich überhaupt das letzte Mal etwas gegessen habe. Nachdem ich Chelseas Kühlschrank durchforstet und mir ein Sandwich gemacht habe, setze ich Wasser für einen schnellen Kaffee auf. Dabei bemerke ich die Packungen Lakritztee, die sich im Schrank stapeln. Lali hat ihn tatsächlich für mich gekauft. Für einen Moment wird mein Brustkorb eng und ich schlucke schwer, um nicht die Fassung zu verlieren. Wann habe ich ihr das letzte Mal gezeigt, wie dankbar ich für ihre Unterstützung bin? Noch eine Sache, die ich bereuen würde, noch mehr Geister, die im Äther auf mich warten.

Ich schlinge mein Sandwich hinunter und verbrühe mir die Zunge an dem noch viel zu heißen Kaffee. Ein letzter Blick durch die leere Küche, dann lösche ich das Licht. Draußen ist es längst dunkel, aber ich schließe ohnehin die Augen und lasse meine Gedanken schweifen. Sie wandern weit, weit weg. Nach Cardiff. Ich wünschte, ich hätte ein Geschenk für Rose. Einen Teddy vielleicht. Aber dafür ist es nun zu spät. Und eigentlich ist Materielles jetzt auch überhaupt nicht mehr wichtig.

Die Straßenlaternen tauchen den Furness Close in dunstiges Licht. Ich trete aus der dunklen Ecke hinter ein paar Mülltonnen hervor und würde mir gern irgendwo die Hände waschen. Aber immerhin bin ich jetzt hier. Am Ende der Häuserreihe ragt der Wohnblock mit der vertrauten Klinkerfassade hervor. Langsamer als nötig gehe ich darauf zu, obwohl die Nacht kühl ist und ich friere. Mit jedem Schritt klopft mein Herz ein bisschen schneller, bis mir vor Aufregung ganz übel ist. Ich weiß selbst nicht, wovor ich mich so fürchte – eigentlich habe ich hier doch nichts mehr zu verlieren, oder?

Auf den Klingelknopf zu drücken, fühlt sich an, wie mein eigenes Todesurteil zu unterschreiben. Ein schriller Ton gellt durch die Straße: Ich habe es tatsächlich getan. Habe meinen Stolz hinuntergeschluckt und Kontakt zu meiner Mutter gesucht. Trotz allem. Es fühlt sich nicht so befreiend an, wie ich gedacht hätte. Aber andererseits auch nicht so schlimm wie gedacht; alles, was ich spüre, ist Scham. Ich schäme mich für mich selbst. Dabei ist genau genommen noch gar nichts passiert. Vielleicht ist Mum überhaupt nicht zu Hause.

Der Summer ertönt und macht es real: Sie ist doch da, oder zumindest ist irgendjemand in der Wohnung. Und wenn es nur Steve ist. Ich stemme mich gegen die Haustür und folge den Stufen nach oben. Mum wohnt im dritten Stock, letztes Mal habe ich ja das Licht brennen sehen. Und ich habe sie gesehen, mit Rose auf dem Arm.

Auf dem Treppenabsatz halte ich inne. Eine der Wohnungstüren ist geöffnet und Licht fällt diagonal auf den Flur. Die Konturen von Mums Gestalt leuchten im Halbdunkel auf.

„Runa."

Sie sagt nur dieses eine Wort, aber darin liegt so viel Gefühl. Sie klingt nicht verletzt oder wütend, nur ein wenig überrascht. Und vielleicht, wenn ich mir das nicht bloß einbilde, freut sie sich sogar. Dann öffnet sie die Tür noch ein Stück weiter, es ist eine Einladung.

Ich komme mir dämlich vor, weil ich nicht mal ein *Hi* zur Begrüßung herausbringe, und husche so schnell wie möglich an ihr vorbei in die Wohnung.

Drinnen riecht es noch nach dem Abendessen und es ist viel trostloser als in unserem Cottage auf Flat Holm. Zum ersten Mal seit meiner Verbannung überkommt mich Wut, die nicht selbstgerecht ist: Auch meine Familie wurde aus ihrer Heimat vertrieben, als der Ältestenrat beschlossen hat, dass sie nicht auf Flat Holm bleiben dürfen. Mum, aber vor allem Rose. So sehr ich die Einsamkeit der Insel manchmal verflucht habe, meine kleine Schwester sollte in den grünen Weiten Flat Holms aufwachsen und nicht in einem schäbigen Mietshaus. Außer, sie will es so. Aber zumindest nicht nur deshalb, weil ein aufgeblasener Mann, der sie nicht einmal kennt, das in ihrem Namen bestimmt hat.

Meine Kehle ist trocken und ich hätte gern einen Schluck Wasser. Aber ich will Mum nicht um etwas bitten. „Läuft sie schon?“ Ich räuspere mich, was leider auch nicht viel bringt.

Einen Moment lang starrt Mum mich verständnislos an, dann scheint ihr aufzugehen, dass ich von Rose spreche und sie senkt den Kopf, ein irgendwie verlegenes Lächeln auf den Lippen. „Nein, aber sie … ähm, sie krabbelt schon mit Begeisterung.“

Ich warte darauf, dass sie hinterher schiebt *genau wie du damals.* Aber sie tut nichts dergleichen. Stumm folge ich ihr in die kleine Küche.

„Ist Steve –“

„Mit Freunden im Pub“, sagt sie und presst die Lippen zusammen.

Also alles beim Alten. Ich bin versucht, Mitgefühl für meine Mutter zu empfinden, aber ich schiebe es beiseite. Nicht aus Wut, sondern weil ich weiß, dass sie es nicht braucht. Sie wird für meine Schwester da sein, ob mit oder ohne Kindsvater. So, wie sie es bei mir auch gewesen ist.

Verdammt, wo kommt dieser Gedanke auf einmal her? Zeit, dass ich es hinter mich bringe und das Unaussprechliche irgendwie in Worte fasse.

„Ich bin nicht gekommen, um dir zu verzeihen“, beginne ich. Und spüre im selben Moment, wie mir ein schwerer Stein vom Herzen fällt. Wenigstens war ich ehrlich.

Mum nickt. Offenbar hat sie das auch nicht erwartet.

„Ich will dir nur sagen, dass … ich deine Entscheidung verstehe. Auch wenn ich sie nicht gutheiße.“ *Das ist die Untertreibung des Jahrhunderts.* „Ich meine … du hättest nach einem anderen Ausweg suchen müssen, es … es war nicht richtig.“ Zögerlich halte ich inne, um ihr die Gelegenheit zu geben, etwas zu erwidern, aber sie schweigt. Soll mir auch recht sein. „Du hast mir …“, ich hole Luft und stoße sie erschöpft wieder aus, „… meinen Vater genommen. Mehr noch: Du hast mir die Chance genommen, ihn überhaupt kennenzulernen.“ Da ist es auch schon, das vertraute Brennen in meinem Hals. Ich spreche weiter, selbst als die Tränen kommen. „Ich habe zumindest einen kleinen Eindruck davon bekommen, was für ein Mensch er war, als ich ihn rübergebracht habe – ein ganz wunderbarer.“ *Aber den Rest musste ich mühsam aus Spuren zusammentragen, die er im Leben anderer hinterlassen hat. Für die er sich eingesetzt hat. Kyril, zum Beispiel.*

„Er hat dich geliebt“, *uns*, korrigiere ich mich in Gedanken, *er hat uns geliebt*, „und du hast ihn kaltblütig umgebracht. Mum, ich … ich weiß nicht, ob ich dir das jemals verzeihen kann.“

Meine Mutter nickt und beißt sich dabei auf die Lippe, so als müsste auch sie die Tränen zurückhalten. Selbst diese verdammte Geste habe ich von ihr geerbt oder vielleicht auch unbewusst übernommen. Ich will nicht den letzten Menschen verlieren, der mir aus meiner Familie noch bleibt, aber andererseits weiß ich, dass es zwischen uns sowieso nie wieder so sein wird wie früher. Was wünsche ich mir jetzt unsere belanglosen Alltagsstreitereien zurück!

Aber dann ist da ja auch noch Rose. Ich muss und ich will für sie da sein. Ihr alles zeigen, was kleine Schwestern von großen Schwestern lernen können, so unterschiedlich sie auch sein mögen.

„Kann ich Rose sehen?“, frage ich zwischen unterdrückten Schluchzern.

Mum nickt. „Sie schläft im Kinderzimmer." Mit einer Geste zeigt sie mir den Weg.

Ich trete in den abgedunkelte Raum, in dem nur ein Nachtlicht brennt – ein gelber Mond mit einer Wolke. Früher gehörte es mir. Ein Lächeln schleicht sich bei der Erinnerung auf meine Lippen.

Um Rose nicht zu wecken, lasse ich die Deckenleuchte ausgeschaltet. Nach einem Moment haben sich meine Augen an die Lichtverhältnisse gewöhnt und ich erkenne die vertrauten Pausbäckchen. Sie liegt auf dem Rücken, einen Arm angewinkelt, den anderen von sich gestreckt, und wirkt so friedlich. Ich schlucke und strecke eine Hand aus. Vorsichtig streichle ich mit der Rückseite meines Zeigefingers über ihre Wangen und ihre Stirn. Die Haut ist warm und von einem kaum spürbaren, blonden Flaum überzogen. Plötzlich überkommt mich die Zuneigung, die ich für meine kleine Schwester empfinde, im Schwall. Damit hätte ich nicht gerechnet. Die unbekannten Gefühle überwältigen mich und ich atme zitternd aus. Am liebsten würde ich Rose hochnehmen und sie fest an mich drücken. Aber ich begnüge mich damit, ihr einen zaghaften Kuss auf die Wange zu geben und ihren Duft tief einzuatmen. Die einzige Reaktion ist ein zufriedener Seufzer im Schlaf. Mein Lächeln wird breiter. Mein Gott, wie ich diesen zerknautschen kleinen Kobold liebe. Ich schließe den Moment tief in mir ein, damit er mir in dunklen Stunden leuchten kann. Und das wird er, da bin ich sicher.

Dann drehe ich mich zu Mum um.

Auch ihre Augen glänzen feucht. „Danke", bringt sie hervor, „dass du gekommen bist. Du hast mir so gefehlt. Und ich weiß, es ist zwecklos, das zu sagen – wahrscheinlich willst du es auch gar nicht hören –, aber: Es tut mir leid. Alles. Es tut mir so unendlich leid."

Da sind sie endlich. Die Worte, nach denen ich mich so lange gesehnt habe und die doch nichts ändern. Meine Gedanken rasen, aber jede Antwort, die mir in den Sinn kommt, ist vollkommen unzulänglich. Also nicke ich nur, sehe ihr in die Augen und nicke noch einmal in der Hoffnung, dass sie versteht. Vielleicht kann ich ihr irgendwann verzeihen, vielleicht auch nicht. Aber ich möchte, dass sie weiß, dass ich es tun würde, wenn ich könnte.

Der Gedanke wird von dem altbekannten Schwindel abgelöst. Fast bin ich dankbar, dass mich die fremde Seele ruft und ich meinen Besuch schon beenden muss. Erleichtert und wehmütig zugleich. Aber als ich stolpere und meiner Mutter in die Arme falle, weiß ich, dass ich falschlag: Irgendetwas stimmt hier ganz und gar nicht.

Mühsam öffne ich die Augen. Ich spüre Mums Arme um meine Schultern, sie halten mich, aber ich sehe sie nicht mehr. Stattdessen sitzt sie an dem hölzernen Esstisch in unserem Cottage auf Flat Holm. Dem Holz fehlt die typische Patina und es ist noch nicht mit den Zeichen der Zeit, Kratzern und Rissen übersät. Auch Mum ist viel jünger. Sie kann noch nicht lange auf der Insel wohnen, denn in den Ecken stapeln sich Umzugskartons, die sie nicht ausgepackt hat. In einer Hand hält sie den Hörer eines altmodischen Schnurtelefons und im anderen Arm hält sie ein quietschrosafarbenes Bündel in einem zu großen Strampler – mich.

Ihr Blick geht durch das Sprossenfenster in die Ferne. „Ich vermisse dich."

Wenn ich genau hinhöre, kann ich verstehen, was am anderen Ende der Leitung gesprochen wird. „Em. Ich vermisse dich auch so sehr. Ich will nichts mehr, als bei euch zu sein, glaub mir."

„Dann komm. Es ist dunkel, du kannst dich teleportieren. Nur einmal kurz, niemand wird dich sehen und niemand wird es erfahren." Die Verzweiflung, die aus ihren Worten spricht, kommt mir so verdammt bekannt vor.

„Es geht nicht. Eure Sicherheit ist wichtiger. Wichtiger als alles. Ich kann euch nicht in Gefahr bringen."

Euch. Obwohl er vor Schmerz zerrissen klingt, fühlt es sich an wie eine Umarmung, die Stimme meines Vaters zu hören. Zwar ist das nicht das erste Mal, aber nie waren seine Worte direkt an mich gerichtet.

„Du musst sie wenigstens sehen. Sie ist so wunderschön", sagt Mum. „Sie hat deine Haare und deine Augen …" Ihre Stimme bricht.

„Nicht, Em. Du weinst doch nicht?" Eine Weile herrscht Stille, so als würde es den beiden genügen, einfach nur den Hörer in der Hand zu halten und zu wissen, dass der andere da ist. Irgendwo unter demselben Himmel.

„Schickst du mir ein Foto?", fragt Dad.

„Nur wenn du versprichst, es zu verbrennen."

Der Moment ist kostbar und ich versuche, mir alles einzuprägen. Aber je angestrengter ich ihn festhalten will, desto mehr verschwimmt er.

Ich schlage die Augen auf und sehe direkt in Mums Gesicht. Sie hat es irgendwie geschafft, mich auf das Sofa zu manövrieren und beugt sich über mich, eine Hand auf meiner Stirn. In der anderen hält sie eine schlichte gehäkelte Puppe. Eine *Spirit Doll.*

„Gehts dir besser?“

Mit dem rechten Arm taste ich nach der Lehne, um mich aufzurichten. Ich nicke, obwohl ich mich immer noch ein bisschen benommen fühle.

„Heb sie gut auf, diese Erinnerung. Ich habe nicht mehr so viele von ihm.“

Eilig nicke ich. Und weiß plötzlich, dass Mum mir noch viel mehr über Dad sagen wird, wenn ich sie nur danach frage. Aber jetzt ist nicht der richtige Zeitpunkt dafür.

„Ich mache mir Sorgen um dich“, setzt Mum an, als ich aufstehe. „Passiert dir das öfter? Dass du einfach umkippst, meine ich?“

„In letzter Zeit“, gebe ich zu. Aber bevor sie weiter nachhaken kann, erkläre ich: „Das ist eine lange Geschichte und leider habe ich keine Zeit, sie dir heute Nacht zu erzählen. Ich muss ein paar wichtige Dinge erledigen. Es geht um meine Freunde. Menschen, die mir wichtig sind und die mir im letzten Jahr Halt gegeben haben. Jetzt werde ich für sie da sein. Und dir bleibt damit wohl nichts anderes übrig, als mir ausnahmsweise zu vertrauen.“

Mum nickt und mir entgeht das schelmische Funkeln nicht, das sie dabei in den Augen hat. Tief in mir keimt die zarte Hoffnung, dass irgendwann zwischen uns doch alles wieder normal werden könnte.

Was auch immer das in meinem Fall heißt.

Stein zu Staub

AUREL

Das Klingeln meines Smartphones weckt mich. Schlaftrunken taste ich durch die Luft. Das Handy muss doch irgendwo auf dem Nachttisch liegen? Erst als meine Hand ins Leere greift, wird mir bewusst, dass ich mich nicht in meinem Bett befinde, sondern auf einem Korbstuhl im Tepidarium. Stimmt, ich wollte mich nur kurz setzen, aber ich muss hier eingeschlafen sein.

Schlagartig kehren die Bilder des gestrigen Abends zurück: Linda und ich im Garten. Der Wind in ihrem Haar, der Duft des Winterjasmins. Sie hat sich einfach davonteleportiert. Nach unserem Gespräch war ich so niedergeschlagen. Ich wollte ihr nahe sein und wo wäre ich das, wenn nicht in meinem Animarium? Selbst wenn unsere gemeinsame Zeit hier nur eine Illusion ist. *Du hättest ihr die Erinnerungen zeigen sollen.* Wieder dieses verschwörerische Flüstern in meinem Kopf. Aber ich weiß ja bereits von etlichen Versuchen mit den Pariahs, dass das so nicht funktioniert. Es ist schier unmöglich und höchstwahrscheinlich auch gefährlich, jemandem eine Erinnerung wiederzugeben. Sie zu verlieren hingegen, ist spielend leicht.

Noch immer klingelt das Handy, der Anrufer ist ganz schön hartnäckig. Erst jetzt wird mir bewusst, dass es dabei vielleicht um Kyril gehen könnte. Scheiße! Eilig taste ich meine Hosentaschen ab und finde das Telefon zum Glück bald.

Tatsächlich ist es ein Anruf aus dem Krankenhaus, Dr. Fisher meldet sich. Aber es geht nicht um Kyril. „Mr Ironmonger? Heute Nacht wurde noch eine Schattenspringerin aus dem Institut eingeliefert. Ihr Name ist Dilan Shaw. Ich … äh, ich denke, Sie kennen sie vielleicht näher."

Linda. Das darf nicht sein. Mit diesem einen Gedanken verstummt die Welt um mich herum. Ich höre nur noch das gleichmäßige, überlaute Rauschen des Blutes in meinen eigenen Ohren und mein Brustkorb schnürt sich so fest zusammen, dass ich im ersten Moment gar keine Antwort hervorbringe.

„Mr Ironmonger? Sind Sie noch dran?"

„Ja. Was ist mit ihr, was hat sie?"

Der Arzt räuspert sich leise. „Es tut mir leid, Ihnen das am Telefon sagen zu müssen, aber es sieht ganz nach einer Schmerzmittelintoxikation aus. Mit Paracetamol, vermutlich ein Suizidversuch. Wir tun, was wir können, doch ihr Zustand ist kritisch. Kommen Sie her? Ich warte an der Intensivstation auf Sie."

„Ich bin sofort da." Ich höre meine eigene Stimme, aber es fühlt sich an, als würde sie gar nicht zu mir gehören. Die Worte klingen unglaublich ruhig, dabei läuft in meinem Kopf ein verzweifelter Wunsch in Dauerschleife: *Bitte, bitte nicht. Mein Gott, bitte, lass sie nicht sterben.*

Nachdem ich aufgelegt habe, versuche ich, mich ins Krankenhaus zu teleportieren. Es klappt nicht – natürlich nicht, hier ist es viel zu hell. Also gehe ich ins Haus, zwänge mich in genau die Abstellkammer, an der so viele Erinnerungen hängen, und überlege, wo in einer Klinik es wohl am dunkelsten ist.

Ich komme in einer Art Lagerraum neben dem Stationszimmer heraus. Wie ferngesteuert sehe ich mich um, laufe den Flur auf und ab und suche einen Stationsplan. Endlich finde ich ihn und fahre dann mit dem Aufzug in den dritten Stock. Ich funktioniere einfach und halte Ausschau nach Dr. Fisher.

Er steht am Ende des Gangs vor den Glastüren, die auf die Intensivstation führen, und begrüßt mich mit einem Kopfnicken. „Das hier haben wir bei ihr gefunden." Den gefalteten Zettel, den er aus seiner Kitteltasche zieht, nehme ich geistesabwesend entgegen. Ich ahne bereits, dass es ein Abschiedsbrief ist. „Kann ich zu ihr?"

Der Arzt nickt und drückt auf einen Summer, der die Türen öffnet. Drinnen desinfizieren wir uns die Hände und ich muss eine Plastikschürze überziehen, dann führt er mich zu Lindas Zimmer. Der Arzt erzählt irgendetwas von einer Therapie mit Aktivkohle und Acetylcystein, aber als ich Linda sehe, vergesse ich alles um mich herum. Ihr Anblick fühlt sich an wie ein Schlag in die Magengrube: Sie ist viel zu blass, ein Beatmungsschlauch steckt in ihrem Mund und ihr Körper ist an etliche Maschinen angeschlossen, die piepsend und ratternd ihren Dienst tun. *Der Tod wäre würdevoller gewesen*, schießt es mir für einen Moment durch den Kopf. Aber ich schüttle mich instinktiv, um den Gedanken zu vertreiben. Linda soll – nein, sie *muss* – leben.

„Ihre Leber hat versagt, sie liegt im heparischen Koma. Die nächsten Tage werden zeigen, ob sich die Werte wieder normalisieren. Im Moment können wir keine Prognose abgeben. Es tut mir sehr leid." Dr. Fisher verabschiedet sich und ich nicke, obwohl alles an mir ihn anschreien will, dass er sich verdammt noch mal mehr Mühe geben soll. Was für ein beschissener Albtraum! Es ist eine Sache, zu wissen, dass unsere Wege sich getrennt haben und Linda mich nie wiedersehen will, aber eine ganz andere, wenn sie stirbt. Als der Arzt gegangen ist, falte ich ihren Abschiedsbrief auseinander. Und zucke erschrocken zusammen: Er ist an mich adressiert.

Aurel. Ich weiß nicht, wie ich mein Leben aus diesen Scherben wieder zusammensetzen soll. Und eigentlich ist das auch egal. Offenbar war ich dir wichtig, aber ich möchte nicht gerettet werden. Deshalb bitte ich dich: Lass mich einfach gehen.

Ich wende gerade noch rechtzeitig den Kopf ab, sodass die Tränen nicht auf das Papier, sondern auf meinen Handrücken fallen. Das klingt nicht nach Linda. *Sie ist es ja auch nicht mehr*, erinnert mich die Stimme in meinem Kopf.

Die Tür zum Zimmer wird hastig wieder aufgestoßen und ich schrecke hoch. Als ich mich umdrehe, bemerke ich, dass Dr. Fisher in der Tür steht. Er hält das Telefon in der Hand, das eben noch in seiner Kitteltasche steckte.

„Ihr Bruder", sagt er, „hat eine Lungenembolie."

Bei diesen Worten zerbricht etwas in mir. Linda liegt im Sterben und Kyril vielleicht auch. Mauern, die ich über Jahre mühevoll aufgebaut habe, Stein für Stein, zerbröseln jetzt zu Staub. All die Zeit habe ich mich selbst belogen. Aurel Ironmonger war nie tot. Und heute Nacht wird er alle verlieren, die ihm wichtig sind. Außer …

Ich überlege und schnappe nach Luft, noch bevor ich den Gedanken ganz zu fassen bekomme: Es gibt jemanden, der genau weiß, wie ich mich fühle. Und der mir vielleicht helfen kann.

Numismatiker

RUNA

Ich sitze an Kyrils Bett und schaffe es nicht, das Zittern zu unterdrücken. Es hat mit einem unruhigen Bein angefangen, aber inzwischen schlottert alles an mir wie Espenlaub. Ich kann einfach nicht hinsehen. Aber selbst wenn ich zu Boden schaue – abgetretenes blassblaues Linoleum –, habe ich die Maske vor Augen, mit der Kyril beatmet wird. Die Kanüle, die seinen Körper mit dem lebensrettenden Heparin versorgt. Dabei kann er doch gar nicht sterben – denn ich werde es nicht zulassen, ich weigere mich schlicht. Ob dann jemand anderes zu ihm kommt? Selbst wenn unsere Seelen doch zusammengehören? *Matching souls.* Wie oft habe ich mir diese Fragen heute schon gestellt? Meine Gedanken kreisen und wiederholen sich endlos. Weil ich viel zu taub bin, um etwas zu fühlen, kann ich nichts anderes tun als denkendenkendenken.

„Runa." Lali legt eine Hand auf meinen Oberschenkel. Sie hat sich einen Stuhl zu mir herangezogen und sitzt vielleicht schon seit Stunden da – ich habe keine Ahnung. Als ich nicht reagiere, wird ihre Berührung eindringlicher und ihr Tonfall auch. „Hey. Süße, guck mich doch mal an."

Nein, denke ich und schüttle den Kopf. Ich weiß, dass ich meiner besten Freundin Unrecht tue, aber ich bringe es nicht übers Herz, ihr ins Gesicht zu sehen. Denn ich ahne, was sie sagen wird, dass es keinen Zweck mehr hat und dass ich das einsehen sollte. Dass Kyril das nicht gewollt hätte – vor sich hinzuvegetieren, angewiesen auf künstliche Beatmung und Ernährung. Von fremden Menschen gewaschen und angezogen und ab und an umgedreht zu werden wie eine Puppe.

„Wann hast du das letzte Mal etwas gegessen und getrunken?"

„Was?" Lalis Frage kommt so überraschend, dass ich einen Moment brauche, um zu verstehen, was sie gesagt hat.

„Du bist schon den ganzen Tag hier, oder?"

„Seit Aurels Anruf heute Morgen", gebe ich mechanisch zurück. Ich war gerade dabei gewesen, an Kyrils und meiner Geschichte weiterzuschreiben, als das Handy klingelte.

„Sag ich ja. Wenn du willst, kannst du nach Hause gehen. Essen, schlafen, was auch immer. Hauptsache, du kommst ein bisschen zur Ruhe." Etwas leiser fügt sie hinzu: „Es hilft Kyril auch nicht, wenn du irgendwann vor Erschöpfung umkippst und außerdem … könnte es eine lange Nacht werden."

Ich nicke. Vor allem, weil ich zu schwach bin, um zu widersprechen. Es fühlt sich gut an, dass mir jemand sagt, was ich tun soll. Für einen Moment gebe ich mich der Illusion hin, dass Lali es besser weiß als ich. Dass ich ihr vertrauen kann, wenn sie sagt, dass alles gut wird.

Mit einer Umarmung verabschiede ich mich von ihr. Am liebsten würde ich auch Kyril umarmen, aber er wirkt so zerbrechlich mit all den Schläuchen und Monitoren um ihn herum, dass ich mich nicht traue. *Das ist nicht er*, denke ich und versuche, mir stattdessen sein Lächeln aus dem Äther in Erinnerung zu rufen, das immer blasser wird, je angestrengter ich es heraufbeschwören will.

Den Weg zum Lagerraum, der so gut wie immer verlassen ist, könnte ich inzwischen blind gehen. Trotzdem warte ich noch ein paar Minuten auf dem Flur, bis ich sicher bin, dass niemand vom Krankenhauspersonal hineingeschlüpft ist, um etwas aus dem Materiallager zu holen. Oder, um sich mit einem Liebhaber zu treffen, der nicht ins Koma fällt, wenn man ihn unüberlegterweise küsst. Ich stoße ein Schnauben aus, teils vor Erschöpfung und teils aus Hohn, und schüttle den Kopf über mich selbst.

Gerade als ich mich in Bewegung setzen will, berührt mich jemand an der Schulter. Ich fahre herum und blicke in Aurels Gesicht. Die Schatten unter seinen Augen sagen mir, dass er genauso fertig ist wie ich. „Runa, ich …“ Seine Stimme ist heiser und er räuspert sich. „Ich wollte dich um etwas bitten.“

„Was?“, frage ich und klinge alarmierter, als ich sollte. Nach seinem Anruf haben wir nur kurz gesprochen und ich bin davon ausgegangen, dass Aurel mir Zeit lassen will. Zeit alleine mit Kyril und Zeit, um in Ruhe zu verarbeiten, was passiert ist. Was will er von mir?

„Erst mal ist meine Bitte nur, dass du mit mir mitkommst.“

Er führt mich genau den Weg, den ich gekommen bin, wieder zurück – auf einen anderen Flur der Intensivstation und dann zu einem der Zimmer.

Irritiert bleibe ich vor der Tür stehen.

„Es geht um Linda. Sie hat eine Überdosis Schmerztabletten eingenommen und schwebt in Lebensgefahr."

„Das tut mir leid", bringe ich hervor. Erst als ich die Worte aus meinem eigenen Mund höre, denke ich darüber nach, ob sie die Wahrheit oder eine Lüge sind. Aber ich komme zu keinem eindeutigen Ergebnis. „Und was soll ich jetzt machen?" Ich bereue meine unüberlegte Reaktion sofort, denn ich ahne, was Aurel von mir möchte. „Ich will sie nicht sehen", sage ich. „Es tut mir leid, ich kann das nicht. Nicht jetzt."

„Runa."

Ich weiß nicht, ob ich Aurel jemals so verzweifelt erlebt habe. „Die zwei Menschen, die mir auf der Welt am wichtigsten sind, liegen im Koma. Ich kann mich nicht mehr allein auf die Ärzte verlassen, verstehst du?"

„Was willst du von mir?", frage ich diesmal energischer.

„Heile sie. Ich weiß, dass du das kannst – Kyril hat es mir erzählt. Ich will das nicht von dir verlangen, aber ich weiß nicht mehr weiter. Kyril können wir ohne die Hilfe der Pariahs nicht retten, aber Linda hat eine ganz gewöhnliche Vergiftung. Bitte, heile sie."

Ich schlucke und wiederhole seine Worte in Gedanken. *Heile sie, heile sie, heile sie.* Als ob ich mit einem Finger schnippen und einfach alles wiedergutmachen könnte. Erschöpft schließe ich die Augen für einen Moment und schüttle den Kopf. Ich stelle mir vor, dass Dilan, oder *Linda*, Aurel einmal genauso viel bedeutet hat, wie mir Kyril bedeutet. Ich versuche, zu vergessen, dass sie eine kaltblütige Mörderin ist. So, wie ich das schließlich auch bei meiner Mutter vergessen konnte. Dabei fühle ich mich wie eine Heuchlerin, trotzdem horche ich weiter in mich hinein, auf der Suche nach einer Antwort. Nach der Antwort, nach der Aurel sich sehnt. Es ist so leicht, nein zu sagen, aber Aurel hat mehr als ein Nein verdient. In der letzten Zeit war er für mich da, genau wie Lali und Chelsea, und er ist ein Freund geworden. Seinen Freunden hilft man, man gibt für sie sein letztes Hemd her, das letzte bisschen Kraft, Mut und Selbstbeherrschung; wenn ich eins in meiner Zeit am Institut gelernt habe, dann das.

Endlich öffne ich die Augen wieder und sehe ihn direkt an. Sehe in dieses Gesicht, das mich viel zu sehr an Kyrils Gesicht erinnert. Wenigstens er soll wieder lachen.

„Ich kann dir nichts versprechen", sage ich. „Aber wenn du willst, versuche ich es." *Ich habe ja sowieso nichts mehr zu verlieren,* ergänze ich in Gedanken.

Wir betreten Dilans Krankenzimmer. *Sie sieht noch schlechter aus als Kyril,* denke ich. „Sie ist ja ganz gelb im Gesicht."

„Leberversagen durch das Paracetamol", erklärt Aurel.

Ich trete näher an ihr Bett und betrachte das vertraute Gesicht. In diesem Moment sieht sie nicht mehr feindselig aus; sie wirkt beinahe harmlos. Mit zitternden Fingern taste ich nach der Spirit Doll in meiner Tasche. In letzter Zeit habe ich immer eine dabei, weil es vor allem nachts zu viel zu tun gibt. Und dennoch habe ich lange keine der Puppen mehr eingesetzt. „Ich brauche auch eine Schere." Ich räuspere mich. „Um ihr eine Haarsträhne abzuschneiden", erkläre ich. „Und Handschuhe."

Aurel nickt und sieht sich im Krankenzimmer um. „Bin gleich wieder da." Er lässt mich mit Dilan allein und diese Tatsache reicht aus, um mich nervös werden zu lassen. Es ist verhältnismäßig leicht, eine Schnittwunde oder ein gebrochenes Bein mithilfe eines Analogiezaubers zu heilen. Aber eine Vergiftung …? Doch es hilft nichts: Ich habe es Aurel versprochen und ich muss darauf vertrauen, dass mir meine Instinkte sagen, was zu tun ist. Und eigentlich habe ich ein noch viel größeres Problem, denn mir fällt beim besten Willen keine Erinnerung ein, die ich opfern könnte; keine, die entbehrlich ist.

Er ist wieder da und streckt mir jetzt eine lange chirurgische Schere und ein paar Latexhandschuhe hin. „Danke", flüstere ich, ziehe die Handschuhe an und versuche, alles auszublenden. Sowohl das Krankenzimmer als auch die Tatsache, wer dort im Bett vor mir liegt. Und vor allem den Gedanken an Kyril, der nur wenige Meter entfernt immer noch um sein Leben kämpft. Mit zwei Fingern hebe ich eine der kastanienbraunen Strähnen an und schneide sie ab. Dabei spüre ich Aurels aufmerksamen Blick in meinem Rücken. Ich wickle das Haar um die Puppe und konzentriere mich darauf, zunächst eine Verbindung zu Dilans Seele herzustellen. Vielleicht ist ihr Körper stark genug, die Vergiftung zu bekämpfen, wenn ich ihr ein bisschen Kraft gebe. Ich schließe die Augen. Jetzt brauche ich nur noch eine schöne Erinnerung.

Meine Gedanken rasen. Alles, was mir zuerst einfällt, ist zu kostbar: Kyril und ich im Äther, seine Haut auf meiner Haut. Kein *ich* und kein *er* mehr, sondern nur noch ein *wir*, untrennbar verbunden. Dann unsere Verabredung im Kino. Der Duft nach Popcorn und die Hoffnung auf einen Neuanfang, das süßsalzige Prickeln auf meiner Zunge. Ich gehe weiter zurück und denke daran, wie ich letztes Jahr mit Kyril und Lali in *Clarinda's Tearoom* saß. Ich rufe mir die Scones mit Marmelade und Clotted Cream in Erinnerung, die so gut schmeckten, dass nur das Gefühl, endlich irgendwo dazuzugehören, noch schöner war. Ich strecke eine Hand aus und berühre Dilan, aber nichts geschieht.

Da ist kein Ziehen in meinem Brustkorb, kein Drang zu helfen, der über mein Mitgefühl für Aurels Verlust hinausgeht. Ihre Seele ruft nicht nach mir. Trotzdem versuche ich es weiter, sage mir stumm ihren Namen vor. *Dilan,* Linda, *nimm meine Kraft.*

Nur das Piepen der Maschinen und meine eigene gepresste Atmung erfüllen das Zimmer. Frustriert schüttle ich den Kopf und öffne die Augen wieder. „Tut mir leid", flüstere ich. „Ich habe es wirklich versucht, aber …" Ich breche ab, denn ich kann ja nicht einmal sagen, ob mein Scheitern daran liegt, dass ich keine Kraft mehr habe oder daran, dass Dilans Seele nicht bereit ist. Weil sie im Fall der Fälle gar nicht nach mir rufen würde, sondern nach jemand anderem.

Aurel lässt Kopf und Schultern hängen und nickt, aber er sagt nichts. Dann sieht er mich plötzlich direkt an: „Wir müssen Kyril zuerst retten, oder? Dann klappt es vielleicht."

„Ich …" Ich schlucke, weil ich ihm nicht die Hoffnung nehmen will, die gerade in seinen grasgrünen Augen aufblitzt. „Vielleicht", sage ich.

*

Die Nacht ist die Hölle. Wortwörtlich, denn genauso stelle ich mir die ewige Verdammnis vor. Wenn mich irgendein Fürst der Unterwelt foltern und peinigen wollte, wäre genau das der effizienteste Weg. Ich werde so schnell gerufen, dass ich kaum Luft holen kann, ich habe mich nicht einmal von Lali und Chelsea verabschiedet. Weil ich keine Kraft mehr habe, lasse ich mich einfach treiben. Ich gebe, obwohl ich nichts mehr zu geben habe. Ich durchlebe diese fremden Leben und wäre doch in jedem einzelnen davon jetzt lieber als in meinem eigenen. Irgendwann ist mir alles egal und ich wehre mich nicht mehr, obwohl mir jeder Knochen wehtut, ich hungrig und durstig und so unfassbar erschöpft bin. Ich kann mich nicht erinnern, jemals überhaupt so müde gewesen zu sein. Sobald ich eine Seele rübergebracht habe, fallen mir die Augen zu; ich teleportiere mich nicht einmal vom Totenbett fort, denn gleich darauf reißt es mich jedes Mal aus meinem Sekundenschlaf hoch, und wenn der Schwindel nachlässt, wache ich anderswo – beim nächsten Auftrag – wieder auf.

Leider weiß mein Körper nur zu gut, was meine Aufgabe ist – das Schattenspringerdasein ist mir schon ins Blut übergegangen. *Ein Leben im Dienste anderer,* schießt es mir durch den Kopf. *Welche Ironie,* denke ich, *dass Kyril mir einst diese Worte eingepflanzt hat.*

Schließlich finde ich mich am Institut wieder, kurz vor dem Morgengrauen. *Natürlich,* spottet meine innere Stimme, *jetzt bist du also wieder hier, wo alles angefangen hat.* Wo auch sonst. Ich schleppe mich über den schwach erleuchteten Avicenna Quad zum Park. Die Rehe rascheln im Gebüsch, als ich mich dem gusseisernen Zaun nähere, aber ich gehe weiter zum Friedhof und lasse mich kraftlos auf die Bank unter den Platanen sinken.

Die Grabsteine, moosbewachsene Steinkreuze und modernere Modelle aus Granit, ragen in der Dunkelheit auf wie schemenhafte Gestalten. Ich will nicht hinsehen, aber ich tue es doch. Und irgendwie ist das Grauen der Vergangenheit jetzt nur noch halb so beängstigend. Die Gegenwart hat alles ins

Verhältnis gesetzt. Ich frage mich, ob irgendwann neben Izzys Gedenkstein und der letzten Ruhestätte meines Vaters noch ein jüngeres Grab angelegt werden wird: *Isobel Alistair, Ruben Leblanc, Kyril Ironmonger*. Die Vorstellung ist kaum auszuhalten – nur zwei Worte für einen ganzen Menschen, für ein ganzes Leben, für so viel Liebe, die meinen Brustkorb bei diesem Gedanken zu sprengen droht.

Wenn, dann müsste dort mein eigener Name stehen. Denn bis auf diese seltenen Momente bin ich sowieso schon leer.

Das schummrige Licht der Laternen glänzt auf den taufeuchten Grashalmen und in der Wiese leuchtet etwas auf, es funkelt geradezu und weckt meine Aufmerksamkeit. Ich stehe halb auf, strecke den Arm aus und Taste mit den Fingern über den kühlen Boden. Da, etwas Hartes, Glattes, Metallisches. Ich hebe es auf und drehe es zwischen den Fingern; es ist eine Münze. Ein Schluchzen zwängt sich meine Kehle hinauf und über meine Lippen. Vor meinem inneren Auge läuft eine Erinnerung ab: Ich beobachte, wie Kyril einen Stapel Briefe aus seiner Manteltasche zieht und dabei der Penny herausfällt. *Immer, wenn ich einen verliere, lasse ich ihn liegen. Vielleicht bringt er jemand anderem Glück.*

„Glück ist genau das, was ich jetzt brauche", flüstere ich – halb zu Kyril, halb zu mir selbst. Von einem Menschen bleibt offenbar doch noch mehr übrig als bloß ein Grabstein. Mehr als ein Körper, der verrottet, mehr als Gebeine, sogar mehr als eine Seele, ob auf ewig verdammt im Äther oder erlöst und ins Jenseits geführt. Denn auf dieser Welt finden sich noch Kyrils Spuren. Kleine, unscheinbare Dinge, die ohne ihn nicht da wären. Er hat den Lauf des Schicksals beeinflusst, ohne sich dessen bewusst zu sein, und er hat ganz sicher einen Eindruck bei den Menschen hinterlassen, die ihn lieben. Nichts kann das jemals wieder auslöschen. Und niemand kann sagen, wie die Welt ohne Kyril Ironmonger ausgesehen hätte. Nur, dass sie eine andere gewesen wäre, so viel steht fest.

Ich balle die Faust um das kleine Kupferstück, schließe die Augen und spüre der Wärme nach, die dieser tröstliche Gedanke durch meinen Körper schickt. Mit jedem Atemzug weicht die Taubheit ein bisschen mehr zurück. Ich bin nicht dafür gemacht, gefühllos und kalt zu sein – ich glaube, kein Schattenspringer ist das. Empathie ist unsere wichtigste Eigenschaft.

Ich lasse den Kopf in den Nacken fallen und genieße den Nachtwind, der angenehm kühl über mein Gesicht streicht. Meine Gedanken schweifen weiter … Eine Münze hat zwei Seiten … Wenn man immer nur eine Seite betrachtet, wird man nie erfahren, wie die andere Seite aussieht. Vielleicht weiß man, dass dort eine Zahl oder ein Bildnis abgebildet sein muss, aber wenn die Münze nun mal zu einer unbekannten Währung gehört, kommt man mit diesem Wissen nicht sehr viel weiter. Vielleicht haben wir die ganze Zeit die falsche Seite der Münze betrachtet.

Ruckartig setze ich mich wieder auf. Wir haben nach den Seelen gefragt, obwohl wir etwas über die Schattenspringer in Erfahrung bringen wollten, die zu Pariahs wurden. Was, wenn die Wahrheit die ganze Zeit über vor aller Augen offen dalag? Haben wir vielleicht nur die falschen Fragen gestellt?

Ich stehe auf, die Münze liegt immer noch in meiner Faust, und gehe zwischen den Gräbern auf und ab. Wir sind davon ausgegangen, dass wir etwas über die Pariahs erfahren, wenn wir uns mit den Seelen befassen, die sie verloren haben. Aber was, wenn sie gar keine Seelen verloren haben? Auch Octavian hatte nur eine einzige Seele verloren – die seiner Tochter. Zum Pariah wurde er, als man ihm das Herz stahl. *Mein Gott, das ist es!*

Ich muss an meine unheimliche Begegnung in der Gilmerton Cove denken. Daran, dass die Pariahs überraschenderweise doch ein Herz im Körper trugen. Aber es war mit Stichen übersät, um eine Wunde zu verschließen, so, als …

… als wäre es gar nicht ihr eigenes. Vielleicht hatte Aurel mit seiner Vermutung also doch recht und Robert Knox – oder jemand anderes – trägt Schuld am Schicksal der Pariahs.

Immer schneller führen mich meine Schritte durch den Park, ich laufe im Kreis, ohne wirklich zu sehen, wohin. Was, wenn Aurel in seinen Flakons keine Erinnerungen gesammelt hat, sondern etwas anderes? Ich erinnere mich daran, dass er einmal von *Erinnerungssplittern* gesprochen hat. Vielleicht rufen die Pariahs deshalb nicht nach mir, weil ihre Seele nicht mehr da ist – zumindest nicht mehr vollständig? *Seelensplitter*, schießt es mir durch den Kopf. Wäre das nicht viel passender? Wenn ein Erlebnis so prägend ist, dass es das ganze Sein verändert, kann man wohl kaum von einer Erinnerung sprechen. Den Ruf einer zersplitterten Seele kann ich nicht hören, also kann ich sie auch nicht erlösen.

Fast alle Splitter aus dem Animarium führten irgendwann zum Anatomietheater. Was ist dort geschehen? Was wurde den Pariahs angetan? Und vor allem: warum? Ich wünschte, die Pariahs könnten es mir einfach erzählen, aber gleichzeitig bin ich fast sicher, dass sie es selbst nicht mehr wissen. Und dass ich es herausfinden muss, wenn ich sie erlösen will.

Ich sehe mich auf dem verlassenen Innenhof um. Das Institut wirkt viel trostloser als im letzten Jahr. Die Studentinnen und Studenten, die hierherkommen, freuen sich auf die aufregendste Zeit ihres Lebens. Es ist Freitagnacht und zu dieser Zeit sollte Musik aus einem der Flügel dringen oder wenigstens Gespräche und Lachen. Stattdessen herrscht Grabesstille. Ich muss dafür sorgen, dass sich das ändert. Ich muss mir mein Zuhause zurückholen.

Alte Bekannte

AUREL

Hinter dem verglasten Dach des Tepidariums erstreckt sich eine sternenklare Nacht. Sie ist schmerzhaft schön. Ich hätte auch an Lindas Bett sitzen bleiben können, die Ärzte hätten mich wahrscheinlich nicht einmal bemerkt. Aber ich konnte nicht – denn im Krankenhaus lastet die Schuld noch schwerer auf mir. Genau wie die Hoffnungslosigkeit.

Die versilberten Flakons in meinem Animarium glänzen verführerisch. Aber die Erinnerungen, so schön sie auch sind, würden meinen Schmerz nur kurz betäuben, also widerstehe ich der Versuchung. Die Einsamkeit ist kaum zu ertragen, doch ich kann mich an niemanden wenden. Schon gar nicht an Runa. Ein Teil von mir ist fest davon überzeugt, dass sie mir helfen würde, egal, was es kostet, und dass sie alles versucht hat. Ein anderer Teil aber, der hässliche, verzweifelte, hoffnungslose Teil, fragt sich, ob sie wirklich alles gegeben hat. Oder ob es ihr nicht eigentlich lieber ist, wenn Linda stirbt und mit ihr die Erinnerung an alles, was sie Runas Freunden angetan hat. So oder so bleibt uns nichts anderes übrig, als alles auf eine Karte zu setzen: Wir müssen zuerst Kyril retten, dann besteht vielleicht auch für Linda noch Hoffnung.

Das Gute an Trauer ist, dass sie Kraft kostet und uns zwingt, uns auszuruhen. Der Schlaf umkreist mich schon lange wie ein Raubvogel seine Beute, und ich sehne mich nach seiner kalten Umarmung. Selbst ein Albtraum könnte kaum schlimmer sein als die Realität.

Tatsächlich träume ich: Ich streife durch die karge Landschaft der Lowlands. Am Horizont entdecke ich eine Gestalt – die Umrisse eines Mannes im dunklen Mantel. Kyril! Ich will zu ihm, aber meine Füße versagen den Dienst. Als es mir endlich gelingt, mich zu rühren, laufe und laufe ich und komme ihm doch nicht näher. Das geht so lange, dass die Sonne hoch am Himmel steht und mich blendet, als ich endlich erschöpft aufgebe. Ich sinke zu Boden und blinzle gegen das grelle Mittagslicht an. Als ich den Kopf wieder hebe, ist die Gestalt verschwunden. Stattdessen sehe ich ein anderes, vertrautes Gesicht. Es ist das Gesicht des Arztes aus dem Anatomietheater. Es ist das Gesicht des Kaufmanns, der seinen Diener anfällt. Es ist das Gesicht des Eisenwarenhändlers, der um Elizabetas Hand anhält. Es ist das Gesicht meines eigenen Vaters.

*

Ich zittere so sehr, dass ich die Glasflakons beim Versuch, sie zurück in das Regal zu räumen, beinahe fallen lasse. In meinem Kopf dröhnt *Hey Jude* in Dauerschleife. Ich bin auf Nummer sicher gegangen und habe den ganzen Tag die Erinnerungen noch einmal durchlebt. Wieder und wieder. So lange, bis ich überzeugt war. Und es gibt keinen Zweifel mehr.

Ich habe mich schon vor so langer Zeit von meiner Familie losgesagt, dass mir mein Vater im Grunde egal war. Doch jetzt ist das anders, jetzt macht er mir Angst. Und auch Lindas Worte schwirren mir noch durch den Kopf: Sie hat vom Prinzip des Analogiezaubers gesprochen. Runa heilt mit Puppen – vielleicht kann sie auch die Pariahs auf diese Weise erlösen. Alles, was sie dafür braucht, dürfte ein Haar sein, ein Knochensplitter, irgendetwas von diesen Wesen, die einmal Schattenspringer waren, Menschen aus Fleisch und Blut. Bei Linda hat es nicht geklappt, aber vielleicht gibt ihr die Hoffnung, Kyril zu retten, dann genügend Kraft. Ich muss ihr helfen, zu beschaffen, was sie dafür braucht.

Am Nachmittag ziehe ich meinen Mantel und die Schuhe an. Ich stecke eine Schere ein und werfe einen letzten Blick durch die imposante Eingangshalle mit der gewendelten Holztreppe. Ich spüre, dass sich die Zeit, in der die Villa mein Zuhause war, dem Ende zuneigt. Bei diesem Gedanken macht sich ein bisschen nostalgische Wehmut in mir breit, aber gleichzeitig bin ich erleichtert. Denn dieses Haus, so komfortabel und luxuriös es auch ist, war ebenso mein Gefängnis. Hier habe ich mich vor der Welt und vor allem vor meiner Aufgabe in ihr versteckt. Der verängstigte Junge wollte sich nicht der Wahrheit stellen und hat stattdessen Mauern aufgebaut, die so hoch waren, dass kaum noch ein Lichtstrahl hindurchdrang. Damit ist jetzt Schluss: Was Linda zugestoßen ist, hat meinen Elfenbeinturm zum Einsturz gebracht. Ich habe keine Ahnung, wer der neue Aurel ist – aber ich werde es herausfinden. Wild entschlossen und mit einem Hauch von Zuversicht trete ich aus dem Haus und ziehe die Tür fest hinter mir zu. Den Weg, der jetzt vor mir liegt, kenne ich gut. Er fühlt sich trotzdem an wie der Gang nach Golgatha. Ohne meine Geheimwaffe bin ich den Pariahs schutzlos ausgeliefert, aber ich muss so lange durchhalten, bis ich habe, wonach ich suche. Eine kleine, noch so unscheinbare Trophäe. Sie wissen, wer ich bin, und ich kann nur darauf hoffen, dass sie auch verstehen, dass ich komme, um ihnen zu helfen.

Es ist ein sonniger, klarer Wintertag. Noch nie habe ich die Strahlen der Sonne so intensiv in meinem Gesicht gespürt, noch nie den Wind, der durch mein Haar fährt, so sehr genossen. Ob es stimmt, was man gemeinhin sagt: dass man sich direkt vor seinem Tod am lebendigsten fühlt? Aber wenn ich Linda, Kyril oder auch nur Runa zumindest ein bisschen weiterhelfen kann, jagt mir der Tod keine Angst ein. Alles, was ich zu verlieren habe, wurde mir schon vor langer Zeit genommen. Auf den wenigen Metern bis zum Eingang der Höhle läuft mein Leben noch einmal vor mir ab wie ein Film. Es sind bittersüße Erinnerungen, Bilder aus einer unbeschwerten Kindheit, in der es mir zwar an vielem fehlte, mein großer Bruder aber sein Bestes getan hat, um das wettzumachen. Als unsere Mutter plötzlich nicht mehr da war, als unser Vater immer verschlossener und kaltherziger wurde, als alles, was ihn zu interessieren schien, unsere Ausbildung am Institut war – da hat Kyril mir vorgelesen. Er hat mir die felsigen grünen Weiden im Naturschutzgebiet Tunstall Hills gezeigt, die Wasserfälle in Jesmond Dene, die unzähligen Brücken über den Fluss Tyne. Ihn zurückzulassen, war das Schwerste, was ich je getan habe. All die Zeit habe ich mich an die Hoffnung geklammert, ihm meine Beweggründe irgendwann erklären zu können. Aber bei unserem Wiedersehen war an eine Erklärung nicht zu denken und er hätte mir ohnehin alles glauben müssen, was ich hätte sagen können, weil er sich ja selbst an nichts mehr erinnerte. Ob mir die Chance auf eine Aussprache jetzt für immer genommen wurde?

Mit einem Seufzen schüttle ich die düsteren Gedanken ab und konzentriere mich auf die schönen Erinnerungen, dann folge ich den gut versteckten Stufen, die in die Höhle hinabführen.

Hier unten ist es verhältnismäßig warm, trotzdem fröstele ich und kann mein Zittern nicht unterdrücken. Es gibt eine Kälte, die nichts mit Temperaturen zu tun hat. Es ist so still hier, dass ich mich beinahe frage, wovor ich eigentlich Angst hatte. Aber dann, als ich immer tiefer in das Labyrinth gelange, das sich bis zum anderen Ende der Stadt erstreckt, immer tiefer in die Gilmerton Cove, spüre ich, dass ich nicht allein bin. In irgendeinem der unzähligen Räume verstecken sie sich und warten, nein, sie lauern ihren Opfern auf.

„Kommt", rufe ich. „Wenn ihr meine Hilfe wollt, brauche ich zuerst etwas von euch." Keine Reaktion. Aber davon lasse ich mich nicht entmutigen. „Runa und ich, wir wollen euch zurückgeben, was ihr verloren habt. Dann könnt ihr endlich sterben. Ist es nicht das, wonach ihr euch sehnt? Es ist schon einmal geschehen, letztes Jahr. Gebt mir ein Haar von euch, einen Knochensplitter oder ein Stück Kleidung, dann verschwinde ich wieder." Beim Klang des vertrauten Namens verändert sich etwas, ich kann nicht genau festmachen, was, aber ich spüre es. Vielleicht wird die Luft ein klein wenig kälter, vielleicht wird meine Zuversicht ein klein wenig zerbrechlicher. Plötzlich bin ich wieder ein Junge, der sich vergeblich in den Schatten seines Vaters drückt, auf der Suche nach Schutz und Geborgenheit. Die Geisterhände strecken sich nach mir aus, genau wie damals. Ihre eisigen Berührungen streifen meine Wange, meinen Hals, meine Schultern. Ich verharre. „Zeigt euch“, fordere ich. Zeigt euch, damit ich euch helfen kann.“

Du willst uns nicht helfen, flüsterte es in meinem Kopf, *willst uns nur bestehlen. Jeder, der herkommt, will uns nur bestehlen. Dieb, Dieb, Dieb.* Unmöglich zu unterscheiden, ob da meine eigene Angst spricht oder ob es wirklich die Pariahs sind. „Nein, das ist nicht wahr“, widerspreche ich laut. „Ich brauche nicht zu stehlen, denn ich bin selbst reich genug. Ich bin glücklich, ich habe meine schönen Erinnerungen bewahrt wie einen kostbaren Schatz. Wisst ihr nicht mehr, dass ich sie auch mit euch geteilt habe?“

Kaum, dass ich das ausgesprochen habe, wird mir klar, dass die Pariahs auch jetzt wieder ein Geschenk von mir erwarten werden. Und ich fürchte, dass ein Schmetterling oder eine Blume diesmal nicht ausreichen.

Kostbar und köstlich … so kostbar und köstlich, echot es in meinem Kopf. Panik steigt in mir auf – ich will diese gehässigen Stimmen zum Schweigen bringen. „Gebt mir etwas von euch!“, fordere ich erneut. „Ich bin sicher, ein einziges Haar könnt ihr entbehren, wenn ihr euch damit ewige Freiheit erkauft.“

Zur Antwort plappern all die Stimmen durcheinander, ein grausamer Kanon. Aber ein Satz dringt doch zu mir hindurch: „Da ist ein Mädchen. Ein schönes Mädchen mit Haaren wie dunkles Gold. Wenn du uns unsere Haare stehlen willst, dann wollen wir ihre Haare haben.“

Schlagartig sehe ich Lindas Gesicht vor mir, sie streift durch den Garten hinter der Villa und der Wind spielt mit ihrem Haar. Unsichtbare Finger greifen zärtlich hinein, so wie ich es am liebsten tun würde. Am Kaskadenbrunnen bleibt sie stehen. Er ist nicht stillgelegt, sondern plätschert fröhlich vor sich hin. Sie lehnt sich gegen den Rand des Beckens. Ich schlucke schwer. Das alles ist nicht echt, aber es fühlt sich so echt an. Erst, als sie mich zu sich heranwinkt, löse ich mich aus meiner Starre. Diese Erinnerung ist eine meiner kostbarsten; in ihrem Verlauf erzählt sie von unserem ersten Kuss, von unserer ersten Nacht, von zwei jungen Menschen, die verzweifelt versucht haben, den Lauf des Schicksals zu ändern. Wir wollten so viel Leben wie nur möglich in diese wenigen Stunden stecken. So viel Glück.

Schlagartig verstehe ich, was geschieht. Ich schüttle mich, aber die kalten Finger greifen fester zu. Wolken ziehen am Himmel meiner Erinnerung auf, Wolken, die damals nicht da waren. In der Ferne erklingt Donner. Die Versuchung, aufzugeben und mich einfach in mein Schicksal zu fügen, ist groß. Aber es geht hier nicht um mich: Es geht um Linda, deren Andenken nicht auf diese Weise verspottet werden soll. Und es geht noch um etwas anderes, Größeres, auch wenn ich mich in diesem Moment nicht mehr daran erinnern kann, was es ist. Weshalb bin ich hergekommen? Was wollte ich hier? Wer sind all die … Stimmen? Ich fühle mich wie unter Wasser. Um mich herum ist nichts als Dunkelheit und in der Ferne ein viel zu blasser, unerreichbarer Lichtschimmer. Mein ganzer Körper, mein ganzes Sein, lechzt nach Luft. Ich will nicht sterben – das ist ein Entschluss.

Also tue ich, was auch der Junge von damals getan hätte. Es ist ein Instinkt, ich denke nicht darüber nach, sondern nehme meine Beine in die Hand und renne. Ich renne durch die dunklen Gänge, stolpere dabei mehrmals über meine eigenen Füße, die Knie voller Blut, die Hände voller Staub, und rappele mich doch jedes Mal wieder auf.

Als ich endlich den Himmel über mir erblicke, ziehe ich die klare Luft tief in meine Lunge. Ich sollte erleichtert sein, denn ich bin den Pariahs entkommen. Aber alles, an das ich denken kann, ist die Tatsache, dass Runas Plan mit den Puppen nicht funktionieren wird. Jedenfalls nicht so, wie sie sich das gedacht hat – nicht mit Puppen, die in eine Jackentasche passen.

*

Zurück in der Villa dusche ich lange, so, als könnte ich die Zeit in der Höhle von mir abwaschen. Dann ziehe ich das Handy aus der Hosentasche und wähle Runas Nummer.

Nur Minuten später sitzt sie mir gegenüber in einem der Korbstühle. Ich weiß nicht mehr genau, was ich am Telefon gesagt habe – und wie man überhaupt in Worte fassen könnte, was mir gerade durch den Kopf geht, doch offenbar habe ich sie davon überzeugt, dass es dringend ist. Aber wahrscheinlich hat sie ohnehin genauso wenig Schlaf gefunden wie ich.

„Also, was gibt es?“ Die Strapazen der letzten Tage und vor allem Nächte sind Runa deutlich anzusehen; sie ist blass, mit tiefen Schatten unter den Augen. Trotzdem verbiete ich es mir, Mitgefühl zu empfinden, denn dafür haben wir vielleicht keine Zeit mehr.

„An dem Abend, bevor Linda –“ ich bringe es nicht übers Herz, zu sagen *bevor sie versucht hat, sich umzubringen* und auch nicht *bevor mein Leben vollends den Bach runtergegangen ist*, also breche ich ab und setze erneut an, nachdem ich mich kurz gesammelt habe. „Am Abend davor, als ich versucht habe, sie irgendwie dazu zu bringen, uns zu helfen, hat sie etwas gesagt, was mich nachdenklich gemacht hat.“

Runa hat die Lippen fest zusammengepresst und schweigt, damit ich weiterspreche.

„Sie sagte, dass Octavian so lange unentdeckt als Pariah leben konnte, weil er sich mithilfe der Analogiezauber alles genommen hat, was ihm fehlte.“

„Das stimmt. Er hat Seelen beklaut, ihnen ihre schönsten Erinnerungen genommen – ich dachte, du wüsstest von den Ereignissen am Institut im letzten Jahr.“

Eilig schüttle ich den Kopf. „Das schon, aber ich habe bisher nie intensiv über die Konsequenzen nachgedacht. Was, wenn wir auch den Pariahs in der Gilmerton Cove mithilfe von Analogiezaubern ihre verlorenen Erinnerungen zurückgeben könnten? Ich glaube allmählich, sie stehlen gar nicht aus Gier, sondern um wiederzufinden, was ihnen abhandengekommen ist. Vielleicht ist das der Schlüssel, um sie zu erlösen.“

Runa seufzt leise und ihre Miene gibt nichts von ihren Gedanken preis. Ich befürchte, dass sich ihre Geduld mit mir allmählich dem Ende zuneigt. Bevor sie etwas erwidern kann, fahre ich fort: „Ich bin die Erinnerungen noch einmal durchgegangen und es besteht kein Zweifel: Das Anatomietheater ist das verbindende Element. Wusstest du, dass es sich seit dem späten Mittelalter in einem der Gebäude befand, die heute zum

Institut gehören? Inzwischen wurde der Raum allerdings renoviert. Doch im Surgeon's Museum hat man das ursprüngliche Anatomietheater nachgebaut. Wir müssen dahin."

„Du hast recht. Ich habe auch darüber nachgedacht und ich glaube, die Pariahs haben vielleicht gar keine Seelen verloren. Die Erinnerungen, die wir gesehen haben, gehören ihnen selbst. Gehören ihnen oder zu ihrer Seele. Was, wenn die Pariahs diese Seelensplitter verlieren, weil sie selbst nicht intakt sind? Jemand hat ihnen in dem Anatomietheater etwas angetan, hat im Seziersaal etwas Grausames mit ihren Herzen angestellt. Das müssen wir rückgängig machen."

Euphorie breitet sich bei Runas Worten in mir aus. Allmählich fügen sich die Puzzlestücke zu einem größeren Bild zusammen. „Mein Vater", erwidere ich atemlos. „Ich habe sein Gesicht gesehen, mal alt, mal jung, jedes Mal sah er ganz anders aus. Aber trotzdem bin ich sicher: Ich habe ihn an seinem Blick, seiner Mimik und Gestik erkannt. Aber das waren Erinnerungen aus anderen Jahrhunderten und das bedeutet ... Runa, ich glaube, er ist selbst ein Pariah."

Runa erstarrt kurz, dann schüttelt sie verblüfft den Kopf. „Kieran Ironmonger ein Pariah?" Nachdenklich zieht sie die Brauen zusammen. Sie wirkt verwirrt, aber nicht so überrascht, wie ich gedacht hätte. „Und ich war überzeugt, dass er mich einfach nur hasst."

„Er hasst dich, weil du ihm gefährlich werden könntest: Schließlich hast du Octavian getötet, der auch ein Pariah war."

„Also ist er wirklich uralt?"

„Ja. Und ich denke, er hat die anderen erschaffen."

„Aber warum? Und warum sollte er dann jetzt plötzlich alles daransetzen, seine Taten rückgängig zu machen?"

Noch bevor ich ihr sagen kann, dass sie die Antwort auf diese Frage doch längst kennt, schiebt Runa ein Wort hinterher; das schmerzt, obwohl es so schön ist: „Kyril."

„Genau." Ich knete meine kalten Finger, bis die Knöchel knacken. „Wir bitten meinen Vater um Hilfe und dann verschaffen wir uns Zugang zum Anatomietheater. Wir spielen alles nach, so detailgetreu wie möglich. Ich habe die Erinnerungen lange genug studiert, es kann funktionieren."

Runa sieht mich an, als wäre ich von allen guten Geistern verlassen. Vielleicht ist das auch so, ich weiß es ja selbst nicht. „Erstens glaube ich nicht, dass wir das mit Puppen nachstellen können, und zweitens werde ich bestimmt nicht Kieran um Hilfe bitten."

„Ich rede auch nicht von Puppen, wir brauchen dafür einen Menschen."

„Wie bitte? Jemand soll sich auf den Seziertisch legen?"

„Nicht irgendjemand. Ich."

„Wie heroisch von dir", spottet sie. Wahrscheinlich glaubt sie, ich würde das nicht ernst meinen.

„Wenn die Theorie von den *matching souls* stimmt, darfst du dich auf keinen Fall in Gefahr bringen – du würdest damit auch Kyrils Leben aufs Spiel setzen."

„Und außerdem könnte ich Dilan dann nicht mehr heilen, stimmt's?" Sie seufzt verärgert auf. „Und was dann, Aurel?" Runa verschränkt die Arme vor der Brust. „Machen wir es also wie Octavian und lassen unschuldige Menschen leiden, um unseren Willen zu bekommen? Liebe rechtfertigt nicht alles." Bei den letzten Worten zittert ihre Stimme, und ich ahne, dass sie sich zwingen muss, sie über die Lippen zu bringen. In ihren Augen allerdings lese ich, dass sie sich am liebsten an jeden Strohhalm klammern würde, genau wie ich. Koste es, was wolle.

„Du verstehst mich falsch. Runa, hör zu: Ich war in der Höhle. Ich habe versucht, von den Pariahs eine Haarsträhne oder irgendetwas anderes zu bekommen – und wer weiß, ob das überhaupt ausreichen würde –, aber sie haben mich angegriffen. Was auch immer mich jahrelang immun gegen ihre Attacken gemacht hat, ist fort. Also bringt uns der Zauber mit Puppen gar nichts, es wird nicht funktionieren. Alles muss so echt aussehen, dass uns die Pariahs vertrauen und uns freiwillig helfen, verstehst du? Das schaffen wir nicht mit Puppen. Aber wenn wir sie an einen Ort ihrer Erinnerung zurückführen, vielleicht schon. Mithilfe meines Vaters."

Runa steht auf und läuft unruhig vor dem Animarium auf und ab. „Wir können Kieran nicht um Hilfe bitten, ich vertraue ihm nicht!"

„Ich vertraue ihm auch nicht, aber ich weiß, dass er dasselbe Ziel hat wie wir. Und ich kenne ihn lange genug, um zu wissen, dass er alles tun würde, um seinen Lieblingssohn zu retten." Die Bitterkeit, die in meinen Worten mitschwingt, kann ich nicht unterdrücken und sie beschert mir prompt ein schlechtes Gewissen. Erst jetzt merke ich, dass ich die Stimme erhoben habe, aber ich kann nicht mehr zurück.

„Ich halte das für gar keine gute Idee", sagt Runa noch einmal nachdrücklicher.

„Hast du vielleicht eine bessere?", rufe ich. „Wir haben keine Wahl. Er stirbt, Runa, und ich kann nicht länger mitansehen wie mein Bruder stirbt, verdammt noch mal!"

Fuck. Ich wollte sie nicht anschreien, das bringt uns auch nicht weiter. Was ist nur mit mir los? Die Sorge um Kyril, um Linda, die Einsamkeit – es ist alles zu viel. Ich will die harschen Worte zurücknehmen, aber dafür ist es zu spät, das verrät mir Runas zorniger Gesichtsausdruck.

„Glaubst du etwa, mir geht es anders?“ In Runas Augen entdecke ich Tränen, die sie mit Mühe zurückhält. „Ich glaube, es geht dir eigentlich nur um Dilan – du willst sie auf Teufel komm raus zurückholen, koste es, was es wolle, und ich bin für dich nur ein Mittel zum Zweck –“

„Nein, das ist nicht wahr!“ Ich greife nach ihrer Hand, doch sie zieht sie zurück. Runa schüttelt kaum merklich den Kopf. Die Enttäuschung ist ihr deutlich anzusehen und sie schluckt schwer.

„Es … tut mir leid“, bringe ich hervor.

Sie zuckt mit den Schultern, lässt sich wieder in den Korbstuhl fallen und sackt in sich zusammen wie ein Häufchen Elend. Obwohl ich ihr ansehe, dass sie versucht, die Fassung zu bewahren, kommt ein Schluchzen über ihre Lippen. Mit dem Handrücken wischt sie die Tränen aus ihrem Gesicht. Ich wage nicht, sie zu trösten, und warte ab, bis sie schließlich wieder aufsieht. „Mir tut es auch leid. Und du hast recht: Wir haben keine andere Wahl.“ Runa wirft noch einen letzten Blick durch den Palmengarten. Mit all dem üppigen Grün und den blühenden Orchideen wirkt dieses falsche Paradies viel zu friedlich. Bald werde ich es für immer verlassen, denn ich weiß, dass ich mich nicht länger vor der Welt verstecken und die Aufgaben, die für mich vorgesehen sind, nicht länger anderen aufhalsen kann. Stumm schwöre ich mir, meinem Schicksal am Institut ins Gesicht zu sehen, sobald ich das hier überstanden habe. *Falls* ich es überstehe.

„Na schön, dann spielen wir dieses Spiel mit; führen ein riesengroßes Theater für unsere unsichtbaren Zuschauer auf. Ich spreche mit Lali und Chelsea. Bleibt uns nur zu hoffen, dass sie bereit sind, bei diesem waghalsigen Plan mitzumachen."

„Okay. Ich trage alle historischen Details zusammen, die wichtig sein könnten. Und ich spreche mit meinem Vater. Du kannst dich auf mich verlassen. Treffen wir uns morgen Abend, um den Plan in die Tat umzusetzen? Das Museum schließt schon um fünf Uhr nachmittags. Ich denke, wir sollten keine Zeit verlieren."

Eine ganze Weile lang sagt Runa nichts, sie sitzt einfach nur da und sieht wie durch mich hindurch, beinahe kann ich sie denken hören. Dann sucht sie plötzlich wieder meinen Blick. „Aurel, du hast vielleicht keine Haarsträhne von den Pariahs, nichts Körperliches, aber etwas anderes, nämlich ihre –"

„Erinnerungen", beende ich Runas Satz.

„Genau. Wenn wir die Flakons mit ins Theater nehmen, könnten sie uns als Verbindung zu den Seelen der Pariahs dienen. Einen Versuch ist es wert, oder?" Sie ringt sich ein schwaches Lächeln ab, drückt sich aus dem Korbstuhl hoch und bleibt nah vor mir stehen. „Wenn wir das alles geschafft haben, versuche ich noch einmal, Linda zu heilen. Ich verspreche es dir."

Ich nicke stumm, weil ich mir sicher bin, dass meine Stimme ansonsten brechen würde.

*

Durch das Portal des Instituts zu treten, nachdem ich so lange vor genau diesem Moment weggelaufen bin, fühlt sich unwirklich an wie im Traum. Die Mauern aus hellem Sandstein ragen über mir auf und erinnern mich an eine Gruft. Die Zeit und die Witterung haben auf dem Gestein dunkle Spuren hinterlassen, die fast wirken wie die unleserliche Handschrift eines fremden Wesens. Ich denke an all die jungen Menschen, Studentinnen und Studenten, die im Laufe der Jahrhunderte hier ein- und ausgingen. Sie alle sind voller Träume ans Institut gekommen und haben es gebrochen wieder verlassen. Ich jedoch bin fest entschlossen, später erhobenen Hauptes durch dieses Tor zu gehen. Mein Vater ist in meiner Geschichte nur noch eine Randnotiz und nach heute Abend – falls es ein *danach* gibt – werde ich ihn vollkommen aus meinem Leben radieren.

Ich frage den Pförtner nach Kieran Ironmonger und obwohl er mich kurz skeptisch mustert, beschreibt er mir den Weg durch den Quad zu dem Büro, in dem ich ihn angeblich antreffen soll. Ich muss dem Mann im Pförtnerhäuschen nicht sagen, wer ich bin, und wahrscheinlich könnte ich meine Identität nicht einmal verbergen, wenn ich wollte. Mein Vater hat sich bedauerlicherweise auch in meinem Gesicht verewigt, so, wie ein Künstler einer weißen Leinwand seine Pinselstriche aufzwingt.

Obwohl ich versuche, mich nicht von der opulenten Architektur und den grünen Innenhöfen mit den Statuen und bogenförmigen Arkaden beeindrucken zu lassen, kann ich nicht leugnen, dass mich dieser Ort in Staunen versetzt. Es ist nicht schwer, sich vorzustellen, wie wohl Kyril sich hier gefühlt hat – zwischen all der lebendigen Geschichte. Das Büro meines Vaters liegt im obersten Stock des Gebäudetrakts auf dem hintersten Quad. Ich schleppe mich etliche gewendelte und mit rotem Teppich bespannte Stufen hinauf, bis ich vor einer Tür am Ende des Flurs stehen bleibe. Automatisch hebe ich die Hand, um anzuklopfen, halte dann aber inne. Etwas in mir sträubt sich gegen diese simple Geste der Höflichkeit. Ich bin nur hier, weil ich auf Kierans Hilfe angewiesen bin, wenn ich meinen Bruder retten will. Mein Besuch ist kein Zeichen der Versöhnung oder gar ein Schuldeingeständnis, auch wenn mein Vater das mit Sicherheit glauben wird.

Ich gebe mir einen Ruck, drücke die Klinke hinunter und stoße die Tür mit Schwung auf. Kurz blitzt der Gedanke in meinem Kopf auf, dass er vielleicht gar nicht da sein könnte, aber gleich darauf erspähe ich seinen blonden Schopf hinter einem schweren Holzschreibtisch.

Er ist gerade dabei, einen Brief zu schreiben, lässt aber den altmodischen Federhalter fallen, als er mich erblickt. Es verschafft mir Genugtuung, zu sehen, wie sich die Tintenkleckse auf dem Papier verteilen. Mein Vater gibt sich allerdings nicht die Blöße, den Füller wieder in den Halter zu stellen oder sich sonst irgendwie anmerken zu lassen, dass er sich über sein Missgeschick ärgert.

Ich mustere sein Gesicht, das mir vertraut und gleichzeitig so fremd ist. Er sieht keinen Tag älter aus als neunundvierzig – das Alter, das er sich selbst gegeben hat. Schlagartig wird mir bewusst, dass das nichts als eine Lüge war. Wie im Grunde sein ganzes Leben. Und damit auch meines. Was bin ich für ihn, wenn nicht der Sohn, der ihn stets enttäuscht hat? Vielleicht nur ein kleines Experiment zum Zeitvertreib in den endlosen

Jahrhunderten? Ich frage mich, wie er es geschafft hat, seine Jugendlichkeit zu erhalten. Mit dem Glück fremder Seelen, so wie Octavian? Oder mit den modernen Methoden plastischer Chirurgie? Und, wo der Schattenspringer war, der ihm den Tod hätte bringen sollen, der aber offensichtlich versagt hat. Aber eigentlich sind die Antworten auf diese Fragen jetzt nicht mehr wichtig. Nur eine Sache zählt noch.

Ich trete näher an den Schreibtisch und stütze mich mit den Handflächen auf dem polierten Holz ab, sodass mich kaum noch eine Armeslänge von meinem Vater trennt. Eine Welle des Ekels schwappt über mich und das flaue Gefühl lässt meine Knie weich werden. Ich ignoriere es und zwinge mich, ihm in die Augen zu sehen. „Ich weiß, was du bist", sage ich, „ich weiß alles. Also lass uns keine Zeit mit Floskeln verschwenden. Kyril ist zu mir gekommen, nachdem er bei den Pariahs war. Sie haben ihm seine Erinnerungen gestohlen und er wird sterben, wenn er sie nicht zurückbekommt." *Oder schlimmer noch*, denke ich, *nicht sterben, sondern so werden wie du.* Denn zum Sterben braucht es einen anderen Schattenspringer und wenn Runa tatsächlich Kyrils *matching soul* ist, bin ich nicht sicher, ob sie die Kraft hätte, ihn ins Jenseits zu bringen.

Mein Vater lehnt sich in seinen Stuhl zurück, ein selbstgefälliges Lächeln auf den Lippen. „Sieh an, der verlorene Sohn ist zurückgekehrt. Und jetzt soll ich dir wohl ein Freudenfest ausrichten und das Mastkalb schlachten?"

„Erspar mir das hohle Geschwafel! Wir haben keine Zeit mehr, du musst mir helfen."

„Also hast du eine Bitte an mich? Das wagst du, nachdem du einfach weggelaufen bist?"

„Von mir aus krieche ich zu Kreuze, küsse deine Füße, flehe um Vergebung, das ist mir so was von egal!" Schweiß bricht mir auf der Stirn aus und erst da wird mir bewusst, dass ich meinen Vater angeschrien habe. Zum ersten Mal. „Verstehst du denn nicht: Es geht nicht um mich, verdammt! Es geht um Kyril und er hat dir nie etwas getan, oder? Willst du ihn jetzt für das bestrafen, was ich angeblich falsch gemacht habe? Willst du ihn sterben lassen? Vielleicht kannst du ja gar keine Gefühle mehr empfinden, weil du nur noch eine leere Hülle bist –"

„Vorsicht." Mein Vater steht auf. „Überlege dir deine nächsten Worte gut, wenn du nicht möchtest, dass unser Gespräch hier beendet ist."

Ich hole tief Luft, stoße sie in einem verärgerten Seufzen wieder aus und lasse mich auf den Stuhl vor dem Schreibtisch fallen, auch wenn Kieran mir keinen Platz angeboten hat. Dann mache ich mich ganz leer und beschließe, alles auszublenden: die Verletzungen der Vergangenheit und die Erwartungen an die Zukunft. Ich werde meinem Vater einfach alles erzählen, was ich mit Runa besprochen habe, und beten, dass ihm das Leben seines ältesten Sohnes wichtiger ist als sein Stolz.

Helden

RUNA

Zu dritt sitzen wir in der kleinen, mit Filmplakaten tapezierten Küche, während aus dem Erdgeschoss der Soundtrack irgendeines neuen Blockbusters dringt. Wie sehr ich mir wünschte, das alles wäre auch bloß ein Film.

Soeben habe ich Lali und Chelsea unseren viel zu riskanten Plan eröffnet. Meine Finger wärme ich an einer Tasse Lakritztee und in der Luft liegt der köstliche Geruch nach Lalis Kichererbsenkonfekt – inzwischen fühlt sich die Wohnung über dem Kino wohltuend vertraut an. Trotzdem zerbricht diese Illusion von Sicherheit und Geborgenheit, als ich in die entsetzten Gesichter meiner Freunde sehe. Lali findet zuerst die Sprache wieder.

„Beim letzten Mal hat es dich vier Wochen deines Lebens gekostet und alle Kraft, die du hattest. Nein, mehr Kraft, als du eigentlich hattest. Und jetzt … wie willst du es schaffen, nicht nur einen Pariah zu erlösen, sondern mehrere und noch dazu allein …“ Sie verstummt.

„Ich weiß. Es ist gefährlich und höchstwahrscheinlich unmöglich. Aber ich kann nicht aufgeben, solange es noch einen Funken Hoffnung gibt, dass ich Kyril retten kann, verstehst du?“ Ich schlucke. „Außerdem geht es um viel mehr als das. Es geht um die Zukunft aller Schattenspringer – in zwei Tagen wird ein neuer Warden gewählt und wir können nicht zulassen, dass Kieran endgültig das Kommando übernimmt.“

Auch Chelsea wirkt besorgt, sie sieht zwischen ihrer Freundin und mir hin und her.

„Kyril würde dasselbe für mich tun“, erkläre ich und fühle mich seltsamerweise, als müsste ich mich rechtfertigen. Aber wie soll man sich für Liebe rechtfertigen? Für das stärkste Gefühl der Welt?

„Ich weiß“, gibt Lali zurück. „Ich würde dasselbe für jeden einzelnen von euch tun.“ Sie stößt einen tiefen Seufzer aus und schnalzt mit der Zunge. „Ich kann doch nicht zulassen, dass das Einzige, was von euch übrig bleibt, dieser dämliche eingelegte Frosch in meinem Apartment ist!“

„Kuno“, sage ich und spüre, wie ein zaghaftes Lächeln an meinen Lippen zerrt.

„Ja, Kuno.“

Chelsea streicht sich mit einer Hand die langen blonden Haare aus dem Gesicht. „*Good grief*, er ist so gruselig! Ich erschrecke mich jedes Mal zu Tode, wenn ich bei Lali übernachte und morgens nach dem Aufwachen als erstes in dieses blasse, aufgedunsene Gesicht starre!“ Sie vergräbt den Kopf schmunzelnd in der Handfläche.

Mit einem Ruck steht Lali auf und sucht etwas in den Küchenschränken. „Wo hast du den Whisky, Sweetie? Ich brauche jetzt etwas Stärkeres als Tee.“

Als sie die Flasche gefunden und jedem von uns einen Schluck eingeschenkt hat, kippt sie ihre Portion auf Ex hinunter und krempelte dann die Ärmel ihres Hoodies hoch. „Also holen wir uns jetzt unser verdammtes Leben zurück, oder nicht? Was müssen wir tun?"

Eine warme Welle der Zuneigung überrollt mich und am liebsten hätte ich Lali und auch Chelsea in den Arm genommen, sie fest an mich gedrückt und so schnell nicht mehr losgelassen. Aber ich kenne diesen entschlossenen Ausdruck in Lalis Gesicht. „Jetzt heißt es, Nägel mit Köpfen machen. Aurel spricht gerade mit Kieran", erkläre ich. „Er ist wichtig, weil die Pariahs ihn erkennen werden, genau wie den Seziersaal." Dass Lali und Chelsea von der Idee, ihn einzuweihen und um Hilfe zu bitten, genauso wenig begeistert sind wie ich, war ihnen sofort anzusehen, als ich von meinem Gespräch mit Aurel berichtet habe. „Wir müssen alles so authentisch rüberbringen wie möglich: die chirurgischen Werkzeuge, die Atmosphäre, jedes noch so kleine Detail. Tristrams Notizbuch wird uns hoffentlich dabei helfen, denn zu Burke und Hare hat er viele Details notiert. Kieran hat sie vermutlich angelernt, um ihm ständig neue Leichen zu bringen." Angestrengt dränge ich den Gedanken zurück, dass Tristram uns, wenn er am Leben wäre, noch viel nützlicher sein könnte. Nein, das ist das falsche Wort – dass er es geliebt hätte, die Vergangenheit für eine Nacht wieder auferstehen zu lassen. Mein Mundwinkel zuckt, ein wehmütiges Lächeln, das ich mir sofort verbiete.

„Was wollte Kieran mit den Leichen? Und was haben ihm die Pariahs getan?", hakt Lali nach.

„Das wissen wir nicht genau", gebe ich zähneknirschend zu. „Natürlich schweigt er beharrlich, aber ich glaube, Kieran hat über seinen Eisenwarenladen Kontakt zu Studenten der Fakultät aufgenommen und ein Geschäft gewittert, indem er Schattenspringer für die Dissektionen zur Verfügung stellt. Er sagt, die Pariahs in der Höhle sind diejenigen, denen es damals nicht mehr gelungen ist, diese Seelen rüberzubringen, aber ich glaube ihm nicht. Trotzdem haben wir keine andere Wahl, als ihn um Hilfe zu bitten."

„Sorry, falls ich irgendwie auf dem Schlauch stehe", merkt Chelsea an und zwirbelt eine Haarsträhne zwischen ihren Fingern – eine Geste, die sie sich von Lali abgeguckt hat, wie ich schmunzelnd feststelle. „Aber warum versuchen wir den Analogiezauber nicht zuerst mit Puppen? Warum brauchen wir dafür echte Menschen?"

„Ich komme den Pariahs nicht nahe genug, um es mit Puppen zu versuchen. Sie haben keine Kontrolle mehr über sich selbst, die Gier hat sie fest im Griff. Als ich in der Cove war, wollten sie auch mich überfallen …" Bei der Erinnerung läuft ein unangenehmer Schauer über meinen Rücken. „Und Aurel kann nicht in die Höhle zurück. Er hat es versucht, aber … es ist zu gefährlich. Also müssen wir die Seelen der Pariahs anlocken, indem wir den einen Tag nachspielen, den sie nie vergessen haben, weil er ihr Schicksal besiegelt hat. Im Anatomiesaal der Universität."

„Okay." Chelsea steht auf. „Falls es uns irgendwie weiterhilft, kann ich nachher noch ein bisschen in der historischen Abteilung der Bibliothek recherchieren, meinen Ausweis habe ich sowieso noch nicht abgegeben."

Bevor ich etwas sagen kann, mischt sich Lali ein. „Runa, die wichtigste Frage hast du uns noch nicht beantwortet."

Ich schrecke hoch, als mir bewusst wird, dass Lali mich eigentlich nie mit meinem Vornamen anspricht, sondern immer einen ihrer Spitznamen für mich parat hat. Das kann nichts Gutes heißen. Ich schlucke und warte darauf, dass sie weiterspricht.

„Wer wird die Pariahs spielen? Und damit meine ich: Wer legt sich auf den Seziertisch?"

Chelsea kratzt sich unter dem Kinn. „Oh, also von mir aus … kann ich das übernehmen. Ich ekle mich nicht vor Kunstblut und ich war während der Schulzeit in der Theater-AG, also –"

Die Art und Weise, wie mich Lali bei diesen Worten ihrer Freundin intensiv mustert, verrät mir, dass sie bereits ahnt, was ich darauf erwidern werde. Und obwohl mich eine seltsame Mischung aus schlechtem Gewissen und Panik überkommt, versuche ich, mir nichts anmerken zu lassen. „Kein Kunstblut", entgegne ich, „sondern echtes. Ich kann jede Verletzung mithilfe von Spirit Dolls heilen." Dass das nur die halbe Wahrheit ist, verschweige ich. „Wir haben nur diese eine Chance, uns bleibt keine Zeit mehr. Wir dürfen keine Fehler riskieren und müssen alles auf eine Karte setzen. Ich kann gut verstehen, falls du nicht dabei sein willst, Chelsea, wirklich. Ich habe ohnehin schon viel zu viel von dir verlangt. Von euch beiden. Aber ich bin bereit, diesmal alles zu opfern."

Genau genommen ist das Gegenteil der Fall, denn ich habe schlicht nichts mehr zu verlieren. Aber schlussendlich kommt es aufs Gleiche raus.

Lalis Augen werden glasig. „Heißt das etwa, dass du selbst …?"

„Ich habe noch nicht mit Aurel darüber gesprochen", gebe ich zurück. Und denke: Vielleicht ziehen wir ja auch einen Strohhalm. Aber meine wenigen Worte reichen aus; Lali versteht, was ich nicht ausgesprochen habe. Aurel oder ich, einer von uns wird in dieser Nacht sein Leben aufs Spiel setzen müssen.

„Ich habe mich mit Aurel für morgen Abend verabredet."

Meine beste Freundin steht so ruckartig auf, dass ihr Stuhl beinahe umfällt. Sie umrundet den Küchentisch und nimmt mich wortlos in den Arm. Als Feuchtigkeit in meinem Nacken durch den Stoff meines Shirts sickert, geht irgendetwas in mir kaputt.

Die Taubheit, die sich schützend über alles gelegt hatte, löst sich auf und nur die rohen, verwirrenden, unerträglich echten Gefühle bleiben zurück. Ich kann sie nicht mehr zurückhalten und breche ebenfalls in Tränen aus. Kurz darauf spüre ich, wie sich auch Chelseas Arme um meine Schultern legen. Zu dritt stehen wir da, wie schluchzende Helden eines Films, der nur vielleicht ein Happy End hat.

Ganz bald werde ich es erfahren.

Was wir lieben

KYRIL

Nicht einmal die Ruinen sind geblieben. Mich umgibt nur noch endloses Nichts, eine leere, schmerzhafte Weite. Das bisschen Leben, das sie hier und da durchbricht, ist eine Illusion, die mich nicht tröstet. Ich habe mit angesehen, wie die Stadt, die ich liebe, zu Staub zerfallen ist. Ich habe mit angesehen, wie die Menschen, die ich liebe, qualvoll gestorben sind. Und ich bin sicher: Es dauert nicht mehr lange, bis auch ich verschwinden werde.

Manchmal denke ich noch an eine kleine weiß getünchte Hütte; mein ganz persönliches Paradies, das Ruhe und Frieden verspricht. Wenn ich sie mir ausmale, ist es, als würde jemand ein Streichholz in meinem Brustkorb entzünden. Ein kurzer Schmerz, ein flackerndes Ziehen. So fremd, so wohltuend, so beängstigend. Diese Empfindung erinnert mich daran, was ich früher gefühlt habe. Und sie macht mir klar, dass das, was mich im Jenseits erwartet, damit nichts zu tun hat. Es ist zu schön, um echt zu sein.

Aber was bringt mir diese Erkenntnis? Alles, was ich hier tue – eine ganze Ewigkeit lang –, ist grübeln. Ich drehe mich im

Kreis, immerzu um mich selbst. Es besteht kein Zweifel daran, dass ich langsam, aber sicher verrückt werde. Inmitten meiner Albträume ist manchmal eine junge Frau mit rehbraunen Augen; nur sie hält mich noch hier. Ich weiß nicht mehr, warum, und ich weiß nicht mehr, wer sie ist. Oder vielleicht weiß ich es doch, denn sie lässt die Streichholzflamme jedes Mal auflodern, sodass ich zu verbrennen glaube. Aber ich kann es nicht in Worte fassen und bald, wenn ich sie ganz vergessen habe, wird das alles hier vorbei sein. Endlich.

Da ist sie wieder. Vor ein paar Tagen war sie hier, so real, dass ich beinahe wieder an einen Gott glauben wollte. Jetzt rennt sie auf mich zu, sie ruft einen Namen. *Kyril.* Meinen Namen? Er klingt sonderbar vertraut. Sie umarmt mich so stürmisch, dass sie eigentlich durch mich hindurchgreifen müsste, weil ich nur noch ein Windhauch bin. Ein Geist ohne Körper. Und trotzdem spüre ich sie. Ihre Tränen setzen meine Haut in Brand.

„Kyril! Kyril, hörst du mich?“ Sie nimmt mein Gesicht in beide Hände, lehnt ihre Stirn gegen meine und klopft mir auf die Wangen, wie um mich zur Besinnung zu rufen. Erst sanft und dann fester. Ein dumpfer Schmerz, den ich willkommen heiße.

„Ich bin's, Runa. Oder *Fawn*, wie du Dickkopf mich immer nennst.“ Sie lacht leise auf, voller Verzweiflung, und obwohl es eigentlich kaum mehr als ein Schluchzen ist, staune ich über die Schönheit dieses Geräuschs in meiner ewigen Stille. „Hör zu, du musst jetzt stark sein. Okay? Kannst du das? Tu es für uns.“

Ich nicke. Ich hätte ihr alles versprochen, damit sie weiterspricht, damit sie weiter weint und lacht. Damit sie bei mir bleibt.

„Du hängst immer noch an all diesen schrecklichen Maschinen, und die Ärzte sagen, dass es nicht gut aussieht. Du hattest eine

Lungenembolie und dein Zustand ist nach wie vor apallisch – du liegst im Wachkoma. Natürlich können sie nicht verstehen, was wirklich mit dir passiert ist. Aber es ist mir ganz egal, welche lateinischen Begriffe sie benutzen, um von dir zu sprechen, denn ich werde dich nie aufgeben. Wir müssen uns beeilen. Aurel und ich haben einen Plan: Du musst nichts weiter tun, als mir zu vertrauen. Kannst du das?“

Ihre Frage überfordert mich. Sie klingt so wichtig, dass ich nicht einfach ja sagen kann, ohne sie wirklich zu verstehen. Ich versuche, mich zu erinnern, was Vertrauen mir in meinem Leben bedeutet hat, und irgendwie habe ich das Gefühl, dass ich mich damit früher schwergetan habe. Runa scheint mir genau das anzusehen. Ihre Mundwinkel zucken und sie schließt kurz die Augen, während sie mit dem Daumen über meine Wange fährt und ein warmes Prickeln auf meiner Haut hinterlässt. Kopfschüttelnd sieht sie mich wieder an. „Ich weiß, das ist genau das, was du nicht hören willst. Du wolltest ja immer alles allein schaffen, genau wie ich. Deswegen hatten wir uns oft in den Haaren, deswegen passen wir so gut zusammen. Wenn ich dir jetzt noch sage, dass unser Vorhaben viel zu riskant ist und die Aussicht auf Erfolg verschwindend gering, würde der ewig vernünftige, verantwortungsbewusste Kyril alles tun, um mich davon abzubringen. Trotzdem bitte ich dich: Tu das nicht. Ich habe mich schon entschieden. Morgen Nacht brechen wir in das Anatomietheater im Surgeon’s Hall Museum ein. Wir geben den Pariahs ihre verlorenen Seelensplitter zurück, dann werden sie auch deine Erinnerungen wieder freigeben. Alles, was wir gemeinsam erlebt haben, verstehst du? Wobei ich ehrlich gesagt schon dankbar dafür wäre, nur unsere letzten Tage zurückzubekommen. Oder unsere letzten Stunden." Sie schluckt. „Okay, Kyril, ich rede jetzt Klartext: Unser Plan beinhaltet, dass jemand auf dem Seziertisch liegt und vielleicht sogar seziert wird, denn genau das ist im Laufe der letzten Jahrhunderte mit den Pariahs geschehen. Vielleicht erinnerst du dich daran, dass ich gelernt habe, mit den Spirit Dolls zu heilen. Ich werde alles dafür tun, dass niemand ernsthaft verletzt wird. Aber es gibt keinen anderen Weg. Und zu guter Letzt muss ich dir noch sagen, dass wir deinen Vater dafür um Hilfe bitten werden."

Widerwillen macht sich in mir breit, ein unangenehmes, drückendes Gefühl in der Magengegend. *Mein Vater.* Diese Worte sind mit vielen Erinnerungen verknüpft, das spüre ich. Und die wenigsten davon sind schön.

„Ich weiß, was du jetzt denkst", sagt Runa und streicht mir eine Locke aus der Stirn. „Aber du musst mir vertrauen, du hast es mir versprochen, erinnerst du dich?"

Ich schnaube leise. Es stimmt, ich habe ihr ein Blankoversprechen gegeben. Das war dumm von mir und trotzdem hat es sich richtig angefühlt.

Schließlich nicke ich. „In Ordnung, Fawn. Alles, was du willst. Aber bitte … verlass mich nicht."

„Das werde ich nicht." Inzwischen sind ihre Hände ganz nass. Ich kann nicht sagen, ob ich meine oder ihre Tränen auf meinen Wangen spüre. „Niemals."

Dann küsst sie mich und plötzlich habe ich doch wieder Kraft zu hoffen. Ich hoffe und hoffe und hoffe inständig, dass dies nicht das letzte Mal sein wird.

Feuertod

RUNA

Die Stadt schläft, selbst die Spätvorstellung im Kino ist längst vorbei, als ich schweißgebadet hochschrecke. Ich setze mich auf und verharre im Schneidersitz auf der Schlafcouch in Chelseas Wohnzimmer. Die Nachtluft weht durchs Fenster herein und streift kühl über meine feuchte Stirn, während ich meine Gedanken ordne.

Ich will das, was im Äther passiert ist, festhalten – ein bisschen Glück für schlechte Zeiten. Aber der Versuch ist ungefähr so erfolgversprechend, als wollte man einen Schmetterling mit der Hand einfangen. Es ist nicht so, dass ich vergesse. Im Gegenteil: Ich könnte Kyril nie vergessen. Aber da sind all die anderen Seelen, die nach mir rufen. Fremde Leben, fremde Schicksale, fremder Tod. In den wenigen Stunden Schlaf, die ich nachts noch bekomme, verfolgen mich die Gesichter der Pariahs. Diese Albträume machen es unmöglich, an irgendetwas Schönes zu denken.

Obwohl ich hundemüde bin, wage ich es nicht, mich wieder hinzulegen. Ich starre in die Nacht hinaus und frage mich, ob ich dieses Leben in vollen Zügen gelebt habe. Ob ich jeden

Moment ausgekostet habe, ob es genug ist. Ob ich bereit wäre, zu gehen. Ich würde so gern Frieden finden, aber gleichzeitig schreit alles an mir, dass ich noch nicht bereit dafür bin. Nur dass ich wenigstens Rose noch einmal gesehen habe, und ja, auch Mum, beruhigt mich ein bisschen. Und natürlich ist mir klar, dass niemand ein Recht darauf hat, erst dann zu gehen, wenn er sein Leben gelebt hat und seine Geschichte zu Ende erzählt ist. Doch die Gewissheit, wie sehr die Pariahs deshalb leiden, lässt mich erschaudern. Ich frage mich, ob sie keine schönen Erinnerungen haben, die all das Dunkel vertreiben könnten. Oder ist es vielleicht andersherum und sie haben nicht zu wenig Glück, sondern einfach zu viel Schreckliches erlebt?

Mein Blick wandert zu dem Papierstapel auf der Ablage des Couchtisches. Die losen Blätter liegen gut versteckt unter einer Reihe von Computerzeitschriften. Schlichtes unliniertes Kopierpapier, eng beschrieben wie im Rausch. In den letzten Wochen hat es mir viel Kraft geschenkt, Kyrils und meine Geschichte festzuhalten. Für ihn, als Ersatz für die Erinnerungen, die er verloren hat, aber auch für mich selbst. Denn manchmal war ich so durcheinander, dass ich nicht mehr wusste, was wirklich geschehen ist und was ich mir vielleicht nur eingebildet habe.

Doch jetzt, so kurz vor dem Showdown unseres ganz persönlichen Films, fühlt sich dieses Manuskript wie Ballast an. Ich habe nichts ausgespart und nichts geschönt, weil ich glaubte, Kyril die Wahrheit schuldig zu sein. Aber vielleicht gibt es gar nicht die eine Wahrheit. Vielleicht bedeutet *seine* Wahrheit, dass er neu anfangen kann. Ohne all das Schreckliche, das wir gemeinsam erlebt haben. Ich habe kein Recht, ihm eine Geschichte als seine eigene aufzunötigen, wenn er das nicht möchte und vielleicht längst mit diesem Kapitel abgeschlossen hat. Auch ich will damit abschließen – ich habe ihn damals geliebt und ich liebe ihn jetzt, aber wenn diese Liebe an Bedingungen geknüpft ist, an eine gemeinsame Geschichte, dann ist sie nichts wert. Wenn wir auch nur ein Fünkchen neues Glück finden sollten, sobald das hier vorbei ist, darf es nicht im Schatten der Vergangenheit verkümmern.

Mit einem Seufzen stehe ich auf und nehme den Blätterstapel an mich. Auch das Feuerzeug aus der Schublade des Tischchens stecke ich ein. Obwohl ich nur einen Schlafanzug trage, schlüpfe ich in meine Chucks, öffne die Wohnungstür und schiebe einen von Chelsea Sneakern zwischen den Türspalt, sodass sie nicht zufallen kann. Doch auf dem Treppenabsatz halte ich inne und laufe noch einmal zurück in die Wohnung, bis ich wieder vor meinem improvisierten Bett stehe. Ich hebe das Kopfkissen hoch und den Fotostreifen auf, der darunter liegt. Der Gedanke, mich ebenfalls von diesem Andenken an meine ersten Tage in Edinburgh zu trennen, schmerzt so sehr, dass ich ein Schluchzen unterdrücken muss. Aber ich weiß, dass ich nicht neu anfangen kann, ohne alles hinter mir zu lassen, also stecke ich es ein.

Im Innenhof ist es geisterhaft still, nur in wenigen der Fenster brennt noch Licht. Ich drücke die Blätter und das Foto noch einmal an mich, atme ihren Duft nach Tinte und Papier ein; den Geruch meiner Vergangenheit. Ein wohliges Gefühl steigt in mir auf und gleichzeitig wird mir schwer ums Herz. Ich weiß, wenn ich es jetzt nicht hinter mich bringe, werde ich es niemals tun. Also lasse ich los. Die Blätter rieseln zu Boden, ein Geräusch wie Herbstlaub im Wind. Als ich mit dem Daumen über das Reibrad fahre, fühle ich mich um einige Monate in der Zeit zurückversetzt. Ich befinde mich nicht mehr auf dem Hof hinter dem Dominion Cinema, sondern auf dem Avicenna Quad, am Grab meines Vaters. Neben mir auf der Bank sitzt Kyril. Er ist es, der das erste Blatt ins Feuer hält, nicht ich. Und er lächelt, als alles in Flammen aufgeht.

Ich schließe die Augen und da kommt auch über meine Lippen ein erleichterter Seufzer. Es tut gut, den Ballast der Vergangenheit loszulassen. Ich bin bereit für einen Neuanfang. Ich atme den beißenden Qualm tief ein und warte, bis alles heruntergebrannt ist. Dann bücke ich mich und schreibe unsere Namen in die Asche.

Es ist kalt und ich zittere in dem abgetragenen Flanell mit den zu kurzen Armen und Beinen, aber ich bleibe noch eine Weile draußen. Schweigend sitze ich auf den Stufen, die zur Haustür hinaufführen, die Knie eng an den Körper gezogen, und lausche den Vögeln, die ihr Morgenkonzert aus voller Kehle anstimmen, obwohl es noch nicht einmal hell ist. Erst, als der rötliche Schimmer des beginnenden Tages durch die Wolkendecke bricht, gehe ich wieder hinauf. *Vielleicht wird es auch Zeit für einen neuen Schlafanzug,* denke ich und lächle wehmütig in mich hinein.

Als ich die Wohnung betrete, höre ich das Klappern von Geschirr in der Küche. Lali streckt den Kopf durch den Türrahmen. „Süße! Ist alles okay? Ein Auftrag oder –"

Ich schüttle den Kopf. „Nein, ich wollte nur ein bisschen frische Luft schnappen. Und mich auf den Tag vorbereiten."

Sie kommt auf mich zu und legt einen Arm um meine Schulter. Wortlos drückt sie mich an sich. Noch ein Duft aus meiner Vergangenheit; Vanille und Patschuli. Ich muss die Tränen zurückhalten, als ich sehe, wie liebevoll sie zusammen mit Chelsea das

Frühstück vorbereitet hat: Frisch gepresster Orangensaft und Porridge stehen schon auf dem Tisch und Chelsea ist gerade dabei, Rührei zu braten. „Frühstück ist die wichtigste Mahlzeit des Tages", erklärt sie.

„Das stimmt."

„Könntest du mal die Scones aus dem Ofen holen? Ich habe sie gestern bei *Clarinda's* abgeholt und sie sollten nur noch einmal kurz aufgebacken werden."

Als ich mich nach der Ofentür bücke, fällt mir auf, dass auf dem Tisch noch ein zusätzliches Gedeck steht.

„Für Aurel", erklärt Lali.

Natürlich, ich hatte ganz vergessen, dass wir uns heute Morgen zu einer Lagebesprechung verabredet hatten, bevor es später losgeht.

„Braucht ihr noch Hilfe bei irgendwas?"

„Süße, setz dich einfach hin und versuch ein bisschen was zu essen. Wir haben alles im Griff, okay? Sobald Aurel da ist, gehen wir Schritt für Schritt unseren Plan durch."

Ich schlucke. Lali hatte schon immer so eine fast mütterliche Art an sich, der man sich kaum widersetzen kann. Außerdem ist sie einer der pragmatischsten Menschen, die ich kenne. Und ich bin heute sowieso so durch den Wind, dass mir gar nichts anderes übrig bleibt, als mich auf meine Freunde zu verlassen. „Na schön", gebe ich leise zurück.

Um meine Hände zu beschäftigen, falte ich die Servietten, die Chelsea auf den Tisch gelegt hat, auseinander. Dabei schweifen meine Gedanken ab und ehe ich mich besinne, habe ich eines der fröhlich gelben Tücher in einen Kranich verwandelt. Aus dem Augenwinkel sehe ich, dass Lali lächelt. Sie setzt sich auf den Platz gegenüber und greift nach meiner Hand. Ihre Finger sind warm und für einen winzigen Moment glaube ich tatsächlich daran, dass alles gut werden wird. Hoffentlich.

Ich räuspere mich. „Es ist besser, mit wehenden Fahnen unterzugehen, als kampflos aufzugeben, oder?“, flüstere ich.

Lalis Griff festigt sich. „Tausendmal besser.“

Erleichtert lehne ich mich zurück. Der Druck, der seit heute Nacht – genau genommen wahrscheinlich schon viel länger – auf meinem Brustkorb lastet, wird allmählich etwas leichter. Der schrille Ton der Türklingel erschreckt mich und plötzlich pocht mir das Herz bis zum Hals.

Aurel kommt in die Küche, und obwohl er genau wie ich ziemlich übermüdet aussieht, ist sein Lächeln so ansteckend wie immer. Ich bewundere ihn dafür und wünschte, er könnte mir etwas von dieser unerschütterlichen Zuversicht in einen der kleinen Silberflakons füllen, die normalerweise fremde Erinnerungen beinhalten. Bis heute Abend muss ich es schaffen, meine letzten Kraftreserven zu aktivieren, die hoffentlich noch irgendwo tief in mir verborgen sind.

Ich begrüße ihn mit einer flüchtigen Umarmung. Die Vertrautheit, die ich bei unserem letzten Gespräch noch zwischen uns gespürt habe, ist dahin. Sie wird von einem anderen Gefühl überdeckt, von der Angst, die im Moment all mein Denken und Fühlen beherrscht.

Wir setzen uns an den Frühstückstisch und die Alltäglichkeit dieser Situation lässt mich ein wenig ruhiger werden. Teelöffel klirren in den Tassen, Stühle werden hin und her gerückt und die Luft ist vor lauter Essensdüften so stickig, dass wir das Fenster öffnen.

„Ich war gerade noch mal im Krankenhaus“, setzt Aurel an, nachdem er einen Schluck Kaffee getrunken hat. Ich öffne den Mund, um etwas zu sagen, aber er kommt mir zuvor. „Unverändert.“

Dieses eine Wort ist zweischneidig: Einerseits lässt es meine Hoffnung zerschellen, andererseits klammere ich mich daran wie an einen rettenden Anker. Noch ist es nicht zu spät.

„Was müssen wir für später noch wissen?“ Lali legt ihr Besteck beiseite und blickt konzentriert in die Runde. Nicht zum ersten Mal bin ich dankbar für ihren unerschütterlichen Pragmatismus. „Lasst uns noch einmal alles Schritt für Schritt durchgehen. Um siebzehn Uhr schließt das Museum und ungefähr zur selben Zeit setzt die sogenannte Dämmerung ein. Um spätestens neunzehn Uhr sollte es ganz dunkel sein. Wenn man die eisigen Temperaturen bedenkt, glaube ich nicht, dass dann noch viele Leute auf den Straßen rund um das Museum unterwegs sein werden, aber warten wir zur Sicherheit noch eine Stunde länger. Um acht treffen wir uns am Museum in der Nicolson Street. Ihr wartet draußen, ich gehe rein. Ich habe mich neulich im Krankenhaus mit Chloroform eingedeckt, damit wird sich der Nachtwächter ein kurzes Nickerchen genehmigen.“

„Widerspricht das nicht deiner Ethik als Medizinerin?“, hake ich nach. „Von wegen hippokratischer Eid und so?“

Lali schnaubt. „Nicht so sehr, wie mit anzusehen, wie meine Freunde an einer Krankheit, die die Medizin weder kennt noch heilen kann, dahinsiechen. Noch weitere Fragen?“ Sie sieht von mir zu Aurel und dann zu Chelsea. „Keine weiteren Fragen“, sage ich.

Sie lacht und fährt fort: „Ich schlage vor, dass Chelsea und ich dann bei dem Bewusstlosen bleiben und Wache halten. Drinnen würden wir sowieso nur im Weg herumstehen.“

Aurel nickt und ich schließe mich dem an. „Ja, das klingt nach einem guten Plan."

„Ist ja auch von mir." Lali zuckt mit den Schultern. „Aber wie's weitergeht, dabei kann ich euch leider nicht helfen."

Aurel schiebt seinen Teller beiseite und beugt sich ein Stück vor, die Ellbogen auf den Tisch gestützt. Dabei lässt er seine Knöchel knacken, so wie immer, wenn er nachdenkt. „Es geht folgendermaßen weiter: Wir ziehen die Kostüme an, die ich aus Brandons Fundus ans Tageslicht befördert habe – lange schwarze Roben, wie sie damals an der medizinischen Fakultät von den Schattenspringern getragen wurden. Ich bringe außerdem die Flakons aus dem Animarium und ein authentisches Sezierbesteck mit. Mein Vater kommt dann noch dazu und jemand sollte ihn hereinlassen."

„Am besten, ihr nehmt auch Salz mit", unterbricht ihn Lali, steht auf und nimmt eine Packung aus dem Oberschrank. „Wenn jemand von uns währenddessen gerufen wird, haben wir vielleicht ein Problem."

Ich weiß, dass sie dabei an letztes Jahr denkt, als ich selbst erlebt habe, dass ein Schutzkreis aus Salz die Rufe der Seelen für kurze Zeit von uns Schattenspringern fernhalten kann.

Aurel nickt. „Gut. Dann entkorke ich die Flakons mit den Erinnerungen und wir spielen nach, wie Arthur Duncan gestorben ist, denn über sein Leben wissen wir am meisten. Kieran wird einen Wein mit ihm, also mit mir, trinken, anschließend lege ich mich auf den Seziertisch. Er setzt die Schnitte, und zwar genau so, wie es damals üblich war."

„Moment mal." Chelsea schüttelt energisch den Kopf. „Bist du sicher, dass er das machen sollte? Und nicht lieber jemand von uns? Ich meine, der Typ ist extrem creepy und höchst wahrscheinlich ein mehrere hundert Jahre alter Zombie."

Gegen meinen Willen entschlüpft mir ein leises Lachen; Galgenhumor, denn Chelsea hat recht. Und als ich Aurels ernsten Gesichtsausdruck bemerke, verstumme ich sofort.

„Ja. Es ist das entscheidende Detail, wir dürfen nichts daran verändern."

Chelsea schweigt. Im Gegensatz zu ihr macht mir dieser Part nicht so viele Sorgen, wie das, was danach kommt. „Und dann?", hake ich nach.

„Wenn dich meine Seele ruft, heilst du mich", erklärt Aurel. „Damit werden hoffentlich auch die Pariahs geheilt, weil ich quasi als lebensgroße Spirit Doll für diese Wesen funktioniere, und wir können sie erlösen."

„Ich weiß nicht, ob ich das schaffe, dich heilen und die Seelen erlösen", widerspreche ich. „Schon eines von beidem wird viel zu viel Kraft kosten."

„Konzentriere deine Kraft im Zweifelsfall lieber auf die Pariahs, ich kann warten. Vielleicht ist es auch gar nicht nötig, dass du mich heilst – jedenfalls nicht, um die Pariahs zu erlösen."

„Aurel!" Entsetzt stehe ich auf und stürze mich mit den Händen auf der Tischplatte ab. „Spiel jetzt nicht den Märtyrer, das ist viel zu gefährlich!"

„Es ist unsere einzige Chance. Und die Pariahs haben zwar Splitter ihrer Seele verloren, aber wie du gesagt hast, sind diese Splitter immer noch mit ihnen verbunden. Bisher haben die Flakons nie die Villa verlassen, sie waren also immer in der Nähe der Höhle. Aber wenn wir sie ins Anatomietheater bringen, werden die Pariahs das wittern und uns hoffentlich folgen. Und wenn sie den Äther erst einmal betreten haben, werden sie die verlorenen Splitter ihrer Seele wiederfinden und ihre Geschichte selbst zu Ende erzählen. Dann können sie in Frieden sterben."

Was er damit eigentlich sagen will, ist, dass *ich* diese Erinnerungen ertragen muss, ohne zu wissen, was genau die Pariahs Schreckliches erlebt haben. Aber kann es schlimmer sein als damals bei Octavian? Ich habe es schon einmal geschafft.

Inzwischen genieße ich das gemeinsame Frühstück nicht mehr. All die Details des bevorstehenden Abends haben mich aufgewühlt. Ich fühle mich aufgekratzt und gleichzeitig völlig erschöpft. Auch die anderen sind beim Essen plötzlich ziemlich verschwiegen. Und das macht mir nicht mal etwas aus, obwohl ich noch tausend Fragen habe. Denn gleichzeitig sagt mir irgendetwas, dass die meisten Pläne, die man schmiedet, sowieso aus dem Ruder laufen und man dann improvisieren muss. Aber das ist egal, versuche ich mir Mut zu machen, denn wir haben vor, die Pariahs zu erlösen, sie wollen eindeutig erlöst werden und Kyril möchte genau dasselbe.

Im Grunde wollen wir alle nur ihn zurück. Unseren Freund, Sohn, Seelenverwandten.

Nach dem Frühstück steht Aurel auf, weil er fest entschlossen ist, sich zur Vorbereitung in seinem Animarium einzuschließen – für den Fall, dass ihm noch etwas Wichtiges auffällt, sagt er. Aber ich habe eher das Gefühl, dass er sich verabschieden möchte. Vielleicht von Linda, deren Seelensplitter er nicht ewig behalten können wird. Vielleicht von seinem behaglichen, geheimen Leben. Das kann ich verstehen.

Ich umarme ihn zum Abschied, drücke ihn fest an mich und atme seinen Geruch ein, der mich vielleicht an Kyril erinnern würde, wenn er Scones statt Rührei gegessen hätte. Und wenn ich mir diesen Gedanken nicht verbieten würde. Ich sehe ihm nach, wie er durch das Treppenhaus eilt und immer zwei Stufen auf einmal nimmt. Als ich wieder in die Küche zurückkehre, verabschiedet sich auch Chelsea. „Ich werde noch ein bisschen meditieren, um später geistig hellwach zu sein. Kommt ihr so lange ohne mich klar?“

„Natürlich.“ Lali gibt ihr einen Kuss auf den Mund und mein Brustkorb wird eng. Aber nicht vor Eifersucht, sondern weil mir plötzlich zum ersten Mal der Gedanke kommt, dass unser Vorhaben nicht nur für Aurel und mich gefährlich werden könnte, sondern auch für meine Freundinnen. Ich kann von ihnen nicht verlangen, sich meinetwegen – oder Kyril zuliebe – dieser Gefahr auszusetzen, aber für einen Rückzieher ist es jetzt zu spät. Doch allein der Gedanke daran, dass es Lali irgendwann so gehen könnte wie mir, wenn der Mensch in Gefahr schwebt, der ihr von allen Menschen auf der Welt am meisten bedeutet, zerreißt mir das Herz.

Die Küchentür, die ins Schloss fällt, holt mich wieder aus meinen Gedanken. Es fühlt sich irgendwie gut an, mit Lali allein zu sein, fast so wie früher. Fehlt nur noch, dass sie mir jeden Moment die Eigenheiten des Instituts erklärt und mich in einen Coffeeshop zerrt, oder dass sie mich überredet, auf Partys zu gehen, von denen ich auf meiner kleinen Heimatinsel nur träumen konnte.

„Soll ich noch einen Lakritztee aufgießen, Süße?“

Ich muss gegen meine Tränen anblinzeln und schenke ihr trotzdem ein schiefes Lächeln. „Ja, bitte.“

Verraten

AUREL

So sehr mir Runa, Lali und Chelsea ans Herz gewachsen sind, in den kommenden Stunden möchte ich allein sein. Denn auch wenn ich nicht sicher bin, was heute Abend genau passieren wird, eines weiß ich: dass sich damit ein wichtiges Kapitel meines Lebens schließt. Jetzt, wo ich meinen Vater wiedergesehen habe, ist es mit dem Versteckspiel wohl vorbei. Vielleicht werde ich dann meine Ausbildung am Institut beginnen und trotzdem versuchen, etwas zu verändern. Vielleicht werde ich wieder mit Linda zusammenkommen, vielleicht werde ich sie verlieren. Und vielleicht wird mein Bruder wieder ganz der Alte sein – oder aber er wird sterben. Die Möglichkeiten sind so vielfältig, dass mir allein beim Versuch, mich gedanklich darauf vorzubereiten, schwindlig wird. Ich habe das Gefühl, als würde ich mit dem Rücken zum Abgrund an einer Klippe stehen und verzweifelt gegen den Wind ankämpfen, der mich mit aller Macht weiter an die Kante drängt.

Ich klammere mich an die Hoffnung, dass mir ein bisschen frische Luft helfen wird, den Kopf freizubekommen, und dass ich mich in der gewohnten Umgebung der Villa schon besser fühlen werde.

Als ich die Haustür des Mietshauses aufdrücke, stoße ich beinahe mit einer jungen Frau zusammen. Sie ist ungefähr so alt wie ich, trägt einen Pullover mit dem aufgestickten Instituts-wappen und sieht erschrocken zu mir auf. „Entschuldigung", stammelt sie.

„Schon gut, ich hätte ja auch besser aufpassen können."

Sie wirkt irgendwie verloren und wahrscheinlich sollte ich mir nichts dabei denken, trotzdem bleibe ich noch einen Moment stehen und beobachte, wie sie hektisch die Klingelschilder überfliegt.

„Kann ich dir vielleicht helfen?"

„Ich … ähm ja, ich möchte jemanden besuchen, Runa heißt sie, aber ich kenne ihren Nachnamen nicht. Sie wohnt doch hier?"

Ich halte inne und mustere sie skeptisch. „Zumindest wohnt ihre Freundin hier, bei der sie gerade untergekommen ist."

„Oh, gut." Das Mädchen atmet erleichtert aus. „Ich muss nämlich mit ihr sprechen und es ist wirklich wichtig. Ich habe am Institut herumgefragt, bis jemand irgendwas von dem Kino hier gesagt hat und … ach, ist auch egal."

Meine Gedanken überschlagen sich. Was will sie von Runa? Ich sollte mich nicht einmischen, aber die nervöse Art der Besucherin gibt mir das Gefühl, dass sie nicht gerade gekommen ist, um gute Nachricht zu überbringen. Und wir können uns heute absolut keinen Zwischenfall erlauben. Ich räuspere mich. „Worum geht's denn?"

Das Mädchen zieht misstrauisch die Augenbrauen zusammen.

Eilig schiebe ich hinterher: „Ich bin ein guter Freund von Runa. Wir waren hier verabredet, sie ist allerdings schon vor einer Weile gegangen." Diese Lüge liegt mir schwer im Magen, aber ich bin überzeugt, dass es besser ist, auf Nummer sicher zu gehen.

Das Mädchen lässt die Schultern hängen. „Also ist sie nicht da?"

„Nein. Aber wie gesagt: Du kannst mir alles anvertrauen."

Sie schließt kurz die Augen und scheint zu überlegen, dann nickt sie und winkt mich näher zu sich heran. „Ich wollte schon zur Polizei gehen, aber ich will auch kein Drama aus der Sache machen. Es geht um Runas Freund, Kyril. In der Einführungswoche ist er mit uns durch die Lowlands gewandert. Es geht das Gerücht rum, dass er im Krankenhaus liegt, stimmt das?"

Mein Herzschlag beschleunigt sich und ich nicke zögerlich.

Das Mädchen redet jetzt immer schneller, die Worte sprudeln geradezu aus ihm heraus, so als wäre es erleichtert, sie endlich loszuwerden. „Ich habe Runa erzählt, dass sich meine Mitbewohnerin Julie bei dem Wanderausflug verlaufen hat und er ihr in die Höhle gefolgt ist, um sie zu suchen. Aber das ist nicht die ganze Wahrheit und mein schlechtes Gewissen bringt mich langsam um. Vor allem, wenn ihm wirklich wegen uns etwas zugestoßen sein sollte."

„Es ist okay", sage ich, obwohl ich gar keine Ahnung habe, wovon sie spricht. Aber ich möchte definitiv, dass sie weiterredet, und wenn es um Kyril geht, habe ich genau wie Runa ein Recht darauf, davon zu erfahren. „Was ist passiert?"

„Mr Ironmonger hat Julie ein paar Tage vor dem Ausflug in sein Büro gerufen. Ihre Eltern haben ziemlich hohe Erwartungen an sie, was das Studium angeht, und Julie macht sich Sorgen, ob sie sie erfüllen kann. Nach dem Treffen hat Julie mir erzählt, dass er bei den Professoren ein gutes Wort für sie einlegen wird, wenn sie sich auf dem Ausflug von der Gruppe trennt und sich in der Nähe von dieser Höhle herumtreibt. Ich glaube, er wollte, dass Kyril sie suchen geht. Warum auch immer." Sie zuckt mit den Schultern und schlingt die Arme um sich selbst, so als wäre ihr plötzlich kalt. „Ich möchte nur, dass Runa die Wahrheit kennt."

„Ich spreche mit ihr", sage ich und habe Mühe, dabei genauso ermutigend zu klingen wie eben. Das Mädchen bedankt sich und eilt die Stufen wieder hinunter und über den Hof in Richtung Straße. Es hat keine Ahnung, in welche Zwickmühle mich seine Worte bringen. Ich sehe ihm nach, bis es verschwunden ist, dann drehe ich mich wieder zur Haustür um. Meine Hand zuckt in Richtung des Türgriffs, aber im letzten Moment ziehe ich sie zurück. Runa ist der festen Überzeugung, dass wir Kieran nicht vertrauen können. Sie hat recht. Andererseits gibt es tausend denkbare Erklärungen dafür, warum unser Vater meinen Bruder in die Höhle geschickt hat. Vielleicht wollte er testen, ob Kyril gegen die Pariahs ebenso immun ist, wie ich es früher war – weil er jetzt Verstärkung braucht, jemanden, dem die Geister nichts anhaben können. Oder sein Lieblingssohn ist ihm inzwischen auch nicht mehr gut genug und er ist seiner müde geworden wie damals bei mir. Es wäre ja nicht das erste Mal, dass er Menschen in die Höhle schickt, um sie zu manipulieren, und Lali hat erwähnt, dass Kyril sich mit Kieran gestritten hatte, weil er Runa trotz ihres Verweises zurück ans Institut holen wollte. Also vielleicht hatte mein Vater vor, Runa zu erpressen und den Pariahs zu helfen, schließlich ist er einer von ihnen. So erschreckend die Vorstellung auch ist, ich hatte schon immer das Gefühl, dass mein Vater mit seinen antiquierten Vorstellungen von Disziplin und Gehorsam nicht in diese Welt passt.

Ich könnte wieder in Chelseas Wohnung stürmen und Runa von der Begegnung mit dem Mädchen erzählen. Aber wahrscheinlich würde sie das verunsichern und somit unseren Plan aufs Spiel setzen, den einzigen, den wir haben. Unsere letzte Möglichkeit, Kyril und vielleicht auch Linda zu retten.

Das kann ich unmöglich riskieren. Ich wende mich von der Haustür ab, vergrabe die Hände in den Manteltaschen und sauge die schneidende Winterluft tief in meine Lunge. Nein, das kommt nicht infrage. Stattdessen werde ich heute Nacht die volle Verantwortung dafür tragen, dass den Menschen, die mir wichtig sind, nichts geschieht. Ganz egal, was es kostet. Selbst falls der Preis dafür mein eigenes Leben sein sollte. Denn wenn ich ehrlich bin, habe ich ohnehin schon lange damit abgeschlossen.

Befreit biege ich um die Ecke, auf die Newbattle Terrace. Alles fühlt sich leichter an und meine Schritte kosten nur noch halb so viel Kraft. Sie tragen mich mühelos über die verlassenen Straßen. Im Laufen ziehe ich mein Handy aus der Tasche, um mir ein Taxi zu rufen. Ich möchte mich noch einmal in Lindas Arme flüchten, bevor ich sie vielleicht für immer verliere.

Der erste Schnee

RUNA

Nach dem Lakritztee habe ich bald das Haus verlassen, um Lali und Chelsea eine Gelegenheit zu geben, sich in Ruhe auf den Abend vorzubereiten. Außerdem wollte ich noch einmal alleine durch die Straßen der Stadt spazieren, an die ich trotz allem mein Herz verloren habe. Ich trage meine Jacke, einen dicken Schal und die ausgetretenen Chucks, die für diesen Winter eigentlich vollkommen ungeeignet sind. Außer meinem Handy und meinem Portemonnaie habe ich nichts dabei. Es gibt auch nichts von Wert, das ich auf diesem Weg bei mir tragen könnte. Macht mich das wohl arm oder reich, wenn man die Dinge, die mir am meisten bedeuten, nicht in eine Tasche stecken kann?

Ich drehe das mit Rosenquarz besetzte Medaillon an meiner Kette zwischen meinen Fingern, von der Winterluft ist es ganz kalt. Mein Hals schnürt sich zusammen, als ich plötzlich daran denken muss, wie ich die Locke verloren habe, die darin eingeschlossen war. Und vor allem, wie ich mit Kyril darüber gescherzt habe, dass ich jetzt Platz für neue Erinnerungen hätte. Er hat mir einen Luftkuss für das Medaillon geschenkt; wir dachten, wir hätten das Schlimmste überstanden.

Wie von selbst tragen mich meine Schritte immer weiter, bis ich den beschaulichen Stadtteil Morningside verlasse und südlich des Stadtzentrums Greenhill erreiche. Mir bleibt noch genug Zeit, um mir später das Museum anzusehen und mich so zumindest ein bisschen auf heute Abend vorzubereiten. Aber zuerst muss ich den Kopf freibekommen.

Mein Weg führt mitten durch Bruntsfield Links, einen weitläufigen Park, gesäumt von schmalen viktorianischen Stadthäusern. Direkt daran schließen sich die Meadows an, die eine wunderbare Aussicht auf die Altstadt bieten. Im Januar sind die meisten Bäume kahl, aber deswegen nicht weniger stattlich, und auf den verschnörkelten schmiedeeisernen Zäunen, die die Wege begrenzen, glitzert Raureif. Ich versuche, Trost in der Natur zu finden, und während ich den Blick über die Landschaft schweifen lasse, landet etwas Feuchtes auf meiner Nase. Ich hebe den Kopf und bestaune die Abermillionen zarten Flocken, die auf die Welt niederregnen. Ich weiß nicht, wann ich das letzte Mal Schnee gesehen habe – auf Flat Holm schneit es so gut wie nie und auch bei den heimlichen Besuchen in Edinburgh hatte ich nicht das Glück, dieses Naturschauspiel mitzuerleben. Meiner Erfahrung nach sind die schottischen Winter eher mild und verregnet.

Schließlich lasse ich mich auf eine Bank am *Compass* sinken, einer Skulptur mit Wegweisern zu anderen schottischen Städten. Obwohl es schneit, bricht vereinzelt die Sonne durch die Wolkendecke. Ich schließe die Augen und genieße die warmen Strahlen auf meiner Nasenspitze. Das wohlige Gefühl breitet sich in meinem Körper aus und eine angenehme Schläfrigkeit legt sich über mich. Für einen Moment vergesse ich die unsichtbare Last auf meinen Schultern und könnte mir fast einreden, dass ich glücklich bin.

Ich öffne die Augen wieder und beobachte die vereinzelten Menschen im Park. Eine ältere Dame spaziert mit ihrem Dackel vorbei, der einen gestrickten Weihnachtspulli trägt, obwohl es schon Januar ist, was mich schmunzeln lässt. Weiter hinten läuft ein Pärchen Hand in Hand durch die Allee aus kahlen Kirschbäumen. Ein Stich fährt durch meinen Brustkorb, ich lasse den Schmerz zu – er erinnert mich immerhin daran, dass etwas fehlt. Dass Kyril fehlt.

Und daran, dass er mich für immer verändert hat. Ganz egal, wie unsere Geschichte ausgeht, niemandem wird es je gelingen, ihn wieder aus meinem Leben zu streichen. Ich kann kein Eis essen, ohne an ihn zu denken. Oder noch schlimmer: Kuchen. Ich kann kein Buch in die Hand nehmen, vor allem kein altes, und manchmal kann ich nachts nicht schlafen, weil mir von irgendwoher sein Duft in die Nase weht; halb Einbildung, halb Erinnerung. Wenn ich Rehe sehe, höre ich, wie er mit rauer Stimme meinen Spitznamen flüstert: *Fawn*. Manchmal spüre ich sogar seine Hände an meinen Wagen und wie er mir eine Ponysträhne aus der Stirn streicht. Natürlich erinnert mich auch jeder Stein in dieser verdammten Stadt an ihn.

Der Wind streift jetzt frischer über mein Gesicht, und erst dadurch wird mir klar, dass ich schon wieder kurz davor bin, zu weinen. Aber wenn man auf einer einsamen Parkbank inmitten einer ziemlich verlassenen Grünanlage nicht weinen darf, wo dann? Vielleicht hätte ich joggen gehen sollen, um mich auf andere Gedanken zu bringen, aber alles, was ich fühle, kostet so viel Kraft, dass ich wohl schon nach ein paar Metern schlapp gemacht hätte.

Nein, es bringt nichts mehr, sich abzulenken: Also lasse ich die Gefühle einfach zu. Die schönen, die bittersüßen und auch die schmerzhaften. Ich hoffe, sie bleiben für immer. Diese Vorstellung ist viel erträglicher als der Gedanke, all meine Erinnerungen und damit das, was mir noch von der gemeinsamen Zeit mit Kyril bleibt, zu verlieren. Ohne den Kopf zur Seite zu wenden, stelle ich mir vor, dass er neben mir auf der Bank sitzt. Aus dem Augenwinkel sehe ich ihn beinahe. Die Wintersonne bricht sich auf Kyrils dunkelblonden Locken und seine Augen haben in diesem Licht fast dieselbe Farbe wie das Gras zu meinen Füßen. Er streckt eine Hand nach meiner aus und seine Finger sind kalt, aber ich schließe meine trotzdem fest darum. Wenn ich ihn nur lange genug halte, wird die Haut wieder warm werden und alles wird wieder sein wie früher.

Kaum, dass ich diesen Gedanken ausformuliert habe, wird mir bewusst, dass ich das gar nicht unbedingt will. Dass mir eigentlich egal ist, wie unsere Zukunft aussieht, solange wir sie gemeinsam bestreiten. Ein erleichtertes Seufzen kommt über meine Lippen. Ist es wirklich möglich, dass ich endlich losgelassen habe? Ja, ich verspüre keine Wehmut mehr, wenn ich an die letzten Wochen denke. Wir sind mehr als unsere Vergangenheit. Nur das unbändige Verlangen nach einer zweiten Chance auf Leben erfüllt mich – für uns beide. Heute Nacht werde ich alles daransetzen, dass wir sie bekommen.

Initiation
AUREL

Das massige Playfair Building mit dem von neoklassizistischen Säulen getragenen Hauptportal ragt am Ende der Straße auf wie ein Berg. Weil es von mehreren Scheinwerfern angestrahlt wird, wirkt es noch imposanter als sonst. Und obenauf thront die Sphinx, die mir heute Abend besonders unheimlich vorkommt. Ich muss an den griechischen Mythos denken, demzufolge die Sphinx jeden Reisenden erwürgt, wenn er das von ihr gestellte Rätsel nicht lösen kann. Ob es uns heute Abend gelingen wird, die gesuchte Antwort zu finden und dem Tod zu entrinnen?

Ein lauter Krach reißt mich aus meinen Gedanken. Ich fahre herum und erstarre bei dem schrecklichen Anblick, der sich mir bietet: Auf der Straße neben dem Fußgängerweg entdecke ich ein völlig verbeultes Fahrrad. Die Fahrerin wurde einige Meter weiter geschleudert. In einem sonderbaren Winkel gekrümmt liegt sie auf dem Asphalt, sie trägt keinen Helm und Blut sickert von ihrem Gesicht in ihr Haar. Sie hat rotbraune Haare – wie Linda.

Mit dieser Erkenntnis löse ich mich aus meiner Schockstarre. Hektisch sehe ich mich um – der Fahrer des Unfallwagens hat angehalten und steigt aus. Er eilt zu der Frau. Ich greife nach meinem Smartphone in der Hosentasche, um einen Notruf abzusetzen, aber plötzlich wird mir klar, dass bereits etliche Passanten um mich herum telefonieren. Unfähig, mich zu rühren, bleibe ich stehen. Ich habe noch nie direkt mitangesehen, wie so etwas passiert ist. Sirenen ertönen in der Ferne, aber der Krankenwagen scheint einfach nicht näher zu kommen. Da fällt mir ein junger Mann auf, der mit zielstrebigen Schritten auf die Frau zuläuft, obwohl er eben noch nicht hier war. Niemand hält ihn auf, niemand fragt ihn, was er vorhat, niemand außer mir scheint ihn zu sehen – denn alle anderen sind wie eingefroren. Der Mann wirkt nicht, als stünde er unter Schock und er hat auch keine Berührungsängste, denn jetzt legt er der Frau eine Hand auf die Stirn. Er dreht mir den Kopf zu und für einen Sekundenbruchteil kreuzen sich unsere Blicke, bevor er die Augen schließt. Da erkenne ich unter seiner offenen, eilig übergeworfenen Jacke den Pullover mit dem Wappen und begreife, dass für diese Frau jede Hilfe zu spät kommt. Ich nehme meine Beine in die Hand und renne.

Atemlos erreiche ich das Seitenportal des Playfair Building, das in den Innenhof führt. Im letzten Licht der Dämmerung kann ich erkennen, dass darin hübsche Beete angelegt sind, in denen vermutlich bereits die ersten Frühblüher ihre Köpfe durch die Erde strecken. Ich habe mir noch nie viel aus Blumen gemacht, aber jetzt verspüre ich ein Sehnen in meiner Brust; den Wunsch, um jeden Preis zu erleben, wie diese Knospen aufblühen. Wahrscheinlich liegt das am Schock, unter dem ich immer noch stehe, oder es ist der animalische Instinkt, den man Überlebenswille nennt. *Oder vielleicht hast du einfach nur Schiss*, spottet eine Stimme in meinem Kopf. Sie hört sich verdammt nach meinem großen Bruder an. *Ja*, antworte ich stumm, *ausnahmsweise hast du recht, ich habe eine Scheißangst.* Aber ich muss das jetzt durchziehen. Nein, ich muss nicht, ich *will* das durchziehen.

Im Innenhof steht eine Holzbank, die zum Andenken an irgendeinen Fellow der medizinischen Fakultät gestiftet wurde. Ich setze mich und nehme meinen Rucksack mit der Pappschachtel voller Flakons zwischen den Roben, dem Salz und dem historischen Sezierbesteck behutsam auf den Schoß. Mein Blick gleitet zu der Statue aus angelaufener Bronze im Zentrum des runden Platzes. Es ist eine mannshohe knöcherne Hand, die sich nach einer Säge ausstreckt. Sie verschmilzt beinahe mit der Dunkelheit. Auf einer kleinen Tafel am Fuße der Skulptur lese ich den Titel des Kunstwerks: *Hinc Sanitas / From Here Health von Denys Mitchell.* Ich erschaudere und frage mich, ob man vor einem Museum, das anatomische Präparate und Totenmasken enthält, nicht etwas hätte aufstellen können, das ermutigender ist als Skelette und Schneidewerkzeuge. Kopfschüttelnd checke ich die Uhrzeit: noch fünf Minuten. Hoffentlich kommen die anderen pünktlich, denn jede Sekunde, die ich hier sitze, zieht sich unerträglich in die Länge. Alles in mir schwankt zwischen Hoffnung und Furcht und ich habe das Gefühl, dass meine Stimmung mit jedem Herzschlag wechselt.

Als ich schließlich drei Gestalten in dunklen Mänteln erblicke, die zielstrebig auf mich zukommen, macht sich eine sonderbare Ruhe in mir breit. Es geht los – endlich. Jetzt gibt es kein Zurück mehr. Ich stehe auf, straffe die Schultern und gehe ihnen entgegen.

„Sorry für die kleine Verspätung“, sagt Lali. „Wir mussten einen Umweg nehmen, weil die Straße wegen eines Unfalls gesperrt war.“

„Ich weiß. Eine Radfahrerin wurde angefahren. Ich habe es mit angesehen.“

„Mein Gott.“ Runa legt einen Arm auf meine Schulter. „Bist du okay?“

Ich nicke, weil ich mich jetzt auf das konzentrieren will, was vor uns liegt. Im Schatten der monströsen Statue umarme ich die anderen nacheinander zur Begrüßung. Ich lasse den Körperkontakt eine Millisekunde länger andauern als sonst, nehme mir bewusst Zeit, mein Gegenüber mit allen Sinnen wahrzunehmen. Ich rieche Lalis schweren, warmen Duft und atme Chelseas Geruch nach extrastarkem Kaffee ein. Zuletzt ziehe ich Runa an mich. Ich sehe ihr an, dass sie geweint hat, trotzdem ist ihr Gesichtsausdruck entschlossen. Ich bin sicher, dass sie viel stärker ist als ich, und in diesem Moment kann ich nachvollziehen, warum Kyril sich in die Frau verliebt hat, die sich hinter der zerbrechlichen Fassade versteckt.

„Bereit?“, flüstert Runa nah an meinem Ohr.

Ich nicke und spüre, dass es die Wahrheit ist. Die Zeit des tatenlosen Hoffens ist vorbei. Nur Kieran fehlt noch.

Fragend drehe ich mich nach Lali und Chelsea um. „Hat jemand von euch einen Schlüssel?“

Lali schüttelt den Kopf. „Nein, aber den brauchen wir auch nicht.“ Sie zwinkert und bedeutet uns mit einer Geste, ihr auf die Rasenfläche zu folgen, auf der im Schutz der straßenseitigen Gebäude eine eindrucksvolle Birke in den Himmel wächst. Ich verstehe, dass sie vorhat, sich im Schatten des Baumes zu teleportieren. „Ich gehe vor und wenn die Luft rein ist, hole ich euch nach. Euch und Kieran, wenn er denn auftaucht – aber es würde mich nicht wundern, wenn er drinnen schon auf uns wartet."

„Okay." Ein Kribbeln läuft meine Unterarme hinauf und ich kann nicht genau sagen, ob vor Angst oder vor Aufregung – ich war noch nie in dem Museum und habe keine Ahnung, wie es darin aussieht. Runa scheint mir die Bedenken an der Stirn abzulesen, denn sie legt einen Arm auf mein Schulterblatt. „Halt dich dann einfach an mir fest."

Lali löst sich vor unseren Augen auf und mein Blick bleibt an den Zweigen der Birke hängen, die sich sacht im Wind bewegen – genau da, wo sie eben noch stand. Zwischen Runa, Chelsea und mir herrscht Schweigen. Ich würde so gerne etwas sagen, um ihnen Mut zu machen, aber jedes Wort, das mir in den Kopf kommt, fühlt sich so belanglos an. Also gehe ich stattdessen auf dem Rasen auf und ab, meine Schritte führen mich immerzu im Kreis.

Zum Glück kommt Lali nur wenig später schon zurück. Etwas atemlos wischt sie sich mit dem Unterarm über die Stirn. „So, das wäre erledigt. Der Wächter sollte uns erst mal nicht in die Quere kommen."

Chelsea schmunzelt. „Komm schon, es ist doch nicht wirklich so, wie man das immer in den Filmen sieht und das Opfer dämmert innerhalb von Sekunden weg, wenn man ihm ein chloroformgetränktes Tuch vor den Mund hält?"

Verlegen zuckt Lali mit den Schultern. „Nicht ganz. Das Opfer muss dem Chloroform einige Minuten lang ausgesetzt sein, aber leider ist der Gute gestolpert und ungünstig gefallen, sodass er bewusstlos war und ich ihm in aller Ruhe das Tuch vor die Nase halten konnte. Wer hätte gedacht, dass der Selbstverteidigungskurs, den ich auf der Highschool besuchen musste, doch noch zu etwas gut sein würde. Wenn er wieder zu sich kommt, wird er feststellen müssen, dass er in seinem eigenen Büro eingeschlossen ist – ohne Handy und funktionierendes Telefon, ich habe die Leitung gekappt. Außerdem dürfte er ziemlich verwirrt sein und starke Kopfschmerzen haben – die Nebenwirkungen des Chloroforms. Ich denke nicht, dass er in diesem Zustand eine Gefahr für uns darstellt." Als sie mein erschrockenes Gesicht bemerkt, schiebt sie hinterher: „Natürlich wird er keine Langzeitfolgen davontragen – und falls doch, behandle ich ihn auf eigene Rechnung. Auf was warten wir noch?"

„Auf meinen Vater", will ich sagen, aber da schiebt Lali hinterher: „Kieran ist mir drinnen begegnet, wir sind also vollzählig."

An den Eingangsbereich des Museums schließt sich ein modernes verglastes Treppenhaus an. Draußen ist es inzwischen stockfinster und neben den grün leuchtenden Schildern, die zu den Notausgängen weisen, wirft nur eine einzelne Neonröhre an der Decke schwaches Licht ab. Wir lassen zwei Geschosse hinter uns, die verschiedene Sammlungen von Exponaten beherbergen und bleiben auf dem Treppenabsatz des dritten Stockwerks stehen. „Die Roben", sagt Runa. „Wir sollten sie jetzt anziehen."

„Stimmt." Mit zittrigen Fingern öffne ich den Rucksack und reiche die schwarzen Umhänge an die anderen weiter, bevor ich mir selbst einen überstreife.

Runa deutet auf die Tür zu unserer Rechten. „Da drüben beginnt die Ausstellung zur Geschichte der Chirurgie und dort befindet sich auch der Anatomiesaal. Nach euch."

Während die anderen an ihr vorbeigehen, strecke ich einen Arm aus und halte sie zurück. Ich nehme meinen Rucksack ab und reiche ihn ihr. „Die Flakons", erkläre ich. „Kannst du sie aufbewahren und im passenden Moment öffnen? Bei dir sind sie besser aufgehoben als bei mir." Ich sage Runa nicht, dass ich Angst habe, sie fallen zu lassen, aber meine Finger zittern inzwischen so sehr, dass sie sich das wahrscheinlich denken kann.

Runa nickt und schultert den Rucksack. „Natürlich." Sie legt mir eine Hand auf den Oberarm. „Aurel, du schaffst das, okay? Ich lasse dich nicht im Stich."

Statt einer Antwort nicke ich nur, weil meine Kehle viel zu wund ist, um zu sprechen.

Von dem Empfangsbereich mit der Kasse gelangen wir in einen lichtdurchfluteten Raum mit weiß gestrichenen, holzvertäfelten Wänden und eindrucksvollen Säulen. In frei stehenden Vitrinen werden die grausigen Ausstellungsstücke präsentiert. Ich lasse meinen Blick nur kurz über die geschwungenen Messer und Skelette mit feinsäuberlich eingefärbten Muskeln und Sehnen schweifen, denn meine Aufmerksamkeit wird von etwas anderem angezogen: An der Kopfseite der Halle entdecke ich den offen gestalteten Nachbau des alten Anatomietheaters. Schreitet man zwischen zwei Vitrinen hindurch, steht man plötzlich mittendrin. Ringförmig angeordnete Sitzreihen mit schmalen, gebogenen Tischen formen die Tribüne, die den bestmöglichen Ausblick auf das Zentrum des Raums bietet – den rechteckigen Seziertisch aus Holz und blankem Marmor. Er wird von unzähligen Kerzen, die jemand auf der Vertäfelung des obersten Rangs aufgestellt und entzündet hat, in warmes Licht getaucht. Mein Magen schnürt sich zusammen, aber mein Wille ist stärker als meine Angst. Ich habe eine Entscheidung getroffen, von der ich weiß, dass sie richtig ist. In den nächsten Minuten muss ich nichts anderes tun, als sie wieder und wieder zu treffen.

Jetzt bemerke ich, dass ich allein bin. Lali und Chelsea haben nur kurz in den Ausstellungssaal gespäht und halten jetzt wahrscheinlich wie versprochen Wache; ich habe nicht einmal mitbekommen, dass sie gegangen sind, so vertieft war ich in meine eigenen Gedanken. Ich sehe mich nach Runa um, die ein Stück weit zurückgeblieben ist. Sie steht zwischen zwei Vitrinen und nickt mir ermutigend zu. Sie wird so lange im Hintergrund bleiben, bis ich sie brauche. Ihre rechte Hand wandert auf Oberschenkelhöhe an ihre Robe, dorthin, wo unter dem Stoff die Tasche ihres Mantels sein muss. Zu der Spirit Doll. Ich schlucke, sammle meine Kraft und nicke ihr zu. Dann drehe ich mich wieder um und betrete mit einem weiteren Schritt das Anatomietheater. Für den Bruchteil einer Sekunde fürchte ich, dass mein Vater nach unserem gestrigen Gespräch vielleicht gar nicht gekommen ist, aber Lali hat ihn ja bereits gesehen. Außerdem weiß ich, dass er zwar sehr stolz, aber ganz bestimmt nicht dumm ist. Er würde alles tun, um Kyril zu retten. So war es schon immer. Und obwohl diese Vorstellung früher ein eifersüchtiges Stechen in meinem Brustkorb ausgelöst hat, beruhigt sie mich heute: Ausnahmsweise ziehen wir am selben Strang.

Schritte hallen über die Flure des verlassenen Museums. Langsam, aber dennoch zielstrebig und gewichtig. Ich weiß, dass er es ist. Trotzdem erschrecke ich, als er schließlich vor mir steht. Er hält eine Flasche Wein in der Hand, das Etikett ist vergilbt und beinahe unleserlich.

Ich schlucke und frage mich, ob Runa die Flakons schon geöffnet hat, sodass ich gleich in eine Handvoll fremde Leben entrückt werde und nichts mehr mitbekomme. Doch gleich darauf spüre ich, wie sich etwas in der Halle verändert: Die Stimmen, die ich aus meinen Albträumen kenne, flüstern aufgeregt durcheinander. Ja, sie sind da. Und sie warten.

Was dann geschieht, habe ich schon so oft mit angesehen, dass es sich anfühlt wie ein Déjà-vu. Mein Vater sagt etwas, aber ich höre ihn nicht, weil mein Blut so laut in meinen Ohren dröhnt. Trotzdem schwirren mir die Worte durch den Kopf: *Fürchtest du, dass ich auf Vivisektionen umgestiegen bin?*

Er lacht und füllt die beiden Weingläser, die auf der hölzernen Empore hinter dem Seziertisch stehen und mir bis jetzt nicht einmal aufgefallen sind. Ich lehne mich an die Marmorplatte, nehme wie in Trance eines der Gläser entgegen und trinke. Ob der Wein vielleicht mit einem Schlaf- oder Betäubungsmittel versetzt ist? Aber im Grunde ist das egal, weil mir Schmerzen keine Angst mehr einjagen. Mir wird ein bisschen schwindlig, wahrscheinlich liegt das vor allem an der Aufregung und an dem Alkohol auf meinen ziemlich leeren Magen. Ich konzentriere mich darauf, die Signale meines Vaters – Gesten, Worte, Blicke – zu deuten wie ein Schauspieler, der hinter der Bühne steht und seinen Einsatz erwartet. Dann, endlich, fordert er mich auf, mich hinzulegen. Und ich gehorche.

Wie eine Marionette am Faden lasse ich mich auf den kühlen Marmor sinken. Ein leises Seufzen kommt über meine Lippen. Es tut so gut, sich auszuruhen. Aus dem Augenwinkel nehme ich wahr, wie mein Vater näher kommt. Er hält ein Skalpell umfasst, in dessen schon etwas matter Klinge sich der Kerzenschein spiegelt. Runa muss ihm das Sezierbesteck gegeben haben.

Ich schließe die Augen und sehe noch einmal ihr Gesicht vor mir, sie steht vor dem Kino. Das ist der Tag, als ich ihr zum ersten Mal begegnet bin, zusammen mit meinem Bruder, den ich selten so glücklich erlebt habe. In Kyrils Augen liegt ein Funkeln, mit dem alles gesagt ist – er kann sich vielleicht nicht mehr an Runa erinnern, aber er ist eindeutig verliebt. Dann verblasst das Bild und ich sehe nur noch Linda. Sie ist jünger, wir haben uns gerade erst kennengelernt. Ich präge mir mit aller Macht ihr Lächeln ein, das ich nicht vergessen will, egal, wohin dieser Weg mich führt. Dann atme ich bebend ein, halte die Luft an und mache mich bereit.

Ein kühler Luftzug signalisiert mir, dass mein Vater jetzt die Robe beiseite schlägt und meinen Mantel aufknöpft, genau wie das Hemd, das ich extra statt eines Pullovers angezogen habe. Als er meinen Oberkörper bewegt, fühle ich mich so schlaff und schwer wie eine Puppe. Stoff fällt raschelnd zu Boden und Gänsehaut breitet sich über meinem Brustkorb aus. Die Panik droht mich zu überwältigen, aber plötzlich kommen mir die endlosen Straßen gen Norden in den Sinn, die immer karger werdenden Bäume und die Landschaft der Lowlands, umrahmt von Klippen und Meer.

Ich erinnere mich und mache es wie damals: Jetzt bin ich wieder das Kind ohne Namen. Ein letztes Mal ziehe ich mich hinter die turmhohen Mauern zurück, die ich doch eigentlich einreißen wollte. Lindas Gesicht verblasst, bis ich es nicht mehr zu greifen bekomme. Nur Leere bleibt zurück, als einziges Indiz dafür, dass etwas einmal war und jetzt nicht mehr ist. *Aber ich bin immer noch derselbe.*

Das Gefühl, das kurz darauf durch meinen Körper strömt, ist anders als alles, was ich erwartet hätte: Statt schneidender Schmerzen bahnt sich ein markerschütterndes Beben durch mich hindurch. Ein Ziehen und Drücken, so als ob sich mein Innerstes nach außen kehren wollte.

Keuchend japse ich nach Luft und schlage die Augen auf. Das Gesicht meines Vaters, das nah über meinem schwebt, verrät mir, dass er genauso erschrocken ist wie ich. *Scheiße, das kann nichts Gutes heißen.* Aber das Ziehen wird immer stärker und immer schmerzhafter. Hilfe suchend sehe ich mich um, doch die Umgebung flimmert vor meinen Augen. Alles wird unscharf, bis ich gar nichts mehr erkennen kann. Schwindel überkommt mich und ich bin sicher, dass ich jeden Moment in Ohnmacht fallen werde.

Dann bin ich plötzlich weit weg. Das Anatomietheater, in dem mein Leben auf Messers Schneide stand, ist verschwunden und stattdessen erblicke ich um mich herum piepsende Monitore und das kahle Weiß eines Patientenzimmers auf der Intensivstation des Liberton Hospital. Es ist Lindas Zimmer, sie liegt immer noch in ihrem Bett, ihre Haut ist gelblich verfärbt, aber um Mund und Nase auffallend blass. Das Todesdreieck.

Ich weiß, was das bedeutet: Obwohl ich alles getan habe, um meinem Schicksal davonzulaufen, hat es mich letztendlich doch eingeholt. Jetzt ist der Moment gekommen, vor dem ich mich so lange gefürchtet habe: Lindas Seele ruft nach mir, ich soll ihr den Tod bringen. Ich habe keine Ahnung, wie das geht – ich weiß nur eins: dass ich auf keinen Fall versagen darf.

Heimkehr

RUNA

Was in Gottes Namen ist gerade passiert? Eben lag Aurel noch auf dem Seziertisch und alles verlief nach Plan. Jetzt ist er fort; er hat sich einfach in Luft aufgelöst. *Nein.* Schlagartig wird mir klar, was wirklich passiert ist – er hat sich nicht aufgelöst, er wurde von einer Seele gerufen. Aber wie kann das sein? Schließlich hat er sich vom Institut ferngehalten, um seiner Initiation zu entgehen, und bisher hatten sich seine Kräfte nicht bemerkbar gemacht. Aber noch während ich diesem Gedanken nachhänge, erinnere ich mich daran, wie es bei mir selbst war, und verstehe: der Unfall, die Radfahrerin. Aurel hat mit angesehen, wie sie gestorben ist. Und der direkte Kontakt mit dem Tod aktiviert die Gabe der Schattenspringer. *Verdammter Mist.*

„Ihr Dummköpfe, ihr habt das Salz vergessen!" Kieran lässt das Skalpell klirrend auf die Tischplatte fallen und ich schrecke hoch. Panisch sehe ich mich um, denn ich habe längst gespürt, dass die Pariahs hier sind. *Du hast uns verraten*, zischen sie.

Nein, das habe ich nicht, denke ich. *Aber ihr müsst mir vertrauen, ich brauche ein bisschen mehr Zeit.*

Wie lange werden sie sich noch gedulden? Wie lange werden wir noch hier sein können, bevor der Nachtwächter zu sich kommt und vielleicht doch einen Weg findet, Alarm zu schlagen? Wie viel Zeit bleibt Kyril noch? Wird Aurel unseren Plan auch dann durchziehen wollen, wenn Linda stirbt? Die Fragen wiederholen sich endlos in meinem Kopf, immer schneller und schneller, bis mir schwindlig wird. Nicht auch noch das! Ich kann mir jetzt keinen Aussetzer erlauben. Entschlossen kneife ich mir in den Unterarm. Der Schmerz hilft mir, wieder etwas klarer zu sehen. Mit zitternden Fingern öffne ich den Rucksack und befördere das Päckchen mit dem Salz hinaus. Als ich es öffnen will, verschütte ich es beinahe.

„Gib her!", faucht Kieran, nimmt mir das Salz ab und zieht fein rieselnd eine Spur um den Seziertisch.

Als er fertig ist, wird mir klar, dass ich es nicht riskieren kann, auf Aurel zu warten. „Ich übernehme das!", rufe ich und trete vor. „Wir brauchen nur irgendeinen Körper, wer es tut, ist egal." *Aber du wirst es vielleicht nicht überleben,* flüstert die Stimme in meinem Kopf. *Solange Kyril das hier übersteht, gehe ich das Risiko ein,* halte ich dagegen. Gleichzeitig spüre ich, dass das gelogen ist – ich will auch leben – mit ihm. Aber ich habe jetzt keine Wahl mehr.

Kieran zögert. Vielleicht, weil er weiß, dass ich, wenn ich sterbe, die Pariahs nicht mehr ins Jenseits bringen kann. Aber eine andere Chance haben wir nicht. Widerwillig nickt er. Ich streife die Robe und den Mantel ab und lege mich hin. Die fordernden Rufe der Pariahs werden allmählich leiser.

„Deinen Pullover", sagt Kieran, „zieh ihn aus." Irgendwann heute Nacht, im Angesicht des drohenden Todes, ist auch mein

Schamgefühl verloren gegangen und ich greife nach dem Bündchen. Aber gerade als ich mir den Pullover über den Kopf ziehen will, packt mich jemand und stößt mich vom Tisch, sodass ich hart auf den Dielen lande – zum Glück nur auf dem Hosenboden. Als ich aufblicke, sehe ich nur noch Aurels Locken und einen Ausdruck in seinem Gesicht, der mir völlig unbekannt ist. Von dem Goldjungen ist nichts mehr übrig und ich spüre, dass er erst jetzt wirklich bereit ist. Ich rappele mich hoch und weiche bis an den Rand des Salzkreises zurück.

„Bringt mich zu ihr", sagt er so entschlossen, dass mir Tränen in die Augen schießen.

*

Kieran lässt sich nicht lange bitten und setzt den ersten Schnitt. Als er die Haut zur Seite klappt, sodass das rohe Fleisch darunter freiliegt, kann ich nicht länger hinsehen und wende mich ab. Ich umklammere die Spirit Doll in meiner Tasche so fest, dass sich meine Nägel in den Stoff graben. Als ich das nächste Mal einen Blick riskiere, hat Kieran ebenfalls Robe und Hemd abgelegt und ich erkenne, dass auf seinem Oberkörper eine Narbe prangt, die eigentlich keine ist. Sondern eine vernähte Wunde, genau wie die, die ich bei den Pariahs in der Höhle gesehen habe. Mir wird übel und alles an mir drängt danach, wegzulaufen. Weit, weit weg, bis nach Flat Holm, wo es nichts gibt außer friedlichen, grünen Weiden. Aber ich weiß längst, dass dieses Paradies nur eine Illusion ist. Und dass ich hier auf meinen Einsatz warten muss, um Aurel so schnell wie möglich zu heilen.

Kieran löst die Fäden auf seiner eigenen Brust, dann geht alles ganz schnell. Was tut er da? Es sind geübte Handgriffe, die keinen Zweifel daran lassen, dass er dieses grausame Ritual schon etliche Male durchgeführt hat: Er tauscht die Herzen; sodass seines in Aurels Körper weiterschlägt und Aurels in seiner eigenen Brust. *Was in Gottes Namen …?*

Dann endlich ruft eine Seele nach mir. Es ist Aurels, da bin ich sicher – und durch den Salzkreis, in dem ich stehe, kann ohnehin kein anderer Schattenspringer außer mir zu ihm gelangen. Ich ziehe die Puppe aus meiner Tasche und lasse mir von Kieran das blutige Skalpell reichen. Damit schneide ich die Puppe auf und tue genau das, was er eben auch getan hat. An der Stelle, wo das Herz sitzt, ist eine Glasmurmel in der Puppe verborgen, ein Einfall, der mir schon ab und zu dabei geholfen hat, Menschen zu retten. Ich nehme sie heraus, schneide Aurel eine Locke ab und wickle die Haare um die Puppe. Dann setze ich die Murmel wieder ein, nehme Nadel und Garn aus dem Kästchen mit dem Operationsbesteck, das am Fußende des Tisches liegt, und vernähe den Schnitt. Noch verharren die Pariahs, ich spüre ihre Rufe nicht. Aber das wird sich hoffentlich ändern, sobald ich den Salzkreis verlasse. Ich berühre Aurels Wange und betrete im selben Moment den Äther. Vor mir erhebt sich Prenbogle Hall, die lackierten Dachziegel glänzen im Sonnenlicht; sie sind noch nicht mit Moos bewachsen und die eigentlich stämmigen Bäume im Garten reichen mir gerade einmal bis zu den Knien. Der Anblick ist viel zu schön, denke ich, doch dann bemerke ich eine Treppe, die in die Tiefe führt. Es ist der Eingang zur Höhle. Ungeduldig sehe ich mich um – wo ist Kyril? Ich kann das nicht ohne ihn tun. Bitte, flehe ich stumm, lass mich jetzt nicht allein.

Jemand ruft heiser meinen Namen und als ich mich umdrehe, steht er tatsächlich hinter mir. Ich strecke ihm die Hand hin. *Komm,* sage ich, *wir müssen zu deinem Bruder.*

Ich kann nicht. Ich … kann nirgendwo hingehen. Tris ist tot.

Kyril dreht sich um, und als ich seinem Blick folge, sind die Bilder aus dem letzten Jahr wieder da. Bilder, die ihn umso mehr mitnehmen müssen, weil er sie vergessen geglaubt hatte. Ich sehe das Murrayfield Stadium und Tris' reglosen Körper in einer Lache aus Blut. Seine Augen sind leer und sein Gesicht ist gezeichnet von den Strapazen der letzten Wochen. Die Schuld droht mich zu überwältigen. Kyril scheint es ähnlich zu gehen – ihn dabei zu beobachten, wie er um seinen Freund trauert, schmerzt fast noch mehr.

Aber da ist auch eine andere Erinnerung, die jetzt mit aller Macht an die Oberfläche drängt: *Du musst dich deinen Dämonen stellen,* hat Elizabeta gesagt. Kyril und ich, wir beide müssen das jetzt tun. Und wenn er im Moment keine Kraft dazu hat, werde ich ihm helfen. Als seine *matching soul.*

Ich halte immer noch Kyrils Hand umfasst und ziehe ihn weiter. Doch er stemmt sich dagegen und schüttelt den Kopf.

Sieh mich an, bitte ich, *nur mich. Alles andere ist eine Illusion, aber ich bin real. Hey, ich bin's – Fawn.* Ich lege die freie Hand an seine Wange und drehe Kyrils Kopf zu mir. Noch immer steht er völlig neben sich, also bitte ich ihn stumm um Verzeihung und drücke im nächsten Moment einen Kuss auf seine Lippen. Es dauert einen Herzschlag lang, bis er ihn erwidert. Aber dann ist da wieder das altbekannte Prickeln, die Spannung zwischen unseren Körpern, die sich anziehen wie zwei gegensätzlich geladene Teilchen.

Kyril folgt mir und wir steigen gemeinsam die Stufen hinab. Diesmal fürchte ich mich nicht. Die staubigen, dunklen Gänge haben ihren Schrecken verloren. Kyrils Finger liegen warm in meinen und ich bin bereit, für das Leben seines Bruders alles zu geben. Wir folgen dem verwinkelten Pfad, bis wir zu einer Tür kommen, die dort eigentlich nicht sein dürfte. Ich rechne fest damit, dass sie verschlossen ist, aber sobald ich sie berühre, schwingt sie quietschend auf. Wir befinden uns in einem Verlies, das nicht in den Fels gehauen ist, sondern gemauert wurde – aus schweren Steinquadern bis unter die Decke. Und in der Mitte, auf dem Boden, sitzt ein kleiner blonder Junge.

Mein Herz zieht sich schmerzhaft zusammen. Ich will ihn in den Arm nehmen, aber ich weiß, wenn ich ihm zu nahe komme, wird all sein Leid mich mitreißen. Mich und auch Kyril. Wir müssen uns vorbereiten und dem Leid etwas entgegensetzen. Ich suche Kyrils Blick und halte mich an dem Grün seiner Augen fest. Ich denke an unsere erste Begegnung an einem sonnigen Herbsttag im Institut – und erst während ich mir diesen Tag ausmale, fällt mir auf, dass ich ihn doch eigentlich vergessen hatte. Geopfert für jemanden, der das Glück dringender brauchte als ich. Trotzdem ist jetzt alles wieder da: Ich weiß noch, wie mir seine Grübchen und der Leberfleck auf seiner Wange aufgefallen sind und ich mir im selben Moment sicher war, dass er mich ins Verderben stürzen würde – auf die gute Art und Weise, auch wenn ich mir das damals natürlich nicht eingestehen wollte.

Ich rufe mir in Erinnerung, wie Kyril mir die Welt der Schattenspringer gezeigt, mich beschützt und getragen hat. Wie er am Tag der Beerdigung meines Vaters für mich da war. Mir fällt wieder ein, dass er ironisch wird, wenn er nervös ist, und ich habe ausgerechnet das Bild vor Augen, wie er in einem paillettenbesetzten Jackett aussieht, warum auch immer. Ich muss daran denken, dass ich die Nachttischlampe eingeschaltet lasse, wenn er bei mir übernachtet, weil er sich im Dunkeln fürchtet.

All das lässt ein wohlig warmes Gefühl in mir aufsteigen. Ich überlege fieberhaft, welche Erinnerung ich mit Aurel teilen werde. Wir haben vielleicht nur diese eine Chance. Schließlich entscheide ich mich für unseren dritten Kuss – im Hinterhof des *Raging Bull* auf Lalis Halloween Party –, der sich, obwohl es nicht unser erster war, trotzdem irgendwie so angefühlt hat. Denn die sonderbare Mischung aus Nervosität, Glück und schuldgetränkter Verzweiflung hat mich diesen Moment besonders intensiv erleben lassen.

Inzwischen drücke ich Kyrils Finger so fest, dass meine eigenen sich taub anfühlen. Die andere Hand strecke ich nach dem Jungen aus und mache mich bereit, zu vergessen.

Aurels Leben rauscht in schwindelerregendem Tempo an mir und Kyril vorbei. Ich gebe mein Bestes, um ihn zu heilen, aber ich kann nicht sagen, ob es geklappt hat. Als ich die Augen wieder öffne, habe ich das Gefühl, etwas verloren zu haben. Kyril ist verschwunden, ich bin zurück im Seziersaal und Aurel betrachtet mich staunend. Ein triumphierender Zug schleicht sich auf sein Gesicht, als er lautstark und voller Hunger nach Leben Luft in seine Lunge saugt. Erschrocken, aber zufrieden taumele ich einen Schritt zurück. Damit habe ich den Salzkreis verlassen und sofort spüre ich die Präsenz der Pariahs. Ich nehme nur am Rande wahr, dass Kieran kraftlos auf eine der Bänke gesackt ist, zu stark ist der Sog der ruhelosen Seelen. Jetzt sind sie wieder ganz und jetzt können sie sterben. Wenn ich ihnen dabei helfe.

Euphorie durchströmt meine Adern: Endlich ist es so weit. Nur noch diese eine Aufgabe, wie unlösbar sie mir auch vorkommen mag, trennt mich davon, Kyril wieder in die Arme zu schließen. Nicht nur im Äther, sondern in dieser Welt. Ihn aus Fleisch und Blut und vor allem gesund wieder bei mir zu haben.

Ich atme lange aus und bin bereit, mich den fremden Erinnerungen hinzugeben. Und tatsächlich läuft das Leben der Ausgestoßenen in Sekundenschnelle vor meinem inneren Auge ab wie ein Film. Trotzdem fühlt sich etwas anders an als sonst. Der Bildersturm wirbelt durcheinander, Fetzen – nein, Splitter –, die lange verloren waren, fügen sich jetzt wieder an ihren Platz wie Teile eines gigantischen Puzzles. Bis aufs äußerste gespannt lausche ich ihrer Geschichte: Sie alle sind demselben Trick zum Opfer gefallen. Kieran hat sie ins Anatomietheater gelockt, hat sie vor anderen Schattenspringern abgeschirmt und ihnen das Herz entnommen. Schlimmer noch, er hat sein eigenes Herz betäubt und in ihren leeren Körper gepflanzt. In ihre jungen Körper, die er brauchte, als sein eigener alt und krank geworden war – denn im Gegensatz zu Octavian wusste er nicht, dass er die verjüngende Lebensenergie auch von Seelen stehlen konnte. Aber während Kieran sich auf den Eingriff vorbereiten konnte und das Aconitum dafür gesorgt hat, dass sein Herz in einen scheintodähnlichen Zustand verfiel, sodass er den Körpertausch unbeschadet überstand, hatten die Pariahs nicht so viel Glück: Er hat ihr Herz mit seinem alten Körper vernäht, weil sie ihm so nichts mehr anhaben konnten: Sie sind dabei zersplittert, ein körperloses Herz und eine zerstörte Seele in einem fremden Körper. Nur noch Bruchstücke blieben von ihnen übrig.

Die meisten hat er anschließend sogar tatsächlich im Namen der Wissenschaft seziert. Nur, dass sie nicht tot waren, sondern Pariahs – zu ewigem Leben verdammt. Das Höhlensystem wurde ihr neues Zuhause. Das, was ihnen fehlte, suchten die Pariahs in den Wanderern, die vorbeikamen, und in jedem Menschen, der den Fehler machte, sich der Cove zu nähern. Noch waren sie Kieran hörig, und wenn er jemanden manipulieren wollte, brachte er ihn zu ihnen. Ich sehe die Ältesten vor mir, die ihm so ergeben sind wie Schoßhündchen; ich sehe Linda und ich sehe Kyril. Sie alle kehren völlig verändert zurück. Aber die Pariahs wurden stärker, weil ihnen zum ersten Mal jemand freiwillig etwas gab – Aurel. Als Kieran zufällig entdeckte, dass Aurel immun gegen ihre Angriffe war, wollte er sich das zunutze machen. Nur dass der Junge weggelaufen ist. Kieran muss gespürt haben, dass die Pariahs allmählich gefährlich wurden: Sie stellten Forderungen, sie wollten sterben. Scheinbar hatten sie ihn in der Hand, nachdem Kyril in ihre Falle getappt war. Aber andererseits …

Plötzlich reißt die Bilderflut ab. Irgendwo in meinem Hinterkopf macht es klick. Mein Herz schlägt rasend schnell und Angstschweiß bricht mir auf der Stirn aus: Mein Körper versteht, was ich getan habe, noch bevor ich es richtig begreife. Die Pariahs haben Kieran mit dem versorgt, was er brauchte. Sie schenkten ihm am Ende seiner Jahre einen neuen, jugendlichen Körper, eine neue Identität. Mal war er ein Student der Medizin, mal war er ihr Professor, Dr. Knox. Nur der Name, den er sich zuletzt gegeben hat, erinnert daran, wer er in Wirklichkeit ist: ein einfacher Eisenwarenhändler aus dem sechzehnten Jahrhundert.

Aber mit dem heutigen Tag bot sich Kieran die Gelegenheit, alles auf einmal zu bekommen: Er wollte die Pariahs endgültig loswerden, indem er sie tatsächlich sterben und ins Jenseits bringen ließ – und er wollte sich erneut verjüngen. Wahrscheinlich zum letzten Mal, schließlich hatte Octavian ihm gezeigt, dass das möglich ist, ohne lebende Menschen zu opfern. Kein Wunder, dass Kieran ihn im letzten Jahr nicht aufgehalten hat.

Kyril und ich waren dabei nichts als Marionetten in einem abgekarteten Spiel. Kyril, ich … und Aurel, sein eigener Sohn, den er loswerden will, weil er zu viel weiß. Und dafür gibt es einen so naheliegenden Weg …

Mir wird übel und ich suche instinktiv Aurels Blick, um meine grausame Vermutung widerlegt zu sehen. Und tatsächlich lese ich in seinen Augen keine Erleichterung. Im Gegenteil: Sein Gesichtsausdruck wirkt so gequält, als hätte er unerträgliche Schmerzen. Jetzt greift er nach dem Skalpell und kommt einen Schritt auf mich zu. Ich weiche nicht zurück, obwohl ich weiß, dass ich das tun sollte. „Töte mich", fordert er, und seine Stimme bricht bei diesen zwei Worten. Es zerreißt mir fast das Herz, dass der immer optimistische, unfassbar starke Aurel mich anfleht. „Bitte, Runa, töte mich. Tu es jetzt."

Seine Finger schließen sich um meine, und als sie sich wieder lösen, halte ich das Messer in der Hand. Ich schlucke und sehe ihn verwirrt an.

Da höre ich hinter mir plötzlich Lalis Stimme. „Runa! Halt!"

Ich drehe mich zu ihr um und sehe, dass sie Chelsea stützt, die einen Verband um den Oberarm trägt und offensichtlich gerade notdürftig von ihr verarztet wurde. Lali will mir helfen, aber als sie jetzt zwischen Aurel und mir hin und her sieht, wirkt sie genauso ratlos wie ich.

Plötzlich kommt mir Aurel verändert vor. Bedrohlich. „Was soll das? Was machst du da? Lass das Messer fallen!"

Angst schnürt meinen Brustkorb zu, sodass ich kaum noch atmen kann – die Angst, das Falsche zu tun. Aber ich muss mich entscheiden, und zwar schnell, denn die Stimmen der Pariahs werden lauter. Sie haben uns umzingelt und sie dringen immer weiter vor. „Du wolltest doch … sterben", stottere ich, „du wolltest zu deiner Freundin …"

„Was? Dilan ist mir egal! Natürlich will ich *nicht* sterben. Ich glaube, das war gerade alles ein bisschen zu viel für dich –"

Dilan. Er hat sie bisher nie so genannt, für ihn war sie immer nur Linda. Das ist mir Beweis genug: Vor mir steht nicht mehr der kleine Bruder meines Freundes, sondern irgendwer – oder *irgendetwas* – anderes.

Ich trete zur Seite und mache den Weg für die Pariahs frei. Dann wende ich den Kopf ab, weil ich nicht sehen will, was geschieht. Dafür spüre und höre ich es: Ein eisiger Luftzug lässt meinen gesamten Körper erzittern. Knochen klappern, Gliedmaßen schleifen über den Boden, angetrieben von der bloßen Verzweiflung und dem Durst nach Rache. Sie stürzen sich auf ihn, überrollen ihn wie eine dunkle Flut. Eine unendliche Sekunde lang presse ich die Augen wieder fest zusammen, bis das Sehnen, das meinen Körper erfasst, schließlich unerträglich wird. Es sind sechs Seelen, die mich rufen. Für die ich Mitgefühl aufbringen muss, auch wenn ich sie verachte.

Ich lasse los und der Sog zieht mich in den Äther: ein stinkendes, überfülltes Edinburgh vergangener Jahrhunderte. Doch wohin ich auch sehe, ich kann Kyril nirgends entdecken. Und ich weiß, dass ich es ohne ihn nicht schaffen werde. Ich versuche, den Schmerz nur noch einen Moment länger zu ertragen, aber es fühlt sich an, als wolle mein Körper in tausend Stücke zerbersten. Ich schreie diese Qual in die Welt hinaus, doch meine Stimme ist viel zu dünn.

Endlich erspähe ich Kyril: Er steht an den Gräbern, die ich schon kenne. Das jüngste Grab ist jetzt verschlossen. Ich eile zu ihm, und als er sich umdreht, sieht er mich zum ersten Mal seit Wochen wieder richtig an. Die Tränen auf seinen Wagen und die Verzweiflung in seinem Blick verraten mir, dass auch er verstanden hat, was geschehen ist. Und, dass er sich an alles erinnert, was wir gemeinsam durchgemacht haben.

„Fawn." Er drückt mich an sich und dieses langersehnte Glück betäubt den Schmerz für einen Moment. „Mein Bruder ist tot", flüstert er und schluchzt, das Gesicht in meiner Halsbeuge vergraben."

„Ich weiß. Dein Bruder und mein Freund. Es tut mir so leid." Ich drücke ihn fest an mich, dann lasse ich ihn los und trete ein Schritt zurück. Mit beiden Händen umfasse ich seinen Kopf. „Aber es ist noch nicht vorbei. Die Pariahs rufen nach uns, alle sechs … und dein Vater. Wir sind *matching souls*, Kyril, verbundene Seelen. Wir können das nur zusammen schaffen – oder zusammen versagen. Ich brauche dich." Flehend sehe ich zu ihm auf.

Ich bin bereit, alles zu geben, aber ich muss wissen, ob er das auch ist. Ein trauriges Lächeln legt sich auf Kyrils Lippen, als er nickt. Ich will mir sein Gesicht einprägen, würde dieses Bild am liebsten auf mein Herz tätowieren. Aber gleichzeitig muss ich bereit sein, es zu verlieren, so wie alles, was mir lieb ist.

Wir tun unseren Dienst an der Gemeinschaft, hat Kyril einmal zu mir gesagt und jetzt kommt es mir wieder in den Sinn. Es ist noch nicht lange her, aber es fühlt sich an, als wäre das in einem anderen Leben gewesen.

Ich greife nach seinen Händen und halte sie so fest ich kann. Der Weg zurück ist jetzt versperrt. Und selbst wenn es anders wäre, ich wollte es nicht. Gemeinsam geben wir uns dem Schmerz hin.

Neugeboren

KYRIL

Ich habe die schlimmsten Kopfschmerzen meines Lebens. Und obwohl ich auf einem weichen Untergrund liege, tut mir jeder Muskel weh. Über mir erspähe ich nichts als gleißendes Weiß – keinen Schimmer, wo ich bin. Da sind Stimmen um mich herum, die ich nicht kenne. „Mehr haben Sie nicht zu sagen?", fragt eine von ihnen, die einer Frau gehört.

„Tut mir leid", antwortet ein Mann, der mir vage bekannt vorkommt, „meine Aufgabe ist es, mich um die körperliche Gesundheit meiner Patienten zu kümmern. Richten Sie dem Inspector aus, dass Mr Ironmonger und Ms Davies Ruhe brauchen und frühestens in ein paar Tagen vernommen werden können. Auch wenn ich das für nicht sehr aussichtsreich halte, weil sie, wie gesagt, eine globale Amnesie erlitten haben."

„Schön, in Ordnung", erwidert sie zähneknirschend. „Nach dem Chaos im Museum werden wir uns wirklich was einfallen lassen müssen, um die Sache zu erklären. Und das alles einen Tag vor der Wahl."

„Ach, für die Presse haben Sie doch sicher etwas parat – eine Einbruchsgeschichte; Jugendliche, die sich als Mutprobe ins Anatomiemuseum schleichen oder so. Und was die Gemeinschaft angeht: Sie sollte die Wahrheit erfahren. Gerade so kurz vor der Wahl. Ich habe gehört, es sieht gut aus für Theodore Morris."

„Nun gut, alles ist besser als die Vergangenheit."

„Da haben Sie wohl recht."

Ich spitze die Ohren, denn ich will unbedingt wissen, was hier vor sich geht – ich fühle mich wie ein Detektiv in einem spannenden Fall. Aber die beiden schweigen und verlassen schließlich gemeinsam das Zimmer.

Um mehr von meiner Umgebung aufzunehmen, drehe ich den Kopf ein wenig zur Seite. Ich zucke zusammen, als das Gesicht einer jungen Frau in meinem Sichtfeld erscheint. Sie hat kinnlange dunkle Haare und rehbraune Augen – und sie sieht mich unverwandt an. Sie ist ganz schön blass um die Nase. Und dennoch wunderschön. Ich schlucke und spüre, wie mir das Blut in den Kopf steigt.

Zum Glück schließt sie die Augen jetzt wieder. Ich tue es ihr gleich. Die unbeantworteten Fragen in meinem Kopf verschwimmen zu einem einschläfernden Singsang und ich kämpfe nicht länger gegen die Müdigkeit an.

Regen
RUNA

Zwei Monate später

„Und, was sagst du?“ Meine Mitbewohnerin wirft mir über den Rand ihrer Brille hinweg einen fragenden Blick zu. „Hast du freitags frei?“

Ich verscheuche mit meinem frisch gedruckten Stundenplan eine Fliege vom Fensterbrett. „Soll das ein Witz sein? Ich habe freitags eine Vorlesung in Strafrecht. Und danach ein ziemlich sonderbar klingendes Seminar *Verantwortungsvoll heilen mit Analogiezaubern.*“

Lali setzt sich neben mich auf die Bettkante. „Oh, das Fach wirst du lieben. Unser neuer Warden Theo hat es eingeführt. Man lernt dabei auch ein bisschen Stricken und Häkeln.“

Ich stoße ein schnaubendes Lachen aus. „Mein Gott, wo bin ich hier bloß gelandet?“

„Am *Aconite Institute*, das weißt du doch.“ Lali schlingt einen Arm um meine Schultern.

„Ja, ich weiß. Oder besser gesagt: Ich habe beschlossen, es dir zu glauben. Genauso, wie ich beschlossen habe, dir zu glauben, dass du meine beste Freundin bist." Ich betrachte sie, und als sie nachdenklich die Stirn in Falten legt, überkommt mich ein schlechtes Gewissen. Natürlich mache ich nur Spaß. „Aber ich kann es mir jederzeit wieder anders überlegen", ergänze ich mit einem Zwinkern. „Zumindest so lange, bis meine Erinnerung zurückkommt."

„Das wird sie bestimmt irgendwann", sagt Lali, aber sie klingt nicht so, als würde sie wirklich daran glauben. Ich habe sie schon ab und zu gefragt, was vor meinem Koma geschehen ist, denn ich kann mich lediglich an den Tag erinnern, an dem ich im Krankenhaus aufgewacht bin. Und sonst an nichts. Aber jedes Mal hat Lali mich darauf verwiesen, dass es aus medizinischer Sicht nicht gut wäre, wenn sie mir etwas von früher erzählt. Sie hat auch angedeutet, dass es eine ziemlich tränenreiche, turbulente Zeit war, und wenn ich ehrlich bin, bin ich im Jetzt zu glücklich, um mir viele Gedanken darüber zu machen. Auch meine Mutter und meine Halbschwester, die ich vor ein paar Tagen besucht habe, haben mir nichts verraten – aber zumindest Rose muss ich wohl zugutehalten, dass ihr Wortschatz mit *Mummy*, *Dada* und *Ru* noch ziemlich beschränkt ist.

„Wie ist denn dein Stundenplan?", frage ich, um das Thema zu wechseln.

„Ich kann mich nicht beklagen, ich habe schließlich freitags frei, sodass ich die langen Wochenenden bei Chelsea verbringen kann und du hier sturmfrei hast." Lali zwinkert und steht auf, um für das Treffen mit ihrer Lerngruppe ein paar Bücher einzupacken. Plötzlich räuspert sie sich. „Sag mal, wie findest du eigentlich Kyril von nebenan?"

„Wen?“ Ich lege meinen Stundenplan beiseite, greife nach einer Wasserflasche auf dem Schreibtisch und versuche dabei möglichst gelassen zu wirken, obwohl ich spüre, dass meine Wangen glühen.

„Den gut aussehenden Geschichtsstudenten mit den dunkelblonden Locken und dem Leberfleck auf der linken Wange, der jedes Mal grinst wie ein Honigkuchenpferd, wenn ihr euch auf dem Flur begegnet?“

„Wow, du hast ihn dir ja ganz schön genau angesehen.“

„Geh doch mal mit ihm ins Kino. Chelsea sagt, es laufen gerade ein paar gute Filme im Dominion.“

Ein verlegenes Kichern kommt über meine Lippen. Mein Gott, ich sollte mich wirklich zusammenreißen. Andererseits ist es vielleicht an der Zeit, meiner besten Freundin die Wahrheit zu sagen. Nämlich, dass ich zwar anfangs nur deshalb den Kontakt zu Kyril gesucht habe, weil er einen ähnlichen *Arbeitsunfall* hatte wie ich und daraufhin im selben Krankenhaus behandelt wurde, wir aber bald gemerkt haben, dass da mehr zwischen uns ist. „Wir waren schon im Kino. Hat dein süßer blonder Maulwurf dir das nicht verraten?“

„Du wagst es? Wieso weiß ich noch nichts davon?“ Lali lässt ihren Rucksack wieder fallen und stürzt sich auf mich, um mich zu kitzeln, bis ich nach Luft japse. „Ich brauche mehr Informationen!“, fordert sie.

Als sie endlich von mir ablässt, nehme ich mir einen Moment, um zu verschnaufen. Ich warte, bis mein Herz wieder in seinem normalen Rhythmus schlägt, was ziemlich lange dauert, weil ich immer noch an Kyril denken muss. „Dann mach dir doch einfach selbst ein Bild: Ich habe ihn fürs Wochenende nach Flat Holm eingeladen. Morgen früh geht es los.“

„Du zeigst ihm deine Heimat?“ Lali mustert mich erstaunt.

„Ich dachte, ein kleiner Ausflug aufs Land könnte nicht schaden. Also, möchtest du mitkommen?“

„Danke, aber ich will nicht der Stimmungskiller bei eurem Date sein.“

„Es ist kein Date“, widerspreche ich, obwohl ich weiß, dass Lali mir diese Lüge sowieso nicht abkaufen wird. „Du kannst mitkommen und wenn wir doch lieber alleine sein wollen, werde ich dir ein dezentes Zeichen geben, damit du dich auf und davon teleportierst.“ Ich wedle mit den Händen, so als wollte ich noch eine Fliege verscheuchen.

„Na gut.“ Sie lacht. „Ich möchte dir sowieso noch ein kleines Willkommensgeschenk überreichen, das du auf deiner Einsiedlerinsel vielleicht besser gebrauchen kannst als hier.“

*

Damit wir nicht auf die Zugverbindung angewiesen sind, nimmt Chelsea uns freundlicherweise im Auto mit nach Cardiff. Wir wechseln uns beim Fahren ab und jeder darf einmal die Musik bestimmen. Kyril, der hinten neben mir sitzt, bittet sie, durch die Sender zu zappen. „Stopp“, sagte er plötzlich, als *Hey Jude* von den Beatles ertönt. „Den Song mag ich, auch wenn er mich immer mein bisschen sentimental macht.“

„Du magst alles, was alt ist, oder?“, stichelt Lali.

„Ich mag das Lied auch“, sage ich und lächle Kyril zu. Er erwidert es, und plötzlich verwandelt sich mein Magen in ein einziges tropisches Schmetterlingshaus.

Die ganze Fahrt über hält Lali eine Plastiktüte auf ihrem Schoß fest. Sie hat mir nicht verraten, was darin ist, aber ich bin ziemlich sicher, dass es sich dabei um mein geheimes Geschenk handelt. Auch als wir am Mermaid Quay das Boot besteigen, das uns auf die Insel bringen wird, hütet sie diese Tüte wie einen Schatz.

Zum Glück haben wir gutes Wetter und damit eine ruhige Überfahrt. Kyril lässt seinen Blick staunend über die endlosen, tiefblauen Wassermassen und bis zu dem kleinen grünen Fleck am Horizont schweifen. „Deine Heimat ist wunderschön", sagt er. *Genau genommen sind wir ja noch nicht mal da.*

„Danke. Wie ist es denn in Newcastle? Zeigst du mir das auch irgendwann?"

„Das mache ich gern. Oder wir sehen uns Prenbogle Hall an, das Sommerhaus meiner Familie, wo ich früher häufig im Urlaub war."

Aus dem Augenwinkel bemerke ich, dass Lali uns von der Reling des kleinen Kutters aus beobachtet und werfe ihr gut gelaunt einen Luftkuss zu. Lachend schüttelt sie den Kopf und sieht wieder weg. Chelsea legt ihr einen Arm um die Taille und zieht sie ein Stück enger zu sich. „Es ist ganz schön frisch und ich möchte nicht, dass du frierst", sagt sie.

Als ich mich wieder zu Kyril umdrehe, fühle ich mich irgendwie ertappt. Ihm scheint es genauso zu gehen, denn er errötet und sieht zu Boden. „Sorry", sage ich. „Wo waren wir? Ich komme gerne mit nach Prenbogle Hall."

„Schön." Kyril räuspert sich. „Ist dir auch kalt?"

„Ein bisschen", antworte ich, obwohl meine Wangen glühen.

Er rückt näher an mich heran und legt mir einen Arm um die Schultern. Die plötzliche Berührung schickt ein wohliges

Kribbeln durch meinen Körper. Selbst durch den Stoff meines Windbreakers hindurch spüre ich Kyrils Wärme. Ihm so nah zu sein, fühlt sich nicht einfach nur gut an. Sondern *richtig*. Am liebsten würde ich ewig so stehen bleiben, aber viel zu schnell kommt die steil abfallende, felsige Küste meiner Heimat mit dem unverkennbaren weißen Leuchtturm in Sicht.

Nachdem wir von Bord gegangen sind, lüftet Lali endlich das große Geheimnis: Sie zieht die Tüte von ihrem Geschenk und überreicht mir einen Tontopf mit einem kleinen Sprössling darin, der gerade einmal eine Handvoll Blätter hat.

„Ein Apfelbaum", erklärt sie, „ich habe ihn selbst gezogen. Früher hattest du in deinem Medaillon ein paar Kerne, die du einpflanzen wolltest, um irgendwann ein eigenes Bäumchen zu haben. Und dieser Babybaum hier würde wirklich gern adoptiert werden."

Früher. Unbewusst greife ich an den Anhänger meiner Kette und lasse ihn durch meine Finger gleiten. Jetzt hat Lali mir also doch etwas verraten. Ohne dass ich sagen kann, warum, stehen mir plötzlich Tränen in den Augen. Ich habe mich in den letzten Wochen ein bisschen haltlos gefühlt, aber dieser Keimling zeigt mir, dass auch ich mir neue Wurzeln wachsen lassen kann.

„Danke", bringe ich hervor, nehme den Blumentopf entgegen und umarme Lali. Sie drückt mich ein bisschen fester an sich als sonst.

„Pflanzen wir ihn nachher zusammen ein?", frage ich.

„Ja, gerne. Ich bin sicher, dass er in dem feuchten Klima hier gut gedeihen wird. Aber erst mal wollte ich mit Chelsea ein bisschen die Insel erkunden. Wir haben doch noch Zeit?"

Ich nicke. „Klar. Das nächste Boot kommt frühestens morgen und Mum erwartet uns erst zum Abendessen.“

„Prima.“ Sie gibt mir zur Verabschiedung noch einen Kuss auf die Wange und hakt sich dann bei Chelsea ein, die uns zuwinkt, bevor die beiden mit ihren Rucksäcken über den Strand stapfen.

Etwas ratlos sehe ich ihnen hinterher. Ich habe nicht damit gerechnet, so plötzlich mit Kyril allein zu sein.

„Sollen wir etwas im *Gull and Leek* trinken gehen? Das ist der südlichste Pub in Wales und ein ziemliches Highlight bei Touristen.“

„Gern, warum nicht. Ich lade dich ein.“

Ich will Kyril widersprechen und taste in meiner Jackentasche nach meinem Portemonnaie, während wir den Strand entlangwandern. Dabei stoße ich mit den Fingern auf etwas Kühles, Glattes: eine Münze. Ich ziehe sie heraus und stelle fest, dass es ein Penny ist. Durch welche Hände er wohl schon gegangen ist? So viele Menschen, die ihre Spuren auf dem Kupfer hinterlassen haben. Ich kenne sie nicht, trotzdem liegt jetzt etwas von ihnen in meiner Hand. Seine Geschichte unterscheidet den Penny von all den anderen Münzen, sie ist sein einzigartiger Fingerabdruck.

„Der bringt Glück.“ Kyril zieht einen Mundwinkel hoch und lächelt schief.

„Stimmt.“ Ich will den Penny wieder einstecken, aber dann kommt mir eine andere Idee. Ich ziele und werfe ihn mit so viel Wucht wie möglich in Richtung Meer. Er fliegt in hohem Bogen durch die Luft und landet mit einem leisen Platschen im Wasser. „Jetzt kann er noch jemand anderem Glück bringen“, sage ich, „wenn er irgendwo wieder angespült wird. Ich habe nämlich schon ziemlich viel Glück gehabt.“

Kyril grinst. „Ich auch."

Er nimmt meine Hand und wir laufen über den steinigen Küstenstreifen. Im Schutz eines moosbewachsenen Felsens halten wir inne und stellen unser Gepäck und das Apfelbäumchen ab.

Kyril lässt sich in den Kies sinken. Er zieht die Knie an den Körper und sieht aufs Meer hinaus, das von der Nachmittagssonne in eine viel zu kitschige Sepiaaufnahme verwandelt wird. Nur ein paar grauweiße Heringsmöwen segeln über den Horizont und lassen die Szenerie weniger unwirklich wirken. „Wie geht es dir?"

Vier Wörter und so eine komplizierte Frage. Trotzdem spüre ich, dass es die Wahrheit ist, als ich mich neben ihn setze und antworte: „Gut."

Er dreht mir den Kopf zu und mustert mich aufmerksam, so als wäre in meinen Augen noch eine ausführlichere Antwort zu finden. Unsicher beiße ich mir auf die Unterlippe. „Ich meine, ich vermisse nichts. Natürlich frage ich mich einerseits, was passiert ist, und irgendwie habe ich auch das Gefühl, ich müsste die Vergangenheit entwirren, um meine Zukunft gestalten zu können. Aber andererseits …", Ich sehe auf, um mich zu vergewissern, dass Kyril mir noch zuhört, „… andererseits denke ich mir manchmal: Wichtig ist doch nur, dass die Vergangenheit mich zu dem Menschen gemacht hat, der ich bin. Vielleicht muss ich also bloß ein bisschen Geduld haben, um noch mehr über mich zu erfahren."

Er lächelt in sich hinein, lässt den Kopf sinken und zeichnet geistesabwesend mit einem Finger Kreise in den Kies. „Etwas Ähnliches geht mir auch oft durch den Kopf. Ich bin neugierig –

welcher Historiker wäre das nicht? –, aber ich habe auch Angst. Und eigentlich finde ich die Gegenwart viel interessanter als die Vergangenheit." Er sieht auf, unsere Blicke kreuzen sich und mein Herz stolpert.

Als es sich wieder gefangen hat, spüre ich jeden einzelnen Schlag überdeutlich. Die Millisekunden verstreichen wie in Zeitlupe, und ich bemerke den goldenen Schimmer von Kyrils Wimpern im Sonnenlicht und die Farbe seiner Lippen, die ich nicht einmal beschreiben könnte, wenn ich wollte. Ich atme tief ein. Beim Ausatmen formt sich ein Gedanke zu Worten, die über meine Lippen schlüpfen, ehe ich sie aufhalten kann: „Manchmal habe ich das Gefühl, dich schon mein ganzes Leben lang zu kennen."

„Vielleicht ist das auch so. Vielleicht haben wir eine gemeinsame Vergangenheit, die über die Zeit im Krankenhaus hinausgeht." Dieser Gedanke ist mir bisher nie gekommen, aber aus Kyrils Mund klingt er wie eine Offenbarung.

Der Wind weht mir eine Haarsträhne ins Sichtfeld, ich schiebe sie nicht beiseite, sondern schließe die Augen. Eine Einladung. Kyrils warme Finger tanzen hauchzart über meine Wange. „Ich weiß nur, dass wir eine Zukunft haben, wenn du das auch möchtest." Er streicht mir die Haare aus der Stirn und lässt seine Hand weiter wandern, bis in meinen Nacken.

Auf einmal ist mir heiß und kalt zugleich – und so schwindlig, dass ich nur ein stummes Nicken zustande bringe. Aber Kyril versteht.

Seine Finger streifen meinen Hals, und als er die zweite Hand dazunimmt, verstehe ich, was er vorhat: Er möchte den Verschluss der Kette lösen.

Ich öffne die Augen. „Was machst du da?"

Das Medaillon liegt jetzt in seiner Handfläche und wirkt dort viel zierlicher. Verlegen zuckt er die Schultern. „War nur so ein Gefühl. Verrätst du mir, was da drin ist?"

„Ähm … ich … weiß es nicht. Ich habe es noch nie aufgemacht." *Zumindest kann ich mich nicht daran erinnern,* ergänze ich in Gedanken.

Gebannt sehe ich zu, wie Kyril die winzige Schließe öffnet – und stoße enttäuscht die Luft aus, weil der Anhänger leer ist.

„Oh." Er sieht mich mit gerunzelter Stirn an. „Da ist ja gar nichts drin."

„Danke, Mr Obvious."

Er lacht, dann nimmt er einen Kiesel zwischen zwei Finger und legt ihn hinein, bevor er das Medaillon wieder schließt. „Es ist zwar nur ein Kieselstein, aber –"

„Danke", bringe ich hervor und beuge den Kopf, damit er mir die Kette wieder umlegen kann. Aber was ich denke, ist: *Dieser vom Wasser rundgeschliffene Kiesel ist für mich viel kostbarer als jeder Diamant.*

Als Kyril fertig ist, weicht er nicht zurück, sondern verharrt dicht an meinem Gesicht. Eine Prise Scones und Kaffee Americano weht mir in die Nase. Ich halte die Luft an, weil ich diesen Geruch für immer bewahren will.

Kyril seufzt leise. Seine Finger vergraben sich in meinem Haar und er zieht mich sanft weiter zu sich. Erst, als sich unsere Nasenspitzen berühren, traue ich mich, wieder Luft zu holen. Er ist mir jetzt so nah, dass ich nichts als das Grün seiner Iriden erkenne, das mit der zerklüfteten Landschaft meiner Insel verschmilzt. In diesem Moment verstehe ich, dass ich überall zu Hause sein kann, wenn ich bei ihm bin.

Ich weiß zwar nichts aus meiner Vergangenheit, aber ich weiß, dass ich lange auf diesen Kuss gewartet habe. Als ich die salzige Meerluft auf Kyrils Lippen schmecke, treibt der Muskel in meinem Brustkorb Wurzeln aus wie im Frühling. Mein Herz ist ein Samenkorn und die Tränen der Vergangenheit waren nichts weiter als Regen.

EPILOG

„Ich hätte nicht gedacht, dass ich noch mal erlebe, wie Wasser in diesem Brunnen plätschert.“

„Genau genommen tust du das auch nicht.“

Linda zieht mich auf, das erkenne ich an ihrem verschmitzten Gesichtsausdruck. „Ich hätte nicht gedacht, dass ich noch einmal sehe, *wie Wasser in diesem Brunnen plätschert“, korrigiere ich mich.*

Sie lacht und kommt auf mich zu. Plötzlich habe ich einen dicken Kloß im Hals. Die Gefühle fluten mich so unvorbereitet, dass ich Linda an mich ziehe, den Kopf auf ihrer Schulter ablege und ihren Duft tief einatme. Nichts ist mir je so schwergefallen, wie ihr den Tod zu bringen und mich von Kyril und von meinem Leben zu verabschieden. Ich habe bis zur letzten Sekunde gekämpft. „Ich wollte das nicht“, flüstere ich, „ich wollte dich retten. Uns beide. Du musst mir glauben, ich habe alles versucht –“

„Ich weiß.“ Sie streicht mir über den Kopf und ihre Finger spielen mit meinen Locken, so wie früher. „Aber dich trifft keine Schuld, wenn jemand Schuld daran hat, dann bin das –“

„Nein.“ Ich sehe auf und schüttle entschieden den Kopf. „Sag das nicht, good girl.“ Bei den letzten Worten zuckt mein Mund-

winkel, aber ich zwinge mich, ernst zu bleiben. Den Zusatz ihres Nicknames lasse ich dennoch bewusst weg. „Wir können es nicht mehr ändern, und vielleicht sollten wir uns nicht länger damit quälen." Erleichtert atme ich auf, weil ich spüre, dass ich auch zu mir selbst spreche. Und mir endlich vergeben darf.

„Du hast recht. Vor allem, weil noch eine ganze Ewigkeit vor uns liegt."

Linda lächelt, und obwohl ich bei ihren Worten viel zu viel fühle und von den zwiespältigen, bittersüßen Empfindungen fast zerrissen werde, bin ich froh, dass meine Mauern endlich niedergerungen sind. Ich nehme ihre Hand. „Sollen wir reingehen?"

„Wir können hingehen, wo immer du willst."

Es würde mir reichen, sie genau hier ewig einfach nur anzusehen, aber ich drehe mich um und laufe durch den Garten auf das Palmenhaus zu. „Dann komm. Lass uns diesen Ort mit neuen Erinnerungen füllen."

DANKSAGUNG

Spirit Dolls und *Matching Souls*, meine erste zeitgenössische Romantasy-Dilogie, wäre nie zustande gekommen ohne die Hilfe von Menschen, die mich auf meinem Weg begleiten. Zuallererst danke ich dem gesamten Team von SAGA Egmont und dotbooks sowie meinem Agenten Klaus Gröner dafür, dass sie an das Potenzial der Geschichte geglaubt haben. Ich danke Stefanie Kruschandl und Cathérine Fischer für Input zum Plot und umsichtiges Lektorat sowie Susanne Meier für das akribische Korrektorat. Ohne ein sehr langes Gespräch mit Babs wäre die Geschichte nicht das geworden, was sie ist – danke dir dafür. Weil sie ihre beeindruckende Edinburgh-Expertise in Wort und Bild mit mir geteilt haben, danke ich Martina André und Sandra Regnier. Irgendwann möchte ich wirklich noch mal mit euch nach Schottland reisen. Außerdem verdanke ich Martina André und Leonie Lastella meine tollen Blurbs – ihr seid die Besten! Ich danke Marah Woolf für wertvolle Gespräche und das beste Geburtstagsgeschenk ever. Katharina – Katrin – Kramp danke ich für Rat und ein offenes Ohr in allen Lebenslagen. Ohne Rat und Unterstützung von Heike Abidi hätte ich viel zu schnell aufgegeben. Frauke, dir danke ich für dein Expertinnenwissen zum Thema Schmuck. Bei Kristina bedanke ich mich für die liebevoll und mit viel Geduld gestaltete Karte. Ich danke meinen FreundInnen Annette, Charlotte, Christopher und Bonnie, die meine Leidenschaft für das Schreiben seit über zehn Jahren verfolgen und mich bei jeder neuen Veröffentlichung anfeuern und unterstützen. Ein großer Dank geht auch an Diana und Michael, die jedes neue Buch gespannt erwarten, was mir viel bedeutet.

Weiterhin ein riesengroßer Dank geht an meine lieben Kolleginnen (die inzwischen viel mehr sind als das!) Patricia Behrens, Sandra Grauer, Sina Müller und Yvonne Westphal. Ohne den fast täglichen Austausch mit euch wäre das Schreiben nur halb so schön.

Zu guter Letzt danke ich dir, liebe Leserin und lieber Leser, weil mir jedes gekaufte, rezensierte und geliebte Buch dabei hilft, meinen Traum weiterzuverfolgen. Ich hoffe, die Geschichte von Runa und Kyril begleitet dich noch ein kleines Stück des Weges. Und ich glaube fest daran, dass wir den letzten Schritt nach Hause zusammen mit jemandem gehen, der uns wichtig ist. *In Liebe kommen und in Liebe gehen wir.*